Le Danois serbe

du même auteur
chez le même éditeur

Le dernier espion
(1996)

Un Russe candide
(1997)

La chanteuse russe
(1999)

La photo de Lime
(2000)

Ouvrage traduit avec l'aide du
Centre d'Information sur la Littérature Danoise, Copenhague.

Leif Davidsen

LE DANOIS SERBE

Traduit du danois par
Monique Christiansen

roman

GAÏA EDITIONS

Titre original :
Den serbiske dansker

Illustration de couverture :
© Michel Gertou

ISBN 2-910030-81-4

Diffusion-distribution :
DIFF-EDIT, 96, bd du Montparnasse, 75014 Paris.

1

Franji Draskuvic, écrivain et philosophe, était un homme content. Content de lui et de sa barbe soignée, de cet été finissant qui parait d'une grâce de jeune fille sa jolie ville de Zagreb et de la puissance de la nouvelle armée croate qui avait enfin chassé ces maudits Serbes de la Krajina. Mais Draskuvic était surtout content du commentaire qu'il venait d'enregistrer devant la photo du président, dans un studio de la radio nationale croate. Il avait, à son habitude, lu son commentaire à voix basse, presque en chuchotant, mais d'un ton ferme malgré tout, en mettant dans sa voix l'âpreté voulue pour faire couler un frisson glacé, mais agréable, dans le dos de ses fidèles auditeurs. Le micro avait absorbé et enregistré les périodes patriotiques et fleuries sorties de sa petite bouche ourlée de barbe grise et cet après-midi, elles allaient être diffusées au profit de tous les bons citoyens de la puissante Croatie libre.

Draskuvic était un intellectuel balkanique fier de l'être. Une fois de plus, dans son commentaire, en termes précis et néanmoins grandioses, il avait mis les choses au point en martelant qui avait droit à la Krajina, il avait démasqué les Serbes et révélé les mensonges de la mafia internationale qui prétendait qu'il s'agissait d'un ancien territoire serbe, alors que Draskuvic pouvait leur dire que trois siècles plus tôt, c'étaient ces mauviettes d'Austro-Hongrois qui y avaient installé les Serbes pour avoir un avant-poste contre les Turcs païens. En échange de ce territoire, les seigneurs serbes assureraient la défense de la frontière extérieure de l'Empire. Les Serbes étaient des colonisateurs et rien d'autre. Aujourd'hui, la Krajina était libérée. Enfin. Malgré le boycott international et les complots russo-serbes, la Croatie avait recréé sa glorieuse armée avec l'aide des Allemands et des Américains. Les Croates s'étaient battus comme de vrais patriotes et avaient démontré l'existence d'un nouvel équilibre des forces dans les Balkans. Après quatre années d'humiliations, la Croatie était prête à défendre son sol sacré. Pour la première fois, les Serbes prenaient la fuite. Ils allaient goûter à leur propre potion. Au moment crucial, ils se sauvaient comme des chiens galeux, tandis que les affreux laquais de l'ONU venus des pays traîtres de l'étranger se terraient dans leurs pitoyables abris.

« Vrais patriotes, crachez-leur dessus, ils ne méritent pas mieux que votre mépris ! » Voilà à quoi il les avait fortement exhortés. Les images télévisées des Serbes en fuite, de leurs hardes ridicules entassées sur de vieux chars agricoles, lui faisaient grand plaisir. Une seule chose l'irritait : qu'ils soient autorisés à partir sur des tracteurs qu'ils avaient certainement volés. Il fallait les forcer à partir. A s'en aller à genoux. Ils devaient se repentir de beaucoup de choses. Un bref instant, il s'était demandé s'il n'irait pas lui-même dans la Krajina pour voir ces chiens se sauver de ses propres yeux et accompagner leur fuite de quelques commentaires bien sentis dont les journaux se feraient certainement l'écho. Un bref instant, il avait entrevu cette image : un intellectuel européen distingué qui ne craignait pas d'aller se mêler aux courageux fils du peuple. Mais il allait y renoncer. Sa vie était trop importante. Un grand poète comme lui, et d'un certain âge, se devait de rester à Zagreb. Il combattait sur son propre front, le front intellectuel, aussi important que les autres. Sans nourriture spirituelle, les soldats ne pourraient se battre. Ils ignoreraient l'enjeu des combats, seraient privés de force morale et spirituelle. Il avait conclu par ces mots :

« Compatriotes ! Partez avec Dieu pour la Krajina et faites fructifier de nouveau notre pays libéré ! »

Draskuvic était un homme content. Malgré la chaleur, il portait un complet veston. Il avait, sous le bras, un périodique croate dans lequel il avait publié un article sur la nécessité de purger les secteurs libérés de leurs éléments impurs. Draskuvic se tenait pour un penseur et un patriote. Il parlait de courage et de justice patriotique, exactement comme les intellectuels serbes parlaient de courage et d'honneur. Les intellectuels ne voyaient jamais le sang et les souffrances. C'était pour contrebalancer les méchancetés serbes qu'il écrivait ses commentaires venimeux. En sécurité dans d'autres bureaux et appartements confortables, des intellectuels semaient à tous vents des paroles qui engendraient et entretenaient la haine.

Il avançait lentement à travers la foule pour se rendre à son café favori. Il saluait les citoyens qui le reconnaissaient avec des hochements de tête mesurés et vit avec dégoût deux soldats de l'ONU à moitié saouls essayer d'engager la conversation avec deux jeunes filles. Ces soldats étant Ukrainiens, les jeunes filles ne s'intéresseraient pas à eux, à moins que, grâce à leurs fraudes, ils n'aient gagné suffisamment de marks pour qu'elles surmontent leur antipathie. Il en prit mentalement note, en vue de son prochain commentaire radiodiffusé. Sur la nécessité de rester pur à l'heure difficile du combat. Ce serait un soutien moral de plus pour ceux qui se battaient sur le front, pensa-t-il avec satisfaction.

Vuk le suivait des yeux à distance.

Vuk attendait, sur une moto déglinguée dont la plaque minéralogique disparaissait sous la crasse. Sa figure était dissimulée par la visière de son casque. Avec son jean bleu et son blouson de cuir brun élimé, il ressemblait à n'importe quel jeune vaurien de la capitale de la Croatie indépendante.

Vuk observait attentivement Draskuvic. Le balancement de son gros cul, qui lui donnait une démarche presque féminine, et son bedon qui fendait l'air devant lui, tels les chalands à fond plat lourdement chargés qui remontaient le Danube. C'était le cinquième jour que Vuk l'attendait à ce café. Le premier jour, vêtu d'un complet, Vuk était attablé à la terrasse du café. Le deuxième jour, il était passé devant le café en uniforme des forces danoises des Nations Unies. Le troisième jour, il était revenu en complet. Le quatrième jour, il portait une chemisette, un pantalon de couleur claire et un de ces gilets sans manches que les journalistes étrangers adoraient mettre pour se promener.

Draskuvic ne changeait jamais rien à sa routine. Il arrivait à la radio à neuf heures et à dix heures et demie, il descendait boire son café et lire les journaux. Vuk trouvait absurde de négliger de prendre toute précaution. Son pays était en guerre et Draskuvic faisait partie des salauds dont la propagande excitait la haine contre les Serbes. Ignorait-il donc qu'il pouvait être une cible de choix ? Etait-il aussi bête, ou aussi arrogant que cela ?

Vuk transpirait. Il sentait les gouttes de sueur couler sur sa nuque et ses joues. Son tee-shirt lui collait au dos et au ventre. Il étouffait sous son casque bien fermé et dans son blouson de cuir, mais il y avait aussi une autre raison. Il transpirait toujours avant une action. Ils parlaient de la sueur de l'angoisse, mais d'une sueur froide, peut-être n'était-ce donc pas de l'angoisse ou de la nervosité, mais un trop-plein d'adrénaline ? Ses mains restaient assez calmes. Ses sens aiguisés à l'extrême enregistraient des détails nets et précis comme des ciselures. La belle courbe d'une nuque féminine, les yeux presque noirs d'un enfant, la joue boutonneuse du soldat ukrainien, la peinture jaune qui s'écaillait sur un mur, le vacarme d'un pot d'échappement en piteux état, l'odeur de la mauvaise essence et d'un corps sale passant tout près de sa moto. Draskuvic et son ventre vulnérable, et la peau lisse de son visage innocent et poupin.

Draskuvic s'assit à l'une des tables libres de la deuxième rangée de la terrasse, tout en restant à l'ombre de l'auvent. Les garçons le connaissaient ; ils lui apportèrent son café et un journal. Draskuvic alluma un cigare et Vuk mit son moteur en marche. Pour ceux qui avaient pris la peine de le remarquer, le ronflement de son moteur confirma que la carrosserie sale et abîmée cachait un moteur plus récent. Vuk ouvrit à moitié la fermeture à glissière de son blouson, glissa sa main dessous et saisit la crosse d'un Markarov de fabrication russe qui contenait huit cartouches de 9 mm. Ce pistolet était assez grossier, mais Vuk le trouvait fiable. Comme la plupart des engins soviétiques d'autrefois : la simplicité de sa fabrication lui permettait d'opérer dans des conditions difficiles. La crosse du Markarov était assez volumineuse, mais cela n'avait guère d'importance puisqu'il portait de fins gants de cuir. A cette distance, il n'avait pas besoin de précision mais de force de pénétration. A deux tables de Draskuvic, un jeune couple conversait à voix basse, leurs visages tout proches l'un de l'autre, à la manière des amants. Plus loin dans le café, un groupe d'hommes âgés jouaient aux cartes. A la droite de Draskuvic, trois soldats croates pouvaient peut-être constituer un danger, mais ils ne portaient apparemment pas d'armes et étaient visiblement ivres. Ils devaient avoir bu toute la nuit et allaient continuer de boire toute la journée. Ils radotaient en se querellant pour savoir qui allait payer la prochaine bouteille de slibovitch. Ils se vantaient depuis un quart d'heure de leurs exploits pendant la campagne de la Krajina. Ces chiens de Serbes étaient tombés comme des mouches sous leurs balles.

La circulation était clairsemée dans cette petite rue latérale. Une vieille Mercedes zébrée de gris passa lentement devant le café, dans un sillage de diesel non consumé. Un couple âgé portant un cabas vide longea le caniveau. Une mère grondait son enfant en le traînant derrière elle, malgré ses protestations.

Vuk respira profondément par trois fois en pensant aux conseils de son commandant : ne sois jamais théâtral. C'est bon pour les acteurs de cinéma. Entre vite. Ressors vite. Ne pense qu'à une seule chose : survivre.

Il leva la jambe pour descendre de la moto. Traversa en quelques pas l'étroite chaussée, silencieusement sur les semelles de ses Reebok, et s'approcha de Draskuvic en sortant le pistolet de sa gaine d'épaule et en l'armant d'un mouvement prolongé et bien rodé. Draskuvic leva la tête et devina peut-être le visage de Vuk derrière la visière fumée, mais nul ne le saura jamais. Vuk lui tira deux balles dans la figure et une dans la poitrine. Draskuvic culbuta en arrière. De sa bouche, son cigare tomba sur sa veste. Avant même que Draskuvic ait touché le sol, à grands pas tranquilles, Vuk avait rejoint sa moto. Il ne garda pas le pistolet ; il le laissa glisser sur l'asphalte en se remettant en selle. Les pistolets ne manquaient pas dans ce pays. Il gagnait une seconde en le laissant sur place au lieu de le remettre dans sa gaine. Les rares personnes qui eurent le loisir de réagir regardaient Draskuvic et non Vuk, les yeux rivés sur le sang qui jaillissait sur la table et ruisselait sur le sol, jusqu'à ce que les clients habitués à la guerre se jettent par terre en se mettant à crier. On entendit les premiers cris au moment où Vuk passa la première et accéléra en disparaissant au coin de la rue.

Le dos d'un blouson de cuir brun et un jean chevauchant une moto. Sans doute une moto japonaise. Qui avait l'air vieille et qui n'était sûrement que de la saloperie. Ce fut tout ce dont se souvinrent les témoins.

Mais cette moto était assez récente, volée un ou deux jours plus tôt à un sinistre fraudeur qui tenait boutique en face du port de Split et se demandait encore s'il allait déclarer ce larcin, la moto ayant passé la frontière à l'insu des autorités concernées.

Vuk sortit dans l'avenue principale et roula sur quelques centaines de mètres, rapidement, mais sans prendre de risques. Il gara la moto devant un supermarché, sortit de la sacoche arrière un petit Smith & Wesson au mufle court qu'il fourra dans la poche de son blouson, et se mit à marcher sur le trottoir sans regarder derrière lui, en retirant son blouson qu'il jeta nonchalamment sur son épaule, en le tenant par un doigt. Il avait mis les gants dans la deuxième poche. Il avait les cheveux noirs. Les autres passants voyaient un jeune homme comme tous les autres, avec des cheveux noirs et une moustache noire en broussaille. Il était bien bâti. Ses yeux bleu clair le distinguaient des autres jeunes gens et une ou deux femmes le regardèrent à plusieurs reprises. Il prit une rue latérale, ouvrit la porte d'une Lada brun rouge et se mit en route.

C'est là que la police croate perdit sa trace. Personne ne se souvenait de la plaque minéralogique et les descriptions de l'auteur de l'attentat recueillies par la police étaient si divergentes qu'il fut impossible d'en faire un portrait-robot. L'assassin s'était évaporé. Ou il avait disparu dans le chaos de la guerre.

Le jeune homme qui s'appelait Vuk partit en direction du sud-est, vers la Slavonie. Il conduisait calmement et sûrement. La circulation était rare. Dans les toits des petits villages éclairés par la lumière dorée de cette fin d'été, on voyait des trous noirs de grenades. Le vent soulevait les rideaux blancs en les poussant à travers les carreaux cassés. La guerre était passée par là sans s'arrêter, mais il y avait peu de monde dehors. Après deux heures de route, Vuk s'arrêta en haut d'une colline pour regarder une grande route en contrebas. Une colonne soulevait la poussière : des tracteurs tirant des chars ou de petites charrettes attelées à un seul cheval. Les vapeurs du diesel bleuissaient l'air. Les chars étaient chargés de vêtements, de vieux meubles, de marmites et de matelas. Les enfants avaient les yeux perdus, les hommes n'étaient pas rasés. Une fine poussière recouvrait les foulards éclatants des femmes. Il suivit des yeux ses compatriotes. Eux aussi, maintenant, goûtaient la poussière de l'exode. Il fuma une cigarette et les suivit du regard avant de se rasseoir dans la voiture. Il fit deux cents mètres dans un chemin latéral qui n'était pas goudronné et gara la Lada le long d'un bosquet. Sortant un sac à dos usé du coffre, il le posa par terre, prit une charge explosive et régla le détonateur sur 5 minutes avant de jeter la charge sur le siège avant. Il passa son blouson, souleva le sac, le jeta sur son dos et à pas rapides mais sans trop se presser, il s'éloigna de la Lada pour descendre vers la Save, qui marque la frontière entre la Croatie et la Bosnie-Herzégovine. Quand il entendit la détonation et le crépitement de la Lada qui brûlait, il ne se retourna pas. Puis le réservoir à essence explosa et une fumée noire jaillit vers le ciel. Depuis longtemps, dans les Balkans, les bombes ne retenaient plus l'attention. Un avion curieux de l'OTAN allait peut-être tourner paresseusement, quelque part dans le ciel bleu, et s'approcher pour voir ce qui brûlait. Le pilote verrait une voiture en feu et un petit point qui marchait. Un berger qui s'occupait de ses affaires. Encore un réfugié solitaire, dans un pays peuplé de réfugiés.

Vuk arriva à la petite maison située en bordure du village au début de la soirée. Son épaule lui faisait mal et il était fatigué. Une fumée blanche sortait de l'une des cheminées de la maison. Le toit et les murs étaient intacts, la guerre n'avait pas frappé là. Vuk regarda soigneusement autour de lui. Seul un chien courait le long d'un mur, la queue entre les jambes, un chien jaune et débile qui n'aboya pas. Il leva la main pour frapper, mais la porte s'ouvrit.

« Hello, Vuk. Je t'attendais », dit la femme qui lui ouvrait. Elle était très jeune, avait de longs cheveux noirs et de beaux yeux sombres qui paraissaient privés de vie.

« Hello, Emma, répondit-il en l'embrassant sur la bouche.

– Je t'attendais. C'était déjà aux informations. »

Vuk ne répondit pas.

« Au sujet de l'écrivain croate, poursuivit-elle.

– Il vaut mieux que tu ne saches rien.

– Entre, Vuk. Tu resteras ici cette nuit ?

– Je traverserai la rivière plus tard dans la nuit.

– Cela m'ennuie. Mais... il a envoyé un message, le Commandant. Il veut te parler le plus vite possible. »

Pour la première fois, Vuk sourit. Ce sourire illumina son visage, comme s'il effaçait la dureté de ses traits pour lui rendre ceux de l'enfant qu'il était sous son masque.

« Allons, entre, Vuk, je vais te laver les cheveux », dit Emma en souriant elle aussi.

Dans la pièce simple et décorée avec goût, il y avait une

table de salle à manger et une armoire bibliothèque contenant des livres reliés. Des tableaux représentant des montagnes bosniaques décoraient les murs et l'on avait placé dans un coin un fauteuil avec une lampe de lecture, à côté d'une petite table recouverte d'un napperon au crochet. Sur la table, un livre et un ouvrage de couture. C'était une pièce très propre et très féminine. On apercevait une petite cuisine où fumait une marmite d'eau qui bouillait. Un petit couloir menait à une chambre où se trouvait un lit à deux places et, au-dessus du lit, un crucifix orthodoxe.

Tout en ôtant son blouson et sa chemise, Vuk suivait des yeux les jambes minces d'Emma sous sa robe légère. Il était mince mais musclé. Une cicatrice courait sur son épaule gauche, comme s'il avait été blessé par un couteau. Emma prit l'une des chaises de la salle à manger et la posa sur deux journaux étalés sur le sol carrelé de la cuisine.

« Assieds-toi, Vuk », ordonna-t-elle.

Elle prit une louche et versa l'eau bouillante de la marmite dans une cuvette posée sur la table de la cuisine. Elle y ajouta de l'eau froide et vérifia soigneusement, avec le coude, la température de l'eau avant d'y tremper une éponge pour humecter les cheveux noirs de Vuk.

Il garda les yeux fermés pendant qu'elle lui savonnait doucement les cheveux. C'était bon de sentir ses mains fermes et douces masser lentement le savon jusqu'à son cuir chevelu. Quand elle le rinça, le savon devint noir et coula sur les journaux. Elle lui resavonna les cheveux. Après le troisième rinçage, il avait les cheveux très blonds. Elle humecta doucement sa moustache noire. Il ne bougeait absolument pas. Alors, elle tira sa moustache et la lui ôta, comme une mère, en un tournemain, enlève le pansement d'un enfant. Vuk ouvrit les yeux. La figure d'Emma était toute proche de la sienne. Il sourit.

« Hello, mon amant », lui dit-elle.

Il l'embrassa.

« Lève-toi », commanda-t-elle.

Il se leva. Emma lui défit la ceinture et descendit son pantalon. Il avait refermé les yeux, en se bornant à lever d'abord un pied, puis l'autre. Glissant sa main derrière son slip, elle le lui ôta aussi. Il restait sans bouger, les yeux fermés. Comme un petit serpent, la cicatrice d'une autre coupure se lovait au-dessus de sa hanche. Elle la caressa doucement et il eut la chair de poule en repensant à la douleur causée par le couteau du Croate. Elle jeta l'eau dans l'évier et reversa de l'eau chaude dans la cuvette avant d'y replonger l'éponge et de le savonner lentement. Elle commença par les épaules et finit par les pieds. Il ne bougeait absolument pas. Sa peau claire rougit lentement et elle vit son sexe frémir, mais elle savait aussi à quel point il se contrôlait. Elle le rinça après avoir pressé l'éponge, puis elle passa sa robe par-dessus sa tête, prit une serviette propre et la posa sur la table de la cuisine, à côté de la cuvette.

En l'entendant enlever sa robe, Vuk avait ouvert les yeux. Il sourit et son sourire monta jusqu'à ses yeux bleus. Elle lui sécha lentement et sensuellement tout le corps, en le frottant doucement et fermement à la fois, puis se remit à lui frotter la figure et les épaules tout en descendant. Quand, à la fin, elle lui gratta doucement les bourses, son sexe grossit rapidement, alors elle le repoussa doucement sur la chaise et s'assit sur lui.

Ils ne bougeaient pas. Elle rejeta la tête légèrement en arrière. Il la tenait par les fesses.

« Reste chez moi cette nuit, Vuk.

– Je resterai chez toi.

– Et lui ?

– Il peut attendre. De toute façon, la guerre est perdue. La trahison est en route. Un jour de plus ou de moins, cela ne fait aucune différence.

– Reste cette nuit pour que les démons ne viennent pas.

– Je resterai avec toi cette nuit », promit-il en se serrant contre elle.

Mais il savait que sa présence n'empêcherait pas le retour des démons. Ils venaient le matin, dans la pénombre dangereuse qui précède le lever du jour. Des fantômes, des squelettes, des esprits et des purificateurs ethniques. Des ombres du royaume des morts qui avaient tourmenté sa famille et l'avaient exterminée quatre ans plus tôt, quand elle n'avait que quinze ans. Ils venaient toutes les nuits maintenant, dans ses rêves, mais ses cauchemars étaient plus vrais pour elle que sa vie éveillée.

Vuk l'enviait. Emma était capable de ressentir de la douleur et de la culpabilité. Vuk ressentait son corps à elle.

Le reste restait de glace.

2

Ces temps-ci, quand Lise Carlsen se réveillait, elle était toujours assombrie par un rêve idiot qui restait aux confins de sa conscience à peine éveillée. Elle avait peur, en se réveillant, car elle était comme détachée d'elle-même, avec l'impression de flotter au-dessus de leur grand lit, dans la lumière matinale de la fin août, et d'observer ses occupants, elle et son mari, lui couché en chien de fusil ou sur le dos, une expression sévère sur ses lèvres pincées. Comme s'il luttait pour dire quelque chose. Elle ne se souvenait pas de ses rêves. Ils s'évanouissaient dès qu'elle entendait la radio. De la musique, ou des voix. La radio la réveillait un peu avant les nouvelles parce qu'elle refusait d'entendre parler de destructions et de morts dès son réveil, elle préférait quand même de la musique pop ou les dernières informations routières. Pendant trente-quatre ans, s'endormir et se réveiller avaient été pour elle une évidence. Autant qu'elle s'en souvienne en tout cas. Elle avait également été un bébé facile qui passait de bonnes nuits et s'éveillait en souriant et en babillant, contente de rester seule un moment et de jouer avec ses orteils et ses doigts. Selon sa mère, en tout cas. Mais maintenant, cet été, elle avait peine à trouver le sommeil et s'éveillait la tête lourde, avec ce goût fade de rêves restés prisonniers.

Lise Carlsen se coucha sur le dos et regarda au plafond en écoutant les dernières mesures d'une chanson de Take That, le tube incontournable de la 3e station, cet été-là.

Elle sentait que la journée allait encore être chaude. Le rideau se soulevait très légèrement, poussé par une douce brise. Ole gémit et se coucha sur le côté en lui tournant le dos. Autrefois, il lui aurait pris la main et se serait blotti contre elle. Ou elle contre lui. Sa déprime monta d'un cran à la pensée que tout ce qui lui restait de leurs rapports cette nuit-là, c'était la sensation de quelque chose de collant entre les jambes, elle ne se souvenait d'aucun plaisir. Ils étaient nus tous les deux. Que faire, par cette chaleur ? Elle languissait après la pluie et la fraîcheur. La chaleur apportait sueur et lubricité, incitant à chercher le corps le plus proche. Alors, quelle importance que les sentiments soient en friche ? La chaleur obligeait à satisfaire ses instincts, elle déchaînait les hormones. Elle se découvrit jusqu'au nombril, croisa ses mains sous sa tête sur l'oreiller humide et écouta la radio qui l'avait réveillée. Elle ignorait, en fait, pourquoi elle s'obstinait à faire renaître le monde, chaque matin, en écoutant les infos, puisqu'à la fin, elle ne se souvenait pas vraiment de quoi ils avaient parlé. Pas avant de les avoir réentendues une heure plus tard ; mais cela la sécurisait, en un sens, d'entendre que sa propre misère pesait peu, comparée aux horreurs par lesquelles la voix neutre du présentateur la ramenait à la réalité. Peut-être était-ce parce qu'Ole détestait être réveillé par de la musique et des bavardages ? Etait-ce un biais pour exprimer son plus profond désir : le pousser à quitter le lit conjugal, ou leur couple ? Elle était journaliste, elle gagnait sa vie, elle pouvait s'acheter un radio-réveil, elle l'avait acheté, branché, et elle s'en servait, basta ! Etaient-ce ces mots-là qu'elle avait employés ? Etait-ce son incertitude qui lui faisait baisser le son de la radio au point qu'il soit à peine audible ? Il aurait fallu un coup de canon pour réveiller Ole, alors, au bout du compte, la radio ne le gênait pas du tout. Tandis qu'elle s'éveillait au moindre bruit. Maintenant, en tout cas, où elle semblait avoir les nerfs à vif.

C'étaient les nouvelles habituelles. Le début des finasseries politiques à propos de la prochaine loi de finances, l'interminable guerre en Yougoslavie et la sécheresse qui continuait. Elle n'écoutait pas ; elle essayait de comprendre pourquoi elle était si triste et pourquoi elle pouvait refouler sa tristesse après avoir pris une douche. C'est à ce moment-là qu'elle entendit le nom de Santanda. Elle la revit en esprit : une femme aimable au visage rond, aux yeux bruns, qui avait le don de parler de sujets difficiles, mortellement dangereux, sans mettre les gens mal à l'aise. Elle n'entendit que les noms de Sara Santanda et de l'Iran, sans saisir ce qu'on disait d'elle. Le ministre des Affaires étrangères danois regrettait au bout du fil, d'une voix ensommeillée, que le dialogue critique entamé par le Danemark avec le régime des ayatollas n'ait pas donné les résultats escomptés. Ils reprendraient la nouvelle à huit heures. Si elle en valait la peine. Sinon, Lise devrait attendre d'être de retour à la rédaction.

Elle poussa Ole et se leva. Il gémit, mais avant d'entrer dans la salle de bains, elle eut le temps d'enregistrer qu'il ouvrait les yeux. Il sentait toujours un peu l'alcool.

« Arrête cette radio, nom de Dieu », entendit-elle avant de fermer la porte.

Comme d'habitude, la douche lui fit du bien. D'abord l'eau chaude, puis l'eau froide, mais ce fut seulement en entrant dans la grande salle de séjour balayée par les rayons du soleil et en entendant le faible bourdonnement de la circulation matinale d'Østerbro, qu'elle sentit disparaître les symptômes qu'elle appelait en secret ses idées noires du réveil. La pluie et le froid ne lui manquaient plus. Ils arriveraient toujours assez tôt au Danemark où la couleur la plus constante est le gris. Elle adorait la chaleur et le soleil, elle le savait bien. Elle mit de l'eau dans la machine à café, dressa la table, fit cuire des œufs et s'apprêta à griller du pain tout en décidant, une fois de plus, qu'elle allait en parler à Ole. Si on ne peut pas parler avec son mari d'une petite dépression matinale, avec qui peut-on en parler ? D'autant qu'il était psychologue. Payé pour écouter les gens parler de problèmes psychiques difficiles. C'était peut-être pour cela qu'il l'écoutait si mal ? Elle ne cadrait peut-être pas avec la théorie de ses manuels ? Le problème venait peut-être du fait qu'elle n'exprimait toujours que la moitié de ses pensées et de ses sentiments ?

Lise alla chercher les journaux dans le couloir. *Politiken* et *Berlingske Tidende*, pour voir ce que faisaient ses concurrents des pages culturelles. Elle ouvrit tout de suite *Politiken* et constata qu'ils avaient assez bien placé son papier sur la nouvelle galerie, sous un article de trois colonnes, alors que le *Berlingske* mettait aussi une photo. Cela relevait l'article. Et ces idiots de *Politiken* qui s'étonnaient de la baisse du tirage ! Elle feuilleta le journal jusqu'aux pages de l'étranger et survola les titres d'un coup d'œil. Elle les lirait attentivement après son petit déjeuner ou au journal. Elle n'aimait pas s'attarder chez elle, ces temps-ci, c'était comme si l'appartement l'empêchait de se concentrer. Elle jeta les journaux sur la grande table de chêne brut qui dominait la cuisine et le séjour. La machine à café crachotait. Dehors, un oiseau chantait sans entrain.

Ole entra et l'embrassa sur la joue avant de s'asseoir en prenant la première section de *Berlingske Tidende*. Autrefois, il avait été socialiste de gauche, mais à présent, il était indépendant et avait sa propre clientèle.

« Ça t'ennuierait d'éteindre la radio ou de la baisser ?

– Je voudrais écouter les infos. Ça ne va pas tarder.

– Que tu les écoutes maintenant ou dans une heure, quelle importance, bon Dieu !

– Je suis journaliste.

– Et alors ?

– Alors, il faut que je me tienne au courant, Ole.

– Tu pourrais le faire au boulot ?

– Tu finis par me dire ça tous les matins.

– Il faut bien mourir de quelque chose.

– Qu'est-ce que ça veut dire ? »

Il leva les yeux et la regarda. Les deux toasts sautèrent du grille-pain. Elle se tourna machinalement pour les prendre.

« Qu'on dirait que nous gaspillons notre énergie à nous disputer pour des bagatelles au lieu de parler sérieusement de la crise que semble traverser notre couple. »

Elle resta un instant muette, les toasts dans la main. Puis elle sentit la brûlure et les jeta pratiquement sur la table en disant « aïe » et en secouant les mains. Elle n'avait certes pas envie de parler juste maintenant. Ce serait elle qui déciderait du moment.

« N'exagère pas, tu veux. Tu n'as pas pris du bon temps, cette nuit ? Tout ça parce que je veux écouter la radio le matin. »

Il retourna à son journal.

« J'ai une longue journée devant moi, plaida-t-il.

– Tu n'en as pas pris ?

– Tu as toujours eu le sang chaud, Lise. Je suis là, c'est tout.

– Tu es vache.

– C'était pourtant un compliment.

– On ne l'aurait pas dit », répliqua-t-elle en retournant à son journal.

« Peut-être pourrais-je prendre rendez-vous chez toi ? » poursuivit-elle malgré elle, mais c'était sorti tout seul.

Il la regarda de nouveau, de ses yeux fatigués et sages, qui voyaient la folie humaine passer tous les jours devant eux tandis que sa secrétaire tapait les factures. Les dépressions se mesurent en billets et en pièces. La sécurité sociale numérote les guérisons. Les gens sont soignés à doses très précisément calculées. Pourquoi était-elle tombée amoureuse de lui ? Il était très bien, même avec dix ans de plus qu'elle, doué, bavard, sensible, cultivé, idéaliste, amusant, il faisait bien l'amour, il aimait voyager. Est-il possible qu'un être humain se transforme radicalement en huit ans ? Ou était-ce elle ?

« Je te donnerai tout le temps que tu voudras, Lise. Si tu le veux vraiment ?

– Je ne demande qu'à écouter les infos », dit-elle en posant le beurre et le fromage sur la table avant de reprendre le journal et de se mettre à le feuilleter pour voir comment ils avaient traité les articles de ses amis et de ses ennemis.

« Bonjour, Lise », fit-il, en réussissant tout de même à lui arracher un sourire. Ils mangèrent donc en silence jusqu'à ce qu'elle entende l'indicatif du journal, suivi de la voix avenante :

« Bonjour. Cette nuit, de violents combats ont de nouveau fait rage au centre de la Bosnie, et les Serbes continuent de fuir la Krajina. Au Danemark, le gouvernement pourrait être mis en minorité en raison de l'aide attribuée aux exportations vers l'Iran. En effet, l'Iran a confirmé, hier, sa condamnation à mort de l'écrivain Sara Santanda, en élevant à 4 millions de dollars le montant de la prime versée à celui qui l'éliminera.

Le temps va continuer à être chaud et ensoleillé. »

Le sentiment de son impuissance lui fit mal au ventre. Comment pouvaient-ils faire ça ? Comment un tel fanatisme pouvait-il exister à une époque moderne ? Comment son propre gouvernement pouvait-il être aussi faible ? Comment pouvait-on condamner une femme à mort parce qu'elle avait écrit un roman qui décrivait la manière dont les Iraniennes sont opprimées par ces salauds de religieux ? D'abord Rushdie, ensuite Santanda. A qui le tour, maintenant ? Jamais les pays occidentaux n'avaient pris sérieusement la défense de Rushdie. Ce qui encourageait les oppresseurs à poursuivre leur politique sans scrupules. Elle bouillait intérieurement, mais elle n'avait pas le courage de partager sa colère avec Ole. Ils en avaient discuté tant de fois. Il l'écoutait avec intérêt, mais la politique ne l'intéressait plus. Ni au plus haut, ni au plus bas niveau.

Elle le regarda : il lisait son journal en se concentrant sur les faits divers. Où était l'homme engagé qu'elle avait épousé ? Que leur était-il arrivé, avec les années ? L'amour, la passion et la joie pouvaient donc s'éteindre sans que l'on s'en aperçoive ? Elle sentit sa dépression revenir furtivement. Elle la craignait et la combattait. Elle avait peur d'y succomber, un beau jour, et de l'accepter. Elle ne voulait pas se laisser abattre. Il fallait qu'elle se reprenne.

Quelque chose devait encore subsister entre eux, car il leva les yeux, comme s'il sentait passer un courant :

« Il y a quelque chose qui cloche, Lise ? »

Elle repoussa le toast sur la table.

« Non. C'est juste cette histoire avec Santanda. Quelle horreur.

– Oui, tu as bien raison. »

Elle soupira en se levant.

« C'est tout ce que tu trouves à dire ? Tu n'as pas entendu ce qu'ils ont dit aux infos ? »

Il regarda la radio comme s'il la voyait pour la première fois.

« Tu sais bien que je déteste écouter la radio le matin. Tu insistes pour avoir un bruit de fond, alors, j'ai appris à me boucher les oreilles. A le refouler. Je n'entends pas ce qu'il disent, tout simplement, pas plus que leur misérable musique. Pour moi, c'est de l'eau tiède. C'est tout. Je préfère lire mon journal. Je ne peux pas faire deux choses à la fois.

– O.K.

– C'est tout ce que tu as à dire ?

– Je me sauve, Ole. Passe une bonne journée ! »

Elle avait essayé de prendre un ton ironique, mais soit il ne l'entendit pas, soit il choisit de ne pas l'entendre.

« Toi de même, ma chérie », répondit-il simplement.

Le beau temps arrangea un peu son humeur. L'été ne s'était pas arrêté. Il avait fait sans cesse un temps merveilleux, chaud, et Copenhague avait connu l'effervescence d'un port méridional. Lise adorait sa ville comme seuls les nouveaux venus peuvent le faire. Elle était arrivée jeune stagiaire à *Politiken* et il faudrait la faire sortir de force de leur appartement d'Østerbro. Jamais elle ne retournerait vivre dans une petite ville ou en banlieue. Elle roulait vite, la tête haute, sur la bicyclette rouge à vitesses multiples qu'elle s'était offerte à l'arrivée du printemps. Elle voyait qu'on lui décochait quelques œillades. Elle savait qu'elles allaient bien ensemble, sa bicyclette et elle. A trente ans bien sonnés, ces œillades n'étaient pas négligeables, de la part de très jeunes gens, pensa-t-elle. Tout le monde est de meilleure humeur à cause de l'été, voilà tout. A chaque coup de pédales, elle se sentait mieux, chaque fois que le vent soulevait sa jupe, son humeur grimpait d'un cran. Tout allait s'arranger, y compris ses relations avec Ole.

Sinon, il faudrait qu'ils essaient de vivre quelque temps chacun de leur côté. Ce ne serait pas nécessairement une catastrophe. Une pause. Qui lui permettrait peut-être de découvrir qu'il ne pouvait pas se passer d'elle. Ou elle de lui. Elle ne voulait plus y penser. Il fallait, tout simplement, qu'ils se débrouillent pour en discuter à fond.

Elle fit un détour pour traverser le parc et la place de Sankt Hans, qu'elle adorait depuis qu'elle avait été rénovée. Et elle continua le long des lacs pour retarder son retour dans le désordre de la place de l'Hôtel de ville. Cette fois-ci, la municipalité avait creusé de vraies tranchées, comme tous les étés. Mais cette année, ils avaient décidé de la rénover pour de bon et dressé un affreux bâtiment neuf pour la vente des billets de bus. Mais rien n'arriverait à démolir sa joie de vivre dans cette ville, ni l'incapacité des hommes politiques ni les défauts des architectes ni les bistros à hamburgers ni la laideur des vitrines. En tout cas pas aujourd'hui, où le soleil brillait dans un ciel sans nuages. Je t'aime, ô cher été danois. Cette année, tu ne m'as vraiment pas trahie !

« Tagesen veut te voir immédiatement », lui dit la réceptionniste quand elle alla chercher son courrier.

Elle entra dans le bureau d'angle. Le rédacteur en chef se tourna vers elle. Son bureau était encore plus désordonné que le sien, submergé de livres, de lettres, de papiers et de coupures de journaux. Il avait contemplé le désordre et la poussière de la place de l'Hôtel de ville. Le bruit des machines et des embarras de la circulation traversait les vitres. Il n'y avait pas très longtemps que Tagesen occupait le bureau d'angle. Elle l'aimait bien, et il le méritait bien. En quittant son ancien journal, il l'avait emmenée avec plusieurs autres collaborateurs, au grand dam des anciens de *Politiken*. Mais Tagesen s'en moquait, tout comme Lise du reste. Les journalistes de *Politiken* ne se distinguaient pas de ceux des autres rédactions danoises qui formaient en moyenne les groupes les plus conservateurs du Danemark. Ils détestaient les changements et les nouveaux chefs.

« Salut, Lise, dit Tagesen. On se demande si ce foutoir va jamais redevenir une vraie place ? » Grand et fort, il avait la quarantaine et une moustache en broussaille sur laquelle il tirait quand il s'excitait, c'est-à-dire presque sans arrêt. Certains le qualifiaient de chicaneur, mais Lise le considérait comme un enthousiaste. Jeune et frais émoulu de bonnes universités américaines, il avait été politiquement assez à droite, mais comme tout le monde, il mijotait à présent dans la bouillie du centre danois, où les gens de droite et de gauche se retrouvaient toujours en vieillissant, quand la carrière prenait le pas sur l'idéologie. Cela pouvait se dire de cette façon. Lise préférait dire que nous gagnons tous en sagesse en vieillissant, excepté son mari, peut-être.

« N'est-ce pas, Lise ? On ne pourrait pas y faire quelque chose, au journal ? Rédige un de tes papiers incisifs. Mets l'architecte sur le gril et la municipalité au pilori, hein, Lise ? » Tagesen parlait vite, par à-coups. Quelques heures de sommeil lui suffisaient, il travaillait bien le matin et arrivait à la rédaction avant tout le monde, avec cent idées en tête.

« Bonjour, Tagesen. Au boulot avant que les autres aient pris leur petit déjeuner ? »

Tagesen tira sur sa moustache en riant. Il faisait très jeune, avec ce sourire en coin. Lise le trouvait très sympathique. Elle était heureuse de compter parmi ses alliés. Les alliances sont importantes dans les rédactions des quotidiens. Avec Tagesen, elle avait fait le bon choix. Elle avait demandé à faire partie de son équipe quand il était rédacteur en chef du quotidien concurrent et elle l'avait suivi sans hésiter à *Politiken*. En liant naturellement, ce faisant, sa propre carrière à la sienne, en un sens.

« Assieds-toi donc, Lise. »

Lise ôta une pile de journaux pour libérer un siège et s'assit. Tagesen s'assit lui aussi à son bureau en tripotant un stylo-bille ; ayant arrêté de fumer, il touchait à tout : coupe-papier, crayons, stylos-bille et il écornait ses papiers.

« Ecoute un peu ! Je t'offre le scoop de ta vie. Sara Santanda veut sortir de cette barbarie obscurantiste et faire une apparition en public. Pour sortir de l'ombre ! »

Lise sentit naître en elle une euphorie, comme le souffle d'un grand événement. Elle savait ce qu'il allait lui dire.

« Eh oui, Lise. Elle va venir au Danemark. C'est nous qui allons l'inviter, la présenter, la guider. Et c'est par notre journal qu'elle sera montrée et admirée !

– Mais j'ai entendu ce matin... aux infos, ... que l'Iran venait de...

– La condamnation à mort. L'augmentation de la prime. Je sais, mais Sara n'accepte plus de vivre cachée en raison de cette menace. Elle veut se montrer. »

Lise dut se lever. Elle alla à la fenêtre et regarda la place. Les piétons marchaient avec précaution pour éviter des montagnes de pavés. Aujourd'hui, on ne voyait que des bras nus et bronzés, des shorts et des jambes nues.

« Pourquoi nous ? Pourquoi au Danemark ? » demanda-t-elle.

Tagesen se mit à déchirer une feuille de papier en petits morceaux.

« Le Danemark est un pays tranquille. Nous n'avons pas de terroristes.

– Nous ne sommes pas très grands.

– C'est un scoop qui fera le tour du monde.

– Mais pourquoi *Politiken* ?

– Oh, en toute modestie, nous avons fait pas mal de choses pour Rushdie. Moi personnellement. Et pour les Kurdes. Nous sommes un organe d'activistes. De surcroît, j'ai rencontré une ou deux fois Sara Santanda à travers diverses relations... et tu l'as interviewée deux fois. Elle s'est souvenue de toi. Sans compter que tu es la présidente du PEN-Club danois. Elle sera l'invitée du PEN et la nôtre. Mais surtout la nôtre, n'est-ce pas ? Elle se réjouit de te revoir.

– Où est-elle en ce moment ? A-t-elle quitté l'Angleterre ?

– Elle continue de se cacher quelque part à Londres. Elle en a assez de vivre en prison. Elle veut sortir de l'ombre. Ça ne l'ennuierait pas non plus de dire ce qu'elle pense du prétendu dialogue critique de notre gouvernement avec l'Iran, dont le Danemark se glorifie à Bruxelles.

– Trêve de discours, Tagesen.

– Oui. Ce sera pour plus tard, répliqua-t-il, satisfait.

– Quand arrive-t-elle ?

– Dans trois bonnes semaines. »

Lise se rassit. Elle imaginait les complications. Ça ne laissait pas beaucoup de temps pour les préparatifs. Il y avait deux choses à considérer. Tagesen, et sans doute aussi Sara, voudraient qu'on leur fasse le plus de publicité possible, puisque c'était l'objectif explicite de sa décision de se montrer en public. Les agents du PET, les services secrets de la police, et la police de Copenhague exigeraient le plus de discrétion et d'isolement possible. Cela lui faciliterait la tâche. Depuis la visite de Rushdie, elle les connaissait. Ils n'étaient pas souples, mais très professionnels, et ils ne se permettaient aucun risque. Ils prenaient leur travail très au sérieux ; ils utilisaient un jargon spécial. Au lieu de dire qu'ils allaient examiner un appartement ou enquêter pour savoir s'il pouvait représenter une planque possible, ils disaient qu'ils allaient le zieuter. Ils auraient aimé pouvoir jouer aux caïds avec les représentants du PEN-Club ou avec d'autres écrivains ou journalistes impliqués dans cette visite, d'où certains conflits, mais malgré tout, Lise devait admettre que c'étaient eux qui avaient raison. Difficile de discuter avec eux quand les arguments qu'ils avançaient pouvaient faire la différence entre la vie et la mort, mais elle n'appréciait pas leur façon de les avancer.

« Tu en as parlé au PET ? demanda-t-elle.

– On dit P.E.T.

– Oui ou non ?

– Oui. Ils veulent que nous gardions le secret sur toute l'affaire jusqu'à sa première conférence de presse. C'est là que nous ferons éclater la bombe...

– Tu as accepté ?

– Je trouve que c'est assez fair play. Nous gardons l'exclusivité de l'affaire.

– O.K.

– J'ai pris rendez-vous pour toi cet après-midi avec l'inspecteur de la sécurité qui sera chargé de l'affaire. Il s'appelle Per Toftlund. Ils disent qu'il est bon. Il a ton âge. Discute avec lui. *Work something out !** C'est ton scoop.

– *Yes sir*, répondit-elle avec un respect simulé.

– J'ai aussi informé Svendsen, au ministère de l'Intérieur, à part ça, c'est entre toi et moi, n'est-ce pas, Lise ?

– Naturellement.

– O.K... Tu donneras le bonjour à Ole, n'est-ce pas ?

– Oui. » Mais elle savait que mentalement, Tagesen était déjà passé à l'affaire suivante. Que ce serait peine perdue de lui expliquer la situation, entre Ole et elle. D'ailleurs, ça ne l'intéressait pas non plus. Tagesen s'intéressait à des

* Monte un plan !

idées et au journal, pas aux gens. Elle était peut-être un peu brutale, mais quand on lui parlait de choses trop personnelles, son regard devenait toujours lointain. Pourtant, ils étaient sans doute amis. Mais Tagesen avait mis une affaire en marche et il comptait sur elle pour s'en occuper et ne s'adresser à lui qu'en cas de problèmes. Il avait confiance en elle. Elle préférait ces patrons-là à ceux qui voulaient qu'on soit aux petits soins avec eux pendant toute l'affaire. Qu'on les « nurse », pour employer un anglicisme courant dans les milieux journalistiques danois. Elle aimait mieux être responsable.

3

L'inspecteur principal Per Toftlund avait la gueule de bois. La nuque, et le gosier surtout, rayé comme un vieux 33 tours, lui faisaient mal. Tout était un peu flou et des doigts de fer semblaient s'enfoncer dans sa nuque. Il n'avait rien contre la gueule de bois en soi, c'était une punition équitable quand on avait maltraité son corps, mais il détestait la gueule de bois quand il devait aller travailler. Jamais il n'aurait accepté d'enterrer une vie de garçon s'il avait su que Vuldom l'appellerait le lendemain matin. Même si Jens était le dernier de leur bande à convoler. Lui-même mis à part, naturellement. Alors, ils avaient fait une bringue à tout casser, vraiment digne d'anciens hommes-grenouilles. Bientôt les copains ne parleraient plus que de maison et d'enfants et quand ils se retrouveraient, son célibat leur paraîtrait un peu bizarre. Pas de raison de se lamenter. C'était son choix et la mutation de ses amis avait été progressive. Il avait pris l'habitude de considérer sa jeunesse révolue. Un jour, peut-être, il regretterait l'absence d'une femme, d'enfants et d'un nid, mais alors, ce serait sûrement trop tard.

Il but un demi-litre de coca-cola et se força à faire vingt-cinq pompes avant de prendre une douche, d'abord brûlante, puis glacée. Il se rasa. Il trouva le crissement de la lame du rasoir désagréable à cause de son mal de tête. Il fit tomber deux gros cachets d'aspirine effervescente dans un verre d'eau. Puis il prit des corn-flakes avec beaucoup de lait et but un seau de café noir. La radio lui assurait un bruit de fond. Il avait une petite cuisine moderne avec une table pour deux personnes, un lave-vaisselle, un four à micro-ondes et au-dessus du plan de travail, de belles casseroles et des poêles en cuivre pendues à un crochet de métal. Le tout d'une propreté méticuleuse. Il tenait l'appartement lui-même. La femme de ménage qu'il avait eue ne le faisait pas assez bien. Ancien militaire, il se plaisait dans un ordre fonctionnel. Il aimait les appartements bien tenus, les chemises et les pantalons repassés, les chaussures bien cirées, et l'armée lui avait appris à s'occuper de tout cela lui-même. Il passa une paire de Levis repassés de frais, une chemise boutonnée de couleur claire, une cravate bleue et une veste d'été qui dissimulait le pistolet qu'il portait dans sa gaine, sur la hanche.

L'appartement comprenait par ailleurs une salle de séjour assez vaste, une chambre à coucher et une petite pièce pour ses livres et son ordinateur. Les meubles de bois clair étaient fonctionnels. Il avait une vue agréable sur les maisons basses d'Albertslund et sur la Forêt de l'Ouest, dont le soleil matinal éclairait le vert poussiéreux ; un mélange de smog et de brume voilait l'horizon.

Il prit sa voiture. Il savait qu'il n'aurait pas dû le faire, avec l'alcool qui lui restait dans le sang, mais il était en retard et rechignait à prendre le train de banlieue et les autobus. S'il se faisait arrêter, il montrerait son insigne de police, ou plutôt sa nouvelle carte d'identité, qui avait remplacé l'insigne de police d'autrefois, et il faudrait qu'il tombe sur des mecs incroyablement cons pour que des collègues le fassent souffler dans l'alcootest. C'était la procédure ordinaire, à moins qu'il ne se trouve vraiment impliqué dans un accident. Et il conduisait trop bien pour ça. De plus, il adorait sa BMW bleue. C'était son luxe.

Une petite voiture nerveuse qui l'avait incontestablement délesté de ses économies mais qu'il conduisait tous les jours avec délectation. Il y avait peu de voitures et la circulation était fluide quand il prit la direction de Bellahøj, où un immeuble moderne en béton abritait le commissariat de police et le service G, Service des Renseignements de la Police danoise.

Il se demandait pourquoi la secrétaire de Vuldom l'avait convoqué. Il lui restait à prendre une quantité de congés et avait demandé de longue date ces deux journées de congé. Il espérait qu'on n'allait pas lui demander de faire du babysitting pour le prince héritier. Il en avait marre, tout simplement, il avait déjà donné. En être réduit à l'eau minérale pendant que les jeunes faisaient une bringue carabinée. Il les comprenait, en un sens. Il n'avait pas été un saint, lui non plus, dans sa prime jeunesse. De plus, maintenant, c'était différent. Devenu un homme-grenouille, le prince héritier faisait désormais partie de leur bande. Per lui tirait son chapeau car il avait présenté le même concours d'entrée et suivi la même formation, et jamais de sa vie il n'avait rien connu d'aussi dur. Seulement, il trouvait ce service-là assez ennuyeux, en même temps que terriblement sérieux. Parce qu'il s'agissait du prince héritier et que ces casse-pieds de journalistes n'arrêtaient pas de le suivre.

Mais ça lui déplaisait de se trouver face à face avec Vuldom quand il avait la gueule de bois. Malgré la douche et le déodorant, les relents de vieille taverne lui sortaient par tous les pores, il le savait bien. Il n'avait presque pas dormi. En ce moment, il transpirait ce qui lui restait d'alcool. Vuldom était une patronne formidable, et une femme. Per n'avait rien contre les femmes patrons. Ça ne lui disait rien de participer au gag de la cantine qui consistait à faire des jeux de mots sur son nom de famille. Surnommer la patronne Vulve, ça ne correspondait pas à son sens de l'humour. Tant que les chefs se montraient compétents et équitables, qu'ils soient hommes, femmes, pédales ou lesbiennes, peu lui importait. Ça les regardait. De plus, il appartenait à une génération élevée par des femmes pendant toute sa jeunesse. Jusqu'à son entrée dans l'armée, les hommes étaient restés étrangement invisibles. Sa crèche, son jardin d'enfants, son centre de loisirs et son école avaient été dirigés par des femmes, et Per n'avait jamais vraiment connu son père, remarié et parti vivre dans le Jutland quand il avait trois ans. Il avait été élevé par sa mère. L'appartement avait vu passer plusieurs hommes, mais c'était sa mère qui portait la culotte.

C'était peut-être pour ça qu'il manquait de courage pour se lier avec une femme, pensait-il en conduisant discrètement la BMW dans le parking du grand immeuble bas. Les femmes avaient fait la loi pendant la plus grande partie de sa vie. Maintenant, il voulait décider seul. Mais la tendance était irréversible. Dans quelques années, la plupart des juges, des procureurs, des avocats, la plupart des chefs de service des pouvoirs publics, la plupart des quoi encore... ? seraient des femmes. On n'y pouvait rien.

Il salua un collègue de la brigade routière qui avait passé sa tenue de motocycliste et semblait se réjouir de partir sur la grand-route, par ce beau temps. Son mal de tête avait disparu, et même avec la gorge aussi sèche qu'on le répète dans les chansons à boire, il se sentait d'attaque et prêt à rencontrer n'importe quoi, ou n'importe qui.

Jytte Vuldom le reçut tout de suite. Per Toftlund vit qu'elle était dans un de ses bons jours. Sans faire de commentaires sur ses yeux légèrement injectés de sang, elle se borna à dire qu'elle regrettait de le convoquer un jour de congé. Pour Per, c'était une belle femme, bien qu'elle ait passé la cinquantaine. Un visage mince et délicat, des yeux bruns et clairs et une voix bien modulée. La seule chose qui la déparait, à ses yeux, c'était sa manie de fumer à la chaîne ses longues cigarettes au menthol, sans jamais demander si cela gênait quelqu'un. Elle hocha la tête, prit le thermos blanc qu'elle gardait toujours sur sa table, à côté d'une photo de son mari et de ses deux enfants adultes, et lui versa une tasse de café. Ces fortes femmes, pensa Per. Elles ont dû se battre plus que les hommes, elles ont fait du chemin et elles font preuve de beaucoup de goût et de talent pour le pouvoir.

Elle lui tendit son café avant de lui donner une photo ; la photo en couleurs d'une jeune femme à la peau brune et aux cheveux courts et frisés qui regardait le photographe avec sérieux et sans sourire. Des yeux noirs, une petite bouche ronde dans un visage rond, paré de deux boucles d'oreilles en or. Elle devait avoir la quarantaine.

« Tu la connais, Per ? »

Per regarda la photo.

« Oui. On en a pas mal parlé dans les médias. C'est un écrivain. Sara quelque chose...

– Santanda.

– Oui... Santanda. C'est ça. Ces salauds d'Iraniens l'ont mise sous contrat. Elle vit en Angleterre dans la clandestinité, comme Rushdie.

– Sauf que c'est pire, Per. Parce que c'est une femme.

– Qu'est-ce qu'elle a écrit ? »

Il fit une grimace en la voyant allumer une nouvelle cigarette. Elle lui rendit sa grimace sans la commenter. C'était la patronne et dans le bureau de la patronne, c'était elle qui commandait et les fanatiques anti-tabac avaient vite appris à la boucler.

« Elle a écrit, il y a cinq ans, un recueil d'essais dans lequel elle décrivait la façon dont les fondamentalistes religieux oppriment les femmes en Iran. Leur façon d'interpréter de travers et de maltraiter le Coran. Elle est sortie d'Iran en fraude en emportant son manuscrit, mais il y circule sous forme de cassette et d'imprimé. Elle est en train de devenir un animal politique ; comme Ciller en Turquie, elle a une mentalité d'Occidentale. Fille d'un homme d'affaires anglais et d'une mère iranienne. Mais de nationalité iranienne. Condamnée à mort *in absentia* pour haute trahison. Dans son dernier roman, elle montre un mollah corrompu, sa soif maladive du pouvoir et les sévices qu'il fait subir à ses maîtresses. Si elles lui désobéissent, il les punit en particulier en les forçant à manger du porc. Les Iraniens veulent l'éliminer, sans le dire officiellement, bien entendu. »

Per sourit :

« C'est un peu l'ironie du sort, n'est-ce pas ?

– Qu'est-ce que tu vois d'ironique dans cette affaire, Per ?

– C'est de cette façon que Khomeiny a sapé le régime du Shah. Ses discours circulaient enregistrés sur cassettes. Un système très efficace dans une population qui compte beaucoup d'analphabètes.

– Sara Santanda arrive à Copenhague dans un mois ; tu la protégeras et tu te chargeras de la sécurité pendant sa visite.

– Qui est-ce qui l'invite ? L'Etat ?

– *Politiken.* Ton contact est Lise Carlsen.

– Qui est-ce ?

– Tu ne suis pas les débats culturels, Toftlund ?

– Non. »

Vuldom secoua un peu la tête, comme devant un enfant qui n'avait pas appris ses leçons, mais Per s'en moquait. Il lisait les articles concernant la politique, l'économie, la criminalité et le sport. La culture ne l'intéressait pas. La plupart des artistes danois ne savaient que se plaindre d'être sans le sou et la seule chose qui paraissait les intéresser, c'était de plonger leur trompe dans les caisses de l'Etat en se faisant subventionner. Quand il lisait des livres, c'étaient des romans d'épouvante en anglais, mais il préférait le cinéma.

« Lise Carlsen est présidente du PEN-Club danois. C'est un des plus jeunes présidents de cette organisation, et une des rares femmes au monde à occuper ce poste. Elle est très compétente. Et c'est aussi une journaliste de *Politiken*. C'est elle qui sera l'hôtesse, dans cette affaire.

– Mais c'est l'hôte qui commande, n'est-ce pas ?

– L'hôte et l'hôtesse doivent collaborer de manière à ce que les invités se sentent les bienvenus. Est-ce clair, Toftlund ?

– Oui, c'est assez clair. »

Elle se pencha sur son bureau où se trouvaient deux petites piles de dossiers bien ordonnés, dans leurs chemises de carton vert. Elle baissa la voix, une voix qui séduisait assez Per, une voix grave, voilée par l'abus du tabac, qui lui rappelait celle de Lauren Bacall dans *The big sleep*.

« Ce sera une surveillance compliquée, Per. Cela ne m'échappe pas. D'une part, les ressources sont minces. Nous sommes déjà mobilisés par la planification de la réunion au sommet qui aura lieu plus tard cet automne, d'autre part, tu seras obligé de tenir compte du fait que le PEN-Club danois, l'écrivain et le journal voudront faire le plus de publicité possible. C'est tout l'objectif de l'opération. D'après eux, bien entendu. De notre côté, nous souhaitons le maximum de sécurité. Alors, trouve un abri pour Sara Santanda, Toftlund.

– Une sécurité totale et une publicité totale. Deux paramètres difficilement compatibles.

– A toi et à Lise Carlsen de les accorder. Mais nous ne voulons pas la perdre. C'est compris ? La sécurité d'abord, la presse après.

– Il y a aussi une autre dimension », poursuivit Per.

Il prit une gorgée de café. Vuldom attendait. C'était un de ses bons côtés. Elle donnait un ordre, vous filait une mission et elle comptait sur vous pour l'exécuter, mais elle laissait aussi les gens réfléchir avant de répondre. Elle voulait de bonnes réponses, pas des réponses désinvoltes. Per reprit une gorgée de café et poursuivit :

« Les politiciens vont être furieux. Ça va faire un raffut du diable...

– Et alors, Per ?

– Les exportations vers l'Iran rapportent au Danemark à peu près deux milliards par an. Les journaux ont publié des articles sur une commande à la fabrique de trains de Randers. Une commande iranienne. Chacun sait que cette fabrique bat de l'aile. Alors...

– Alors cette affaire ne regarde pas la police », répliqua Vuldom en consultant ostensiblement sa montre. Per ne discuta pas, mais il savait que les choses ne se passent pas comme ça. Dès lors que des journalistes et des hommes politiques étaient impliqués en même temps, il savait qu'il allait être totalement invraisemblable de garder le secret sur quoi que ce soit. Laisser filtrer des informations et s'en rejeter mutuellement la faute, c'était de cela qu'ils vivaient. La majorité des hommes politiques auraient vendu leur mère pour paraître pendant deux minutes au journal télévisé. Il comprit soudain dans quel merdier Vuldom l'avait si élégamment plongé. Il leva la tête, mais elle le devança en mettant un point final à la séance :

« Je crois que tu as pas mal à faire, maintenant. »

Per Toftlund mit sa veste sur un cintre dans son bureau et contacta John Nikolajsen. Ils avaient travaillé ensemble sur de grosses et petites affaires et servi de gardes du corps aussi bien à la famille royale qu'à des notables de passage. Ils avaient confiance l'un en l'autre, l'un des principaux atouts des policiers du monde entier, quand ils doivent collaborer. Dieu merci, John n'avait pas été recruté pour la réunion au sommet. On pouvait leur attribuer deux hommes de plus pendant la phase de la planification, et Per demanda à John de les faire venir dans une heure dans le bureau du 2e étage, qu'on pouvait leur laisser provisoirement comme salle opérationnelle. Il appela *Politiken* et prit rendez-vous avec Lise Carlsen. Elle avait une voix douce et agréable, avec peut-être une pointe d'accent jutlandais. Serait-elle assez aimable pour le rencontrer à trois heures au Café Norden ?

Puis il se mit à préparer sa réunion. Il était pleinement conscient du fait que le mois qui leur restait se révélerait beaucoup trop court.

Une bonne heure plus tard, il jetait un coup d'œil d'ensemble sur son équipe. Peu nombreuse, mais telle quelle, elle lui plaisait. Outre John, elle comptait Bente Carlsen, environ 35 ans, un bon agent et une bonne collègue et Frands Petersen qui, sans être d'une intelligence supérieure, était méthodique et scrupuleux et avait la patience requise pour la lenteur des missions de recherche et de surveillance. Il travaillerait pour la première fois avec Bente, mais il n'avait entendu que des éloges à son égard. Per aimait les femmes agents de police. Elles gardaient généralement la tête froide et faisaient le plus souvent de leur mieux. Elles devaient se battre un peu plus que les hommes pour leur avancement. Et quoi qu'il en soit, leur nombre augmentait régulièrement. C'était une petite équipe, mais cela devrait suffire provisoirement. Quand le sujet arriverait en ville, il lui faudrait l'assistance de la section de surveillance de la police de Copenhague.

La pièce était d'une bonne grandeur, avec deux fenêtres par où passait le beau soleil du mois d'août qui éclairait deux bureaux usés, deux ordinateurs, des téléphones et un rétroprojecteur derrière lequel se trouvait Per. Sur un tableau blanc, Per avait écrit en lettres rouges : SIMBA. Une machine à café électrique crachotait au coin de la salle et le café fumait déjà dans quatre tasses en carton. Ils étaient tous en civil, en jean et en manches de chemise, la tenue, pratiquement, de ceux qui avaient aussi fait leur stage dans la patrouille de sécurité urbaine.

« O.K. », commença Per. Il se leva, posa son gobelet de café noir et mit une feuille de papier sous le projecteur. A présent, sa gueule de bois se réduisait à une lointaine effervescence dans l'estomac.

La photo montrait Sara Santanda de face. Le visage rond et le petit sourire en coin, les cheveux noirs, courts et frisés et une paire de boucles d'oreilles bien visibles.

« Voici le sujet, mes amis, continua-t-il. Sara Santanda, écrivain, dont personne n'a certainement entendu parler chez des gens incultes comme vous. Mais elle a écrit un ou deux livres, et ces enragés de religieux iraniens l'ont condamnée à mort. A partir de maintenant, le sujet s'appelle Simba. Nous l'appellerons ainsi entre nous, dans nos rapports, nos mémos et dans l'ordinateur, *comprende*?

Ils acquiescèrent de la tête et sourirent. Ils connaissaient Per. Il aimait se faire un peu mousser en agrémentant ses discours de mots espagnols, comme de petits grains de poivre. Pour certains, c'était de la frime, mais John, lui, l'admettait, parce qu'il savait que c'était ainsi que Per structurait une mission. Il fallait qu'il nomme les choses, semblait-il, pour pouvoir les mettre en place et s'en souvenir par la suite. De plus, Per était un mordu de l'Espagne et de l'Amérique du Sud.

John lui dit en riant :

« D'où sors-tu ces noms codés, Per ? Simba ! Quel sera le prochain ? Mowgli ? »

Les autres rirent. Bente avait des dents un peu irrégulières et riait un peu trop fort, mais peut-être simplement par nervosité. Jusqu'à ce qu'ils aient appris à travailler ensemble.

« C'était le nom de mon chien, quand j'étais petit », répondit Per en provoquant de nouveaux rires. Il les laissa faire. C'était dans leur intérêt que leur première réunion opérationnelle commence par une bonne partie de rires. Ils allaient sûrement former une bonne équipe.

Per leva la main.

« Ça va, mettons la sourdine. Simba arrive dans un peu moins d'un mois. Après une année de vie clandestine, Simba a décidé de montrer son joli petit minois à Copenhague. Les collègues de Londres la surveillent 24 heures sur 24. Elle est écrivain, et donc à coup sûr complètement cinglée. Elle sera entourée d'écrivains et de journalistes danois qui, comme vous le savez, sont emmerdants au possible et ignorent tout de la sécurité. »

Bente s'éclaircit la gorge. Per se tut et la regarda aimablement :

« Bente ?

– Tu sais bien qu'il n'y a pas tellement de musulmans fanatiques. La cellule de l'Egyptien est surveillée de près. Nous savons qui il fréquente, et la plupart des musulmans du Danemark vont probablement nous aider. Alors, si nous surveillons les fanatiques, nous...

– Ce ne sont pas nos seuls adversaires. » Per prit un stylo et le fit passer d'une main dans l'autre. « Les saints qui la descendront iront au ciel avec Allah. C'est leur drogue. Mais l'Etat iranien offre aussi une chance à des païens comme nous. La prime qui sera versée à celui qui descendra Simba a été portée à 4 millions de dollars américains. »

Il fut content de la réaction de ses collègues. Ils se regardèrent en sifflant entre leurs dents. Ce montant leur ferait comprendre qu'il s'agissait d'une mission importante de première grandeur.

« Oui. C'est tentant, n'est-ce pas ? Pour tous les tueurs à gages, professionnels et amateurs. Pour tous ceux qui approcheront de la petite Simba. »

Per se tourna vers le tableau et déclara, tout en écrivant les mots-clés de son discours :

« Il va falloir zieuter des appartements-refuges. Trouver un itinéraire de l'aéroport à l'appartement-refuge, trouver une alternative, et un mode de transport de l'appartement-refuge à la conférence de presse, un endroit convenable et sûr pour la conférence de presse, et les journalistes diront ce qu'ils voudront, mais il faudra contrôler de très près tous ceux qui voudront rencontrer Simba. *Comprende ?*

– Qu'est-ce qu'on aura comme ressources ? » C'était de nouveau Bente. Elle voulait être sûre, d'entrée de jeu, qu'elle ferait partie de l'équipe.

« Jamais assez. Rien à voir avec une visite officielle, répondit Per. Voilà donc le truc : garder le secret sur la visite de Simba. La faire entrer au Danemark. Conférence de presse. La faire ressortir. Fin de l'opération.

– O.K., dit Bente.

– Allez Per, dis-nous tout ! » ajouta Frants. Un peu corpulent, il avait du mal à rentrer son ventre. Il donnait l'impression d'être près d'y renoncer pour laisser son bedon descendre sur sa ceinture.

Per se mit à rire, il se redressa et déclara, d'un ton faussement théâtral :

« Le *Secret Service* a perdu Kennedy. Reagan a été touché. Nous, nous n'avons jamais perdu personne. Ce n'est pas par Simba que nous allons commencer. »

John et Frands tapèrent des pieds en hurlant de rire. Bente semblait avoir quelque peine à saisir la drôlerie de la situation.

« On est quand même au Danemark », avança-t-elle.

Per la regarda :

« Justement, Bente. Statistiquement parlant, ça ne peut pas continuer à bien se passer. Alors... *vamos !* »

Per Toftlund trouva à garer sa BMW bleue à Gammel Strand, le long du canal. Il alimenta le parcmètre et descendit le long du canal. Assis par terre, les gens buvaient de la bière et du coca-cola en balançant les jambes au-dessus de l'eau. Il était venu de bonne heure, mais c'était volontaire. Une lourde odeur d'été rance pesait sur la ville. Le mélange du smog et du soleil, les relents de cuisine et de bière qui s'exhalaient des terrasses des restaurants et des portes des cuisines ouvertes. La couleur des bras et des jambes des cyclistes variait du rouge au brun. Il flâna jusqu'au café, par cette chaleur, et prit une table à l'intérieur, dans le coin reculé qui lui permettait de surveiller la porte d'entrée. Il alla chercher une tasse de café au bar et comme convenu, posa le quotidien *Extra Bladet* devant lui.

Il la vit tout de suite. Elle avait l'air de chercher, mais de toute façon, il l'aurait quand même remarquée. Elle avait un beau visage et elle était bien faite, mais ce n'était pas tout. Tant de femmes ont ces avantages-là. Sa façon de lever la tête et de rejeter ses cheveux blonds en arrière, et sa démarche souple et légère, sur les pavés. Elle avait aussi de jolies jambes, sous sa légère jupe d'été et elle se maquillait peu. Il lui donnait la trentaine, peut-être deux ans de plus. A quarante ans, vraisemblablement, elle n'aurait pas beaucoup changé. Si elle ne cherchait pas la dispute, ce serait un plaisir de travailler avec elle.

Elle ne lui sembla pas très sûre d'elle, en entrant dans le café. Pourtant, elle avait l'air d'une habituée des cafés, des endroits chauds du centre-ville. Mais là, elle regardait autour d'elle d'un œil scrutateur, comme si le fait d'attendre un inconnu la mettait mal à l'aise. Comme si elle n'avait jamais eu coutume d'attendre. Elle rappelait une mauvaise actrice dans un mauvais film de série B. Il la laissa transpirer une minute, puis il leva *Extra Bladet* en faisant un très léger sourire. Elle sourit, ce qui ne l'enlaidit certes pas, puis elle vint rapidement à lui et s'assit. Per prit tout de suite la parole et il la vit changer de visage, d'abord déroutée, puis furieuse. Ses yeux bleus tournaient au gris quand elle se mettait en colère. Il savait par expérience qu'il fallait mener le jeu dès le début. Montrer qui était le plus fort. La hiérarchie établie, on collaborait beaucoup mieux. Les intellectuels croyaient avoir le droit de décider, mais quand il était chargé de la sécurité, ça ne se passait pas comme ça.

« Vous êtes en retard, remarqua-t-il.

– J'avais quelque chose à terminer. » Elle avait la voix aimable et mélodieuse, avec une pointe certaine d'accent jutlandais.

« Arriver en retard, c'est bâcler son travail. Je n'aime pas ça. *Comprende ?* »

Elle le regarda comme s'il tombait de la lune. Il allait aplanir les choses en plaisantant quand il fut stoppé par sa réponse.

« *Entiendo, cuno* », répliqua-t-elle, avec un calme parfait.

Per se cala sur son siège et partit d'un rire plus gêné qu'il ne l'aurait voulu :

« Merde alors.

– Merci. Je prendrai aussi un café.

– Avec du sucre et du lait ?

– Noir. »

Il se leva et alla au bar. Lise le suivit des yeux. C'était un ours mal léché, elle l'avait déjà compris. La première impression était généralement la plus juste. Une sottise à dire, mais l'expression lui plaisait. Enfin, un type assez bien physiquement, pour les amateurs du genre sportif et des poils de barbe bien calculés. Bien vêtu. Peut-être conservateur et hors du temps du point de vue du goût, mais propre et bien repassé. Elle savait peu de chose sur les policiers et sur leur vie, mais à son avis, ceux qui cherchaient un emploi plus voisin de l'armée que de la vie civile n'étaient pas les plus doués dans la population. L'assurance qu'il dégageait lui venait peut-être du port d'un pistolet et de sa supériorité physique sur les gens. Si elle réussissait à retenir cette réflexion, elle pourrait la développer dans une colonne. En tout cas, elle avait établi dès le départ une relation d'égal à égal avec lui. Il l'avait gratifiée d'une connerie espagnole, elle lui avait rendu la monnaie de sa pièce : Compris, connard.

Per Toftlund revint, posa la tasse de café devant Lise en lui disant « Voilà ». Lise lui tendit la main et quand il voulut la serrer, il faillit renverser sa propre tasse à moitié pleine. Elle se présenta et Per lui dit, un peu confus :

« Per Toftlund... connard. Enfin, moi, pas vous. Comme vous me l'avez dit. »

Elle rit avec lui. Il avait un joli sourire. Des dents blanches régulières et une fossette. Un menton puissant, des yeux bruns et des cheveux noirs qui se clairsemaient un peu sur les tempes, mais il n'essayait pas de le cacher. Cela lui plaisait, pensa-t-elle sans motif, en se sentant soudain un peu gênée.

« Alors, vous parlez l'espagnol ? questionna-t-elle en levant sa tasse.

– Comme Hemingway.

– Oui, je suis sûre que c'est l'écrivain qu'il vous faut.

– Quand je fais un effort, j'écris sans faire de fautes.

– C'est vrai ? »

Il but le reste de son café et la regarda. Elle se força à reposer sa tasse, fouilla dans son sac et en sortit ses cigarettes.

« Je peux ?

– Tant que ce n'est pas moi.

– Intégriste ?

– Raisonnable, c'est tout. »

Elle alluma sa cigarette et se détourna pour souffler la fumée.

« Où en étions-nous ? » questionna-t-elle.

Per se pencha vers elle et lui parla à voix basse, comme s'ils étaient deux amants qui devisaient intimement.

« Nous devons parler de quelqu'un qui s'appelle Simba.

– Quoi ?

– Sara Santanda ; dorénavant, elle s'appelle Simba. Quand on en parlera, on parlera de Simba. Nous devons faire en sorte de collaborer, tous les deux, pour que vous puissiez montrer Simba et que je puisse la garder en vie. O.K. ?

– O.K. ! Mais je suis un être pensant et si nous devons collaborer, cela ne signifie pas que vous donnerez des ordres et que moi et le PEN-Club, nous claquerons des talons en vous répondant "bien mon commandant" comme n'importe quelle recrue. »

Il la regarda.

« Qui sait que Simba va venir ? demanda-t-il simplement.

– Tagesen, enfin, mon rédacteur en chef. Moi. Vous et le Premier ministre et son secrétaire général. Tagesen connaît personnellement le Premier ministre et il l'a informé pour que vous soyez impliqués.

– O.K. Ces gens-là doivent rester aussi peu nombreux que possible.

– Vous ne pouvez pas cacher Santanda...

– Simba.

– Quelle idiotie. Elle doit voir des gens. Vous ne comprenez pas que c'est tout notre objectif...

– Non. Ce n'est pas l'objectif.

– Alors, quel est l'objectif ?

– La garder en vie », répondit Per.

4

En matière de politique et de sécurité extérieure, le travail du gouvernement danois est contrôlé en permanence par le Comité de politique extérieure du Folketing, le Parlement danois, lequel se réunit une fois par semaine sous la direction d'un président qui établit un ordre du jour. Ce comité peut convoquer le Premier ministre et les ministres des Affaires étrangères et de la Défense pour leur demander des comptes et ces derniers, de leur côté, peuvent demander une audience au Comité pour informer ses membres des affaires en cours. Les chefs du FET., les services secrets de l'Armée, ou du PET., les services secrets de la police, peuvent également informer les membres du Parlement qui font partie du Comité de politique extérieure sur les risques du moment ou sur les affaires en cours. Les délibérations de ce Comité sont secrètes et confidentielles et il est interdit à ses membres de communiquer au public les informations qu'ils ont reçues à huis clos, la plupart ayant été collectées par les deux services secrets mentionnés ou se fondant sur des rapports classés provenant des ambassades danoises à l'étranger.

Johannes Jørgensen, membre du Parlement, ne l'ignorait pas, mais il était en colère, si en colère qu'il savait que d'une manière ou d'une autre, cette affaire devait sortir au grand jour. S'il pouvait, en enfreignant les règles du secret d'Etat, sauver de bons emplois au Jutland, il savait quel était son devoir et envers qui il devait être loyal : envers ses électeurs. Et non envers une quelconque païenne d'étrangère. Il représentait ses électeurs, et ce depuis quinze années, et la vie au « Palais » lui convenait. Connaissant les raccourcis politiques et pratiques des recoins et des corridors de la maison, il n'avait pas envie de retourner à sa clientèle un peu ennuyeuse d'avocat dans le Jutland central ; son frère en prenait si bien soin. Johannes Jørgensen avait 56 ans, des qualités de porte-parole et à son avis, le moment serait bientôt venu pour lui d'occuper un véritable poste au gouvernement. A condition d'être réélu, or, dans ce pays, on ne savait jamais à quel moment une élection serait décrétée. La stabilité et la paix apparente qui régnaient entre les partis du centre pouvaient s'effriter à la plus imprévisible et à la moindre occasion.

Cette affaire devait donc être rendue publique. C'était tout simplement son devoir.

En outre, ce ne serait pas la première fois qu'un des membres du Comité ferait discrètement usage des informations qu'il ou elle y avaient apprises. A-t-on besoin de faire état à tout prix de la provenance de ses informations ? Mais d'abord, il voulait tenter de ramener le Premier ministre à la raison.

Johannes Jørgensen était un homme mince, aux épaules larges, qui avait fait de la boxe dans sa jeunesse, d'où son nez un peu tordu. Pendant quelque temps, il avait envisagé de le faire redresser, mais d'une certaine manière, les électeurs aimaient bien le look masculin un peu dur que lui donnait son nez. Il ne cachait jamais son statut d'ancien boxeur et quand on l'interviewait à la télé, il recourait volontiers aux métaphores de la boxe. Après des études de droit à l'Université de Copenhague, il parlait parfaitement le danois classique, mais à la télé, il changeait sans peine de registre et son dialecte jutlandais revenait en force dans son discours. Rien de paysan, bien entendu. Mais ces temps-ci, un grain de crédibilité jutlandaise allait droit au cœur de ses auditeurs.

Il laissa les membres du Comité sortir avant lui. La plupart partirent rapidement, la seule chose qui les intéressait étant d'échapper au petit groupe de journalistes qui les attendait au dehors. Deux des membres du Parlement que l'on connaissait le moins marchaient lentement en surveillant les journalistes dans l'espoir qu'ils allaient leur demander un commentaire. Mais les journalistes de la télé ne s'intéressaient qu'au Premier ministre et à son attitude devant les derniers développements de la guerre en Bosnie qui, malgré les vacances du Parlement, avaient motivé la réunion du Comité de politique extérieure. Tout le monde parlait des soldats danois qui devaient descendre là-bas sous le commandement de l'OTAN, et si la télé s'y intéressait, on pouvait être sûr que les journaux le faisaient aussi. Jamais les membres inexpérimentés du Comité n'auraient communiqué les renseignements confidentiels que le Premier ministre leur avait demandé de garder secrets en les leur livrant à la rubrique « divers » de l'ordre du jour. Peut-être que, dans quelques jours, ils laisseraient tomber un mot discret à ce sujet en parlant à leur conjointe, à leur amant ou à leur maîtresse. Histoire de montrer, en quelque sorte, qu'ils détenaient des informations que d'autres n'avaient pas.

Ainsi pensait Jørgensen en attendant. Il connaissait ses collègues et l'ardeur de leurs ambitions. Quand on est atteint par le virus de la politique, c'est pour la vie. La dépendance engendrée par la politique et le pouvoir dépassait celle de la pire des drogues. Dételer au mauvais moment ou être lâché par ses électeurs pouvaient causer une véritable dépression. Il pensait à Jens Otto Krag, l'ancien Premier ministre, qui avait dételé de son plein gré, en croyant qu'il profiterait de la vie, une fois débarrassé du fardeau du pouvoir, mais ses quelques dernières années avaient tourné à la tragédie parce que tout compte fait, il ne pouvait pas vivre sans la politique, sans la douceur du pouvoir. Il en connaissait d'autres que leurs électeurs infidèles avaient renvoyés à l'anonymat ; ceux qui n'étaient pas revenus très vite aux affaires avaient fini alcooliques et dégoûtés d'eux-mêmes.

Jørgensen ne souhaitait pas ce destin. Il souhaitait rester où il était et faire un jour partie du cénacle.

Johannes Jørgensen salua aimablement un ou deux journalistes, fit un hochement de tête à un cadreur qu'il se rappelait avoir vu plusieurs fois derrière la caméra, lorsque la 2e chaîne l'avait interviewé, avant de ralentir un peu l'allure en avançant dans le corridor. Il vit que le Premier ministre allait bientôt en finir avec les journalistes et qu'il allait les semer en partant de son grand pas énergique caractéristique, pour se mettre en sécurité derrière les portes vitrées du ministère d'Etat.

Le Premier ministre, Carl Bang, était un homme de haute taille légèrement voûté. Comme la plupart des Premiers ministres danois, il vivait de son talent à regrouper les intérêts multiples des membres du Parlement et à les faire converger de manière à prolonger la survie d'un gouvernement minoritaire. Il jouait bien aux cartes et dressait habilement les partis et les hommes les uns contre les autres. Comme il tenait parole et obtenait de bons résultats dans les sondages, il occupait son poste aussi sûrement qu'un gouvernement danois pouvait raisonnablement le faire. Il avait appris de bonne heure que dans la politique danoise, il valait mieux privilégier le court terme et faire voter les compromis admis par la majorité qui siégeait en permanence. C'était la politique que l'on avait plus ou moins menée depuis la guerre et c'était, apparemment, ce que voulaient les Danois. Le gouvernement traversait une période de stabilité et Carl Bang trouvait du reste qu'en réalité, l'essentiel était fait et que les affaires marchaient.

Johannes Jørgensen le rattrapa. Il voyait bien que Svendsen, le secrétaire d'Etat, chuchotait quelque chose à l'oreille du Premier ministre, mais il s'en moquait. S'il demandait un entretien officiel, plusieurs jours pourraient s'écouler avant que Carl Bang ne l'inscrive sur son agenda.

« Monsieur le Premier ministre ! Pourriez-vous m'accorder un instant ? »

Carl Bang s'arrêta en arborant son célèbre sourire.

« Je n'ai pas beaucoup de temps », répondit-il en regardant sa montre.

Johannes Jørgensen regarda autour de lui. Ils étaient seuls. Svendsen recula discrètement d'un pas. Qu'il écoute aussi importait peu puisque de toute manière, Bang l'informerait.

« Vous feriez mieux de prendre le temps qu'il faudra, parce que ça, je ne l'accepterai pas, nom de Dieu.

– J'écoute, Jørgensen. » Carl Bang ne souriait plus. D'un signe de tête, il lui indiqua l'embrasure de la fenêtre. Svendsen leur servirait d'écran. Jørgensen et Bang, qui avaient presque la même taille, portaient tous les deux le costume sombre et la cravate à petits carreaux que tout le monde portait visiblement cette année. Malgré la chaleur du dehors, il faisait frais à Christiansborg. Le Palais, plongé dans son calme estival, sentait le vernis et la peinture. « Je n'accepterai pas ça », chuchota Jørgensen. « Je n'ai pas l'intention de permettre sans coup férir que l'on jette par la fenêtre trois beaux et bons milliards de couronnes d'exportations. »

Carl Bang regarda Jørgensen. Ce n'était qu'une petite affaire, mais il dissimula son irritation.

« Je n'ai fait que donner une information. Vous savez que ce n'est pas le projet du gouvernement.

– Ecoutez-moi, Bang. Le gouvernement compte sur mon parti. Si vous croyez que j'accepterai qu'un gros employeur... »

Bang ne put s'empêcher de répliquer avec un sourire :

« Une laiterie dans ta circonscription... », mais Jørgensen préféra ignorer cette insolence et poursuivit :

« ... disparaisse à la suite d'une petite manifestation ridiculement vide de sens, vous ne me connaissez pas assez bien. »

Le regard de Carl Bang prouva qu'hélas, il connaissait beaucoup trop bien ce politicien populiste qui faisait partie de ceux que l'objectivité ne tracasse guère et qui lâchent volontiers un ou deux ballons au cours de l'été pour paraître sur le petit écran.

« Ce n'est pas le projet du gouvernement, Jørgensen. Nous ne pouvons rien faire.

– Il ne s'agit pas seulement de la feta. Ce commerce se développe vraiment bien. C'est un marché qui a un gros potentiel. Il n'y a aucune raison pour que nous soyons les boy-scouts de l'Europe.

– Vous savez que nous souhaitons poursuivre le dialogue critique. Et comme je vous l'ai dit : c'est un arrangement privé dans lequel le gouvernement n'est pas impliqué.

– Et aucun membre du gouvernement ne la rencontrera ? »

Carl Bang resta un instant silencieux.

« C'est un arrangement privé. Nous ne pouvons rien

faire. Ni d'une manière, ni d'une autre. Ce n'est pas notre mission.

– Trouvez quelque chose, Bang. C'est une affaire qui me tient à cœur.

– Je vais voir ce que je peux faire. Maintenant, il faut que j'y aille. »

Johannes Jørgensen lui fit un salut mesuré et suivit des yeux le Premier ministre et Svendsen qui se hâtaient dans le couloir.

Carl Bang régla les affaires les plus urgentes avec Svendsen et quand il fut enfin seul dans son bureau, il forma lui-même le numéro personnel de Tagesen à *Politiken*. Ils étaient amis depuis l'époque de leurs études universitaires à Århus. Amis, c'était peut-être beaucoup dire, mais ils se voyaient quand même en privé de temps à autre et avaient de bonnes conversations sur la politique et les livres. Bien que l'un ait choisi les médias et l'autre la politique, ils se réjouissaient tous les deux de la chance qu'ils avaient eue dans la vie. Tacitement, ils étaient persuadés qu'en un sens, ils ne se trouvaient pas diamétralement opposés et que la symbiose des médias responsables et des hommes politiques de Christiansborg était le fondement même de la démocratie. Qu'ils dépendaient mutuellement l'un de l'autre. Dans un pays si petit, on ne pouvait éviter que les potentats des médias, du fonctionnariat et du régime politique se connaissent plus ou moins intimement.

C'était la ligne directe de Tagesen qui répondit lui-même. Ils échangèrent quelques phrases de politesse sur l'été et la chaleur, s'enquirent de leur femme et de leurs enfants et se plaignirent un peu de ce que les hommes pressés comme eux soient obligés de travailler d'arrache-pied, alors que d'autres profitaient de la vie sur la plage.

Alors, Bang se décida :

« Il y a une petite chose dont je voudrais te parler.

– Vas-y, Carl.

– La visite de cet écrivain. Pourrait-elle être annulée ? Ou en tout cas retardée jusqu'à plus tard dans l'année ? »

Tagesen fut tout de suite sur le qui-vive et l'amabilité disparut de sa voix :

« Mais pourquoi donc ?

– Certains trouvent le moment mal choisi. Et tu sais, avec la situation politique actuelle, j'ai besoin de... surtout si nous pensons à la Bosnie et aux soldats danois qui doivent y aller. Si nous voulons avoir une large majorité derrière nous, il faut leur laisser la priorité. Les partis ne doivent pas s'en mêler. Tu l'as écrit toi-même dans ton éditorial, n'est-ce pas ?

– Tu en as parlé au Comité ! » La voix de Tagesen trahissait sa colère. Il avait informé Svendsen tout à fait confidentiellement, en lui faisant remarquer qu'il valait mieux garder cette affaire pour lui. Le Parlement étant en vacances, toutes les chances étaient réunies pour que l'affaire se déroule sans grands débats. Mais Bang avait eu peur. Il y avait trop d'affaires pour lesquelles le Parlement l'accusait de n'avoir pas été suffisamment informé, alors, il s'était mis à couvert en en parlant au Comité de politique étrangère puisque ce dernier s'était réuni et l'avait convoqué à sa réunion...

« Ce n'est qu'un conseil d'ami », assura Carl Bang. Il regrettait d'avoir appelé. On ne savait jamais, avec les journalistes. Quelquefois, sans crier gare, ils prenaient leur indépendance terriblement au sérieux, alors que d'autres fois, ils se laissaient acheter pour un poêlon de lard à la sauce persillée.

« Et moi, je vais te rendre le service d'oublier ce que tu es venu me dire », dit Tagesen sur un ton mesuré, et ils terminèrent leur conversation en se saluant brièvement, sans s'assurer rituellement qu'ils devraient se voir bientôt, tous les quatre.

Quand Johannes Jørgensen avait envie de converser un peu confidentiellement avec un collègue ou un journaliste, il choisissait d'ordinaire pour lieu de rencontre le restaurant de Gitte Kik. Jeune conseiller municipal, il avait déjà appris qu'il importait d'avoir de bons rapports avec la presse. Et qu'il y avait peu de différence entre de bons rapports avec le journaliste d'une feuille de chou de province et de bons rapports avec l'un des journalistes du journal télévisé, de l'agence de presse Ritzau ou d'un grand quotidien de la capitale. Il fallait bien les traiter, répondre à leurs questions et leur offrir de temps à autre un bon scoop en leur payant un déjeuner. Un scoop qui leur servirait à quelque chose ; un scoop increvable, pendant quelque temps en tout cas. Les hommes politiques et les journalistes dépendaient profondément les uns des autres et cela ne rapportait rien de se déchaîner contre la presse. Le Danemark a la presse qu'il a, et c'est perdre son temps de s'en plaindre, disait-il toujours. « Servez-vous des journalistes ; ils se servent de vous. » C'était le genre de conseils qu'il donnait aux nouveaux élus de Christiansborg lorsqu'ils tournicotaient dans les corridors du Parlement comme des poussins qui avaient perdu leur mère.

Le restaurant de Gitte Kik était bondé, comme d'habitude. Fonctionnaires, hommes politiques, journalistes et hommes d'affaires se donnaient rendez-vous dans ce restaurant pratique, à deux pas du centre du pouvoir, pour y prendre des sandwiches substantiels. La vague de la nouvelle cuisine équilibrée n'avait pas sévi dans ces salles basses de plafond ; la graisse et la gelée, le pâté de foie et le saucisson, le hareng et les fromages bien faits, la bière et le schnaps, ainsi que des cendriers trônaient sur toutes les tables.

A part quelques femmes, la clientèle était masculine. Johannes Jørgensen, assis tout au fond à une table pour deux afin de pouvoir surveiller la porte et les deux marches de ce restaurant en sous-sol, vit le journaliste entrer et regarder autour de lui. Grand, entre deux âges et le crâne dégarni, Torsten Hansen portait une cravate de travers sur une chemise un peu froissée dont le col n'était pas boutonné. La sueur lui perlait au front. Une dépression qui avait atteint la Mer du Nord avait apporté un peu de fraîcheur, mais le temps continuait d'être lourd, comme si Notre Seigneur avait mis une couette sur le Danemark.

Johannes Jørgensen lui fit signe de la main et Torsten Hansen lui rendit son salut, posa son sac contre la table et lui serra la main. Ils prirent tous les deux du hareng, de l'anguille fumée et du fromage arrosés d'un schnaps et d'une bière. Ils commencèrent par commenter la situation politique et le départ pour l'ex-Yougoslavie des soldats danois qui allaient servir sous le commandement de l'OTAN. Johannes Jørgensen assura Torsten Hansen que cette question bénéficiait d'un large consensus politique et qu'il pourrait le citer en affirmant qu'on ne réunirait pas le Folketing sur ce sujet. La décision gouvernementale reposait sur une solide majorité.

Torsten Hansen prit des notes et mangea. Il faisait chaud dans la salle et tous les hommes avaient tombé la veste. La fumée du tabac picotait les yeux. Hansen, qui ne fumait pas, regrettait souvent la politique anti-tabac des Etats-Unis. Là-bas, les fumeurs minoritaires avaient peut-être des problèmes, mais pour les non-fumeurs, les bureaux et restaurants américains étaient paradisiaques. Au Danemark, il se gardait sagement d'aborder le sujet. Il n'avait, tout bonnement, pas le courage de se disputer.

Johannes Jørgensen posa son couteau et sa fourchette et vida son verre d'eau-de-vie.

« Cela, c'est confidentiel, Torsten, dit-il en se penchant vers le journaliste.

– Je t'écoute ! répondit Torsten en posant ostensiblement son stylo.

– Tu connais Sara Santanda, cette femme écrivain condamnée à mort, n'est-ce pas ? »

Torsten Hansen fit oui de la tête et prit une gorgée de bière.

« Elle va venir au Danemark.

– Mais elle vit à Londres dans la clandestinité.

– Justement. Mais voilà, c'est nous qui allons trinquer. Pour quelle raison c'est le Danemark, précisément, qui doit contribuer à une manifestation vide de sens, je l'ignore. »

Torsten Hansen entama son smørrebrød au fromage. C'était un scoop qu'il tenait là, il le savait et il avait assez d'expérience pour se taire et laisser parler Jørgensen. Ce n'était pas la première fois que Jørgensen lui donnait un bon scoop qui, même confidentiel, avait tenu le coup. Jørgensen était une bonne source. Politicien un peu frustré, il avait une certaine influence mais il s'était senti laissé-pour-compte, malgré tout, lors du dernier remaniement ministériel de Bang. La presse survivait grâce à ces gens-là. Il y en avait toujours un, à un moment quelconque, qui décidait de laisser filtrer quelque chose. Torsten concluait que le renseignement venait de la réunion tenue hier par le Comité, mais jamais Jørgensen ne l'aurait admis directement. Il comptait sur Torsten pour faire la déduction tout seul et comprendre que ses sources étaient suffisamment sûres.

Johannes Jørgensen reprit un peu de bière avant de poursuivre à voix basse :

« A mon avis, ce n'est pas une bonne idée. Les revenus des exportations ne sont pas aussi élevés que par le passé. Il n'y a aucune raison de provoquer un Etat avec lequel nous entretenons de bonnes relations commerciales et dont le potentiel est encore meilleur. Et de surcroît, à cause d'une étrangère qui a écrit un roman douteux du point de vue littéraire, paraît-il. Et que personne n'a lu, du reste !

– Quand doit-elle arriver ?

– Dans peu de temps. Je n'en sais rien. C'est *Politiken* qui invite, mais ce sont les contribuables, naturellement, qui vont payer les frais de la sécurité. C'est ainsi, tu le sais. Mais toutes les parties concernées essaient de garder sa visite secrète. Ce qui constitue une faute en soi dans une société démocratique. C'est pour cette raison que je t'en parle. »

Johannes Jørgensen se cala sur sa chaise.

« Et puis, il y a l'exportation de la feta ? Ce n'est pas la laiterie de ta circonscription qui en est totalement tributaire ? »

Johannes Jørgensen se pencha de nouveau et dit sans baisser la voix :

« Il faut respecter toutes les religions. Celle des musulmans y compris. Ils ont aussi le droit de se protéger contre les blasphémateurs. Comme nous autres chrétiens. Mais bien entendu, je suis contre la condamnation à mort. C'est évident. Encore du fromage ? Une bière ? »

Torsten Hansen secoua la tête.

« Tu ferais un commentaire officiel ? Devant la caméra ? »

Johannes Jørgensen fit un signe de dénégation.

« Pas aujourd'hui. Je te livre la nouvelle aujourd'hui. Si tu peux la faire confirmer, je ferai une déclaration... mais...

– Mais les autres l'auront aussi ?

– Exactement.

– Demain ?

– Il est évident que demain, en tant que membre du Comité de la politique extérieure, j'aurai une opinion sur cette affaire si vous voulez la creuser. »

Torsten Hansen pensa qu'en fait, c'était bien ainsi. Ce soir, il aurait le monopole de l'affaire, ce serait une nouvelle brève, et demain, il pourrait s'adresser aux partis, puisqu'il était aussi de service. S'il se mettait tout de suite à appeler à droite et à gauche, les collègues seraient vite sur sa trace. Mieux valait la présenter comme une simple nouvelle au journal de 18h30 et tâcher de la gonfler pour le journal de 21h en l'étoffant de quelques commentaires. En tout cas, c'était un bon scoop. Santanda ne s'était encore jamais montrée en public. L'Agence Reuter et CNN allaient tout de suite sauter dessus. Mais il serait le premier. Et quelle que fût son ancienneté dans la branche, le fait d'être le seul à annoncer une nouvelle le chatouillait agréablement.

Dans quelques heures, le monde entier saurait que Sara Santanda avait choisi le Danemark pour braver la folie des mollahs et la barbarie de leur condamnation à mort. Si elle choisissait un autre endroit à cause de cette fuite, cela ne lui posait pas de problèmes. Il savait que Jørgensen agissait dans son propre intérêt, mais il n'était pas devenu journaliste pour garder des secrets. C'était là un bon scoop et ce scoop lui appartenait.

5

Sur la colline qui dominait Pale, Vuk, seul à une table, occupait l'une des quatre chaises en plastique qui entouraient la table de laminé brun rouge. La porte du petit café vacillait sur ses gonds. Un rideau grisâtre voilait la fenêtre dont la vitre existait encore, la vitre de l'autre avait été brisée de longue date par une balle perdue, un jour où deux miliciens ivres avaient réglé une dispute sans importance. Ils s'étaient querellés pour une femme. Leur colère avait été plus forte que la sûreté de leur tir. Vuk buvait du slibovitch, une mauvaise habitude récente. Autrefois, il n'avait jamais recours à l'eau-de-vie pour faire passer le temps, mais à présent, cela lui faisait du bien de temps en temps. Il n'était jamais ivre, mais l'alcool l'abrutissait et le soulageait si agréablement en éloignant les images qui lui tombaient dessus sans crier gare. Il avait survécu plus longtemps que la plupart, et à en croire les statistiques, son tour ne devait pas tarder à venir. De plus, il avait l'impression que le passé était en train de les rattraper. Les actes qu'il avait commis avec un naturel si bizarre, dans l'euphorie de la victoire, se muaient maintenant en souvenirs d'horreur qui surgissaient lorsqu'on s'y attendait le moins.

Il vida le petit verre d'un seul coup. Il voyait, derrière le rideau, le patron regarder un match de foot à la télé sur une chaîne allemande. L'antenne parabolique de son café délabré fonctionnait toujours impeccablement, mais elle paraissait complètement déplacée sur ces moellons de béton blanc et ce toit gris. Peut-être datait-elle de l'époque où l'on pouvait encore espérer qu'un touriste ou deux s'aventureraient jusqu'ici. Le dernier touriste était rentré chez lui depuis belle lurette. Vuk remplit à nouveau son verre. Le soleil était bas au-dessus des versants verdoyants des montagnes et cela sentait la fin de l'été. Cette senteur lui remémorait toujours son père et la petite Katarina, mais il refusait d'y penser. Pale, et plus bas, Sarajevo, étaient enveloppées d'un voile de brume. Le calme y régnait. La guerre tirait certainement à sa fin et elle ne finissait pas bien. Il savait que beaucoup, dans son camp, ne l'accepteraient pas, mais ils avaient perdu. La première manche, en tout cas. Alors il faudrait voir, quand encore un hiver aurait pris fin. La fraîcheur, puis le froid, n'allaient pas tarder à blanchir les versants que baignait en ce moment une lumière jaune où planaient les insectes.

Vuk entendit la voiture avant de la voir. Sa main descendit vers le Kalachnikov dressé à ses pieds, mais revint au verre d'eau-de-vie. C'était la vieille Mercedes du Commandant ; il reconnaissait le ronronnement poussif du moteur et le grognement du vilebrequin.

Le Commandant n'était pas seul ; l'homme d'âge mûr qui l'accompagnait portait un complet de couleur sombre bien coupé, une chemise blanche, une cravate et des chaussures noires. Le Commandant, comme à l'ordinaire, avait son uniforme vert et son pistolet à la ceinture. Vuk avait toujours trouvé qu'il ressemblait à Fidel Castro en plus jeune. *El jefe*. Ce qui n'était pas faux. Vuk savait bien que le Commandant lui tenait lieu de père, mais cela ne faisait rien. Il lui avait enseigné tout ce qu'il savait à la meilleure école militaire du monde : l'Ecole spéciale de l'armée de la Confédération yougoslave, où l'on entraînait les plus durs parmi les jeunes au sabotage, à l'infiltration, au tir en embuscade, à la communication, à l'autodéfense, à la nage sous-marine et à la survie sur le terrain. C'était l'idée personnelle de Tito : former des soldats capables d'opérer comme des guérilleros si ces salauds de Russes essayaient d'imiter la tentative d'invasion allemande. Le Commandant avait dû, à la place, faire usage de sa coûteuse formation et de ses meilleurs élèves contre ces traîtres de musulmans et ces fascistes de Croates. Tito n'avait sûrement pas prévu que ce serait nécessaire.

« Deux autres verres », commanda Vuk.

Le patron leva la tête et Vuk leva deux doigts. Le patron apporta les deux verres et les mit sur la table sans un mot, puis il retourna à son match de foot.

Le Commandant et l'homme en complet discutaient à côté de la Mercedes noire et crasseuse garée au pied de la petite colline. Un escalier dont plusieurs marches s'effritaient menait au café. Vuk vit Radovan sortir de la voiture et allumer une cigarette. Il salua Vuk de la main et Vuk lui rendit son salut. Radovan faisait à la fois fonction de chauffeur et de garde du corps, bien qu'ici, ils soient en sécurité. Vuk avait mis deux jours à venir ici, après avoir traversé le fleuve tard dans la nuit. Comme il l'avait fait si souvent après une action, il était resté chez Emma un jour de plus. Il avait fait l'amour avec elle le matin, dormi le plus clair de la journée, refait l'amour avec elle le soir, puis traversé le fleuve pendant la nuit sur son petit canot pliable. Absolument rien de dramatique. Il avait entendu des tirs à l'est et au sud, mais il s'agissait d'armes de petit calibre et de tirs si éloignés qu'il avait continué sa marche, seul dans la nuit, sans chercher à se mettre à l'abri.

Le Commandant et l'homme au complet montèrent en direction de Vuk. Radovan resta en bas. Il conduisait la voiture et protégeait le Commandant, mais à son avis, moins il en savait sur la teneur des accords conclus, mieux cela valait. L'heure des comptes arriverait un jour et alors, mieux vaudrait en avoir vu, entendu et vécu le moins possible.

L'homme au complet était râblé et musclé, lui aussi, bien qu'il commence à prendre un peu de brioche. Il transpirait mais gardait tout de même sa veste. Vuk, en jean usé et en tee-shirt blanc, avait placé son blouson de cuir brun sur le dossier de sa chaise. Il avait deviné que l'homme au complet était Russe. Il les reconnaissait, comme les Américains. Qu'ils changent de costume ou essayent de changer de look ne leur servait à rien. C'était leur démarche, leur façon de bouger la tête, toute leur mimique. De même pour les Danois. Vuk savait pas mal de choses sur les déguisements. Il savait aussi que les gens sont démasqués par leur démarche, leur attitude, leur mimique, et il s'exerçait toujours à les observer attentivement.

Le Russe portait un beau complet occidental, mais on sentait à cent pas le militaire ou l'ancien du KGB tirant maintenant profit de ses talents pour livrer des armes illégales aux deux camps de la guerre civile yougoslave. Il avait un large visage slave et des yeux noirs, des cheveux noirs et épais coupés court et bien coiffés, divisés par une belle raie. En fait, il puait de loin la mafia.

Vuk se leva et attendit. Le Commandant fit un pas en avant et lui tendit la main. Quand Vuk la prit, le Commandant l'attira à lui et lui donna une brève accolade tandis qu'ils se tapaient mutuellement sur le dos.

« Impeccable, une fois de plus. Je suis fier de toi mon garçon », dit le Commandant en serbo-croate, d'une voix enrouée par le tabac noir des Balkans.

« De rien, répliqua Vuk en reculant d'un pas.

– Tu aimes tuer, Vuk, souligna le Commandant.

– Tu dis toujours ça.
– C'est vrai ?
– Non.
– Tu le fais bien.
– Qui est-ce ? » demanda Vuk.

Le Commandant se tourna vers le Russe et lui dit en anglais, bien que lui et Vuk sachent suffisamment le russe pour tenir une conversation :

« Voilà mon garçon. Celui qui te conviendra, je crois. Vuk. Le Danois serbe. »

Il avait un accent prononcé, mais le ton était américain. Il avait fait plusieurs stages chez les bérets verts du Texas, dans le plus grand secret. Autrefois, pendant la guerre froide, quand la Yougoslavie, malgré sa neutralité, craignait davantage l'ours russe que les impérialistes de Washington. Les Américains formaient avec le plus grand plaisir tous ceux qu'ils pouvaient provisoirement considérer comme des alliés : des officiers iraniens hostiles à l'Iran ou des soldats serbes hostiles à l'Union Soviétique. Le Commandant lui avait enseigné que les Américains n'ont pas de conscience historique et ne sont pas doués pour la stratégie. Fier de son anglais américain, le Commandant adorait y avoir recours.

Le Russe lui tendit la main et Vuk la prit. Le Russe avait une poignée de main solide et regardait les gens dans les yeux.

« *Pleased to meet you, Vuk* », dit-il dans un excellent anglais. Un ancien du KGB qui avait opéré, à coup sûr, sous le couvert d'un poste diplomatique à Londres et peut-être dans d'autres villes européennes. « J'ai beaucoup entendu parler de toi. Très élogieusement.

– Tu as un nom ?
– Kravtchov.

– Assieds-toi, M. Kravtchov et prends un verre. »

Kravtchov sortit un mouchoir de la poche de son pantalon et avant de s'asseoir, il essuya soigneusement les lames de plastique usées et poussiéreuses de la chaise. Vuk remplit les trois petits verres en levant le sien :

« On trinque ?

– A une entente commune, énonça le Russe.

– A la victoire », répondit Vuk.

Kravtchov regarda le Commandant, puis vida son verre en une longue gorgée.

« *Shit !* » s'exclama-t-il. « Il est bon, vraiment bon, mais c'est de la barbarie de le boire sans concombres au sel. »

Le Commandant rit :

« Il faudra que je m'en souvienne la prochaine fois.

– Que nous veut Kravtchov ? » questionna Vuk.

Il remplit les verres à nouveau. Il voyait et sentait à la fois que Kravtchov et le Commandant avaient discuté. Il avait l'impression qu'une affaire quelconque avait déjà été conclue, une affaire qui le concernait, lui et ses talents particuliers. C'était évident. Mais d'une manière ou d'une autre, cela l'irritait de voir que le Commandant le prenait à ce point pour acquis. Il avait pu le faire autrefois, mais maintenant, ce n'était peut-être plus tout à fait pareil.

Le Commandant tripota son verre et alluma une cigarette. Kravtchov fit de même. Il en offrit une à Vuk qui prit l'une des Marlboros du Russe.

Le Commandant s'excusa auprès de Kravtchov et passa au serbo-croate, dont le Russe comprenait sans doute un bon bout, pensa Vuk en écoutant le Commandant sans l'interrompre.

« Vuk. Kravtchov travaillait pour le KGB avant la débâcle. Il a conservé les bons contacts. Il peut obtenir les informations nécessaires. Il peut aussi nous procurer des armes. »

Vuk ne répondit pas, mais regarda attentivement le Russe.

Le Commandant poursuivit :

« Il nous paiera 4 millions de dollars américains pour un coup. »

Vuk répliqua en anglais :

« Je ne tue pas pour de l'argent. »

Kravtchov se pencha en avant et souligna dans la même langue :

« C'est une sacrée somme d'argent, Vuk !

– Je ne tue pas pour de l'argent.

– Ce n'est pas pour toi. Ce n'est pas pour moi. C'est pour la cause, insista le Commandant.

– Je ne tue pas pour de l'argent », répéta Vuk.

Kravtchov resta assis, les bras sur la table, et dit à voix basse :

– Je comprends tes sentiments, Vuk. Crois-moi. Je te comprends. Mais réfléchis. La guerre est bientôt finie. On ne peut pas dire que vous avez gagné la première manche. Vous avez besoin de cet argent. Vous êtes des parias. Vous avez besoin d'argent pour acheter des armes. Pour assurer l'avenir.

– Ecoute sa proposition », dit le Commandant.

Vuk ne répondit pas ; il attendit. Kravtchov échangea un nouveau coup d'œil avec le Commandant, puis il continua :

« Je ne peux pas entrer dans les détails avant de savoir si tu es d'accord. Je pense que tu le comprends, n'est-ce pas ? Tu connais les conditions opérationnelles, n'est-ce pas ? Mais je sers d'intermédiaire à une nation qui est prête à payer 4 millions de dollars pour éliminer une cible qui s'est fait un peu trop d'ennemis.

– Pourquoi moi ? demanda Vuk.

– La cible va faire surface au Danemark. Tu es l'homme idéal », expliqua le Commandant.

Vuk vida son verre.

« Parfait, répéta Kravtchov.

– La cible n'est pas un ennemi en soi, continua le Commandant. Mais toutes les guerres font des victimes parmi des civils innocents. Tu le sais mieux que personne, Vuk. Kravtchov a un bon plan. Nous trouverons un autre homme, un musulman, qui sera reconnu coupable. L'un de nos ennemis. Nous encaisserons l'argent. Ils encaisseront la faute. »

Vuk se leva et s'éloigna de la table. Le Commandant le suivit.

« Qu'est-ce que c'est que ça ? » interrogea Vuk.

Le Commandant jeta sa cigarette et l'écrasa de la semelle de ses rangers.

« En dernier ressort, un billet pour te sauver.

– C'est bien ce que je pensais.

– Nous sommes battus, Vuk. Bientôt les Américains et l'OTAN seront partout. Cette fois-ci, c'est du sérieux. Cette fois-ci, ce ne sont pas ces gamins de casques bleus avec des armes légères de l'ONU. Cette fois-ci, ils amènent des tanks et de l'artillerie, ils sont autorisés à tirer et ils ont envie de le faire. Ils vont peut-être commencer à creuser. Aux mauvais endroits, Vuk. Réfléchis. Réfléchis. »

C'était la seule chose à laquelle Vuk ne voulait pas penser. A ce sale après-midi de printemps gris, dans le village musulman, où tout sentiment humain s'était volatilisé et où l'odeur du sang rendait l'air lourd et sucré. Une odeur que même la terre jetée dessus par la suite et l'incendie des maisons n'avaient pu éliminer. Une odeur qui resterait dans ses narines jusqu'à la fin de sa vie. Quand cette ivresse sanguinaire les avait saisis et qu'ils s'étaient conduits comme les possédés dont on lui avait parlé à l'école, dans un autre pays.

« Je n'ai pas confiance en ce Russe.

– Tu as confiance en moi ? »

Vuk le regarda.

« Tu es tout ce que j'ai. Avec Emma, peut-être, mais je n'en sais rien, répondit Vuk.

– Vuk ! Ecoute-moi. Milosevic va nous vendre. Aussi sûr que les putains ouvrent les jambes. Il veut faire sauter l'embargo et conserver le pouvoir. Il va vendre les Serbes de Bosnie. Nous pourrons vivre chez lui, mais les musulmans arriveront dans notre vieux pays. Nous sommes foutus. Slobodan nous a vendus pour 30 deniers d'argent. Et si les Américains le réclament, il nous livrera aussi. Vuk ! Je connais les Américains. Ils ne comprennent pas les nuances, ils ne comprennent rien à la politique, ils ne comprennent absolument rien aux Balkans, mais ils comprennent un marché.

– Alors, c'est toi et moi ?

– C'est le noyau », répliqua le Commandant. Il farfouillait dans ses poches pour trouver ses cigarettes. C'était la première fois que Vuk le voyait nerveux, mieux, presque paniqué. L'uniforme et le visage fermé dissimulaient un homme terrifié.

« Le noyau ?

– Ceux en qui nous avons confiance, toi et moi.

– Je ne comprends pas, mentit Vuk.

– L'argent du Russe nous donnera la liberté. Nous pourrons rester ici. Continuer à nous battre. Nous pourrons nous installer en Serbie. Ou en Amérique du Sud. Commencer une nouvelle vie. C'est une occasion. Tu peux être celui qui va saisir cette occasion pour nos camarades.

– Pour toi.

– Pour toi et pour moi. Pour Emma, peut-être.

– Ce n'est donc pas pour la cause ?

– La cause est morte, Vuk. Maintenant, c'est de nous qu'il s'agit. Tu me le dois. C'est moi qui t'ai fait ce que tu es. Je t'ai recueilli tout jeune, quand tu tremblais de peur et que tu pleurais sur ce qu'avaient subi tes parents...

– Ta gueule », interrompit Vuk. Il n'éleva pas la voix, mais il vit aux yeux du Commandant qu'il avait eu peur. C'était la première fois que Vuk voyait le Commandant avoir peur de lui. Il avait raison, évidemment. Vuk était ce qu'il était parce que le Commandant l'avait sorti par les cheveux de l'ornière pour lui donner une mission. Il lui avait enseigné la douceur de la vengeance et donné les outils de sa vengeance. Mais la cause était là aussi. Maintenant, il n'y avait plus que l'argent.

Le Commandant le prit par le bras :

« Tu as toujours confiance moi, Vuk ?

– Oui, mentit Vuk.

– Alors, montre-le », répliqua le Commandant.

Vuk retourna s'asseoir à la table. Il vida de nouveau son verre. Il avait les mains tranquilles, mais le gosier toujours sec. Comme s'il y avait eu une tache qui ne disparaissait jamais. Le Commandant s'assit aussi, leva son verre, le vida et fit un signe de tête à Kravtchov.

« Cela te déplaît-il de tuer une femme, Vuk ? s'enquit Kravtchov.

– Tant qu'il est certain que je ne tue pas pour de l'argent, répondit Vuk.

– Evidemment.

– Qui et quand ? »

Le Russe se pencha de nouveau en avant et baissa la voix comme s'ils étaient des amis intimes. Vuk regarda le Commandant dont le visage transpirait. Il le vit allumer encore une cigarette et pour la première fois depuis qu'il l'avait rencontré, Vuk n'éprouva ni déférence, ni respect, ni affection pour lui. Il ne ressentait que du mépris. Le Commandant l'avait vendu, mais Vuk n'allait pas manquer de faire en sorte qu'il n'en touche jamais le bénéfice. N'ayant pas entendu ce qu'avait dit le Russe, il lui demanda de le répéter.

« Je t'ai dit que dans trois jours, nous nous rencontrerons à Berlin. Berlin est un bon point de départ. Est-ce O.K. ?

– C'est O.K.

– Comment y viendras-tu ? demanda le Russe.

– Ça ne te regarde pas.

– Naturellement. »

Kravtchov leva son verre pour un toast implicite et but rapidement.

« Qui est le sujet ? » s'enquit Vuk.

Kravtchov tira une photo de sa poche intérieure et la poussa devant Vuk. Le visage ne lui disait rien. C'était une belle femme d'environ quarante ans qui aimait les grandes boucles d'oreilles en or. Un visage rond et des cheveux bouclés. D'un côté, elle paraissait très douce et gentille, mais quelque chose, dans son visage, la révélait volontaire et dominatrice.

« Elle a un nom ? demanda Vuk.

– Sara Santanda. »

Vuk se cala contre le dossier de sa chaise et il éclata soudain de rire. D'un rire feutré, surtout de poitrine, mais qui fit se redresser sur leur chaise le Commandant et Kravtchov.

« Qu'est-ce qu'il y a, Vuk ? questionna le Commandant.

– Je vais éliminer une femme que ces salauds de religieux de Téhéran ont condamnée parce qu'elle a pissé sur le prophète et la religion que je hais plus que tout au monde. »

Le Commandant riait aussi, maintenant, d'un rire fort et rauque qui se transforma vite en toux.

« Exactement mon garçon, exactement », disait-il entre deux quintes. « C'est pour ça que toute cette affaire est si merveilleuse. Tu vas l'éliminer, un musulman quelconque encaissera la faute et nous encaisserons 4 millions de dollars. »

Vuk le regarda, puis il passa à Kravtchov.

« Rendez-vous à Berlin, M. Kravtchov. Jusque-là, tu gardes tout ça pour toi. C'est entre toi et moi. C'est compris ?

– Et ton Commandant ?

– Et mon Commandant.

– C'est convenu », répondit Kravtchov en lui tendant la main. Mais au lieu de la prendre, Vuk prit la bouteille et il remplit de nouveau son verre. Il le vida d'un seul coup, se leva et partit.

6

Vuk se mit en route le soir même. Il prépara son sac à dos en y rangeant deux chemises de rechange, un pantalon de couleur claire, une cravate bleue, du linge de corps, de la peinture de camouflage, un pull à col roulé noir et un jean noir. Son appartement de Pale ne comprenait que deux pièces. Le lit n'était pas fait et à la cuisine, les reliefs d'un repas restaient dans une casserole : des haricots cuits au four et deux œufs au plat. Un autre lit en désordre, une table entourée de trois vieilles chaises à haut dossier et une bibliothèque vide. La poussière recouvrait le plancher nu.

Il évita de boire de l'alcool et prit du café noir. Cette nuit, cela n'avait pas grande importance, mais dans quelques jours, il aurait besoin de toutes ses facultés. Il se sentait à la fois vide et soulagé. Sa décision était prise et il ne pouvait plus rien y changer. Sa trahison lui pesait, mais il en était quand même arrivé à la conclusion qu'il n'avait pas d'autre solution pour s'en sortir. Une carte avait été jouée, maintenant, il devait se servir de son atout. Il savait que la lumière et la senteur de ces collines verdoyantes allaient lui manquer, mais il avait aussi le sentiment très vif que son temps était révolu. Celui du Commandant aussi.

Vuk assembla la charge de l'explosif qui n'était pas compliqué. Quelques grammes de Semtex et un crayon détonateur. Quand il l'aurait cassé, un acide mettrait une heure à le traverser. Le Commandant était esclave de ses habitudes. Il rendait visite à sa maîtresse tous les jours entre 17 et 19 heures et rentrait ensuite chez lui, pour retrouver sa femme et leurs deux enfants. Pendant que le Commandant s'amusait, Radovan irait au café voisin pour boire un café et un verre d'eau-de-vie. Vuk n'avait plus confiance en son Commandant. S'il l'avait vendu une première fois, il le vendrait encore. La première fois est toujours la plus dure. Il est plus facile de trahir une deuxième et une troisième fois. Il pressa délicatement le détonateur dans le plastique mou de l'explosif et plaça l'aimant de l'autre côté. Quand il l'approcha de la casserole en fer posée sur la cuisinière, l'aimant s'y colla en claquant. Il le tordit pour le dégager et enroula de la bande adhésive gris noir autour de la petite boule, de façon que tout soit bien en place, puis il mit son Smith & Wesson dans la poche de son blouson de cuir, avec une petite boîte de cartouches.

Il ouvrit le placard à balai encastré à côté de la vieille cuisinière à gaz et sortit un balai, un seau et une pelle à balayures. Ouvrant son couteau militaire rouge, il souleva délicatement deux planches qui avaient déjà du jeu. Il sortit un sac de cuir brun de la cachette située sous les autres planches du bas du placard et en tira trois passeports : un danois, un suédois et un russe. Des passeports usés. Dans le russe, Vuk avait des cheveux noirs et une moustache. Dans le suédois et le danois, il était blond et sans moustache. Ces passeports portaient plusieurs tampons. Le sac renfermait aussi deux Eurocards, une carte de crédit American Express et une carte de presse suédoise avec la photo d'un homme jeune, pas très ressemblant, mais avec un peu de chance, cela passerait peut-être. Vuk fourra le tout dans la poche intérieure de son blouson de cuir. Il fouilla de nouveau sous le plancher et trouva un autre sac. Il en dénoua le cordon et en sortit deux liasses de billets. Une grosse liasse de billets de cent dollars serrés par un élastique et une liasse de marks retenue par une pince à billets. Il fourra les marks dans la poche de son pantalon et les dollars dans la poche intérieure de son blouson.

Il se sentait calme. L'alcool s'était évaporé tranquillement et il se contrôlait toujours quand il préparait ou exécutait une action. Il mobilisait toutes ses facultés mentales pour calculer, évaluer et prévoir ce que ses ennemis pourraient inventer. On eût dit que les pensées et les démons qui le prenaient par surprise ne réussissaient pas à entrer pour s'imposer.

Il était devenu plus facile de sortir du pays. Depuis la levée d'une partie de l'embargo, des avions quittaient de nouveau Belgrade. Milosevic les vendait pour quelques billets d'avion. Ce n'était qu'un acompte, naturellement, pensa-t-il, mais pour les Serbes bosniaques, c'était le commencement de la fin.

Il dut attendre un moment avant d'avoir la communication, mais il eut enfin Belgrade.

« Ici Vuk.

– Oui, Vuk, répondit-on.

– Varsovie, demain.

– 1000 DM plus le billet.

– D'accord.

– Donne-moi le nom du voyageur.

– Sven Ericson, citoyen suédois.

– Epelle-le ! » demanda le trafiquant dans son petit appartement de Belgrade. L'embargo et les sanctions avaient créé toute une nouvelle classe d'hommes d'affaires à Belgrade. Ils fournissaient tout. Ils arrangeaient tout. Il suffisait d'avoir les relations adéquates. Vuk épela le nom et reposa le combiné. La nuit commençait à tomber. Le moment était venu. Il prit son sac à dos, éteignit la lumière, sortit et ferma la porte à clé.

Aucune raison de regarder derrière lui. Dans l'appartement, rien ne révélait l'identité de celui qui l'avait habité. Si jamais l'idée venait à l'un des Serbes de Bosnie qui vivaient dans cette capitale auto-proclamée de fouiller cet appartement, ils n'y trouveraient pas une trace qui mène quelque part. C'était comme si Vuk n'avait jamais existé. Un seul être connaissait son adresse et il ne pourrait jamais parler. Emma ignorait où il vivait. Un instant, son cœur se serra, puis il chassa ce petit accès de mélancolie.

Vuk descendit l'escalier et alla à la voiture. C'était une Niva russe immatriculée à Belgrade. Garée dans une rue transversale et recouverte d'une bâche. Cela faisait un mois qu'il gardait en réserve cette petite traction à quatre roues motrices. Le plein était fait et cette voiture négocierait sans encombres les petites routes qui le conduiraient en Serbie et à Belgrade. Il l'avait achetée au noir, mais le trafiquant lui avait affirmé qu'il l'avait blanchie et dotée de nouvelles plaques minéralogiques. L'officier ukrainien payé par lui pour la déclarer accidentée avait regagné Kiev depuis belle lurette. Dans cette transaction, tout le monde avait trouvé son compte.

Vuk enleva la bâche, la plia et la posa sur le siège arrière. Il prit la bombe à retardement et la posa sur le siège avant. La voiture démarra à la troisième tentative. Le moteur ronronnait le mieux du monde. Il était bruyant, comme celui de toutes les Niva. Vuk avait soigneusement vérifié lui-même cette petite voiture puissante, ayant appris très tôt qu'il était toujours prudent d'avoir un moyen de transport sous la main. Il faisait toujours assez chaud, mais il y avait peu de monde dans les rues. Deux soldats musaient sur le trottoir quand Vuk s'approcha de la Mercedes du Commandant, garée comme de coutume dans une rue transversale, à cinquante mètres de la maison de sa maîtresse. Vuk sortit de sa voiture en laissant tourner le moteur. Il regarda autour de lui. Les soldats avaient disparu, il était seul. Radovan devait être au café du coin. C'était triste pour lui, mais dans toutes les guerres, il y a des victimes qui se trouvent, tout bonnement, au mauvais endroit au mauvais moment. Il n'y avait personne en vue. Il regarda sa montre. Six heures et demie. Dans trente minutes, Radovan conduirait le Commandant chez lui, dans un palais conquis sur les hauteurs de la ville, l'ancienne propriété d'un riche Slovène. Le retour lui prendrait trois quarts d'heure. Vuk parcourut une fois de plus du regard la rue tranquille, se coucha prestement et posa l'aimant sous le réservoir à essence. La bande adhésive gris noir rendait la bombe pratiquement invisible et Vuk savait que lorsqu'il était à Pale, le Commandant négligeait les règles de sécurité, surtout après les heures qu'il passait avec sa maîtresse. Il arriverait, fleurant le cognac, et s'installerait sur le siège arrière avec son cigare. Sur les routes de montagne qui montaient à son palais, ce serait fini. Le retard à l'allumage était de deux minutes, plus ou moins.

Vuk roulait dans la nuit. Il prenait les petites routes et ne rencontrait personne. Pendant cette dernière phase de la guerre, la plupart des gens restaient chez eux. Ils qualifiaient de pourparlers de paix les discussions entamées, mais Vuk le considérait comme des négociations de capitulation. Son peuple allait être vendu. Il serait soumis au contrôle des musulmans et des Croates, ce n'était qu'une question de mois. Deux années plus tôt, la situation était différente. Ils s'apprêtaient à conquérir presque toute la Bosnie-Herzégovine mais au moment décisif, par manque d'assurance, ils avaient hésité. Maintenant, la Bosnie allait constituer une forte armée gouvernementale et ces traîtres de Serbes de Belgrade les vendraient contre la reconnaissance internationale et la levée du blocus. Pour pouvoir échapper eux-mêmes aux loups avides de l'Occident, ils leur livreraient deux soi-disant criminels de guerre. Il avait pris la bonne décision. Il était temps de se tirer de là.

Juste après Srebrenica, la frontière émergea dans le noir, surveillée par un garde ensommeillé. Vuk ralentit et baissa la vitre jusqu'en bas. Le garde-frontière était très jeune. Ils étaient en territoire serbe et il ne vit aucun garde bosniaque. Vuk fit le salut militaire, comme s'il rendait les honneurs, et donna au garde son passeport militaire signé par le Commandant, qui lui ouvrait toutes les portes d'ordinaire. Mais pour plus de sûreté, il y avait joint un billet allemand. On ne pouvait pas savoir, ces temps-ci, mais les effectifs ne semblaient pas avoir été grossis, même s'il comptait bien que le Commandant ne fût plus en mesure de vérifier sa propre signature. Le garde prit le billet de cinquante DM et lui tendit son passeport d'un geste paresseux, nonchalant, avant d'ouvrir la barrière et de laisser Vuk entrer en Serbie ; Vuk accéléra en mettant le cap sur Belgrade.

Il arriva au petit jour à l'aéroport de Belgrade, fantomatique et silencieux, dans la lumière matinale douce et voilée. Cet aéroport moderne, autrefois bourdonnant d'activité et en liaison avec la plupart des grandes villes, avait dû réduire ses vols, ces dernières années, à un minimum de décollages et d'atterrissages quotidiens à cause de l'embargo international. Le trafic se rétablissait lentement et Vuk vit plusieurs avions de l'ancienne compagnie aérienne yougoslave prêts à décoller. Sur le parking, les voitures étaient rares. Vuk y conduisit la Niva et la gara. Il sortit le revolver de sa poche poitrine, le vida de ses cartouches et les poussa avec le revolver sous le siège du passager. Il n'aimait pas être sans armes, mais n'ignorait pas qu'il risquait beaucoup trop gros en portant des armes dans le périmètre d'un aéroport.

Il s'appuya contre la Niva, son sac à dos à ses pieds, et alluma une cigarette. Le manque de sommeil lui alourdissait un peu la tête, mais cela allait passer. Il lui était déjà arrivé, pendant plusieurs jours, de ne dormir qu'une ou deux heures par-ci par-là et il se savait capable de recommencer. Il entendit le claquement d'une portière d'auto et un petit homme de trente ans vêtu d'un costume sombre sortit d'une Ford Scorpio grise et vint à lui. Vuk se redressa et attendit. Il le connaissait. Ils le surnommaient le Serpent, parce qu'il avait, disait-on, un cobra tatoué sur la fesse droite, un souvenir de prison.

Le Serpent s'approcha de Vuk et lui tendit la main.

« Des problèmes ?

– Non, répondit Vuk.

– Ils disent que ton Commandant a eu un accident ?

– Nous vivons à une époque dangereuse.

– Eh oui », dit le Serpent en tendant un billet à Vuk. « Avec les Yougoslaves jusqu'à Vienne, dans une demi-heure. Une heure d'attente à Vienne, ensuite avec Lot jusqu'à Varsovie. Ça fera tout juste deux mille. Parce que ça pressait un peu. »

Vuk glissa dans sa poche poitrine le billet d'avion qui serait parfait. Trop cher, mais on payait pour la qualité et si le Serpent avait survécu si longtemps, c'était pour une bonne raison : il savait que pour les trafiquants, la meilleure assurance contre le chômage était d'avoir la réputation de toujours oublier la dernière transaction à l'instant où elle s'achevait. Il donna deux mille DM au Serpent. Le Serpent ne les compta pas, il fourra les billets soigneusement pliés dans sa poche poitrine.

« Tu peux faire ce que tu veux de la voiture, lui dit Vuk.

– Elle est chaude ?

– Peut-être tiède.

– O.K.

– Il y a quelque chose de chaud sous le siège.

– D'accord. J'enverrai quelqu'un la chercher. »

Vuk lui tendit les clés et jeta son sac sur son épaule droite.

« *Bon voyage*, ajouta le Serpent.

« *Merci* »*, répondit Vuk en entrant dans le terminal.

Vuk dormit dans l'avion de Vienne et il eut le temps de prendre un bain rapide et de se raser à l'aéroport trépidant de Vienne avant de monter à bord d'un avion à moitié vide en partance pour Varsovie. Il prit un petit pain et un peu de fromage mais se rendormit. Le contrôle des passeports, à Varsovie, était un peu plus scrupuleux que Vuk ne l'avait cru, mais comme son avion arrivait en même temps qu'un avion de la SAS en provenance de Copenhague, Vuk quitta sa file d'attente pour se placer dans celle des hommes d'affaires suédois et danois. C'était étrange, mais agréable quand même de réentendre des gens parler le suédois et le danois. Surtout le danois. Cela lui rappelait beaucoup de souvenirs, mais il les refoula pour évaluer de très près le soin avec lequel ils vérifiaient les passeports. Dès qu'on leur tendait des passeports scandinaves, le contrôle devenait superficiel. Quand ce fut son tour, la femme agent de police ne regarda son passeport qu'une seule fois, puis elle leva les yeux sur lui. Il lui fit un grand sourire et elle ne put s'empêcher de le lui rendre.

« *Have a nice stay in Poland, Mr. Ericson.*

– *I will try, madam* »**, répondit-il en reprenant le passeport, puis il entra en Pologne.

* En français dans le texte.

**« Passez un agréable séjour en Pologne, M. Ericson.
– Je vais essayer, Madame. »

Vuk alla aux toilettes. Il trouva une cabine libre et posa son sac à dos par terre. Il sortit sa trousse de maquillage, un petit miroir et se teignit les cheveux avec de la poudre noire. Puis il colla soigneusement la moustache et mit une casquette toute droite sur sa tête. Reposant sa trousse de maquillage, il prit le passeport russe et s'assit pour attendre d'être tout à fait sûr que tous les voyageurs avec lesquels il avait débarqué avaient récupéré leurs bagages sans problèmes et disparu dans la capitale polonaise. Alors, il sortit et il alla à la banque où il changea des DM contre des zlotys polonais.

A l'agence Avis, il posa sur le comptoir, devant l'employée, son passeport rouge et son permis de conduire russes. L'employée polonaise de cette agence de location de voitures le regarda avec irritation, mais la routine reprit le dessus et il eut droit au sourire Avis. Il savait que puisqu'il était Russe, elle s'attendait à être payée comptant. Les agences de location de voitures n'aiment pas opérer sans cartes de crédit, mais les affaires qu'elles faisaient avec les Russes qui circulaient en Europe orientale et occidentale avaient trop d'envergure pour qu'on se permette de les négliger. Cela leur coûtait peut-être une voiture ou deux, mais l'assurance était faite pour ça. Le passeport et le permis de conduire lui paraissant normaux, elle décida de ne pas appeler un supérieur hiérarchique. Le Russe n'avait d'ailleurs demandé qu'une voiture de classe moyenne. Quand ils avaient l'intention de la disséquer, ils demandaient toujours des modèles de luxe.

«*Cash or credit?*»* demanda-t-elle malgré tout.

«*Cash*», répondit Vuk en allumant une cigarette, tandis qu'elle remplissait le formulaire en recopiant les précisions

* «Espèce ou carte?»

du passeport et du permis de conduire. Etant polonaise, elle lisait les caractères cyrilliques sans problèmes et savait sûrement aussi un peu de russe puisqu'on l'enseignait obligatoirement à l'école, mais elle ne le parlerait pas. Vuk la comprenait parfaitement. Il accepta l'assurance. Et il n'aurait besoin de la voiture que pendant deux jours. Il tira de sa poche, selon la coutume russe, une liasse roulée de billets de cent dollars et les compta devant elle. Elle lui remit les clés d'une Ford Fiesta et quelques minutes plus tard, il partait vers Wroclaw, en direction du sud-ouest. M. Ericson était arrivé en Pologne et avait disparu sans laisser de traces. M. Jenikov avait loué une voiture, bien qu'aucun agent de la police des passeports n'ait noté son arrivée dans la république polonaise. Ceci, cependant, était moins extraordinaire. Un courant intense de Russes et d'Ukrainiens entrait en Pologne en passant par la frontière ukrainienne. On ne respectait pas toujours toutes les formalités, dans ce pays de l'est de l'ancien rideau de fer où l'économie de marché galopante avait remplacé l'économie planifiée.

Vuk arrêta la voiture devant le supermarché d'une petite ville et il acheta du pain, du saucisson, du fromage, quelques pommes et deux grandes bouteilles d'eau minérale, puis il poursuivit sa route vers l'ouest en roulant sur une bonne route secondaire, tandis que le crépuscule envahissait lentement la grande plaine polonaise. Quand il fit le plein, il acheta deux coca-cola. Il paya comptant. A la nuit tombée, il fit halte sur une aire de repos, mangea le pain et le saucisson, but une des bouteilles d'eau minérale, puis ferma la voiture à clé et dormit pendant quatre heures. Il fut réveillé par le grondement des freins les deux fois où deux gros poids lourds polonais vinrent se garer sur l'aire de repos.

De nouveau, la matinée était belle. La lumière passait du rose au blanc azuré et la rosée étincelait dans les champs. Les deux poids lourds étaient à l'arrêt. Apparemment, les chauffeurs dormaient toujours. Vuk se brossa les dents avec l'eau minérale et mangea le reste du pain et du fromage. Il avait besoin de café. Il se brossa les cheveux pour éliminer le plus gros de la teinture noire et arriver à du châtain clair. Comme il avait tous les membres ankylosés, il fit des élongations et vingt pompes.

Avant de reprendre la route, il changea de tenue ; il passa le jean noir et échangea sa paire de Reebok contre une paire de chaussures de tennis ordinaires noires. Mais il garda la chemise à carreaux rouges. Il ne voulait pas arriver dans une ville frontière en noir de la tête aux pieds. S'arrêtant devant un grill d'allure moderne, il but du café et prit un petit pain et du fromage. Il fit sa commande en allemand et emprunta un vieux W.-C. puant pour enlever encore un peu de la teinture noire de ses cheveux et se laver la figure. Ses yeux étaient un peu injectés de sang et il avait un léger mal de tête, mais sinon, il se sentait bien. Il avançait, poussé par l'adrénaline. La circulation était clairsemée, surtout des voitures polonaises et quelques machines agricoles. Les récoltes étaient rentrées et les labours déjà en train à plusieurs endroits. Il vit des chevaux tirer la charrue et doubla à plusieurs reprises des chars à plancher attelés à un puissant cheval de trait. Le temps était doux et légèrement nuageux. Dans une petite ville voisine de Wroclaw, il entra au bureau de poste local pour avoir le numéro de téléphone du guide des hôtels de Berlin. Il l'appela et on lui indiqua plusieurs petits hôtels familiaux au centre-ville. Les deux premiers étaient complets, mais il y avait de la place dans le troisième. Il dit qu'il téléphonait du Danemark et qu'il voulait réserver une chambre pour deux ou trois nuits au nom de Per Larsen. Il parla anglais avec la réceptionniste.

Il roulait en mangeant des pommes et en écoutant de la musique pop diffusée par une station polonaise. Quand il fit tout à fait nuit, la radio de la voiture commença à bien capter les premières stations FM allemandes. Il écouta les informations. Rien que des nouvelles ordinaires : quelques combats en Bosnie, des négociations, un litige intérieur en Allemagne, des problèmes de circulation sur l'autoroute. Les poids lourds se multipliaient dans les deux sens. Il n'allait pas tarder à rattraper la longue file d'attente des poids lourds qui entreraient en Union Européenne par Görlitz ; il quitta donc la grand-route, roula jusqu'au centre de la ville-frontière polonaise de Zgorzelec et gara la voiture sur une petite place. Tout était usé et poussiéreux, mais ici et là, on voyait que la reconstruction et la restauration des vieilles maisons avaient commencé.

Il ferma soigneusement la voiture qui ne serait pas touchée pendant deux jours au moins, si personne ne la volait cette nuit. Ce n'était pas son problème. Il sortit son sac à dos et se mit en route. Il prit note de la présence, dans un coin de la place, de plusieurs groupes de tziganes ou de Roumains aux costumes bariolés. Une voiture de police qui patrouillait passa devant eux et ils se serrèrent les uns contre les autres comme des volailles effrayées.

Avec ses cheveux châtain, sa casquette, son jean usé et sa veste de cuir, il ressemblait à un ouvrier agricole polonais venu à la ville, comme tant d'autres, pour boire une bière ou deux, ou peut-être pour parler de tous ces étrangers haillonneux qui déferlaient dans leur ville en espérant trouver le moyen de traverser la frontière pour gagner le pays de cocagne de l'Union Européenne. Il laissa tomber les clés de la voiture dans une grille d'égout et ressortit de la ville.

Arrivé à la périphérie, il tira sa petite boussole de sa poche et trouva sa direction : le sud-ouest. Il lui restait à peine huit kilomètres à faire avant la frontière et l'Oder-Neisse, le fleuve étroit et peu profond qui séparait le monde des riches de la partie récemment libérée et pauvre de l'Europe. Les conditions auraient pu être meilleures : une lune aux trois quarts pleine éclairait la plaine par intermittences, mais il nota avec satisfaction que des nuages noirs et lourds cachaient la lune de temps à autre en éteignant la lueur blanche qui baignait les champs moissonnés. De plus, il n'avait pas le choix, et il supputait en outre que cette nuit, il ne serait pas seul. Il entreprit de déchirer en petits morceaux son passeport et son permis de conduire russes et il les jeta derrière lui comme des confettis, qu'un léger vent d'ouest dispersait au fur à mesure dans les champs. Le chemin qu'il avait choisi était long et fatigant, mais Vuk avait appris que l'on devait brouiller soigneusement sa piste, à une époque où les hommes laissaient toujours des traces électroniques derrière eux quand ils se déplaçaient avec un passeport et des cartes de crédit, dans ce continent où les billets et les réservations étaient enregistrées automatiquement par des ordinateurs.

Avant de voir le fleuve, il en sentit l'odeur. Il traversa le champ pour entrer dans un petit bois. C'est là qu'il entendit des chuchotements. Ils ignoraient que de nuit, les chuchotements sont audibles. Il vit aussi rougeoyer une cigarette. Elle était loin de lui, mais il ferma tout de même les yeux pour protéger sa vision nocturne. Ils parlaient roumain. Il entendit quelqu'un imposer silence à voix haute et quand il entrouvrit prudemment un œil, il vit que le point rouge de la cigarette avait disparu. Un enfant dit quelque chose et geignit, sûrement parce qu'un adulte lui avait pincé le bras. Vuk s'éloigna un peu du groupe mais pas trop, afin d'être sûr de pouvoir reprendre contact avec eux. Ils étaient trop inexpérimentés et trop apeurés pour rester parfaitement silencieux.

Assis à croupetons, il ôta lentement et prudemment son blouson de cuir et le plia. Il enleva aussi son pull à col roulé noir et enfonça le blouson de cuir dans son sac à dos. Dans le noir, il se peignit le visage et les mains pour se camoufler. Il savait le faire les yeux fermés. Le principal objectif de l'entraînement spécial du Commandant était de les rendre capables d'exécuter, dans une obscurité totale, tous les actes de la vie courante, avec la même sûreté et la même rapidité qu'en plein jour. Ici, il ne faisait même pas tout à fait noir. La lune jetait de temps à autre une faible lueur sur les arbres isolés et la prairie plate. Il sentait l'odeur de l'eau. Les Allemands ne tarderaient pas à installer, sur l'autre rive, une clôture et des barbelés. Ce n'était qu'une question de temps. Un nouveau mur allait se dresser, plus loin vers l'est, dont le but ne serait pas d'enfermer les gens, mais de les empêcher d'entrer. Un nouveau mur de l'abondance, pensa Vuk. Le monde continuait d'être divisé entre les riches et les pauvres. Ceux qui veulent avoir quelque chose doivent se servir seuls.

Il se coucha et attendit. Chassant ses pensées, il se concentra pour écouter, sentir et accommoder sa vision au monde nocturne. Un oiseau qui voletait en silence fit un piqué à un mètre de lui et repartit en emportant une petite souris. L'herbe était humide de rosée et il faisait frais, mais pas vraiment froid.

Vers minuit, après avoir attendu une heure et demie et vu un deuxième hibou faire une chasse fructueuse, il entendit les Roumains. Il compta dix ombres : sept adultes et trois enfants de taille moyenne, dirigés par un gros homme en noir qui les faisait avancer en chuchotant.

C'était leur guide, qui avait empoché toute la fortune qui leur restait en les assurant qu'il connaissait le rythme des patrouilles des gardes-frontière allemands. Le groupe passa à dix mètres de Vuk sans le voir. Ils ne craignaient pas les gardes polonais, peu nombreux et sous-payés ; en outre, il n'était plus illégal de sortir de la Pologne libre. Les hommes portaient chacun une valise et les trois femmes tenaient les enfants d'une main et un baluchon sous l'autre bras.

Vuk laissa passer la petite troupe des réfugiés angoissés, puis il leur emboîta le pas. Bien que l'attention des Roumains soit dirigée vers l'avant, Vuk avançait prudemment, en tâtant le sol de toute la plante des pieds pour sentir s'il foulait une pierre branlante ou une branche sèche. Sa prudence fut récompensée. Soudain, à cinquante mètres devant lui, environ, les eaux basses du fleuve apparurent. Il vit le guide montrer de la main d'abord la lune, qui se montrait de nouveau, puis le sol. Le groupe des réfugiés se recroquevilla. Le guide fit demi-tour et rebroussa chemin en direction de Vuk qui, lentement, fit d'abord un pas, puis deux, puis trois sur la gauche, avant de se remettre à croupetons, puis de se coucher sur le ventre. De nuit, ce sont les mouvements rapides qui se voient. Le guide s'arrêta, comme s'il avait vu ou entendu quelque chose. Alors, glissant à basse altitude au-dessus de la prairie, le hibou revint, fit un piqué et remonta d'un coup d'aile. La souris poussa un petit cri, un son grêle mais distinct, dans la nuit. Le guide secoua la tête et continua son chemin d'un pas rapide. Vuk le laissa passer, puis il se redressa pour se remettre à croupetons. Il entendait les Roumains se disputer entre eux.

La lune passa derrière un nuage trop petit, mais l'un des Roumains se leva quand même pour entrer dans les eaux basses du fleuve qui, ici, n'était pas plus large qu'une grand-route ordinaire. Les hommes le suivirent et enfin les femmes, tenant les enfants par la main. Ils portaient leurs valises et leurs baluchons sur la tête. Au milieu du fleuve, les hommes avaient de l'eau presque jusqu'à la ceinture et les enfants levèrent la tête quand l'eau leur arriva en haut de la poitrine. Curieusement, ils ne pleuraient pas. Vuk se glissa lentement derrière eux. Retirant son sac à dos, il se remit à croupetons à quelques mètres de la rive. Il y avait un petit buisson derrière lequel il se glissa. Il entendit aboyer le chien et il ferma les yeux en voyant danser la lumière de la torche et en entendant le froissement des bottes sur l'herbe humide. Il se remit à plat ventre et resta les yeux fermés. Il écouta ce qui se passait.

Les quatre gardes-frontière allemands attendirent patiemment que tout le monde ait pris pied sur la terre ferme. Ils avaient des couvertures dont ils enveloppèrent les Roumains trempés, transis et angoissés. Le chien restait sagement à sa place. Les Roumains clignaient des yeux, éblouis par la vive lumière des grosses torches. L'un des gardes-frontière leur montra le chemin et le groupe se mit à traverser le champ. Sans ouvrir les yeux, Vuk suivait le faisceau de lumière avec lequel le garde-frontière allemand balayait la rive polonaise. Il entendit le crépitement d'une radio et une voix indistincte qui recevait un message et qui rapportait en allemand qu'un groupe avait été arraisonné. Le faisceau de lumière balaya derechef la rive noire du fleuve.

« C'est tout ce qu'il y a, Hans, dit l'Allemand. C'est le groupe de cette nuit. Viens donc ! Il va falloir les reconduire demain. »

Vuk entendit s'éteindre le bruit des pas. Il n'attendit qu'un instant, puis il se leva et descendit rapidement sur la rive. On entendait dire que le corps des gardes-frontière allemands avait installé des détecteurs. Si c'était vrai, ils seraient brouillés par les Roumains et par les gardes allemands. Quand il s'engagea dans le lit du fleuve, comme une Africaine allant chercher de l'eau, le courant lui parut froid. Arrivé du côté allemand, il balança son sac sur son dos et entra rapidement, à pas cadencés, dans la République Fédérale Allemande.

Il n'était qu'à deux cents kilomètres de Berlin. Il marcha à travers champs pendant une heure et atteignit enfin une grand-route où se trouvait une station-service qui semblait moderne et neuve. La République Démocratique Allemande changeait à la vitesse de l'éclair, remarqua Vuk. Chaque fois qu'il y arrivait, il notait des nouveautés. La station-service était éclairée ; quatre ou cinq voitures particulières et de nombreux poids lourds y avaient fait halte. Vuk avait essuyé le plus gros de son maquillage avec un mouchoir, mais il n'était pas sûr d'avoir tout enlevé. Il est vrai que les gens ont un drôle d'air, au petit matin. Vuk trouva des toilettes dans le bâtiment de service, se rinça abondamment le visage et pressa très fort sur sa moustache pour bien la remettre en place. Il ne pouvait pas faire mieux, mais cela suffisait. Vuk alla se poster devant un poids lourd immatriculé en Pologne pour attendre le chauffeur, petit, trapu et pas rasé, qui était allé au kiosque.

S'avançant en pleine lumière, son sac à dos à la main, Vuk lui demanda en allemand et avec un grand sourire :

« Je peux partir avec toi ? »

Le chauffeur s'arrêta devant ce jeune homme pas rasé mais qui lui adressait un sourire plein de gentillesse. Il était trois heures du matin et le chauffeur, fatigué, avait encore plusieurs heures de route devant lui avant d'arriver à sa destination.

« Je vais à Berlin, répondit-il avec un fort accent.

– Moi aussi.

– Ça ne plaît pas à mon patron.

– Ton patron n'a pas besoin de le savoir.

– Je ne sais pas.

– Je peux payer ma part de frais de diesel, insista Vuk en lui tendant un billet de 50 DM.

– Eh bien, monte, lui dit le chauffeur. Il ne souffrira pas de ce qu'il ne saura pas. Je m'appelle Karol.

– Werner », répliqua Vuk.

Ils parlèrent football en cours de route. Et ils écoutèrent, sur les stations allemandes, de la musique pop allemande, puis le point sur la circulation matinale en direction de Berlin. A plusieurs endroits, il y eut des embouteillages. Berlin apparut dans le brouillard matinal. Partout, dans les banlieues grises de Berlin-Est, se dressaient les grues des chantiers de construction. Karol, qui venait livrer des textiles de Cracovie, laissa Vuk non loin d'Alexander Platz. Vuk entra dans une cafétéria où trois hommes entre deux âges soignaient apparemment une gueule de bois avec du café et du schnaps. Vuk commanda un café et il alla aux toilettes. Si les trois hommes remarquèrent quelque chose d'anormal quand il en ressortit, en tout cas, ils ne le commentèrent pas. Dans ce quartier, visiblement, les gens s'occupaient de leurs affaires. Quand il ressortit des toilettes, Vuk portait un pantalon clair, une chemise propre rayée et une cravate dans les tons bleus. Sa moustache avait disparu et il s'était lissé les cheveux en arrière avec du fixatif. Il portait une paire de mocassins bruns. Il but son café et partit.

Ayant repéré le métro, Vuk acheta un billet simple et partit vers l'ouest pour se rendre à Berlin-Ouest, à l'hôtel Heidelberg, situé dans Knesebechstrasse, une rue perpendiculaire au Kurfürstendamm. La porte de ce petit hôtel familial s'ouvrait sur le restaurant, la réception était tout au fond. Trois voyageurs de commerce prenaient un petit déjeuner tardif.

Vuk posa son sac à dos devant le comptoir et mit le passeport danois devant une réceptionniste plutôt jeune.

« On a dû réserver une chambre pour M. Per Larsen », dit-il en anglais.

Elle chercha sur son écran et trouva son nom. Poussant une carte d'enregistrement jaune devant lui, elle le laissa la remplir, sans même jeter un coup d'œil au passeport. Il était Danois et membre de l'Union Européenne.

Elle lui tendit une clé démodée.

« La chambre 67.

– Merci. » Vuk prit l'escalier, sentant tout à coup son immense fatigue. Il avait aussi besoin d'un vrai repas chaud. Mais le plus important, c'était qu'il allait pouvoir se reposer en sûreté.

La chambre était assez grande, avec un lit à deux places. Il posa son sac à dos et forma le numéro que Kravtchov lui avait donné en Bosnie.

« C'est moi, dit Vuk en anglais.

– Bienvenue à Berlin, répondit Kravtchov. Il voudrait te voir le plus vite possible.

– Il faut d'abord que je dorme », dit Vuk. Maintenant, il se sentait épuisé. Son voyage avait duré trois jours et il n'avait plus de réserves, ni de force ni d'adrénaline. Même pendant les quelques heures où il avait dérobé un peu de sommeil, il était resté sur le qui-vive. Son repos n'avait été que superficiel.

« Je comprends.

– J'appellerai dans quelques heures.

– C'est bien. Où es-tu ?

– Tu as bien le temps de le savoir.

– Dors bien », répondit Kravtchov avec un rire dans la voix.

Vuk accrocha sur la porte la pancarte « Ne pas déranger » et il s'enferma à clé. Nul ne savait où il était, mais assis sur le lit, il appela malgré tout la réception pour dire qu'il ne voulait pas être dérangé. Il aurait dû se brosser les dents, mais il s'étendit juste pour un instant et s'endormit instantanément.

7

Quand Lise Carlsen repensait à ces jours derniers, elle comprenait sans difficulté les raisons de sa fatigue, mais elle avait plus de peine à saisir pourquoi elle se sentait si curieusement exaltée. Elle avait du mal à démêler ses sentiments et elle avait renoncé à en parler avec Ole. Elle ignorait ce qui n'allait pas chez lui. Il rentrait tard, empestant la bière et les bars. Il allait prendre de la bière dans le frigo ou du vin sur l'étagère et il picolait. C'était sûrement à cause d'elle. Elle l'évitait et n'avait pas envie qu'il la touche. Elle ne pouvait pas s'en empêcher : s'il essayait de la caresser ou la touchait simplement par inadvertance, à table par exemple, elle reculait instinctivement. Même si elle essayait de lui jouer la comédie et de l'embrasser le matin ou en s'en allant. Mais elle se méprisait de le faire, car elle devinait, au fond d'elle-même, un léger dégoût qu'elle n'osait pas débusquer.

La nuit, comme il faisait encore chaud, elle rêvait de Per Toftlund. Dans de longs rêves étranges, elle le voyait rouler à moto ou tirer d'une mer un filet plein de poissons argentés aux têtes rappelant de petites têtes de singe. Elle voyait saillir les muscles de son dos brun quand il tirait le filet vert aux mailles fines. Les poissons frétillaient et leurs écailles brillaient comme des pièces d'argent, dans la lumière blanc-jaunâtre. Un rocher plein d'oiseaux jaunes, grands comme des mouettes, se dressait à l'horizon. Elle avait peur que les oiseaux jaunes ne viennent dévorer les poissons frétillants et voulait prévenir Per, sans pouvoir communiquer avcc lui.

Elle se réveilla trempée de sueur. Ole dormait à côté d'elle, puant le tabac et l'alcool. Lise se leva. Comme elle était nue, elle se secoua dans la fraîcheur nocturne, s'enveloppa dans son peignoir de bain et alla à la cuisine où elle prit un verre de lait. Il serait bientôt quatre heures. Le jour n'allait pas tarder à poindre, comme un aimable liseré sur la ligne d'horizon. Elle était à la fois fatiguée et tout à fait éveillée, un symptôme de stress certain, elle aurait dû le savoir.

Peut-être venait-il de la surcharge de travail qui avait suivi la révélation, par le journal télévisé, de l'arrivée de Sara Santanda au Danemark.

Tagesen était furieux. Elle se demandait vainement s'il était furieux parce que la nouvelle avait filtré, entraînant un surcroît de risque pour la vie de Sara, ou parce que le journal télévisé avait annoncé la nouvelle avant *Politiken*. Elle avait essuyé une sorte de remontrance. Comme si c'était de sa faute. De toute évidence, la fuite provenait du Parlement. Toftlund aurait voulu que la visite soit annulée ou reportée à une date indéterminée, mais ni Lise ni Tagesen ne voulaient l'accepter. Ni Sara Santanda, heureusement. Elle restait ferme. C'était une femme courageuse. Ils pouvaient, le cas échéant, remettre sa visite d'une quinzaine de jours. Tout tombait dans l'oubli, bien que tous les journaux en aient fait leurs gros titres, naturellement. C'était Lise qui avait rédigé l'article et fait un portrait de l'écrivain dans son propre journal. Et elle avait été interviewée par deux chaînes de télévision et à la radio. Les animateurs l'avaient invitée à leurs talk-shows du matin, de midi et du soir. Les programmes branchés de la radio, menés à un train d'enfer. Un air de musique et quelques phrases sur un sujet sérieux. Ole détestait ce genre d'émissions. Il méprisait dans l'ensemble les médias électroniques et elle regardait presque toujours la télé sans lui ; elle aurait tout aussi bien pu vivre seule, tout compte fait, car petit à petit, ils n'avaient plus rien de commun. Même plus le courage de discuter de leurs différences. Leurs désaccords les séparaient comme un désert sans fin.

Lise alla rechercher un verre de lait. Et puis, il y avait Per Toftlund. Irritant et attirant à la fois. D'une beauté crue. Pas du tout son type d'homme, en fait. Elle voulait de la profondeur. Il était autoritaire et pontifiant quand il lui expliquait en long et en large la nécessité d'avoir des appartements sûrs, les mesures de précaution nécessaires avant la conférence de presse, les voies de secours et les corridors de sécurité et l'itinéraire le plus facile pour sortir de l'aéroport et y rentrer. Les angles de tir et les biographies des tireurs en embuscade et des tueurs à gages les plus renommés. Il savait des histoires terrifiantes sur la liquidation d'opposants politiques par les agents de la sécurité iraniens. Elle avait découvert qu'ils avaient moins de scrupules et étaient aussi professionnels que les anciens hommes de main du KGB. Elle avait aussi découvert que les services secrets détenaient une quantité d'archives, sur les citoyens danois et sur les étrangers. Evidemment, c'était très pratique, dans la situation actuelle précisément, mais cela ne l'empêchait pas d'être scandalisée. Le fait qu'il y en ait une telle quantité !

Mais c'était aussi un compagnon agréable.

Ils s'étaient assis sur un banc, devant le détroit de l'Øresund, pour prendre un hot-dog qu'il était allé lui chercher. Comme s'il savait déjà qu'elle adorait manger. Le temps restait magnifique, un peu moins lourd à présent. La Suède était nimbée de brume et elle avait eu envie de partir en voyage. D'aller n'importe où. C'était le mouvement en soi qui lui manquait soudain. Un départ vers le sud, tout simplement, vers l'Espagne. Pour un voyage vraiment long, si long qu'on finit par faire corps avec la voiture, qu'on s'imprègne de ses odeurs et elle des vôtres. Qu'on en sort pour s'étirer, regarder la terre rouge de l'Espagne et décréter qu'on ira vers l'intérieur, là où le pays est grand et désert.

« Où étais-tu ? » lui avait demandé Per Toftlund. Il portait un blouson léger sur une chemise à manches courtes et à col ouvert. Elle s'habituait lentement au pistolet qu'il avait à la ceinture, mais il l'inquiétait encore un peu. Elle n'avait encore jamais passé des heures avec quelqu'un qui portait un pistolet, bien que ce soit la chose la plus courante du monde. Elle ignorait tout de son univers.

« En voyage.

– Ce n'est pas une mauvaise idée. Où irais-tu ?

– En Espagne », répondit-elle en mordant dans son hot-dog. « Humm... c'est tellement peu ragoûtant – mais c'est si bon.

– *Espana sea muy buena* »*, commenta-t-il.

Elle mangeait. Il fallait qu'ils commencent à bien se connaître pour manger des hot-dogs assis sur un banc et se parler la bouche pleine. On ne fait ces choses-là que si on se sent à l'aise avec quelqu'un, pensa-t-elle.

« Où as-tu appris l'espagnol ? questionna-t-elle.

– En Amérique du Sud. J'y ai fait du stop après mon service militaire. J'avais gagné pas mal d'argent. Aux cours du soir. Et en Espagne.

– Macho, dit-elle sans mépris. Je suis sûre que tu as fait ton service dans les chasseurs ou dans une autre arme stupide.

* L'Espagne, ce serait très bien.

– Dans les hommes-grenouilles. Sinon, c'est bien ça.

– Ha ha. Comme le prince héritier. Cela fait très chic.

– J'étais homme-grenouille avant lui. Et toi ? Je veux dire, tes rapports avec l'Espagne ?

– Où j'ai appris l'espagnol ? En Espagne. Il y a des siècles.

– Un super pays, n'est-ce pas ? »

Il se leva et esquissa quelques pas de danse devant elle. Il avait l'air un peu idiot et quelques passants regardèrent ce grand gaillard, assez élégant malgré tout, qui prenait une posture de matador pour attirer le gros taureau de combat avec une cape rouge imaginaire. Il aurait fait un certain effet s'il n'avait tenu la moitié d'un hot-dog dans une main. Il attira le taureau d'abord vers la droite, puis vers la gauche en déclamant. Ce n'était pas un grand comédien : «*Andalucía. Estramadura. Euskadi. Madrid. Valencia. Sol y sombra. Toros. Vino. Señoritas. Olé.* »

Ses clowneries l'avaient fait rire et elle avait avalé de travers. Il s'était rassis et l'avait tapée délicatement dans le dos.

« Tu y vas souvent ? lui avait-elle demandé après avoir retrouvé sa respiration.

– Au moins une fois par an. Et toi ?

– Ça va bientôt faire plusieurs années. »

Il l'avait regardée. Il avait des yeux amicaux, bleus.

« Ole n'a plus vraiment envie d'aller en Espagne », avait-elle dit, sur un ton sans doute plus mélancolique qu'elle ne l'avait voulu au départ. Mais Per avait pris les choses tout à fait comme il fallait. Il avait tiré une serviette propre de la poche de sa veste et lui avait essuyé délicatement la bouche en lui montrant une petite tache rouge.

« Ketchup », avait-il dit, et elle s'était remise à rire.

Elle était stressée. Ce devait être pour cela, pensait-elle, debout devant sa table de cuisine bien briquée, qu'elle riait sous cape comme une écolière.

Rien d'anormal à ce qu'elle soit fatiguée et stressée. La semaine dernière, elle n'était pratiquement pas rentrée chez elle. Et s'ils avaient eu des enfants ? S'ils avaient pu en avoir. Comment Ole et elle auraient-ils pu faire une place à des enfants dans leur vie hyper-active ? Leur ménage sans enfants avait au moins un côté positif, leur indépendance. Et pourtant, cela lui fit mal d'y penser, et de sentir la vacuité de son esprit. Comme un creux qui ne serait jamais rempli. Des enfants leur auraient peut-être apporté autre chose et plus, une raison de vivre qui les aurait attachés l'un à l'autre. C'était de cela, précisément, qu'ils avaient parlé. Ils avaient débattu le sujet et s'étaient mis d'accord sur le fait que puisque la logique perverse de la nature ne voulait pas qu'elle soit enceinte, ils n'allaient pas y remédier artificiellement. L'adoption ne leur disait rien. Ils s'appartenaient l'un à l'autre, cela devait suffire. Voilà ce qu'ils s'étaient dit autrefois. Alors, pourquoi en souffrait-elle encore ?

Elle sentit plutôt qu'elle ne vit Ole dans l'embrasure de la porte. Elle se retourna. Il avait les cheveux ébouriffés et elle remarqua que sur sa poitrine, les poils commençaient à grisonner. En fait, il paraissait un peu vieux, dans la lumière matinale. Elle n'avait encore jamais pensé à lui ainsi. Il lui fit un peu pitié et elle éprouva une sorte de compassion qui se mua de suite en mépris pour elle-même. Pourquoi ne pouvait-elle pas tout simplement l'aimer comme avant ?

Debout dans l'embrasure de la porte, il s'appuyait sur le chambranle.

« Tu n'arrives pas dormir ? demanda-t-il.

– On dirait que non, n'est-ce pas ? »

Il resta un instant sans mot dire.

« Il y a quelqu'un d'autre, Lise ? »

Elle essaya de rire, mais son rire sonnait faux.

« Non. Dieu sait qu'il n'y a personne.

– Tu n'es pas beaucoup à la maison. Dehors la plus grande partie de la nuit.

– Lis le journal. Tu verras ce qui m'occupe.

– Peut-être que tu devrais aussi investir un peu de temps dans notre couple. »

Elle détourna la tête.

« N'est-ce pas, Lise ?

– Cette histoire ne va pas durer éternellement.

– Combien de temps ? »

Elle lui refit face :

« J'ai promis de ne pas le dire. Per dit...

– Il dit pas mal de choses, ce Per.

– Je t'en prie, Ole.

– Tu devrais dormir un peu. »

Elle aurait dû le faire, mais elle traîna encore un moment. Elle était furieuse de ses propres réactions. Puisqu'Ole lui tendait la main, pourquoi ne la prenait-elle pas ? Puisqu'il n'y avait personne d'autre ; savait-elle donc, malgré tout, que bientôt, il pourrait bien y avoir quelqu'un d'autre ?

Quand elle se retrouva dans la BMW de Per Toftlund, plus tard le même jour, son cafard avait disparu. Ce n'était qu'une dépression matinale plus prolongée que celles dont elle avait l'habitude. Comment rester déprimée quand le soleil continuait à briller, quand les gens se promenaient à Langelinie en mangeant des glaces et quand on voyait les Japonais filmer à qui mieux mieux cette petite Sirène de rien du tout ? La radio de la voiture était branchée sur la 3 qui diffusait un bon vieux tube sentimental de Poul Krebs, et Toftlund chantonnait à mi-voix ; ils avaient les mêmes réactions. La radio marchait parce que ça leur faisait du bien, voilà tout. Il donnait l'impression d'être comme à son habitude, calme et satisfait. Comme si le monde était encore jeune et neuf et que ce soit le pied d'entamer une nouvelle journée.

« Tu es toujours d'aussi bonne humeur ? questionna-t-elle.

– En général. Je n'ai pas de raison de me plaindre.

– Certains y verraient la preuve d'un manque d'intelligence. La vie n'est pas si bien que ça. En fait, la vie est terrible. Les seuls qui peuvent vivre sans se sentir déprimés sont ceux qui manquent d'imagination.

– Je suis plus intelligent que la plupart des gens et j'ai un boulot que j'aime », répliqua-t-il sans ironie. L'ironie n'était pas son fort, alors qu'elle vivait en permanence entourée de gens des médias à qui l'ironie servait de carapace.

Elle n'eut pas le courage de lui rendre la pareille. La journée était trop belle. Elle se borna à le questionner :

« Tu aimes vraiment ton boulot ?

– C'est un boulot formidable. »

En fait, ils roulaient sans but précis. Ils devaient aller voir encore deux appartements qu'on lui avait permis d'emprunter. Ils devaient aussi contrôler un hôtel, ou le zieuter comme disait Per. Mais les hôtels ordinaires ne lui plaisaient guère. Trop facile d'y entrer et d'en sortir. Il préférait la discrétion des appartements privés. Mais ceux-ci n'étaient jamais assez bien. Il leur manquait toujours quelque chose : il n'y avait pas d'issue par derrière. Ou il y en avait une, justement, qui en rendrait la surveillance difficile. Il n'était pas assez facile d'en sortir ou de s'y rendre. Ou il était trop facile, justement, d'en sortir et de s'y rendre. Elle avait renoncé à comprendre les conditions qu'ils devaient remplir.

Il roulait lentement le long du quai et s'arrêta.

« Tu peux fumer, si tu descends la vitre.

– Tu es bien tolérant aujourd'hui », remarqua-t-elle, reconnaissante, en allumant une cigarette et en soufflant la fumée par la vitre ouverte.

« Et ton boulot à toi ? s'enquit-il.

– Ça va.

– Fouiller comme ça, dans la vie des autres, pour pouvoir distraire des lecteurs ? »

La remarque la vexa un peu et elle ne put le cacher.

« Je fais les pages culturelles ! » répliqua-t-elle en le regrettant aussitôt. Elle n'avait pas voulu se faire valoir, mais Per se contenta de dire :

« C'est encore pire. Des artistes ridicules imbus d'eux-mêmes qui pompent dans les caisses de l'Etat.

– Je t'en prie...

– Qui se lamentent toute la journée parce que personne n'a envie d'acheter leurs misérables bouquins ni de voir leurs films à la con.

– Je savais que tu étais réactionnaire. » Elle commençait vraiment à se fâcher. Ces déclarations simplistes l'insupportaient. La bêtise et l'ignorance, elle les trouvait irritantes et mesquines. Le Danemark était un pays riche détenteur d'un bon système éducatif. Les ignorants n'avaient aucune excuse de ne pas profiter de toute la culture qu'on leur offrait. La culture, à son avis, était un bien inconditionnel.

« Clint Eastwood n'a pas besoin de subventions. »

Lise ouvrit ostensiblement la portière et descendit de la voiture. Une brise douce et fraîche soufflait de la Suède et le détroit de l'Øresund ressemblait à une carte postale avec son eau bleue, ses voiliers multicolores et ses paisibles ferries. Cela sentait bon la mer et le soleil, tout simplement. Elle vit un cotre sortir du port, le pont arrière plein de passagers.

« Pouce, Per ! » fit-elle.

Il sortit de la voiture et resta debout devant la portière. Elle jeta sa cigarette dans l'eau du détroit.

« Bon. Il n'y a aucune raison de se disputer à propos des artistes, bon sang, remarqua-t-il pacifiquement.

– Ce n'est pas ça, espèce d'idiot. J'ai eu une idée, tout d'un coup. C'est la conférence de presse qui te fait peur, n'est-ce pas ? »

Il acquiesça de la tête. Elle lui secoua le bras avec ardeur, comme s'il était un enfant. Elle sentit ses muscles. Il avait le bras à la fois doux et ferme. Tout à fait différent de celui d'Ole, une vague de chaleur envahit sa poitrine.

« Là ! » s'exclama-t-elle en montrant du doigt la sortie du port et l'eau du détroit.

« En Suède ?

– Non. Dans une île tout entourée d'eau. »

Toftlund resta muet un instant, il regarda la mer, il la regarda, puis il regarda de nouveau la mer.

« Nom de Dieu ! fit-il. Nom de Dieu de nom de Dieu ! L'île de Flakfortet. Facile à zieuter. Facile à surveiller. Facile à bloquer. Bon Dieu, c'est parfait, *chica*. Tu es une fille vachement forte, nom de Dieu ! »

Elle se sentit comme une écolière complimentée pour une bonne rédaction. L'idée était bonne et elle ne put s'empêcher de sauter de joie une ou deux fois et de le laisser la prendre dans ses bras et lui donner un gros baiser tout en la tapant doucement et fermement dans le dos, si bien qu'un courant de chaleur lui descendit jusqu'aux pieds.

8

Vuk rêvait dans sa chambre d'hôtel berlinoise. Son rêve avait bien commencé, comme de coutume. Il voyait ses parents, très loin sur une colline verdoyante, sous un ciel d'azur. Ils lui faisaient signe. La lumière était dorée et rassurante. Mais cela ne dura pas. Le soleil changea de caractère. Il devint rouge vif, bien que haut dans le ciel, comme dans un dessin d'enfant, avec un petit sourire et de longs rayons enflammés. Mais du rire et une petite musique se cachaient dans ce paysage rougi par le soleil et dont Vuk faisait partie, tout en le contemplant du dehors. Alors le grondement profond se mit à retentir dans le lointain et il sut que le rouleau compresseur du sang était en marche. Le fracas grandissait en même temps que la scène de son rêve se remplissait de gens. D'abord, ils lui faisaient signe, puis ils se mettaient à hurler, à pousser des hurlements muets. Il n'entendait que ses parents. Ils appelaient sa sœur en gémissant, mais il ne la distinguait pas. Il ne savait qu'une seule chose : elle était quelque part dans la foule. Bientôt, le rouleau compresseur du sang surgirait, et il savait qu'il serait aux commandes et qu'il deviendrait trois personnes à la fois. Trois ombres dans un paysage de sang.

Vuk lutta pour se réveiller et cette fois-ci, il y parvint avant que le rouleau compresseur ne soit apparu tout entier à l'horizon. Assis sur son lit, il tremblait et transpirait. Le drap était trempé, la chambre plongée dans le noir et les meubles ressemblaient à des ombres qui bougeaient. Il avait dormi toute la journée. Il alluma la lumière et alla prendre deux petites bouteilles de vodka dans le minibar. Il but la première au goulot, puis alla à la salle de bains pour verser le contenu de la deuxième dans le verre à dents et le but. Lentement, il reprit le contrôle de sa respiration. Il se vit dans le miroir : un jeune visage terrifié serrant les paupières. Ce rêve revenait de plus en plus souvent. Il était capable de contrôler sa vie à l'état d'éveil, mais il lui devenait de plus en plus difficile de tenir les démons à distance pendant son sommeil. Il essayait donc de dormir le moins possible. Il appréhendait le sommeil comme certains appréhendent les catastrophes de la vie éveillée. Mais cette fois, le physique l'avait emporté sur le mental. Il avait simplement eu besoin de toutes ces heures de sommeil qui lui laissaient comme une couche de gras dans la bouche. Il avait la tête lourde, mais il sentait physiquement qu'il s'était quand même reposé.

Vuk prit un bain. Il appela Kravtchov qui lui donna le nom d'un café voisin d'Alexander Platz. Il y serait vers minuit. Vuk fourra son couteau de soldat dans la poche de son blouson de cuir et sortit.

L'hôtel Heidelberg était situé à Knesebechstrasse, une rue qui donnait sur le Kurfürstendamm. Vuk acheta l'édition du jour du *Herald Tribune*, entra dans un café, avala rapidement une tasse de café et vida une bouteille d'eau minérale. Il parcourut le journal. Cela n'allait pas bien en Bosnie. Une notice, à la dernière page, annonçait que Sara Santanda allait se rendre dans une série de pays d'Europe, entre autres au Danemark. Un article sur la CIA annonçait qu'on lui avait attribué une subvention de seize milliards de dollars pour saper le gouvernement des religieux iraniens. Vuk ne comprenait pas les Etats-Unis. Comment pouvait-on publier que les services secrets lançaient un tel programme ? Vuk espérait que l'action de la CIA réussirait. Il haïssait les Iraniens. Il les avait vus à l'œuvre en Bosnie, où les soldats de Dieu se battaient du côté de l'armée gouvernementale. C'étaient des fanatiques qui tuaient sans faire de quartier. Mais ils négligeaient aussi leur propre sécurité. Ils croyaient sans doute qu'Allah les protégerait, mais il en avait descendu plusieurs avec son fusil, quand ils dirigeaient leurs recrues chez les musulmans bosniaques, et Allah ne leur avait été d'aucun secours.

Il se sentait de nouveau d'attaque, en sécurité dans cette grande ville anonyme où il n'était qu'un jeune parmi d'autres avec son jean bleu, sa chemise à carreaux et son blouson de cuir brun et usé. La soirée était fraîche, à Berlin, mais pas froide. Les rues fourmillaient de passants. Il remonta le Kurfürstendamm en direction de Brandenburger Tor. Les grues se dressaient, dans le ciel nocturne, comme les flèches des églises des temps nouveaux. Le bruit de la circulation lui martelait les oreilles et faisait vibrer ses nerfs. Il y avait longtemps qu'il avait marché dans une grande ville qui ne fût ni en guerre ni soumise à un blocus, mais il se sentit bientôt à l'aise et se glissa dans la ville comme dans une gaine amicale où il pouvait disparaître. Il se tenait sur ses gardes, mais se sentait en sûreté. Nul ne savait où il était, mais il prenait quand même ses précautions. Il traversa deux fois la rue. Revint sur ses pas. Entra dans un café et en sortit rapidement. Resta longtemps sans bouger en se servant de la vitrine d'un magasin comme miroir. Il était seul dans la foule.

Il resta un moment sans bouger pour observer la manière dont deux Roumains tentaient d'escroquer deux Allemands de l'Est. Le truc était vieux comme le monde, mais il marchait toujours, apparemment. Ils avaient posé un petit pois sur une table prestement dépliée et le cachaient tour à tour avec trois petits coquetiers. Les Roumains déplaçaient rapidement les trois coquetiers et les clients devaient parier avec le meneur de jeu et son assistant pour dire où était le petit pois. Peut-être que l'astuce datait un peu trop quand même, car les Roumains jouaient surtout entre eux pour attirer les clients et l'homme aux coquetiers perdait. Vuk savait que le fraudeur gagnerait quand il le voudrait. Les rares curieux qui entouraient la table les regardaient d'un air blasé.

Vuk continua son chemin et s'arrêta à un steak-restaurant. Une table était libre près de la vitrine. Il prit un bifteck et but une bouteille d'eau minérale, puis un café et se remit en route. Il traversa l'ancienne frontière du secteur sans voir de vestiges du Mur. C'était comme si le Mur n'avait jamais existé que dans un cauchemar. Personne n'avait eu l'idée de le conserver comme souvenir historique. Il était remplacé par une large ceinture de terre remuée, de touffes d'herbes et de pierres rongées par le temps, parsemée de grues et de bâtiments à moitié finis. Mais Vuk se sentit tout de suite à Berlin-Est. Il entrait dans le monde soviétique des constructions bétonnées et il aurait pu être à Belgrade ou à Minsk. Mais ici, il y avait plus de néons et de voitures occidentales qu'autrefois et les vitrines des magasins jetaient une lumière dorée sur le trottoir, au pied des blocs de béton identiques alignés comme les soldats géants d'une armée pétrifiée.

Vuk atteignit Alexander Platz. Il n'y avait pas grand monde. Marx et Engels se dressaient, solitaires, sur la place qui s'étendait sous la tour de la télévision, comme abandonnés et oubliés. Ils paraissaient tous deux petits. On eût dit que le régime n'avait pas assez cru en eux pour leur sacrifier suffisamment de granit. Vuk alla jusqu'à la statue et il alluma une cigarette. Il sortit son plan de Berlin de sa poche intérieure et s'assura que la rue transversale où était le café ne se trouvait qu'à quelques centaines de mètres de là.

Situé au rez-de-chaussée, le café ressemblait à un vieux tripot est-allemand, mais lorsqu'il avait été privatisé, les propriétaires avaient apparemment fait les frais d'une nouvelle pancarte et d'un peu de peinture. Il donnait bien l'impression d'un endroit où les Russes aimaient venir. Vuk se posta en face du café, dans l'embrasure d'une porte. Il remonta jusqu'au cou la fermeture à glissière de son blouson et attendit.

Il était presque minuit lorsque Kravtchov arriva, accompagné d'un homme mince mais petit, aux cheveux noirs. Ils ressemblaient tous les deux à deux hommes d'affaires en complet bleu et manteau bleu. Kravtchov laissa d'abord entrer l'Iranien. Vuk ne bougea pas. Il attendit un quart d'heure, mais personne d'autre n'arriva. Alors il remonta la rue et la redescendit sur le trottoir opposé. Les promeneurs nocturnes étaient rares. Les deux hommes étaient seuls.

La salle du café était plus grande que Vuk ne l'avait supposé. Elle s'étendait en longueur à l'intérieur de l'immeuble. Aménagée simplement, avec un bar et une rangée de tables et de chaises marron. Une vingtaine de clients buvaient de la bière pression et du schnaps. Un ou deux lui jetèrent un coup d'œil puis revinrent à leur bière et à leur conversation. Vuk serra les paupières pour se protéger de la fumée qui voilait la lumière bleue de la salle obscure. Le Russe et l'Iranien étaient seuls à une table, tout au fond de la salle. De sa place, Kravtchov pouvait surveiller la porte d'entrée tandis que l'Iranien lui tournait le dos. Ses cheveux courts et noirs étaient fixés avec du gel. Kravtchov avait presque fini sa pression. L'Iranien buvait du café, apparemment. Deux tasses supplémentaires attendaient sur la table, à côté de la cafetière.

Kravtchov aperçut Vuk et leva insensiblement la main. Vuk avança sans bruit grâce à ses chaussures de jogging. L'Iranien tourna la tête de son côté. Vuk vit sa surprise quand il découvrit son jeune âge. Il s'était attendu à quelqu'un de plus expérimenté. Comme si l'expérience venait uniquement avec l'âge biologique. Elle dépendait tout autant des possibilités rencontrées. Vuk en avait appris davantage, en quatre ans, que la majorité des gens pendant toute une vie. Et il avait survécu. Vuk s'assit au bout de la table, pour avoir le dos au mur, Kravtchov à sa droite et l'Iranien à sa gauche.

Kravtchov sourit, d'un sourire qui ne monta pas jusqu'à ses yeux. L'Iranien étudiait soigneusement Vuk. Il avait des yeux noirs rapprochés. Il tripotait sa cuiller.

« Café ? » demanda-t-il en anglais.

Vuk acquiesça de la tête.

L'Iranien saisit la cafetière et remplit une tasse vide.

« Vuk. Je te présente M. Rezi. M. Rezi, voici Vuk. »

Vuk refit un signe de tête en levant sa tasse de café. Sa main ne tremblait pas.

Kravtchov haussa une épaule :

« O.K. M. Rezi est habilité à parler pour son gouvernement.

– Alors, qu'il parle », répliqua Vuk ironiquement. L'Iranien le contempla et Vuk contempla l'Iranien. Kravtchov détecta, entre eux, une froideur qui n'entrait pas dans ses calculs. Peut-être n'était-ce pas le plus indiqué, à l'heure actuelle, d'inviter à la même table un Serbe et un Musulman, mais Kravtchov avait assez vécu pour savoir qu'en affaires, les gens les plus différents finissent par se retrouver. Rezi était ici pour une affaire, même s'il avait la certitude que Vuk avait chassé et tué ses compatriotes en Bosnie. Un intérêt commun liait maintenant les ennemis d'hier. L'idéologie et l'idéalisme n'étaient plus de mise ici.

Rezi leva lui aussi sa tasse de café, en prit une gorgée et reposa la tasse sans la faire tinter. Il alluma une cigarette et se pencha en avant. Il parlait à voix basse, dans un bel anglais, tel qu'on le parle à la BBC, pensa Vuk. Il avait sans doute la quarantaine, paraissait instruit et cultivé, mais Vuk savait que Rezi tuerait avec le même flegme que quand il buvait son café. Que ce soit lui ou un autre qui presse sur la gâchette. Les agents de la sûreté iranienne étaient sans merci pour leurs ennemis.

« Nous voulons la mort de cette putain infidèle », expliqua-t-il de sa voix sèche et calme. « Nous sommes prêts à verser quatre millions de dollars pour effectuer ce travail, à vous et à l'organisation de M. Kravtchov. Le contrat restera en vigueur pendant six mois. »

Vuk se pencha en avant :

« Je ne tue pas pour de l'argent.

– Je l'ai compris. Vous pourrez utiliser l'argent comme vous voudrez. »

Vuk attendit de nouveau. Il reprit un peu de son café qui était tiède. Les voix basses emplissaient la salle d'un bourdonnement agréable. Le barman avait allumé la télé pour suivre le reportage d'un match de football. Vuk regarda Rezi quand celui-ci reprit la parole :

« Officiellement, l'Iran n'envoie pas d'équipes de tueurs à l'étranger. Ce n'est pas indiqué au plan politique, en ce moment précis. L'économie de notre pays requiert notre collaboration avec les infidèles. Mais nous voulons la mort de cette putain. Quoi que nous disions et fassions officiellement, une fatwa doit être exécutée. Les hommes politiques n'ont pas le pouvoir d'annuler ce qu'Allah a décidé. Me comprenez-vous ?

– Parfaitement, répondit Vuk.

– Alors, M... ?

– Vuk. Cela suffit.

– Alors, M. Vuk. Quelle est votre position ? »

Vuk en avait par-dessus la tête de ce langage diplomatique raffiné.

« Je déteste ces salauds de musulmans », fit-il.

Vuk vit Rezi cligner des paupières et ses yeux devenir tout noirs. L'homme d'affaires et le diplomate semblèrent se dissoudre, tout à coup. On eût dit que son complet bleu ne lui allait plus. L'agent de la sûreté, le bourreau de Téhéran ne pouvait plus dissimuler sa véritable identité.

« Du calme, Vuk. *Please.* » Kravtchov tripotait nerveusement sa cuiller.

Rezi sourit en levant les mains pour se défendre.

« C'est O.K., c'est O.K. », intervint-il. « Il est jeune. Je comprends. Sa famille a peut-être souffert. La guerre est terrible. Nous le savons. Nous avons lutté pendant huit ans contre ces infidèles d'Irakiens. Je me suis battu dans les marécages de Basra. Les gens sont marqués par la guerre, même s'ils n'en ont pas gardé des cicatrices visibles. »

Kravtchov sourit, mais son front transpirait. Il but le reste de sa pression et suggéra :

« Parlez-lui du plan, M. Rezi. Il est si beau.

– C'est votre plan à vous. Alors, je pense... »

Kravtchov prit Vuk par le bras, mais il le lâcha tout de suite quand il vit son expression. Il se hâta donc de parler :

« Ecoute-moi ça, Vuk. M. Rezi va nous livrer un musulman bosniaque. Et tu détestes ces gens-là. Un bon mort musulman bosniaque. Il sera déclaré coupable et proclamé martyr à Téhéran. C'est toujours facile de faire défiler une foule de gens là-bas. Tous les bons idiots de l'Occident seront furieux. Quant à vous, les Serbes, vous avez bien besoin d'un peu de sympathie. Réfléchis ! Que t'importe une femme écrivain quelconque ? Tu t'en moques. Et c'est un idiot de musulman bosniaque sans importance qui va être accusé, avec tous ses congénères. Tu ne vois pas la beauté de ça ? »

Vuk sourit pour la première fois. L'ambiance s'était améliorée. En effet, il voyait bien ça. Il le voyait mieux que Kravtchov puisque ce vieux porc du KGB ignorait son véritable plan.

« Ton ancienne organisation t'a bien dressé, répondit Vuk. Dis-moi, qu'est-ce que ça te rapportera ? Et ne parle pas d'argent. L'argent, nous le prendrons.

– Ça ne te regarde pas, répliqua Kravtchov.

– Ça pourrait me regarder. »

Rezi se pencha en avant. Il prit la cafetière et servit d'abord Vuk, puis il se servit et offrit des Marlboros à la ronde. Ils les acceptèrent et il alluma leurs cigarettes, puis il déclara :

« Gentlemen, agissons en hommes d'affaires. M. Vuk ! Mon gouvernement donnera à M. Kravtchov et à ses... comment dire... à ses relations d'affaires, accès à des comptes bancaires. A des comptes bancaires légaux. A des comptes bancaires propres. »

Kravtchov se pencha en avant :

« Vuk, écoute-moi ! L'argent est facile à gagner de nos jours. Mais il est difficile à utiliser. Nous avons besoin de filières. De filières légales. »

Vuk souriait largement maintenant.

« Alors, votre gouvernement va blanchir l'argent de la mafia russe. »

Maintenant, Rezi souriait aussi ; ses yeux ne souriaient pas, mais d'un geste du bras, il fit comprendre à Vuk qu'il avait deviné juste.

« C'est parfait, ajouta Kravtchov. C'est parfait, Vuk. Il

n'y aura pas de perdants.

– Sauf Sara Santanda », remarqua Vuk.

Rezi dit durement :

« Fais seulement taire cette infidèle. Expédie-la en enfer où elle mérite de croupir pour l'éternité.

– O.K. », dit Vuk en se levant.

Kravtchov leva les yeux.

« Le reste sera entre toi et moi », ajouta Vuk.

Vuk partit rapidement sans serrer la main de Rezi. Kravtchov se leva et le suivit. Ils restèrent debout devant la porte.

« Viens demain à Tiergarten. Devant le pavillon. A midi, intima Vuk.

– O.K.

– Prends garde à Rezi. Il est certain que les Allemands l'ont à l'œil.

– Il est arrivé hier.

– Ça ne fait rien.

– O.K., Vuk. C'est une bonne affaire.

– On verra. »

Vuk saisit la poignée de la porte. Kravtchov lui dit à l'oreille :

« J'apprends que ton ami de Pale a eu un accident. »

Vuk se retourna et le regarda droit dans les yeux :

« Nous vivons dans un monde dangereux. Ne l'oublie pas, Kravtchov. »

Kravtchov l'approuva de la tête. Un froid descendit dans sa poitrine. Vuk était si jeune, mais il donnait à autrui l'impression d'être un serpent venimeux. Il avait un joli sourire, mais des dents d'acier, pensa Kravtchov.

« Demain, Vuk », dit-il simplement et il laissa Vuk disparaître dans la nuit berlinoise tandis qu'il retournait vers Rezi pour s'entendre sur les arrhes, les voies de transfert de l'argent, les armes et autres problèmes logistiques, dont il voulait obtenir du gouvernement iranien qu'il fasse la livraison par courrier diplomatique. Il valait mieux tout régler cette nuit.

Il avait la même idée que Vuk. En ancien du KGB, Kravtchov respectait au plus haut point les services de sécurité allemands et ne tenait pas à être vu plus qu'il n'était nécessaire avec cet agent iranien. Les Iraniens, de surcroît, étaient imprévisibles. Il n'avait pas beaucoup de vieux amis du temps des beaux jours de Téhéran. Moscou s'était rangé de l'autre côté, dans la guerre entre l'Iran et l'Irak, mais cela n'avait pas empêché Kravtchov de soigner ses relations iraniennes. C'était au temps où il servait un Etat respecté. Il était plus riche maintenant, mais s'il l'avait pu, il aurait volontiers remonté le temps pour recommencer à servir un grand Etat dont l'influence s'étendait partout dans le monde. Rien n'est comparable au sentiment d'appartenir à l'élite de l'Etat. Kravtchov, en un sens, ressentait aussi un chatouillement de plaisir. Cela lui rappelait un peu le bon vieux temps, quand il tirait les ficelles et envoyait des agents en territoire ennemi. Rien ne pouvait se mesurer avec une opération de taupe. Pas même le sexe, pensa-t-il.

Il pensa la même chose le lendemain matin, en traversant Tiergarten. Les feuillages du parc étaient d'un gris poussiéreux et les premières feuilles jaunes gisaient à ses pieds. Il avança en flânant en direction du pavillon des poètes. De temps à autre, il était dépassé par une bicyclette. Des mères poussaient leurs enfants dans un landau. On entendait bruire au loin la circulation de la capitale. Deux amoureux se promenaient en s'appuyant l'un contre l'autre. Un écureuil montait adroitement le long d'un tronc. Tout cela lui rappela les parcs de Moscou et sa jeunesse. Il était perdu dans ses pensées. Un homme bien vêtu, entre deux âges, qui faisait une promenade matinale. Ceux qui le regardaient pouvaient facilement penser qu'il s'agissait d'un homme d'affaires qui avait assez bien réussi pour pouvoir se retirer des affaires encore relativement jeune.

Kravtchov ne remarqua pas le jeune homme en jogging bleu qui faisait des extensions contre un tronc d'arbre, à une vingtaine de mètres derrière lui. Il se perdait parmi ceux qui faisaient de l'exercice. Un cycliste s'arrêta devant l'homme en jogging bleu. Il avait un appareil-photo autour du cou et un livre sur les oiseaux de Tiergarten sur son porte-bagage. Il s'arrêta. Le joggeur lui fit discrètement signe de la tête. L'ornithologue leva son appareil-photo et prit rapidement une série de photos de Kravtchov. Puis il repartit à bicyclette et dépassa le Russe à pied. Après avoir pris un peu d'avance, il s'arrêta, prit le livre et le consulta. Il mit la bicyclette sur sa béquille et s'éloigna sur le gazon, en pente à cet endroit-là. Levant l'appareil-photo, il prit une série de photos d'un arbre, dans le lointain. Il jeta un rapide coup d'œil à Kravtchov qui arrivait en se promenant et prit deux instantanés de son visage avant de replonger le nez dans son livre sur les oiseaux.

Kravtchov vit bien l'homme à l'appareil-photo. Un instant, il fut sur ses gardes, mais quand il eut remarqué son livre, sa casquette à carreaux et l'expression extatique de l'homme qui avait aperçu un volatile rare, il retourna à ses pensées. Il songeait à sa jeunesse et à sa carrière dans le KGB. Tout avait peut-être été vain, à long terme, mais personne ne pourrait lui retirer ses souvenirs d'opérations réussies et d'une bonne camaraderie. Il pensa à Vuk. Curieux garçon. Incroyablement doué. Charmant quand il lui plaisait de l'être. Du sang-froid et pas de nerfs. Avec ces yeux bleus étranges qui faisaient l'effet d'être froids mais qui recelaient une douleur. Il avait rencontré ce genre de jeunes en Afghanistan. En Angola, et naturellement en Bosnie. Ils ne révélaient rien, et pourtant ils révélaient tout. Il valait mieux les avoir comme amis, ennemis ils représentaient un danger mortel. S'ils avaient des scrupules, ils ne les montraient pas. N'avait-il pas été comme eux, autrefois ? Quand il se laissait tomber sans broncher de l'avion à trois kilomètres d'altitude et piquait vers le sol noir en attendant le tout dernier instant pour ouvrir son parachute. Quand la peur que tout le monde ressentait, au lieu d'être annihilante, devenait un stimulant qui aiguisait tous ses sens et coordonnait tous ses muscles pour leur faire donner leur maximum. Il avait été sur le terrain, lui aussi, et était devenu un bon commandant pour cette raison. Exigeant, décidé et ferme, mais toujours loyal et compréhensif. Tout cela pour rien. Qui sait... ? Il avait assez d'argent maintenant, mais il savait bien que ce n'était pas seulement pour cette raison qu'il mettait ses talents au service d'une autre organisation secrète. Il ne pouvait pas se passer de cette excitation et il en savait trop pour qu'ils le laissent prendre sa retraite et en profiter. L'organisation était sa famille. Il en avait toujours été ainsi. Maintenant, elle avait changé de nom, rien de plus. La mafia ne servait pas un pays, elle servait le dieu argent, mais comme le KGB autrefois, elle se considérait au-dessus de toutes les lois excepté des siennes.

Kravtchov aperçut Vuk. Il fumait une cigarette, debout devant le pavillon. Il portait son jean bleu habituel et son blouson de cuir. Mais il s'était fait couper les cheveux ce matin, une jolie coupe courte avec une raie sur le côté. Kravtchov vit Vuk suivre des yeux un jogger et peu après, l'amateur d'oiseaux qui passa, perché sur sa haute bicyclette d'homme. Il était sur ses gardes, ce Vuk. Quel pouvait bien être son vrai nom ? Quelle était son histoire ? Peut-être la lui raconterait-il un jour ? Les jeunes agents ont souvent besoin d'un père. Cela finissait bien des fois par devenir personnel. Servir la patrie était étrangement abstrait. Il devenait beaucoup plus facile de faire des choses difficiles, et souvent atroces, pour un ami, un camarade, un substitut de père. C'est ainsi qu'il avait toujours mené son réseau. En se donnant le temps d'écouter, de boire, de recueillir des confidences. Cela engendrait la loyauté. Malheureusement, il semblait que Vuk n'en eût pas besoin, on eût dit qu'un bloc de glace l'habitait. Mais peut-être... quand tout serait terminé, qu'il pourrait inviter Vuk à Moscou. Quand l'hiver serait venu pour de bon, et qu'ils se reposeraient dans sa nouvelle datcha pour raconter des histoires devant la cheminée, en buvant de la vodka.

« Bonjour Vuk.

– Soyons brefs, Kravtchov.

– Personne ne sait que je suis ici. Je suis à la retraite.

– Vite, Kravtchov. Viens, marchons. »

Ils avancèrent côte à côte sur le chemin de graviers.

« Je veux un passeport danois. Propre. Pas volé.

– No problem. Deux jours. Quand es-tu né ?

– 1969. »

Rien n'est plus facile à falsifier ou à modifier qu'un passeport danois. Kravtchov ne comprenait pas pourquoi les Danois avaient fabriqué un passeport dont les deux pages principales s'enlevaient comme rien et dont la photo n'était même pas laminée. Mais cela facilitait la vie des gens comme lui, alors, plus il resterait en vigueur, mieux cela vaudrait pour lui.

« O.K. Quoi d'autre ?

– Un passeport britannique. Propre aussi. Un permis de conduire du même nom et une carte de crédit. Il faudra qu'ils tiennent une semaine.

– No problem. » C'était plus difficile, mais faisable.

Vuk lui tendit deux photos de passeport sur lesquelles il portait une cravate, il les avait sûrement prises ce matin dans un photomaton. Vuk, sur cette photo, ressemblait à un jeune homme d'affaires ambitieux qui vous fixait dans les yeux d'un regard franc et sûr de lui.

« Plus de rendez-vous. On communiquera par la poste. Poste restante. Bureau de poste de Købmagergade, Købmagergade 33, 1000, Copenhague K. » Il tendit à Kravtchov un feuillet portant l'adresse et poursuivit : « S'il le faut, j'adresserai du courrier au bureau de poste central ici. A M. John Smith. Tu m'enverras une clé de consigne quand les armes seront arrivées. Tu les feras entrer au Danemark.

– O.K. De quel genre ?

– Un fusil Dragounov à point de mire de jour et de nuit. Un Beretta 92. Deux chargeurs supplémentaires. Des munitions, naturellement. »

Des choix prévisibles, pensa Kravtchov. Le fusil Dragounov pour tireurs en embuscade était fabriqué en Russie et le modèle dont se servait l'armée de la fédération yougoslave en était une copie. Le Beretta 92 était un pistolet moderne à 15 coups produit à grande échelle. Il y avait peut-être des armes plus sophistiquées mais celles-ci, on pouvait s'y fier, garanties de qualité et faciles à se procurer. De bons choix.

« O.K. Quoi d'autre ? » demanda-t-il tranquillement, sans se sentir vraiment tranquille.

Vuk était inquiet, malgré son calme superficiel. Soudain, Kravtchov eut l'idée que le gamin était en train de craquer, d'une certaine manière, sous son assurance. Mais ses yeux et ses mains étaient calmes.

Vuk s'arrêta et lui tendit un morceau de papier portant

une série de chiffres. Kravtchov les étudia un instant et fourra le papier dans sa poche. Ni l'un ni l'autre ne remarquèrent l'ornithologue qui avait garé son vélo au bord de la pelouse et s'était mis à plat ventre dans le parc, derrière un arbre. Il avait le visage de Kravtchov dans son téléobjectif. La nuque du jeune homme le gênait, mais c'était son meilleur cliché jusqu'à présent. Il mit le moteur de l'appareil-photo en route et prit une série de photos à grande vitesse. Ensuite il rentra et son appareil et sa tête. Ils lui avaient donné l'ordre d'être prudent en le prévenant que Kravtchov avait été un pro et qu'il avait plus d'antennes qu'un émetteur de radio mobile. Cela devait donc suffire.

Vuk regarda Kravtchov dans les yeux et énonça :

« Arrange-toi pour que ton ami iranien verse un million de dollars sur le compte de Caïman Island. Pour les arrhes. Je ferai tout de suite le transfert, alors, pas de manigances !

– Vuk ! Pour qui me prends-tu ! Nous sommes partenaires. Tu peux compter sur moi.

– Jamais. Et je veux 50 000 couronnes danoises. Comptant.

– Ça va prendre un ou deux jours. Où faudra-t-il les livrer ?

– Mets les deux passeports, la carte de crédit, le permis de conduire et l'argent dans un sac qui ferme à clé et dépose le sac à la consigne des bagages de la Gare centrale de Berlin-Ouest. Envoie le reçu et la clé par la poste à Per Larsen, poste restante, à la Poste centrale de Berlin. O.K. ? »

Kravtchov lui tendit une feuille de papier portant un numéro à huit chiffres.

« S'il y avait quoi que ce soit... appelle ce numéro de téléphone mobile. A ce numéro-là, tu trouveras toujours quelqu'un, moi ou un autre. Tu n'as qu'à dire Vuk et nous donner un numéro et on t'appellera. Considère cela comme une assurance. Et ne le donne à personne. »

Vuk hésita un instant, mais il fourra le papier dans sa poche. Il l'apprendrait par cœur plus tard.

« Et le reste de l'argent ? s'enquit Kravtchov.

– Je te donnerai un autre numéro de compte à Caïman.

– Quand ?

– Je suis sûr que tu le liras dans le journal », répliqua Vuk sans ironie.

« O.K. » Vuk était certain que l'argent serait versé. Pour la mafia russe, c'était une somme minime et Kravtchov ne tenait sûrement pas à passer le reste de sa vie à avoir peur de Vuk. Cela gâtait les affaires et le climat de tricher dans ce genre de contrats. De plus, ils pourraient encore avoir besoin de lui. Ils ne savaient pas qu'après cette affaire-là, il disparaîtrait pour toujours de la scène européenne.

« O.K., acheva Vuk. Ça sera tout. »

Vuk regarda autour de lui. Tout était paisible dans le parc. Deux enfants jouaient au loin tandis que leurs mères bavardaient, assises sur un banc, et un homme promenait son chien, une activité qui respirait la paix et qui donna soudain à Vuk la nostalgie d'autres temps, mais il se força à endiguer ces idées. Le Commandant lui avait appris à se concentrer sur sa mission et à supprimer tout ce qui pouvait le distraire, sans jamais se laisser ronger par la nostalgie de l'inaccessible.

Kravtchov lui tendit la main et Vuk la serra brièvement.

« *Well, break a leg* *, dit Kravtchov.

– Oui.

– C'est comme autrefois, quand j'envoyais des agents sur le terrain. A la fois euphorique et effrayant. C'était le bon temps. »

* *Eh bien, bonne chance.* (Littéralement : *Casse-toi une jambe*, employé par superstition.)

Vuk l'approuva du chef et fit volte-face pour partir. Kravtchov demanda dans son dos :

« Ça t'ennuie de retourner au Danemark ? »

Vuk se retourna et, comme dans un rêve, pensa Kravtchov, il lui répondit :

« Absolument pas. C'est très facile de tuer quelqu'un au Danemark. »

9

Vuk fut obligé de passer encore cinq nuits à Berlin. Le plus clair de ce temps, il le passa à dormir et à regarder CNN, ou encore, sur des chaînes satellites allemandes, des films américains doublés en allemand dans lesquels Cary Grant et John Wayne, Tom Cruise et Sean Connery avaient des voix graves et artificielles. Tous les matins et tous les soirs, il faisait dix kilomètres de course à pied dans le parc de Tiergarten et une demi-heure d'entraînement intensif dans sa chambre d'hôtel. Des pompes et des flexions. Ces exercices physiques l'éloignaient des bouteilles du minibar. La télé l'aidait à se garder des pensées démoniaques qui le rongeaient ; il ne rêva qu'une seule fois du rouleau compresseur du sang et parvint à se réveiller avant qu'il ne surgisse sous le soleil flamboyant.

Il s'acheta une belle valise de grandeur moyenne, un sac de sport et un complet bleu marine avec une chemise blanche et une cravate à petits carrés rouges et bleus. Il avait remarqué que c'était la panoplie de la plupart des hommes d'affaires qui se hâtaient dans les rues de Berlin, leur attaché-case dans une main et leur téléphone mobile dans l'autre.

Le personnel de l'hôtel était discret et le considérait apparemment comme un touriste sans danger venu visiter la nouvelle ville réunifiée de Berlin. Il ne prenait que son petit déjeuner à l'hôtel et allait tous les soirs manger un bifteck dans un nouveau restaurant anonyme, à proximité de la foule du Kurfürstendamm. Il continuait de faire bon, quoique le ciel se couvre parfois sur la ville et qu'il ait été trempé par une averse, le deuxième jour où il courait sous les grands arbres de Tiergarten. L'automne s'annonçait et les plus larges feuilles des arbres commençaient à jaunir sur les bords. Il se sentait bien dans sa peau quand il courait sous cette douce pluie, le bourdonnement de la circulation de la rue du 17 Juin dans l'oreille. Ces heures de course lui rappelaient le bon temps de l'entraînement dans son unité d'élite de l'Ecole spéciale, quand ils faisaient une course de 7 km tous les matins, ses camarades et lui, et que leur corps exultait, uniquement parce qu'ils s'en servaient.

Il acheta une carte du Danemark et un plan de Copenhague et les étudia le soir, en laissant marcher la télé comme un léger bruit de fond. Il fermait les yeux pour se remémorer les rues familières. Il n'avait aucune peine à se représenter, à la place des lignes tracées sur le plan, des rues, des maisons et des ruelles, des lignes de train de banlieue et des faubourgs. Il revoyait des maisons et des blocs d'habitations. Il peuplait de visages danois la place de l'Hôtel de ville, les rues de Nørrebro, de Valby Langgade et la rue piétonne et tâchait de se rappeler la langue. Plaçant des marchands de saucisses à un coin de rue, il allait chercher un journal dans un kiosque dont le propriétaire pakistanais parlait moins bien le danois que son père. Il se souvenait de tout et laissait ses souvenirs vagabonder, la bride sur le cou. De bons souvenirs pour la plupart. Si son père ne l'avait pas rappelé, sa vie aurait pu tourner autrement. Il aurait étudié les mathématiques ou serait devenu ingénieur, il aurait eu une amie attitrée et se serait logé dans une cité universitaire, comme tous les autres. Peut-être aurait-il une femme et des enfants, à présent. Il leur aurait parlé de son ancienne patrie en essayant de leur faire comprendre la nécessité des combats. Et pourtant. L'aurait-il comprise lui-même ? Si, au lieu de partir, il était resté dans ce petit pays rassurant, si douillet et si protégé à la fois des fortes intempéries et des catastrophes et des violents bouleversements causés par les hommes ? On ne pouvait pas savoir. D'ailleurs, on perdait son temps quand on pensait au conditionnel. Il était né tel qu'il était, avec la nationalité qu'il avait, en tout cas intérieurement, bien qu'elle fût invisible pour tous puisqu'il avait des traits nordiques et pas slaves pour deux sous. Il ne savait pas pourquoi. Mais la famille de sa mère, originaire de Slovénie, avait des ancêtres allemands. C'était peut-être la raison de la peau claire, des cheveux blonds et des yeux bleus de sa mère. Il ne lui restait pas grand-chose du physique de son père qui avait été brun et fort, avec des épaules et des mains larges. Mais n'était-ce pas de lui qu'il avait hérité sa sûreté de main et son sang-froid ? Il devait refouler ces pensées sur sa famille. S'il les laissait aller leur cours, elles le feraient trop souffrir.

Il trouva un kiosque qui vendait un journal danois ne datant que de la veille, mais il ne comprit que les nouvelles de l'étranger, les nouvelles danoises lui restèrent inaccessibles. En revanche, il comprit que le Danemark restait un pays où l'on gonflait de petits problèmes, car en fait, rien ne s'y passait qui donne matière à de grands articles. Il se fit la lecture à haute voix ; les mots lui venaient facilement et couramment. Au travers de ces articles, il mémorisa le nom du Premier ministre et les sujets qui occupaient apparemment les Danois pour le moment. Maintenant, une page entière était consacrée aux programmes de la télé. Les informations étaient diffusées deux fois par jour et à des heures entièrement nouvelles. La 2e chaîne avait plus d'heures de diffusion que l'ancienne chaîne de Radio

Danemark qui s'appelait apparemment la 1re chaîne. Il vit que les Danois captaient aussi de nombreuses chaînes étrangères dont ce journal, en tout cas, énumérait les programmes. Les Danois pouvaient regarder ce qu'il regardait à Berlin. Tous les Européens, s'ils le voulaient, pouvaient vraisemblablement regarder le même programme télévisé.

Il passait tous les jours à la Poste centrale et montrait son passeport au nom de Per Larsen au guichet de la poste restante. Le lendemain de son rendez-vous avec Kravtchov, il téléphona à la banque de Caïman Island, qui veille sur les secrets bancaires plus jalousement que les Suisses. Il appela d'une cabine de la Poste où il pouvait payer la communication au comptant. Il donna son numéro de code à la banque, demanda si l'argent avait été versé, en reçut la confirmation et leur demanda d'adresser l'argent, moyennant une petite commission, à une banque du Lichtenstein où depuis quatre ans, Vuk versait son salaire et ses primes. Une banque discrète, qui ne livrait jamais ni l'identité d'un client ni les montants de ses comptes à l'étranger aux autorités fiscales locales ou nationales. Un tribunal aurait peut-être pu exiger d'avoir accès à un compte, mais à la connaissance de la banque, cela ne s'était jamais produit. Ce petit duché ne voyait aucune raison de tuer une poule qui pondait de bons œufs d'or sans exiger de travail. Vuk avait ouvert ce compte au nom de Peter Nielsen et il lui suffisait de donner son code pour effectuer des retraits.

Le quatrième jour, on lui remit une enveloppe renforcée contenant uniquement une clé de valise et un numéro de consigne de la Gare centrale de Berlin-Ouest. Sur son plan de Berlin, il trouva la ligne de métro adéquate et se rendit à la gare. Des jeunes du monde entier se pressaient devant la consigne où ils inscrivaient ou reprenaient leurs sacs à dos en comparant les possibilités d'hébergement, les prix des restaurants bon marché et les endroits qu'il fallait voir et où l'on pouvait passer la nuit gratuitement. Vuk eut l'impression que le but principal de ces voyages sac au dos était de se déplacer au plus bas prix en se bornant à rencontrer ses congénères. Ils partaient pour apprendre à se connaître et pour connaître les autres, mais de peur de prendre des risques, ils ne fréquentaient que ceux qui parlaient, pensaient et s'habillaient comme eux. Il s'intégra facilement à eux avec son jean bleu, ses baskets et son blouson de cuir brun. Mêlé à leur groupe, il regarda attentivement et discrètement à la fois les gens qui l'entouraient. La gare irradiait un affairement normal.

Il tendit son numéro de consigne.

«*Ein Moment*», lui dit le gros employé d'un certain âge.

Vuk regarda autour de lui. Ses reins frémissaient d'inquiétude. Etait-il surveillé ? Et si Kravtchov n'était pas celui qu'il prétendait être ? Ou s'il avait vendu Vuk ? Dans ce cas, ce serait la police allemande qui allait frapper. Il séjournait illégalement en Allemagne et il avait vu sur CNN qu'ils commençaient à arrêter les Serbes bosniaques pour qu'on les traduise devant le tribunal des criminels de guerre de La Haye. Mais Vuk savait aussi qu'il avait toujours été prudent. Rares étaient ceux qui le connaissaient. La seule fois où il était allé trop loin, en compagnie du Commandant, ils n'avaient pas laissé de témoins. Il avait combattu dans une sale guerre, mais il savait en conscience qu'il n'avait fait que son devoir de soldat. Seul le rouleau compresseur du sang lui répétait qu'il n'oublierait peut-être jamais l'après-midi où, perdant la tête, ils avaient tué sans répit jusqu'à ce que rien de vivant ne reste dans ce village.

L'homme âgé lui rapporta une petite valise Samsonite grise. Vuk la prit, paya et repartit prestement. Nul ne lui prêta attention. Des centaines de sacs de voyage, de sacs à dos et de valises passaient tous les jours sur le comptoir de la consigne.

Il prit un taxi mais demanda au chauffeur de l'arrêter au coin de Knesebechstrasse et de Kudamm. Il y resta un moment, la valise posée à ses pieds, et observa la foule avant de saisir la valise et de faire les quelques centaines de mètres qui le séparaient de son hôtel. La valise était tout à fait légère et quand il l'ouvrit avec la clé trouvée dans l'enveloppe, après avoir au préalable soigneusement verrouillé sa porte, il découvrit ce dont ils étaient convenus : le passeport danois, le passeport britannique, le permis de conduire britannique et une Eurocard/Mastercard émise à Londres ainsi que des billets de 100 et de 500 couronnes danoises en liasses de 2000 couronnes. Vuk défit deux liasses de billets. Tout était juste. Kravtchov était un pro. Il profitait toujours, à coup sûr, de ses relations d'autrefois, lorsque le KGB opérait dans toute l'Europe de l'Est et l'Europe centrale. La croissance rapide de la mafia russe et sa capacité opérationnelle découlait de ses contacts intimes avec l'appareil de la sécurité et du parti des anciens régimes. C'était le réseau des anciens qui fonctionnait, discret et très influent.

Les passeports, relativement neufs, paraissaient avoir été utilisés normalement. Il les signa de deux écritures différentes. Kravtchov avait trouvé des noms à toute épreuve : Carsten Petersen pour le passeport danois et John Thatcher pour le passeport britannique. Peut-être qu'il avait toujours accès au département des faux papiers de Moscou, ou qu'il avait été assez prévoyant pour emporter un paquet de passeports lors de l'effondrement du régime. Ou que la mafia russe avait assez d'influence pour pouvoir commander des services au bureau des Renseignements de la nouvelle Russie. Vuk savait que ces passeports suffisaient pour voyager à l'intérieur des frontières de l'Union Européenne. Les ordinateurs des aéroports posaient toujours problème, mais de toute façon, il n'avait pas l'intention d'aller au Danemark par avion. Kravtchov lui avait promis que ces passeports seraient propres et non recherchés, et Vuk était obligé de lui faire confiance. Etant donné l'état des frontières actuelles au sein de l'Union Européenne, il partait du principe que le contrôle serait superficiel. Vuk ne tenait pas à jouer avec trop de cartes inconnues, mais il ne refusait pas de prendre un risque bien calculé.

Vuk mit son vieux sac à dos dans la valise de Kravtchov et retourna à la Gare centrale. En chemin, il jeta la valise dans un container à ordures situé près d'un chantier de construction. Il étudia soigneusement l'horaire des trains et paya comptant un aller simple en 2e classe dans le premier train du lendemain matin pour Hambourg. Il décida de regarder un match de football à la télé et fit ses dix kilomètres à Tiergarten avant de prendre un bain et d'aller dans un restaurant où il commanda, comme de coutume, un bifteck et une pomme de terre au four. Voulant dormir cette nuit-là, il but presque toute une bouteille de vin rouge en mangeant sa viande.

De retour à l'hôtel, il mit ses vieux habits, la veste de cuir, les baskets et la plus grande partie de l'argent dans la nouvelle valise. Puis il s'assit sur le fauteuil et regarda CNN jusqu'à ce que le flot des nouvelles et les éternelles répétitions des publicités se confondent et qu'il se sente prêt à dormir.

Le lendemain matin, Vuk se réveilla reposé. Il se sentait d'attaque et invulnérable, ce qui ne l'empêcherait pas d'être prudent, il le savait. Il fit rapidement vingt-cinq pompes avant de prendre un bain et de passer la chemise blanche et la cravate bleu et rouge ainsi que le complet bleu foncé. Il mit une paire de chaussures neuves, des chaussures noires à lacets, et prit la valise. Il paya sa note comptant en marks et remercia en anglais pour un agréable séjour. Ayant suffisamment de marks pour ses derniers achats, il n'eut besoin de changer ni dollars ni couronnes danoises.

Vuk fit signe à un taxi au Kurfürstendamm et il se fit conduire à la gare où il s'assit à un bar pour lire le *Herald Tribune* et boire une tasse de café avant le départ du train.

L'heure de pointe était presque passée lorsque le train quitta lentement Berlin pour mettre le cap sur Hambourg. Seul dans un compartiment, Vuk contemplait la vaste plaine du nord de l'Allemagne. Des grues pointaient partout et quand le train s'approcha de l'autoroute, il vit rouler dans les deux sens un flot serré de voitures. L'ancienne RDA se désintégrait sous ses yeux. Dans quelques années, le Mur ne serait plus qu'un souvenir ; toutes les autres traces de l'Allemagne divisée auraient disparu. Vuk se rappelait qu'en 1989, lorsque les régimes s'étaient effondrés et qu'on avait mis les vieux à la porte, il avait ressenti, à l'instar de la plupart des gens, une euphorie presque incompréhensible en les entendant crier « Nous sommes un seul peuple ». Encore adolescent à l'époque, il avait senti comme les autres jeunes que pour ces vieillards, la débâcle était un juste châtiment. Les régimes étaient tombés comme des châteaux de cartes, et sans résister. Il ne comprenait toujours pas pourquoi les hommes qui détenaient le pouvoir l'avaient abandonné de leur plein gré. Après avoir saisi le pouvoir par la violence, l'avoir conservé par la terreur et l'oppression, ils l'avaient abandonné sans se battre. Pourquoi ? Il n'en savait rien et ne le comprenait pas. Il avait cru voir la naissance d'un ordre nouveau. Mais il n'y avait pas cru longtemps. Nous sommes un seul peuple, criaient-ils à l'Est. Nous aussi, s'étaient-ils hâtés de répéter à l'Ouest, quand les effets de la débâcle s'étaient fait sentir sur le portefeuille des riches Européens de l'Occident, engraissés aux dépens de ceux qui vivaient de l'autre côté. Le peuple avait fait la révolution et les nouveaux dirigeants n'avaient pas tardé à la leur voler.

Le train de l'Allemagne fédérale partit à l'heure et arriva de même à Hambourg. De nouveau, il paya comptant un aller simple pour Århus par le nouveau train régional allemand. Il eut le temps de prendre une saucisse et d'acheter deux quotidiens allemands avant le départ du train pour le Danemark, à 12h30. C'était le milieu de la semaine, il y avait donc peu de voyageurs. Un homme d'affaires allemand et un jeune couple danois qui conversait à voix basse. Une femme distinguée accompagnée de son grand fils qui écoutait son walkman à plein régime, si bien que la musique résonnait dans tout le wagon. Elle lui dit, en danois, de penser à ses oreilles et de baisser le son, ce qu'il fit en bougonnant. Dissimulé derrière son journal, Vuk écoutait les inflexions danoises. Le contrôleur allemand vérifia son billet sans le regarder de près. Il regardait le billet, pas son détenteur. Vuk le remercia d'un *danke* et se débarrassa de son journal pour regarder défiler la plaine du nord de l'Allemagne. Les maisons étaient bien tenues, les récoltes faites et le ciel très haut, au-dessus des taillis de l'arrière-plan. Il éprouvait le sentiment d'attente qui accompagne les départs en vacances. La vie normale qu'il avait quittée de longue date. Eprouvait-il aussi, envers ce pays, un peu de regret à rebours ? Ce n'était pas sa patrie qui approchait, mais un pays où malgré tout il s'était senti chez lui. Un confortable chez lui. Les mots danois affluaient, étrangers et pourtant si familiers dans sa tête.

Ils approchaient de la frontière. Le train s'arrêta à Padborg et repartit. L'agent préposé aux passeports danois parcourut le train. Il ne jetait qu'un coup d'œil sur les passeports dont la plupart étaient allemands, verts et rouges, il vit Vuk arpenter le couloir du train, mais il n'ouvrit un passeport qu'une seule fois pour le regarder en détails. Le contrôleur des passeports arriva à lui.

« *Pas, bitte*, demanda-t-il.

– *Goddag.** Ah, vous contrôlez un peu aujourd'hui », remarqua Vuk dans un danois sans accent, en tendant au contrôleur son passeport bordeaux au nom de Carsten Petersen. Le contrôleur ouvrit son passeport, le referma immédiatement et le lui rendit.

« Oui, cela dépend un peu ces temps-ci », répliqua-t-il. Il avait l'accent du Jutland. « Continue de passer une bonne journée. »

« Merci », répondit Vuk un peu surpris par cette expression. Continue de passer une bonne journée. On ne disait pas ça autrefois. Cela faisait penser à un anglicisme. Parmi les langues que connaissait Vuk, bien peu avaient la capacité du danois à ingérer et à s'approprier ainsi les termes étrangers.

Le train entra au Danemark et entama la traversée du Jutland. Le pays n'avait pas changé. Bien tenu, ensoleillé et innocent, il s'étalait sous un grand ciel et souriait à Vuk qui se cala sur son siège. Les voitures étaient plus neuves, les maisons plus grandes et les fermes mieux tenues que dans ses souvenirs. Peut-être parce que son propre pays n'était plus que des ruines hantées par des flots de réfugiés. La différence était grande, justement parce qu'il pensait que le paysage danois n'offrait pas de contrastes ; rien qu'une infi-

* « Passeport, s'il vous plaît.
– Voilà.

nité de nuances où les Danois voyaient de grandes différences, mais qui donnait aux étrangers l'impression d'être un morceau de musique qui jouait incessamment le même thème. Le train s'arrêtait à la plupart des stations dont Vuk se répétait les noms : Vojens, Røde Kro, Fredericia, Kolding, Vejle. Les Danois n'avaient pas changé. Ils portaient des jeans – qu'ils appelaient pantalons de cow-boy – et des vestes pratiques. Les enfants, peu nombreux, étaient bien vêtus et bien nourris. Le pays regorgeait de santé et d'abondance. De la frontière allemande à Århus, Vuk se laissa envahir par le paysage et les paisibles voix danoises qu'il entendait dans le train. Il sentait qu'il quittait sa cape balkanique pour revêtir une identité danoise. Il le faisait sans peine aucune, au contraire, cela lui semblait si facile qu'un instant, il se demanda qui il était réellement et pourquoi il revenait.

En arrivant à Århus, à 17h28, il était un Danois comme tous les autres.

10

Lise Carlsen dut se ressaisir à plusieurs reprises, car elle ne pouvait pas s'empêcher de regarder Per, assis sans façons sur le rebord de la table et qu'elle maudissait d'avoir une telle présence. Il parlait plutôt peu, laissant la parole à sa patronne. Per avait passé leur agenda provisoire en revue. Relaté les faits et dit sans périphrases où ils avaient pensé tenir la conférence de presse et qu'ils cherchaient toujours un endroit sûr pour la nuit. Elle n'avait pas l'habitude de cette assurance, dans son milieu où les gens prouvaient leur valeur par des torrents de paroles, alors que Per, en peu de mots, montrait qu'il était convaincu de bien faire son travail et certain qu'on allait l'écouter. N'avait-il pas quelque chose à prouver ? Etait-il tout bonnement satisfait de sa propre compétence ? Etait-ce son secret ? Per avait dit que dans le milieu, le bruit courait qu'un contrat avait été passé à propos du sujet. Lise en fut surprise, car il ne lui en avait pas parlé. Pourtant, ils passaient des heures ensemble tous les jours.

Lise restait aussi sur la réserve, laissant Tagesen parler au nom du quotidien et de la presse. Présidente du PEN danois, elle était pleinement en droit de parler et d'exprimer son opinion. Malgré sa jeunesse et son inexpérience relative, à ce poste où elle n'avait été élue que pour un an, c'était une journaliste respectée sur le plan culturel et dans les débats sociaux. Et elle avait fait du service dans différents comités en faveur d'écrivains pourchassés et d'intellectuels incarcérés dans le monde entier. Membre du PEN-Club depuis près de dix ans, elle avait voyagé pour le compte de cet organisme, et on l'avait élue pour son habileté et parce que la plupart des membres avaient voté en faveur d'un changement de génération. Mais elle devait admettre intérieurement qu'elle n'était pas très rassurée. Contrairement à son habitude, mais cela la troublait d'être au milieu d'une crise conjugale. Ça ne lui était jamais arrivé. C'était aussi la première fois qu'elle avait la responsabilité d'une affaire de cette importance. Une affaire où il pouvait être question de vie ou de mort. De plus, c'était Tagesen qui avait voulu cette réunion et qui l'avait obtenue. Le pouvoir n'avait pas vraiment envie de se brouiller avec les médias. Si tous les médias décidaient de jouer le même air, les tempêtes qui s'ensuivraient pouvaient se lever aussi soudainement qu'une tornade de poussière au Texas, balayer le pays et faire disparaître en une journée un produit alimentaire des rayons des supermarchés ou détruire en une semaine un fonctionnaire ou un homme politique. Quand cet instrument jouait à plein, les faits comptaient peu. C'étaient les sentiments qui menaient les événements. Ole disait que les gens auraient dû être morts de peur en voyant que leur vie tenait à si peu de choses. Les gens sans ancrage n'avaient plus rien de solide dans quoi que ce soit, les médias les manipulaient et les terrorisaient à volonté. Lise pensait à contrecœur qu'il avait raison.

Elle tâchait de se concentrer, mais ses pensées retournaient sans cesse d'abord à Per, puis à Ole, qui lui paraissait toujours absent. Il dormait quand elle partait et était de sortie quand elle rentrait. Il rentrait de nuit, puant l'alcool et se glissait à côté d'elle sans un mot tandis que, les yeux fermés, elle faisait mine de dormir. Cela paraissait durer depuis des années, alors qu'en réalité, leur couple ne dérapait que depuis quelques mois. Elle n'arrivait pas à discerner s'il ne tenait déjà plus qu'à un fil ou s'il pouvait encore être sauvé. Ni s'ils avaient envie de recoller les pots cassés. Cette fois-ci, il fallait qu'ils parlent, tous les deux. Mais elle devait se concentrer.

Elle revint à la réunion. Le représentant du ministère de l'Intérieur, qui s'était présenté sous le nom de Stig quelque chose, avait une voix tranchante irritante. C'était l'un de ces petits diplômés de Sciences Po ambitieux, déjà chef de service alors qu'il avait le même âge qu'elle, et qui adorait son rôle d'apprenti sorcier de la politique et de meneur de jeu. Il appartenait comme elle à la génération des années 1970, mais avait pris toutes ses distances avec son époque agitée. Tout, chez lui, était comme il faut : son complet et ses opinions.

La réunion avait lieu dans un bureau anonyme de la Préfecture de police et était assez importante pour que Vuldom, la patronne de Per, soit venue de Bellahøj pour y participer. Elle, par contre, impressionnait Lise. Dotée d'une voix forte, elle n'avait pas besoin de l'élever pour se faire écouter des hommes. A la manière dont Per la regarda en mentionnant l'éventualité d'un contrat, Lise vit que leurs déclarations avaient été coordonnées. Comprenant qu'il s'agissait d'une technique d'intimidation, elle saisit où ils allaient en venir.

« Je tiens à souligner que le Premier ministre trouve regrettable, lui aussi, que cette affaire ait été portée à la connaissance du public, mais cela ne vient naturellement pas de notre bureau. Simplement *for the record* »*, dit Stig Thor Kasper Nielsen, c'était son nom. Comme il avait assuré plusieurs fois que la fuite ne venait pas de lui, cela

* pour le rapport

produisait l'effet contraire. Tous étaient maintenant enclins à croire qu'elle venait de ce Stig Nielsen en personne. Mais il lui importait apparemment de le démentir, alors, il grossissait sa mise, peut-être seulement parce qu'en fait, il n'avait rien à dire ou qu'il n'osait pas entrer dans le vif du sujet.

« Il n'y a aucune raison de s'appesantir là-dessus », remarqua Tagesen. « Je suis certain que notre remarquable police pourra nous assurer la protection nécessaire.

– C'est évident », affirma Vuldom en allumant une nouvelle cigarette. « Mais comme tout le monde, nous avons nos priorités, et nous attendons en même temps une visite officielle importante et une réunion au sommet, qui monopolisent le plus clair de nos ressources.

– Et qu'est-ce que ça veut dire ? s'enquit Tagesen.

– Rien d'autre que ce que je dis, répliqua Vuldom. Ni plus, ni moins. »

Lise vit que Per aurait voulu dire quelque chose, mais elle remarqua aussi que Vuldom l'arrêta d'un seul coup d'œil.

« Alors, c'est moi qui vais compléter », lança Tagesen, dont la colère augmentait, Lise le voyait. Il commençait à tripoter les boutons de sa veste et à tirer sur sa moustache. « Vous dites que vous ne pouvez pas consacrer toutes vos ressources à la protection de Sara parce que d'autres choses sont plus importantes.

– Je ne crois pas que le commissaire de police dise cela », intervint Stig Thor Kasper Nielsen. « Je crois que le commissaire de police dit que le moment est peut-être un peu mal choisi, parce que cela tombe en même temps qu'une série d'affaires d'Etat. »

Lise savait exactement où il voulait en venir, et Tagesen le savait évidemment aussi :

« Il ne peut pas en être question, répliqua Tagesen.

– De quoi ne peut-il pas être question ? demanda Stig Nielsen.

– Cette visite ne sera ni annulée ni reportée. Comme vous nous dites de le faire. C'est cela que le Premier ministre vous a demandé de nous faire savoir, n'est-ce pas ? Cela ne nous intéresse pas, ni nous ni Sara Santanda. J'ai parlé avec elle pas plus tard qu'hier.

– C'est votre interprétation », répondit le représentant du ministère de l'Intérieur, mais Lise voyait bien que Tagesen avait touché juste.

De nouveau, Per voulut s'en mêler, mais un nouveau coup d'œil de sa patronne l'en empêcha.

« Mais je pense que je vois juste, insista Tagesen.

– Il ne nous viendrait jamais à l'idée de nous mêler d'une visite privée », se défendit Stig Thor Kasper Nielsen. Il souligna soigneusement le mot privé. « *Politiken* est entièrement dans son droit et *Politiken* fait ce qu'il veut.

– Oui, merci, enchaîna Tagesen. J'ai compris. Et notre invitation au Premier ministre ? »

Le haut fonctionnaire se leva, s'étira et regarda ostensiblement sa montre.

« Tout cela se tient, Tagesen. Nous avons un programme chargé pendant les deux mois qui viennent, avec une visite officielle, le voyage du Premier ministre dans les circonscriptions du Jutland et comme vous le savez, des négociations très compliquées concernant la loi de finances. Il n'y a plus de place dans son agenda, tout simplement. Quel que soit le désir du gouvernement de montrer qu'il ne plie pas sous la pression d'une bande de criminels.

« La politique du gouvernement est de poursuivre son dialogue critique avec l'Iran. Nous croyons qu'en dernier ressort, c'est ce qui aura le meilleur résultat. Nous n'avons pas choisi ce moment. Notre agenda est complet jusqu'à l'année prochaine. Ce n'est pas une question de politique mais de faisabilité. »

Stig Thor Kasper Nielsen regarda autour de lui. A cet instant-là, Lise vit se matérialiser l'expression « un ange passe ». Ce mot artificiel de praticabilité restait en suspens dans la pièce. Un mot artificiel, mais dont le sens était si agréablement étendu et utile. Qu'un chef de gouvernement occidental rencontre publiquement et donne l'accolade à une intellectuelle condamnée à mort par un Etat, à l'encontre de toutes les conventions internationales, cela faisait corps avec tout le projet. Cette manifestation serait notée par toute la presse internationale. Et le gouvernement refusait. Il appellerait ça de la « realpolitik », mais Lise savait que cette décision était dictée par les revenus des exportations et par la faible majorité dont disposait le gouvernement. Un gouvernement dont ses collègues de la rédaction politique disait qu'il souffrait de troubles internes et qui donnait des signes de fatigue.

Elle ne put s'empêcher de s'écrier d'une voix prête à s'étrangler :

« C'est trop lâche, enfin ! ». Les autres la regardèrent, stupéfaits. Même Tagesen, pensa-t-elle, trouvait l'exclamation exagérée. Elle se retint de poursuivre, de peur de se mettre à pleurer de rage, ce qui aurait été interprété par l'assistance comme caractéristique de la faiblesse féminine. Mais son mépris et sa rage lui étreignaient la poitrine.

« Tout se passera bien quand même, Lise, intervint Tagesen. Je compte sur la police, en tout cas, pour nous assurer l'aide dont nous aurons besoin.

– C'est clair, répondit Vuldom. Per Toftlund est un de mes collaborateurs les plus expérimentés. Nous ferons ce que nous pourrons avec les ressources dont nous disposons, puisque cette visite ne peut pas être reportée. »

Elle laissa sa phrase en suspens, mais au lieu de lui venir en aide, Tagesen serra sa main, ainsi que celle de Toftlund en leur disant au-revoir, alors qu'il ne gratifiait que d'un hochement de tête le représentant du ministère de l'Intérieur. Toftlund se leva aussi, mais Vuldom lui demanda de rester un moment.

« Attends-moi dehors, Lise. Veux-tu ? » la pria-t-il.

Vuldom attendit que tout le monde soit parti, puis elle ferma la porte et remarqua :

« Ça n'a pas marché, hein ?

– Non. Je ne m'y attendais pas non plus.

– Mais... nous avons fait une petite enquête, avec le ministère des Affaires étrangères ; ces salauds de Téhéran se tiendront tranquilles à condition que cette visite ne tourne pas à la visite officielle. Leur fatwa est d'abord à usage interne. Je crois que nous n'avons pas besoin d'avoir peur. De plus... les Suédois et les Norvégiens sont un peu dans la même situation. Alors, si les arrivées et les départs sont rapides, nous ne courrons guère de risques, n'est-ce pas ?

– Nous vivons dans un monde merveilleux, commenta Per.

– On m'a fait comprendre discrètement que l'on préférerait voir tout cela annulé. Mais s'il n'y a pas d'autre solution, je compte sur toi pour faire en sorte que nous ne soyons pas les dindons de la farce. »

Per ne put s'empêcher de sourire. Ce mot sonnait faux dans la bouche de Vuldom, mais c'était celui que tous les gens de l'administration centrale employaient pour signifier que, quand quelque chose tournait mal, les hommes politiques feraient en sorte qu'un fonctionnaire quelconque, en haut ou en bas de la hiérarchie, en endosse la responsabilité.

« Alors, il faut grossir mon équipe, remarqua-t-il.

– Cette histoire de moyens n'est pas fausse. Nous essayons toujours d'accorder des congés après le sommet social. Mais le jour même, bien entendu, nous te donnerons ceux du service de surveillance dont nous pourrons nous passer. Sinon, tu devras te contenter de ce que tu as. D'ailleurs, qui dit que le sujet fait l'objet d'un contrat ?

– J'en ai nettement l'impression.

– Est-ce que je peux faire quelque chose ?

– Oui.

– Dans les limites du raisonnable.

– L'appartement de couverture de la rue de Nygårdsvej.

– D'accord, Per. »

Stig Thor Kasper Nielsen informa le Premier ministre Carl Bang entre deux réunions. Il vit à son expression que Bang n'appréciait pas le résultat mais qu'il était forcé de l'accepter et Stig eut le sentiment que le Premier ministre pensait qu'il avait agi le mieux possible, compte tenu de la situation. Ce qui était le principal, malgré tout. L'après-midi même, Bang alla voir Johannes Jørgensen dans la salle des pas perdus du Parlement. Le Comité de la Défense ayant été convoqué et la Commission de la politique étrangère devant se réunir le lendemain, il y avait du monde à Christiansborg et il était naturel qu'ils échangent quelques mots. Marchant côte à côte, ils fumaient en parlant à voix feutrée, selon la coutume. Ils parlèrent un peu de la loi de finance, firent demi-tour et revinrent lentement sur leurs pas. Comme il l'avait fait si souvent, Bang entama l'entretien proprement dit par la remarque rituelle que ce qu'il allait dire était tout à fait confidentiel, ce à quoi Jørgensen répondit tout aussi rituellement que c'était évident, mais il sentit vite qu'on allait lui annoncer de bonnes nouvelles, et qu'il n'y aurait donc aucune raison de ne pas les garder pour lui.

« Personne du gouvernement ne... la rencontrera, assura Bang. La visite sera entièrement privée. Organisée par un quotidien. Je me demandais si vous pourriez faire en sorte qu'aucune... comment dire... personnalité de l'opposition ne réserve du temps... pour une réunion. »

Jørgensen lança un coup d'œil d'appréciation au Premier ministre, réputé être un grand tacticien. Il fallait l'être dans la politique danoise, pour survivre assez longtemps en tant que gouvernement minoritaire. Cette décision était du bon travail. Il n'était pas seul à l'avoir prise, mais il se débrouillait pour que la partie la plus pesante de l'opposition se mouille dans l'affaire. Il répartissait les responsabilités. Jørgensen appartenait à l'un des partis au pouvoir, mais ce parti avait aussi siégé sous le gouvernement précédent et Bang savait que Jørgensen maintenait ses contacts. Les politiciens danois peuvent très bien faire partie du gouvernement pendant une année donnée et se trouver dans l'opposition l'année suivante. Il ne s'agissait pas de politique, mais de nécessité pratique.

« Cela pourra sans doute se faire, dit Jørgensen. Mais il y aura toujours un ou deux sous-fifres qui voudront paraître dans les médias.

– Peu importe. Pourvu que je sois au courant. »

Jørgensen fit halte un instant, puis il reprit le pas.

« Alors, vous avez été en contact avec... ? »

Bang l'interrompit tout de suite :

« On nous a fait comprendre en sous-main que tant que des représentants officiels ne rencontreront pas la personne en question, les relations entre nos nations n'en seront pas affectées.

– C'est vraiment remarquable que la raison l'emporte »,

dit Jørgensen avec un sourire satisfait, mais le Premier ministre Bang ne sourit pas et le quitta sur un bref hochement de tête, comme s'il voulait se laver de cet entretien.

Lise Carlsen donna libre cours à ses sentiments dans la voiture et Per dut la supporter, mais quand elle se fut soulagée de sa colère et de ses frustrations, elle se sentit affamée : c'était sa réaction naturelle, quand elle s'énervait ou qu'elle avait du chagrin. Cela lui donnait envie de manger.

« Tu dois avoir un bon métabolisme, remarqua Per avec un sourire qui lui fit du bien.

– "Il a un beau sourire, mais des dents d'acier", dit-elle.

– Comment ?

– C'est une citation. Je ne me rappelle pas d'où elle vient.

– De Gromyko. Quand il a nommé Gorbatchev secrétaire général du parti communiste de l'Union Soviétique. Au bon vieux temps.

– On ne peut quand même pas dire ça », répliqua-t-elle en pensant aux fastidieux bureaucrates qu'elle avait rencontrés à l'Est, aux prudents écrivains en équilibre sur le fil du rasoir pour tricher avec la censure et à ceux que l'on avait forcés à l'exil, quand ils n'avaient pas fini au Goulag. Jamais elle ne qualifierait cette époque-là de bon temps.

« C'était plus facile de distinguer les amis des ennemis, précisa-t-il.

– Je veux manger des pâtes. » Soudain, elle ne se sentait plus le courage de parler de quoi que ce soit. Pas seulement à cause de la visite programmée, aussi à cause d'Ole. Pourquoi évitait-elle le mot ? A cause de leur couple. Car cela n'allait pas. Elle pensait en permanence qu'il fallait qu'ils en discutent, mais en fait, elle ne le souhaitait pas. C'en était fini, mais elle n'osait pas l'avouer à haute voix, ni à elle, ni à Ole. C'était aussi une situation tout à fait impossible que tout coïncide juste en ce moment. Son plus gros scoop journalistique, sa première grande affaire en tant que présidente du PEN, et sa crise personnelle. Sans compter sa rencontre avec Per. Mais qu'était-il ? Un catalyseur ou un paratonnerre ? Ou une excuse. Au moins, elle lui était reconnaissante de ne pas parler. Il avait suffisamment d'antennes pour savoir quand il fallait se taire. Au lieu de parler, il entra dans le quartier de Nørrebro et gara la voiture dans une petite rue, devant un restaurant italien.

Il n'y avait que trois personnes dans la salle aux nappes traditionnelles à carreaux rouges éclairées par des lampes basses. Ils commandèrent tous les deux des fettucini, un pichet de vin et deux eaux minérales au citron. Une douce lumière entrait par les petites fenêtres. L'automne pointait dans ce gris, comme si la lumière passait par le filtre d'un léger voile bleu qui créait une ambiance mélancolique parfaite.

Il rompit un morceau de son pain et s'abstint de commentaires quand elle alluma une cigarette. Autrement, la seule chose qui l'irritait vraiment chez lui, c'était qu'il lui faisait toujours comprendre, implicitement ou directement, que fumer était une sale habitude. Au lieu de la critiquer, il se mit à parler d'appartements de couverture, de surveillance, de conférence de presse et d'un contrat d'assassinat.

« Qui te l'a dit ? questionna-t-elle.

– Nous avons nos sources, comme les journalistes ont les leurs. » Il allait poursuivre quand elle l'interrompit :

« Si on parlait d'autre chose ? Si on oubliait un peu cette affaire. On ne pourrait pas, simplement, faire semblant que tu m'aies invitée à déjeuner parce que tu me trouves mignonne, et pas à cause du travail ? »

Il lui sembla que ses yeux changeaient de couleur, qu'ils devenaient très doux.

« On n'a pas besoin de faire semblant. »

Un instant, elle eut peur de rougir. Elle avait rougi sans cesse jusqu'à l'approche de la trentaine et ne maîtrisait pas encore tout à fait cette réaction. Elle tripota donc la nappe, éteignit sa cigarette et glissa sa main dans ses cheveux. Il se borna à la regarder, si bien qu'elle ne put s'empêcher de rire, ce qui les fit rire ensemble, et puis, en mangeant, il lui conta ses voyages en Espagne, avec drôlerie et ironie. Ce déjeuner devint donc une délicieuse évasion. Elle lui conta des histoires du journal et de la vie culturelle, avec ses écrivains égocentriques et ses critiques présomptueux.

Elle lui permit même de payer et un peu grisée par le vin, dont elle avait bu une bonne partie, elle s'assit dans sa voiture et se laissa transporter.

« Où devons-nous aller ? » demanda-t-elle néanmoins en voyant qu'il prenait la direction d'Østerbro. Jamais il ne disait ce qu'ils devaient faire. Il l'emmenait partout en comptant qu'elle le suivrait. Elle craignit, tout à coup, qu'il ne veuille la ramener chez elle. Elle n'avait pas envie de rentrer. Elle avait envie d'être avec lui et de garder ce ton léger et frivole. Si elle rentrait, elle savait que la déprime allait l'envelopper d'une cape épaisse et noire et qu'elle craindrait de ne plus jamais pouvoir s'en défaire.

« Je vais te montrer la niche de Simba », expliqua-t-il, ce qui la fit rire.

Elle descendit la vitre et se mit à aboyer en direction d'un jeune homme qui promenait son gros rottweiler noir. Le jeune homme ne s'aperçut de rien mais à son grand plaisir, elle vit le chien dresser les oreilles et cela fit rire Per.

Ils prirent à droite après le syndicat des enseignants. Irma, le grand supermarché à la célèbre enseigne bleue, était toujours là. Traversant la place Saint-Kjeld, il descendit Nygårdsvej, un itinéraire qu'elle prenait rarement, à présent, quand elle sortait de la ville. Quand elle quittait leur appartement du Triangle, c'était toujours pour se diriger vers le centre-ville ou les nouveaux cafés branchés de Nørrebro. C'était un peu son travail qui le voulait, du reste. Son journal lui demandait des papiers sur la vie de la cité. Des articles qu'elle s'efforçait de rendre légers et un peu rêveurs. Un café servait souvent de coulisse à ses conversations fictives avec les gens. Ses articles, à la première personne, montraient pourtant la vie telle qu'elle aurait aimé qu'elle fût plutôt que telle qu'elle était.

« J'ai habité ici, autrefois », remarqua-t-elle.

Per gara la voiture devant un immeuble rouge. Un portail s'ouvrait sur une cour intérieure rénovée où l'on voyait des bancs, une aire de jeux et beaucoup de verdure, des arbres et des buissons. On eût dit un grand jardin citadin fermé, encadré d'immeubles de briques jaunes et rouges.

« C'était même là ! » dit-elle en montrant du doigt le côté opposé. « Là-bas ! J'ai partagé deux ans un appartement avec une copine, pendant nos études. Le monde n'est vraiment pas grand. Mais là, il y avait une usine, autrefois. Je crois qu'ils fabriquaient des prothèses. Maintenant on y a construit un immeuble. »

Per ne répondit pas ; ouvrant la porte d'entrée, il prit l'escalier et monta au troisième étage. Il ouvrit la porte d'entrée de couleur brune. Sur la porte, le nom de Per Hansen figurait en petites lettres blanches.

L'appartement était petit, mais spacieux. Il y avait une petite pièce à droite et une chambre à coucher en face de la porte d'entrée. Ainsi qu'un séjour, une cuisine et une petite salle de bains. Tout respirait la propreté mais sentait aussi un peu le renfermé. Comme une maison de vacances qu'on ouvre après l'avoir laissée inhabitée pendant un certain temps. Les meubles de bois clair étaient indémodables, le parquet propre et il y avait la radio, la télé, un magnétoscope et de nombreux livres.

Per allait et venait en habitué. La lumière grise qui traversait les rideaux beiges tirés devant la fenêtre du séjour était déjà en train de décliner. Lise regarda les titres des livres. Il y en avait en anglais, en danois et en russe, lui semblait-il. Des romans d'épouvante et des classiques danois. Elle sortit un livre mais fut incapable de déchiffrer les caractères cyrilliques.

« C'est du russe, n'est-ce pas ? »

Per la considéra. Il fit sauter une ou deux fois en l'air la clé de l'appartement. Il la regardait d'un drôle d'air, pensa-t-elle. Elle se sentait toujours légère et un tantinet étourdie par le vin. Elle voulait conserver son humeur rieuse.

« Correct, répondit-il.

– Comme toi.

– O.K., *chica*. Cet appartement est un peu spécial. Nous n'avons pas l'habitude de le montrer à des étrangers.

– Ah, je suis une étrangère maintenant. Qu'est-ce qu'il a de spécial ? Qu'on y trouve des romans russes ?

– C'est un vieux *safehouse*.

– Qu'est-ce que c'est ? »

Il lui prit le livre des mains et le remit à sa place. Elle sentit le dos de sa main frôler son dos et cet instant se prolongea jusqu'à ce qu'il ait reculé d'un pas pour lui dire :

« Tu devrais lire plus de polars au lieu de tes machins littéraires. Ça t'apprendrait quelque chose.

– Pourquoi Per ?

– Pourquoi tu devrais lire des polars ? » Sa voix était redevenue taquine. C'était bien.

Lise ressortit le roman et le leva devant lui.

« Non, *hombre* ! Qu'est-ce qu'un *safehouse* et pourquoi des romans russes ?

– C'est un appartement dont nous payons le loyer, mais que personne ne connaît. »

Elle fit un pas de plus vers lui. Elle respirait son odeur. Il sentait un peu les épices italiennes et un aftershave à l'odeur forte, mais agréable. Comme dans une publicité, pensa-t-elle en se sentant stupide.

« Allons, Per. Nous sommes partenaires ! »

Il reprit le livre et le remit à sa place. De nouveau, il l'effleura de la main.

« C'est un appartement où nous avions coutume de loger ceux qui s'évadaient de Russie... ou ceux avec qui nous voulions parler sans témoins. Tu sais. Pendant la guerre froide. Mais aussi à l'heure actuelle.

– Mes impôts servent donc aussi à payer cette location. Mais j'ai habité juste à côté d'un centre d'écoutes. On se croirait en plein roman d'aventures ! »

Il la prit doucement par les bras. C'était bon.

« Ecoute bien, Lise. Un transfuge arrive en ville. Ou un agent. Nous voulons qu'il reste un peu à notre disposition. Nous devons l'interroger. Nous le logeons ici, dans un lieu agréable et sûr. Facile à surveiller. Nous connaissons le quartier par cœur. La cour n'est pas trop grande. C'est un quartier ordinaire. Tout a été contrôlé autour de l'appartement. Il y a des alarmes cachées. Nous pouvons le surveiller depuis un appartement d'en face. Il est parfait pour Simba. Parce qu'il n'existe pas. On n'est ni dans un roman ni dans un centre d'écoutes. Ce n'est qu'un logement sûr.

– Très bien », répondit-elle simplement.

Il lui lâcha un bras, mais pas l'autre.

« Viens. Je vais te monter quelque chose. » Il la tira derrière lui, sa main descendit le long de son bras et il lui prit la main, l'entraînant comme un agent immobilier qui veut convaincre un client récalcitrant de la valeur d'un appartement. Il l'emmena à la cuisine et bien que ce fût peu pratique, il garda sa main dans la sienne tout en ouvrant le frigo, les tiroirs, les portes des placards pour lui montrer toutes les choses banales de la vie, comme si c'étaient des antiquités rares. Elle ne put s'empêcher de sourire de son discours d'agent immobilier quand il lui montra les couverts et les assiettes, le café et les sachets de thé, les casseroles et les poêles, les potages en poudre et les aliments séchés. La charcuterie sous plastique, les jus de fruits et l'eau et des plats cuisinés bien empilés dans le congélateur, prêts à être réchauffés dans le four à micro-ondes flambant neuf.

« Tout à fait séduisant comme appartement, sourit-elle.

– Oui. *Perfecto*, n'est-ce pas ? dit-il sans ironie.

– *Perfecto, hombre*. Le rêve de toutes les femmes. »

Il ne l'entendit pas, mais la tira de nouveau derrière lui. Elle sentait sa main dans la sienne comme une source de chaleur qui se répandait lentement dans tout son corps. Il l'emmena jusque dans la chambre à coucher qui n'était pas très grande. Un lit à deux places tout fait et une garde-robe la remplissaient presque. Passant à travers les rideaux presque entièrement fermés, un seul rayon éclairait le lit, fait comme ceux des hôtels. Les draps étaient blancs et propres.

« Que peut-on demander de plus ? » demanda-t-il.

Lise resta immobile, la main dans la sienne. Soudain, cela lui parut mal et maladroit. Le silence grandit et se prolongea, comme un incident technique à la radio, quand chaque seconde de silence donne l'impression de durer une minute. Lise retira sa main. Elle sentit une résistance, mais il la lâcha.

« Bon. Alors, maintenant, tout devrait être à peu près... je ne sais pas, dit-elle, sentant que le silence menaçait de l'étouffer.

– Ça commence à prendre tournure », répliqua-t-il.

Le silence grandit de nouveau. Elle leva les yeux sur lui et lui lança un regard en biais qu'elle voulait bref, mais elle s'aperçut qu'il la regardait aussi. Cela lui fit à la fois du bien et du mal de penser : je ne le ferai plus. Je suis allée beaucoup trop loin. A lui de jouer maintenant. S'il me prend dans ses bras, ce sera trop tard pour reculer. Je franchirai une limite que je n'ai encore jamais transgressée et ce sera le début d'une nouvelle phase dans ma vie.

Per lui prit d'abord une main, puis l'autre. Elle vit bien qu'il la quittait un instant des yeux pour regarder le lit et revenir à elle et qu'elle le suivait du regard. Il l'attira contre lui.

« O.K., O.K. Je crois que c'est O.K. », murmura-t-elle en lâchant sa main pour lui mettre les bras autour du cou.

11

Vuk trouva un annuaire des Téléphones de Copenhague et consulta la liste des hôtels avant d'acheter un billet pour le train Intervilles de nuit à destination de Copenhague. Le train n° 590 partait à 1h06 et arrivait à 7h. Il réserva tout le compartiment afin de pouvoir monter dans le train dès 22h30. Il téléphona à l'hôtel d'une cabine publique et retint une chambre. Tout lui paraissait un peu irréel. Quelques personnes muettes aux yeux fatigués traînaient seules dans la gare d'Århus, éclairée d'une lumière jaunâtre. De jeunes immigrés le jaugèrent du regard, mais il devait avoir quelque chose de menaçant, car ils le laissèrent continuer tranquillement la lecture de ses journaux du matin. Il se souvenait des Turcs, à la gare centrale de Copenhague, quand il était enfant. Ils formaient des groupes timides et paraissaient s'excuser d'être là. Mais ces immigrés de la deuxième génération avaient l'air arrogants et agressifs. Il voyait qu'ils puisaient leur force dans la collectivité de leur groupe ethnique. Ils n'acceptaient plus ni le racisme ni la politique danoise enveloppante qui commandait à tous ceux qui s'installaient au Danemark de devenir comme tous les Danois. Ils refusaient de devenir des assistés. Ils montraient leur colère. Il les comprenait, en quelque sorte, mais leur guerre n'était pas la sienne et il retourna à son journal. Au lieu de lire les articles, il surveillait son entourage. Les corbeilles à papiers étaient bourrées de restes de hamburgers, de papiers, de cornets à frites et d'épluchures d'oranges, mais il n'y avait pas de bouteilles. Vuk avait remarqué que des individus mal vêtus fouillaient les poubelles pour les emporter. Le Danemark, en son absence, était devenu à la fois plus riche et plus pauvre. Le nombre des nouvelles voitures et des mendiants avait crû. Les contrastes étaient plus grands. Des gens pâles erraient comme des ombres dans le hall. Au café de la gare, trois hommes ivres buvaient de la bière d'exportation et se querellaient à propos d'un match de football. L'abondance se lézardait, apparemment ; peut-être la majorité avait-elle tout simplement décidé, une fois pour toutes, de marginaliser la minorité ?

Vers minuit, il descendit l'escalier et repéra son wagon. Le train semblait à moitié vide. Il était seul et commença lentement à se détendre. Les deux lits étaient faits et le compartiment contenait un lavabo. Il se lava et passa le beau complet. Il avait fait un long voyage, mais il était persuadé d'avoir effacé toutes ses traces. Disparaître dans la foule des Danois et devenir comme eux n'avait pas été le seul but de son détour, il avait aussi voulu être tout à fait sûr que Kravtchov ou ses Iraniens ne le suivaient pas. Ils pouvaient ne pas le faire, mais Vuk avait survécu à quatre années de guerre parce qu'il ne prenait pas de risques inutiles. Cela coûtait du temps d'assurer ses arrières, mais le bénéfice rapporté par le soin et la prudence le valaient bien. Il ne s'autorisa donc pas encore à dormir. Il attendrait d'être à l'hôtel pour le faire. Il regarda par la fenêtre et vit le paysage nocturne défiler sous ses yeux. Les routes étaient désertes. On ne voyait que de temps à autre les phares d'une voiture solitaire balayer une route secondaire obscure. La nuit, le Danemark semblait désert. Il était tout à fait seul dans le wagon et appuya son front contre la fraîcheur de la vitre.

Sur le ferry du grand Belt, il but une tasse de café et prit un sandwich au fromage. Les rares voyageurs assis à la cafétéria s'occupaient de leurs affaires. Il sortit sur le pont. Il faisait froid maintenant et des nuages bas passaient devant la demi-lune. Cela sentait bon la mer et l'huile diesel. La côte de la Fionie disparut et il fut surpris de découvrir le long pont bas qui partait de la côte. Le pont était éclairé et il vit surgir, dans l'île de Sprogø, de majestueux pylônes baignés de lumière, qui se dressaient vers le ciel. Ce pont avait bien avancé en son absence. Avant son départ, il en était encore au stade de projet. Il ne se l'était pas imaginé si gigantesque. Il vit des bateaux devant les fondations des pylônes et des lumières qui clignotaient au sommet. Les ponts l'impressionnaient plus que les cathédrales. C'étaient les églises et les temples des temps modernes, les plus grandes constructions créées par l'homme de notre époque. Il fuma une cigarette, perdu dans sa contemplation. Il traversait probablement pour la dernière fois le Grand Belt en ferry. Et il doutait avoir jamais l'occasion de passer sur le pont lorsqu'il serait achevé. Cela l'impressionnait de voir qu'un petit peuple comme les Danois était capable d'édifier un pareil ouvrage au-dessus de l'eau et de creuser, en même temps, un tunnel sous les fonds marins. Quand le haut-parleur l'enjoignit de regagner son compartiment, il fut un peu mélancolique et un peu triste. Il aurait pu rester plus longtemps simplement pour regarder. Il contemplait un ouvrage permanent, qui allait survivre à lui-même et à la guerre insensée qu'il avait abandonnée. Il se sentait reconnaissant d'avoir vu ce spectacle qui lui faisait, en quelque sorte, l'effet d'un encouragement, comme un bon augure. La preuve qu'il avait choisi l'itinéraire adéquat.

L'hôtel était situé dans une rue perpendiculaire à Istedgade. Familier de Vesterbro, il avait choisi ce quartier en connaissance de cause. Les gens de Vesterbro ne posaient pas trop de questions et se méfiaient de la plupart des autorités. Réclamant qu'on les laisse tranquilles, ils laissaient les autres tranquilles. Le vent, qui venait de l'est, portait les prémices de l'automne, il était si vif que les gens étaient tentés de boutonner leur veste, mais le soleil avait encore de la force. Déjà, la rue bourdonnait de vie ; d'un autre genre de vie que le Kurfurstendamm à Berlin. Ici, les choses étaient plus usées, les voitures plus petites, les magasins, qui regorgeaient de produits, paraissaient petits eux aussi. Des femmes turques ou peut-être arabes circulaient, voilées, et les boutiques porno étaient fermées. Mais ce qui faisait surtout la différence, c'étaient les bicyclettes. Vuk adorait les regarder, les femmes en particulier, avec leurs fortes jambes bronzées, qui transportaient tout, de leurs courses à leurs enfants, sur leurs vélos flambant neufs. Les bicyclettes, aux yeux de Vuk, étaient l'essence même de Copenhague. Il fit halte un moment pour les regarder. Un jeune homme passa devant lui, une canette de bière à la main. Une bouteille avec une collerette jaune. Comment s'appelait-elle, déjà ? Une bière éléphant. Le jeune homme vida la bouteille, vida la mousse dans la rigole et rota, mais il garda la bouteille à la main.

Vêtu d'un pantalon clair, d'une chemise bleu marine et d'une veste neuve en cuir brun, Vuk portait des chaussures lacées raisonnables, sa valise d'un côté et un sac de sport de l'autre. Un jeune homme minable aux longs cheveux gras tenta de l'arrêter de sa main tendue, mais Vuk ne le gratifia pas d'un regard. Il entra dans l'hôtel et monta au premier étage. La réception se trouvait à gauche et derrière le comptoir, il vit un homme encore jeune, en manches de chemise, mais avec une cravate à carreaux bleus et rouges.

C'était un hôtel bien, pas trop cher, où descendaient par conséquent les hommes d'affaires jutlandais venant de petites entreprises émergentes.

Vuk posa ses bagages.

« On doit avoir réservé une chambre au nom de Carsten Petersen, Teknoplast jutlandais, dit-il.

– Un instant », répondit le réceptionniste. Un ordinateur trônait derrière le comptoir, mais il regarda tout de même dans un registre.

« C'est juste, cette nuit même.

– C'était un peu pressé, expliqua Vuk.

– Il le faut, quelquefois, par les temps qui courent. Combien de temps pensez-vous garder la chambre ? » répondit le réceptionniste en tendant une clé à Vuk.

– Deux jours, peut-être une petite semaine. Cela dépend de la rapidité avec laquelle je vais résoudre le problème.

– Chambre 311. En haut de l'escalier à droite.

– Merci », dit Vuk en prenant ses bagages et il monta l'escalier sans regarder en arrière. Les Danois étaient un peuple candide. Ils se reconnaissaient à leur langue et quand on parlait le danois sans accent, cela les aurait gêné de demander un passeport ou une pièce d'identité. Vuk avait tablé sur le fait qu'ils n'avaient pas changé et il avait eu raison, heureusement. Sinon, il aurait trouvé une excuse et serait descendu dans un autre hôtel où il se serait inscrit quelques jours comme citoyen britannique, mais il préférait attendre encore pour le faire. Tant qu'il pouvait l'éviter, il ne voulait pas laisser de traces de papiers électroniques. Cela viendrait assez tôt. Il comptait changer d'hôtel après deux, trois nuits au maximum, pour pouvoir payer comptant sans que cela se remarque outre mesure et s'installer dans un autre établissement du même genre.

La chambre était petite mais confortable, avec un grand

lit, une table de nuit, un petit bureau et un poste de télévision. Il posa ses bagages par terre, ferma la porte à clé et se dévêtit. Puis il prit une douche chaude. Sa tête bourdonnait et maintenant, il était sous le coup de la fatigue. Il se coucha sur le lit et s'endormit immédiatement.

Vuk dormit six heures et traîna ensuite dans la ville le reste de l'après-midi. Avec son jean, sa chemise blanche et sa veste de cuir, il passait inaperçu, même s'il remarquait que certaines filles lui adressaient des regards appuyés. Il avait oublié à quel point les jeunes Danoises peuvent être directes. Il acheta un couteau de scout et une pierre à aiguiser dans une boutique d'articles pour la vie en plein air. Il acheta une corde à sauter ancienne, à poignées de bois, dans un magasin de jouets et un petit rouleau de fil de fer fin dans une droguerie. Un charmant jeune homme rentrant chez lui, ses courses terminées.

Copenhague n'avait pas changé. La ville, dorée et douce dans la lumière vespérale, l'enveloppait comme un pull familier. Seule la place de l'Hôtel de ville était totalement transformée. On eût dit un chantier que l'on déblayait après de grands travaux routiers. La grande caisse noire rectangulaire qui se dressait à l'une de ses extrémités faisait penser à une barricade de tanks surdimensionnée destinée à protéger les habitants d'une ville assiégée contre des tireurs embusqués. Mais derrière, les autobus jaunes familiers qu'il rattachait aussi à Copenhague s'arrêtaient, puis repartaient paisiblement. Ils n'étaient jamais bondés, excepté deux fois par jour. Il notait aussi la présence de nouveaux coursiers à bicyclette en uniforme vert qui sillonnaient lestement et à toute vitesse les flots de la circulation. Il descendit la rue piétonne où il y avait, selon ses critères, beaucoup de monde, mais pas foule. La rue était jonchée de papiers, de reliefs de sandwiches, et de nombreux passants mangeaient en marchant. Nul ne prenait garde à lui. Il s'était demandé avec un peu d'inquiétude s'il pourrait retrouver le rythme spécifique de la ville, mais c'était comme s'il l'avait quittée hier. Il se fondait dans la foule et pourrait bientôt, comme elle, distinguer les étrangers, que ce soient des hommes d'affaires américains ou un groupe de touristes suédois.

Mais en arrivant sur la place de Kultorvet, il fut surpris. L'immeuble était toujours là, mais où était passée la bibliothèque ? Il voyait la librairie, mais la bibliothèque principale avec sa salle de lecture des journaux avaient disparu. Comme il s'était arrêté un instant, perdu dans ses pensées, deux jeunes filles le bousculèrent par mégarde.

« Pardon », dit l'une d'elles en voyant son masque glacial. Il n'avait pas l'habitude d'être touché par surprise et sans avertissement. La guerre lui tenait au corps, lequel, instantanément, lui signalait un ennemi, mais il se reprit aussitôt et elles ne purent s'empêcher de répondre au grand sourire qui éclaira son visage.

« Je dormais debout, dit-il.

– C'est à nous de faire attention.

– Je voulais aller la bibliothèque...

– Alors, il faut retourner à Krystalgade », dirent-elles d'une même voix, ce qui les fit rire.

« Ah oui, naturellement. Mais vous savez... la force de l'habitude...

– Bien sûr. D'ailleurs, c'est curieux de voir qu'ils déménagent tout comme ça, n'est-ce pas ? » dirent-elles en se remettant à rire.

« Merci.

– De rien. »

Elles se prirent par le bras et repartirent en dansant.

« Bonne continuation », lui crièrent-elles de loin.

Tout le monde disait cela, apparemment ; il fallait qu'il s'en souvienne.

Il se joignit aux lecteurs de la salle de lecture de la nouvelle Bibliothèque centrale. Il demanda les numéros de *Politiken* du mois passé et se mit à les lire systématiquement tandis que la soirée avançait. Il trouva l'article sur Sara Santanda et regarda sa photo et celle de Lise Carlsen. La légende de la photo précisait que Lise Carlsen, journaliste à *Politiken* et présidente du PEN-Club danois, recevrait l'écrivain pendant sa visite, dont le programme resterait secret jusqu'à nouvel ordre. La date de l'arrivée au Danemark de l'écrivain condamnée à mort resterait également secrète. Mais *Politiken* comptait bien que sa visite aurait lieu, malgré la fuite inconsidérée que l'on devait déplorer. Il regarda la photo de Lise, une belle jeune femme qui souriait volontiers au photographe.

Vuk sortit, son sac en plastique à la main, et voulut téléphoner dans une cabine publique, mais l'appareil n'acceptait pas les pièces de monnaie. Il lut qu'il devait utiliser une carte téléphonique. Qu'est-ce que c'était que cette nouveauté ? Il continua son chemin. Dans la cabine suivante, il put se servir de ses pièces. Il téléphona aux renseignements qui lui fournirent le numéro de téléphone de Lise Carlsen et son adresse à Østerbro. Il descendit dans la station de métro de Nørreport, acheta une carte téléphonique et une carte à composter pour les transports publics et étudia les lignes des autobus.

L'appartement était au troisième étage. Au-dessus de l'interphone, au troisième étage, figuraient les noms d'Ole Carlsen et Lise Carlsen. En face de l'immeuble, il vit un vieux bistro que l'on n'avait pas encore transformé en café ou en bar à hamburgers. Bien que la température ait oscillé entre celle de la fin de l'été et de l'automne, il y avait des tables et des chaises sur le trottoir, ensoleillé l'après-midi. Vuk posa son sac en plastique et s'assit. Il commanda une bière pression et alluma une cigarette en observant l'immeuble à travers ses lunettes de soleil foncées. C'était un grand immeuble, bien tenu et doté de fenêtres neuves. Les habitants rentraient les uns après les autres. Vuk regardait la scène sans envie, mais avec une certaine nostalgie. Il aimait la vie quotidienne des autres. C'était sympathique de voir les Danois rentrer chez eux, chargés de sacs des supermarchés voisins, Irma et Super Brugsen. Ce ne serait jamais sa vie, et il était oiseux de le regretter. Même s'il ne pouvait s'empêcher de penser, de temps à autre, à ce qui se serait passé s'il était resté dans ce petit pays paisible au lieu de retourner là-bas. Il but une gorgée de bière, pensa à ses parents et à sa sœur et à Emma, mais refoula ces pensées. S'il se laissait aller, le rouleau compresseur reviendrait cette nuit, et c'était insupportable. Une voiture s'arrêta le long du trottoir et un homme d'environ 45 ans en descendit. Il avait l'air las et concentré. Il ferma la portière à clé et se dirigea vers la porte d'entrée de l'immeuble, la clé de la porte dans une main et une serviette marron dans l'autre. Il avait le dos un peu voûté et traînait un peu les pieds. Il ouvrit la porte. Le garçon sortit et vida le cendrier. Vuk commanda une deuxième bière pression et peu après, il vit le même homme sortir de l'immeuble et traverser la rue pour venir au bistro. Il passa juste à côté de Vuk et entra par la porte ouverte.

« Salut, Ole », dit le garçon en posant la deuxième bière pression devant Vuk. Le garçon, un homme encore jeune, avait un thorax musclé qui semblait trop grand pour ses jambes courtes. C'est le produit d'un centre de culture physique, pensa Vuk. Un corps puissant d'apparence, mais qui manquerait d'endurance, en cas de besoin. Vuk n'aurait jamais peur d'un body-builder.

« Salut, Mads, dit l'homme sans s'arrêter. Ça sera les deux, une bière et un bitter.

– Erna est dans la salle. »

Vuk but une gorgée de bière et resta assis.

« Vous ne voulez pas rentrer ? Il commence à faire froid, lui proposa le garçon.

– Non, merci. Je vais finir mon verre ici.

– O.K. »

Il laissa s'écouler encore un quart d'heure. Puis, pensant qu'il ne pouvait pas rester plus longtemps, il se leva et prit son sac en plastique quand il vit Lise Carlsen arriver à bicyclette. Elle rangea son vélo et mit le verrou. Il vit la mine qu'elle faisait en regardant la voiture de l'homme, le bistro, puis l'appartement du troisième étage. Vuk détourna la tête et lança en direction de la salle obscure du bistro :

« Je pourrais payer ?

– Volontiers », dit la voix du garçon musclé.

Il sortit.

« 38 couronnes », dit-il en apercevant Lise. Il prit le billet de cent couronnes de Vuk sans quitter Lise des yeux.

« Un instant ! » dit-il en s'avançant un peu sur la chaussée.

« Lise ! cria-t-il. Lise, Ole est là. »

Lise les regarda et Vuk détourna la tête tout en continuant de l'observer du coin de l'œil.

« O.K., Mads. Dis-lui seulement que je suis rentrée.

– Très bien, Lise », dit Mads en rendant la monnaie à Vuk.

Vuk repensa à cette scène plus tard, dans sa chambre, en regardant la télévision. La télé n'était qu'un bruit de fond agréable. Elle diffusait un spectacle danois quelconque auquel participaient uniquement des femmes, toutes très chic et très disertes. Renonçant à comprendre de quoi elles parlaient, Vuk avait baissé le son pendant qu'il travaillait.

Il coupa les poignées de bois de la corde à sauter et remplaça la corde par un demi-mètre du fil de fer fin et souple qu'il fixa à chaque poignée par un nœud, puis il enroula le fil de fer avant de réunir les extrémités pour les pincer. Il enroula une serviette de bain autour d'une conduite de la salle de bains, passa prestement le fil de fer derrière la conduite et tira fortement sur les deux poignées. Le fil se tendit, mais les nœuds des poignées tinrent le coup. Satisfait, il déposa son garrot sur la petite table de nuit.

Il regarda la télé pendant deux heures en pensant à Lise et à Ole, son mari. Tout en calculant la façon dont il allait entrer en contact avec elle, il aiguisa le côté non tranchant de la lame de son couteau de scout pour en faire une lame à double tranchant. Ses gestes lents, tranquilles, efficaces, le calmaient et stimulaient son activité intellectuelle. Les deux fils de la lame étaient maintenant aussi tranchants qu'une lame de rasoir. C'était du bon acier de Solingen qui ne se brisait pas facilement. Désormais, il n'était plus entièrement désarmé et il se sentit plus tranquillisé. Demain au plus tard, ou après-demain, il devrait trouver une carte postale de Kravtchov lui indiquant où il pourrait aller chercher ses armes proprement dites. Il n'avait pas beaucoup de temps, il le savait, et il se doutait que le maillon le plus faible de la chaîne n'était pas Lise, mais son mari. Il ne pouvait se baser que sur une impression, mais il avait lu sur la figure de Lise sa déception, sa tristesse et un peu de colère. Elle refusait de se joindre à son mari pour boire un petit coup après le travail. Au contraire, elle avait regardé le bistro avec sévérité et Vuk eut la surprise de la voir donner très vite un bon coup de pied à l'un des pneus avant de la voiture, déverrouiller sa bicyclette et en repartir sans regarder en arrière.

12

Lise roulait si vite qu'elle se mit à transpirer, ce qui l'irrita vivement et elle se sentit bientôt assez ridicule. Ce n'était une façon de régler ses problèmes. Elle aurait mieux fait de confronter Ole au fait qu'elle avait pris un amant, trouvé un ami, qu'elle avait une liaison. Quel nom fallait-il qu'elle donne, bon Dieu, à cette chose qui la réchauffait tout entière en lui donnant l'envie d'être constamment avec Per ? Mais cela l'avait mise dans une telle colère de voir qu'Ole était de nouveau dans ce maudit bistro qui puait le vieux cigare et la bière rance. Si au moins il pouvait boire dans un café ou dans un bar convenables. Elle savait qu'il savait qu'elle détestait les bistros. Elle ne supportait pas l'idée qu'il bavardait avec des ivrognes et parlait peut-être d'elle avec des hommes qui traitaient leur femme de bobonne. Comme tous les hommes dans ce genre de bistros, elle en était persuadée. On surestimait énormément le peuple. Elle était pour la culture raffinée et pour les gens éduqués et civilisés. Elle détestait les salles des fêtes, le loto et les débits de bière à l'ancienne avec leur billard et la puanteur des relents masculins. Il savait qu'il l'irritait en allant là-bas, tout comme elle savait qu'elle l'irritait en allumant la radio le matin. Pourquoi diable ne pouvaient-ils plus parler ensemble, tout à coup ? Pourquoi essayaient-ils de se faire mal mutuellement ? Pourquoi l'amour mourait-il ?

Elle descendit de sa bicyclette le long des lacs et fit quelques pas en se disant à mi-voix à elle-même :

« D'où venons-nous ? Qui sommes-nous ? Où sommes-nous ? Où allons-nous et où faut-il déposer les bouteilles vides ? »

Puis elle commença à se moquer d'elle-même. Une femme âgée accompagnée d'un petit chien gras tacheté de noir la regarda, stupéfaite. Comme elle avait l'air renfrogné, Lise ne put s'empêcher de lui tirer la langue, tout en levant la jambe comme un homme par-dessus sa selle pour repartir à toute vitesse sur le chemin en faisant jaillir le gravier. Quelle enfant elle faisait, bon Dieu ! Mais elle manquait d'habitude pour gérer sa situation actuelle.

Elle rentra à la maison. Ole n'était pas là. Il risquait de rester là-bas toute la soirée. A jouer aux dés ou à discuter football ou politique avec des types bouchés, abandonnés, marginaux ou solitaires, ou tout cela à la fois. Alors qu'elle avait enfin un soir de libre. Ils auraient pu bavarder. Parler convenablement ensemble. Elle s'était libérée du journal, de Sara et de Per. Volontairement, parce qu'elle sentait qu'elle ne contrôlait pas ses sentiments autant qu'elle l'aurait voulu. La vérité était aussi que ce soir, Per était pris. Il n'avait pas dit ce qu'il devait faire et cela ne la regardait pas, mais cela l'irritait malgré tout. Elle aurait dû préparer quelque chose à manger. Voilà qu'elle se révoltait encore une fois, et cela lui donnait faim, naturellement. Au lieu de faire un repas, elle mit de l'eau à chauffer pour le thé et allait s'en faire une tasse quand elle entendit s'ouvrir la porte d'entrée. Ole entra dans la salle de séjour, les yeux un peu rougis mais par ailleurs aussi calme et lointain que d'ordinaire.

« Salut, chéri ! D'où viens-tu ? As-tu mangé ? » lui demanda-t-elle en se méprisant parce qu'elle entendait à quel point le son de sa voix était artificiel.

« Salut », dit-il simplement en restant debout à la regarder, sans bouger, si bien qu'elle commença à se sentir un peu gênée. Elle se leva et alla jusqu'à l'évier. Alors qu'elle avait du thé dans sa tasse, elle prit un verre d'eau uniquement pour s'occuper les mains. Sentant le regard d'Ole sur son dos, elle prit son courage à deux mains et se retourna. Sa cuisine si agréable lui semblait soudain moite et renfermée, comme si la nuit du dehors entrait et étouffait la lumière électrique.

« Qu'est-ce qui ne va pas ? Tu me regardes d'une façon ! » demanda-t-elle avec irritation.

Ole se bornait à l'observer d'un œil scrutateur. Elle eut l'impression d'être l'un de ses riches patients névrosés. Ou l'un de ses clients, comme il insistait pour les appeler. Le nombre des psychologues s'étant multiplié par vingt en vingt ans, on aurait pu croire qu'ils étaient assez nombreux autour de l'assiette au beurre, mais Ole n'avait jamais gagné tant d'argent. Les Danois doivent avoir terriblement mal à l'âme et personne à qui en parler ; elle laissait courir ses pensées parce qu'elle ne supportait pas son regard inquisiteur. Elle alluma une cigarette et elle lui dit :

« Ole ! Qu'y a-t-il ? »

« Je voulais voir si l'on pouvait diagnostiquer une différence physique. Mais c'est sans doute impossible. A moins que ? »

Sa voix était quand même un peu voilée. Les voyelles étaient altérées par la bière et par le bitter.

« Je ne sais pas de quoi tu parles. »

Elle détourna les yeux, incapable de soutenir son regard.

« La question banale, tu sais bien. Qu'il y a quelqu'un d'autre », expliqua Ole.

Elle se sentit rougir sur la nuque. Il était psychologue, nom de dieu, il savait tout de même des choses sur l'esprit humain. Elle se ressaisit, alla jusqu'à lui et prit sa main qui resta inerte. Il sentait le bistro.

« Ole, arrête, veux-tu ? »

Ole la regarda de ses yeux voilés, mais sages, qu'elle avait aimés et trouvé beaux, autrefois. Il se libéra et s'éloigna d'un pas.

« On pourrait peut-être utiliser certains symptômes physiques », dit-il. « Un usage exagéré de la salle de bains par exemple ? Un nouveau parfum ? Des changements de linge de corps plus fréquents ? Ce sont les symptômes classiques, mais tu as toujours été incroyablement pointilleuse, corporellement. Et puis, il y a d'autres signes. Tu rougis très facilement en ce moment. Ça te va bien. Mais pour une femme de ton âge, c'est un peu bizarre. Tu te grattes un peu nerveusement. Et tu te passes tout le temps la main dans les cheveux. »

Il l'observait de ses yeux scrutateurs et elle sentit avec épouvante qu'elle rougissait et qu'elle se passait la main dans les cheveux. Elle se retourna, ouvrit le robinet, éteignit sa cigarette dans l'eau qui coulait, la jeta à la poubelle sous l'évier et reprit un verre d'eau.

« Je l'ai toujours fait, répliqua-t-elle.

– As-tu un amant, Lise ? »

Elle lui tournait le dos. Heureusement, car elle savait bien qu'il lirait sur son visage qu'il avait touché juste. Pourquoi ne lui disait-elle pas tout simplement la vérité ? Pourquoi n'osait-elle pas le faire ? Parce qu'elle ne s'était encore jamais trouvée dans cette situation ? Elle ne voulait pas se disputer maintenant. Elle voulait décider elle-même où et quand ils le feraient.

« Je suis un peu stressée, c'est tout. Nerveuse. Cette histoire de Santanda me tape sur les nerfs.

– Tu en as un, Lise ? »

Elle se retourna :

« Tu dois quand même pouvoir comprendre ça. Le stress. Tu gagnes ta vie à le soigner. Tu es psychologue. Alors, pourquoi est-ce que tu ne comprends rien, bon Dieu ? »

Elle cria la dernière phrase. Mais Ole ne se démonta pas.

« O.K. », dit-il simplement, ce qui la mit en colère et l'irrita à la fois.

Elle fit un pas dans sa direction, mais recula tout de suite pour sentir le bord sécurisant de la table dans son dos.

« Qu'est-ce que ça veut dire, cet O.K. ? Je ne suis pas un de tes patients. Alors, tu n'as pas besoin de me servir ton O.K. de psychologue. Ça ne veut dire qu'une chose : je t'écoute, mais je m'en fous !

– O.K.

– Ole, nom de Dieu. Laisse-moi un peu de temps. Sara arrive dans quinze jours, après, on pourra parler. Quand sa visite aura eu lieu. Je suis seulement stressée...

– O.K.

– Arrête de me dire O.K., Ole. »

Elle refit un pas en avant, mais elle hésita et finit par dire :

« Je suis libre ce soir. Si on faisait un bon dîner. Et qu'on regarde un film au lit. Comme autrefois. Je suis seulement un peu stressée. »

Ole la regarda. Son regard changea de caractère. De simplement observateur, il était devenu méprisant, elle le sentait. Il la contempla un moment, puis fit volte-face et se dirigea vers la porte.

« Où vas-tu ? » demanda-t-elle.

« Je ne mérite pas, en plus, d'être plaint », répliqua-t-il en sortant.

Elle cria dans son dos :

« Qu'est-ce que tu veux dire ? Mais je ne te plains pas. Où vas-tu ? »

Il s'arrêta et tourna la tête dans sa direction :

« En ville.

– Encore. Tu ne veux pas que je fasse à manger ? Ole. Ou que je t'accompagne ? On dînerait dehors. Reste donc. Il faut qu'on parle tous les deux. »

Il la regarda encore une fois d'un œil inquisiteur :

« Je n'ai pas faim », et il partit sans se retourner.

« Oh, mais quelle merde ! » geignit Lise, seule au milieu de la pièce, en entendant claquer la porte d'entrée. Elle forma le numéro de Per et laissa longtemps sonner, mais il lui avait dit qu'il n'était pas chez lui.

« Oh, Per, confia-t-elle à la sonnerie. Si seulement je savais ce qu'il faut faire. »

Elle finit par se faire une omelette et s'assit devant la télévision qui passait une vieille comédie danoise. Elles étaient redevenues terriblement modernes. Elle avait besoin de s'occuper d'autre chose. Demain, elle se ressaisirait et elle écrirait un papier sur ce phénomène. Sur le regret nostalgique qu'éprouvait le peuple du cadre sûr et familier d'autrefois. Du temps où l'agriculture ne polluait pas et où les rôles des sexes étaient nettement définis. Où l'on pouvait oublier que les années 1970 et 1980 avaient réellement existé. Où le Danemark était un paysage immuable perpétuellement ensoleillé, comme dans les romans de Morten Korch, où les clochards chantaient à tue-tête au lieu d'errer en crevant de faim, de ramasser des bouteilles vides et de mendier dans les rues. Elle rappela Per vers minuit, mais cela ne répondait toujours pas. Alors, elle alla au lit. Cette nuit-là, Ole ne rentra pas.

Dès le petit matin, elle s'assit devant son ordinateur, dans son petit bureau intime et féminin de la rédaction, et elle écrivit son papier. Son bureau était bourré de livres, d'affiches, de périodiques culturels étrangers et de plantes.

Elle pensait à Ole, et elle pensait à Per, mais elle se força à écrire dans un style léger en pensant profondément, comme disait Tagesen, et en fait, cela coulait plutôt bien, alors elle l'envoya au secrétariat. Puis elle ouvrit le document relatif à la visite de Sara Santanda. Elle lui avait donné un nom codé pour que personne ne puisse y entrer. Elle le regarda. Ça n'avait pas l'air si mal que ça, et du point de vue de la télé, l'île de Flakfortet ferait un arrière-plan somptueux. Pourvu que le beau temps soit de la partie. Aujourd'hui, cela s'était rafraîchi et des nuages gris couraient dans le ciel. Il pleuvrait sûrement dans la journée, bien que les prévisions du temps aient annoncé une amélioration. Le téléphone sonna. Elle se présenta. C'était une voix d'homme agréable.

« Salut. Keld Hansen à l'appareil », dit la voix de Vuk.

« Je suis journaliste free-lance pour une série de périodiques professionnels jutlandais. Si je comprends bien, tu t'occupes de la visite de l'écrivain Sara Santander ?

– Je ne peux pas vraiment le commenter.

– Ton propre journal en a parlé.

– C'est exact », répondit Lise en se sentant stupide, un instant. Elle avait passé trop de temps avec Per.

La voix agréable poursuivit :

« C'est un collègue au bout du fil. Tu sais que c'est important pour moi. En tant que free-lance, j'aurais bien besoin d'un bon article. Et mes périodiques aimeraient avoir un point de vue sur cette histoire. C'est facile à comprendre, pour une contractuelle comme toi, n'est-ce pas ? »

La remarque lui donna un peu mauvaise conscience.

« Je comprends bien. Mais il n'est pas sûr du tout qu'elle vienne.

– Je comprends que tu sois obligée de faire attention, mais si...

– Eh bien, contacte le PEN-Club. En fait, ce n'est pas *Politiken*...

– Je comprends. Mais c'est toi la présidente. Alors, si tu pouvais me donner l'adresse du PEN-Club ?

– C'est la mienne.

– Qu'est-ce que je fais ?

– Tu me fais une lettre et je te mettrai sur la liste pour que tu sois accrédité. Il y aura pas mal de mesures de sécurité autour de cette visite.

– Quand vient-elle ?

– Je ne peux pas le dire, mais n'attends pas demain pour écrire, et tu seras sur la liste. »

– Merci. Et merci pour ton aide. Cela fait plaisir, quand on est ici, de voir que vous faites quelque chose pour les provinciaux.

– Ça fait toujours plaisir de pouvoir aider un collègue », dit Lise en reposant le combiné. En fait, elle en avait sûrement dit trop long. Elle avait plus que laissé entendre, en tout cas, que Sara allait venir et que c'était imminent. Mais à quoi bon continuer à rester si vague ? Ce n'était pas le premier collègue qui appelait. A un moment donné, il faudrait battre le rappel pour faire venir les gens, et alors, comment s'y prendrait-on ? Peut-être que Per aurait des idées. Il avait appelé ce matin pour dire qu'il passerait la chercher vers 16 heures. Elle se réjouissait comme une écolière. A l'idée d'être avec lui. De faire l'amour dans l'appartement de couverture, puisqu'elle ne pouvait pas l'emmener chez elle et qu'il ne l'avait pas invitée chez lui.

On frappa à la porte et Tagesen entra, efficace et bouillonnant, comme d'habitude. En entendant la porte s'ouvrir, elle tapa en vitesse F7, confirma et sauvegarda sa liste.

« Tu ne pourrais pas attendre que je te dise d'entrer ? »

demanda-t-elle avec humeur.

« J'espère que tu le caches bien.

– Naturellement. Un nom codé et tout ce qui s'ensuit. Sara est Simba. L'appartement secret n'a pas d'adresse. Etc. Je n'écris pas directement de quoi il s'agit, n'est-ce pas ? Je finis le travail à la maison. Alors, tu vois. »

Elle lui dit qu'un journaliste de plus avait appelé, et qu'ils devaient trouver un expédient pour faire venir les journalistes à la conférence de presse sans qu'ils sachent pourquoi. Comment allaient-ils résoudre ce problème ?

« Tu ne vois pas ça, Tagesen ? Ils savent qu'elle vient, mais ils ne savent pas quand. Je ne peux pas leur écrire : Venez à 13 heures à la conférence de presse de Sara Santanda. Cela permettrait à n'importe quel terroriste de trouver la date dans l'agenda de l'agence Ritzau.

– C'est vrai. Mais il faudra qu'ils aient un appât », répondit Tagesen en triturant un bouton. Soudain, Lise eut une idée. Tagesen était réputé pour ses nombreuses relations dans les cercles culturels européens. Elle repensa à l'article paru ce matin même dans les pages d'actualité étrangère, un article sur Scheer, l'écrivain allemand menacé de mort par des néo-nazis allemands qui voulaient sa tête parce qu'il défendait des Turcs et autres immigrés.

« Tu es bien avec Scheer, n'est-ce pas ? » demanda-t-elle.

Tagesen acquiesça du chef avec satisfaction. Il ne cachait jamais qu'il était fier de son réseau de relations.

« Si tu le faisais venir ? On pourrait inviter à une conférence de presse avec lui ? »

Tagesen sourit et fit l'un de ses petits sauts énergiques.

« Exactement. Herbert Scheer étant prix Nobel et célèbre au Danemark, il serait...

– En temps normal, il n'y aurait que quatre pelés et un tondu qui se dérangeraient pour une conférence de presse avec lui. Et surtout pas la télé », poursuivit Lise en jouissant, pour une fois, d'avoir une longueur d'avance sur Tagesen.

« Alors, je ne comprends pas.

– D'ordinaire, tu es plus rapide, Tagesen. » Elle lui expliqua son idée. Scheer passait souvent ses étés dans sa maison de vacances au Danemark. Ils insisteraient sur le fait qu'il avait été menacé aussi au Danemark. Cela attirerait à la fois la télé et *Extra Bladet**. Le débat sur les immigrés couvait toujours à l'arrière-plan. Le racisme et les néonazis restaient des sujets payants. Tagesen trouva que c'était une bonne idée.

« Présente-la à ton ami des services secrets, ajouta-t-il.

– Je n'y manquerai pas. »

Tagesen resta immobile un instant, puis son agitation le reprit :

« J'ai à faire. Mais c'est du bon travail, Lise. Je t'ai aussi apporté une petite contribution. J'ai parlé avec la ministre des Affaires culturelles. Elle veut bien rencontrer Santanda. A ce qu'elle dit.

– Elle viendra ?

– Je ne crois pas. Bang l'en dissuadera et elle trouvera une excuse quelconque.

– L'argent d'abord, soupira Lise, déçue.

– Oui. Et ce n'est pas un éditorial qui changera ça », acheva Tagesen en reconnaissant, ce qui lui arrivait rarement, l'impuissance qu'il ressentait parfois mais qu'il évitait soigneusement de laisser transparaître en public. Mais Lise avait raison. L'argent était plus fort que les mots. Les affaires Rushdie et Santanda le prouvaient. En fait, elles étaient presque banales ; la liberté d'expression n'était pas

* Tabloïd danois réputé pour son goût des scandales.

en cause, il s'agissait des articles de la loi pénale. Mais on ne met pas aux arrêts un pays et son gouvernement, surtout lorsque ce pays pèse sur la balance commerciale.

Lise resta un moment immobile. Elle pensait à Per. A leur liaison. Ce n'était pas le genre d'homme dont elle était tombée amoureuse jusque-là. Il parlait peu, il ne s'intéressait ni à l'art ni à la culture et il gardait ses réflexions pour lui. Il était bien physiquement, il avait un corps superbe et il faisait bien l'amour, mais cela suffisait-il ? Elle ne savait pas réellement de quoi elle était tombée amoureuse. Peut-être ne s'agissait-il que d'un besoin physique ? Peut-être était-il uniquement l'occasion qu'elle avait attendue pour pouvoir quitter Ole. Peut-être qu'en réalité, ce n'était pas une nouvelle liaison, mais une parenthèse entre une relation usée et une relation nouvelle et inconnue encore à venir. Peut-être voulait-elle simplement se sentir de nouveau désirée. Car il la désirait, il la désirait physiquement et plongeait son corps dans les délices. Elle s'en réjouissait d'avance et n'avait pas honte de ces sentiments.

Quoi qu'il en soit, cela ne pouvait pas continuer ainsi. A un moment donné, elle devrait choisir, et à présent il fallait qu'elle se concentre sur son travail au lieu de se demander ce que faisaient l'agent secret et son amant secret quand il n'était pas avec elle.

13

Per Toftlund gara sa BMW dans le port de Vedbæk, au nord de Copenhague. Le vent apportait du détroit, dont les vagues s'ourlaient de collerettes blanches, une odeur d'algues et de sel, mais le soleil était de retour et il ne faisait pas réellement froid. Autrefois aussi, Igor aimait bien qu'ils se rencontrent pour bavarder à l'Hôtel Marina. Igor s'intéressait au football et il lui avait dit un jour, mi-plaisant, mi-sérieux, qu'il trouvait bien de déjeuner à l'hôtel où descendaient les joueurs de l'équipe nationale danoise quand ils se réunissaient pour l'entraînement. C'était un bon endroit pour discuter en hommes d'affaires de certaines choses qui se trouvaient dans une impasse diplomatique et politique.

Igor Kammarasov était l'attaché culturel de l'ambassade de Russie, à Copenhague. Il occupait le même poste du temps où la plaque de la grille de l'ambassade portait le nom d'Ambassade de l'Union des Républiques Socialistes Soviétiques, mais son véritable patron avait été le KGB. Maintenant, c'était le ministère de la Sécurité de Moscou qui lui versait son salaire. A son arrivée au Danemark, Toftlund l'avait filé pour savoir quels agents danois il allait essayer de recruter, et plus tard, il l'avait rencontré à l'occasion des mesures de sécurité requises pour les visites d'hommes politiques russes importants. Per connaissait son Igor sous plusieurs jours. Les services secrets de la police l'avaient espionné dès l'instant où il avait mis le pied sur le sol danois. Depuis le nouveau régime, il était naturellement moins surveillé mais de l'avis de Per, la raison voulait que l'on persiste à tenir l'ours en laisse pour tenter de savoir ce qui se passait en réalité. Igor parlait couramment le danois, avec l'accent caractéristique des étudiants de l'ancien Institut de philologie nordique de l'Université de Leningrad, l'actuelle Saint-Petersbourg. Il avait appelé Per sur son portable pour lui proposer de le rencontrer à leur ancien lieu de rendez-vous et Per avait dit oui, bien entendu, sans même savoir de quoi il retournait. En fait, il avait assez de soucis avec l'affaire Santanda, mais une relation comme Igor, il importait de la soigner.

Per regarda autour de lui. Les yachts se berçaient doucement à leurs attaches. Les mâts et les filins des voiles claquaient mollement au vent, mais le port était plutôt désert. Un bref instant, il pensa à Lise. Des pensées agréables, mais Per avait une tête à compartiments, il pouvait se concentrer sur ce qui l'occupait à l'instant même et boucler ses autres pensées et sentiments dans un endroit fermé, en attendant d'avoir le temps de les ressortir pour essayer de les analyser. Mais Lise était difficile à mettre de côté. Elle était vachement bien, et vachement agréable à fréquenter. Il pouvait tomber vraiment amoureux d'elle. Elle n'était pas tout à fait son genre, mais ils riaient et parlaient bien ensemble. Il y avait plusieurs années qu'il n'avait pas été aussi touché par une femme. Le fait qu'elle soit mariée ne le tracassait pas. Qu'elles soient mariées ou qu'elles aient un compagnon attitré, ce n'était pas son problème. Manifestement, ce n'était pas assez bien puisqu'elles le fréquentaient. La liberté régnait et les femmes choisissaient seules, pensa-t-il en laissant malgré tout vagabonder ses pensées. L'idée lui vint que lorsque la visite de Simba serait du passé, il pourrait prendre une partie des congés qui lui restaient et emmener Lise en Espagne. Les femmes avec qui il avait envie de partager l'Espagne étaient rares, mais Lise était du nombre et il serait déçu si elle refusait.

Il aperçut Kammarasov au bord de la jetée. Grand et mince, avec des cheveux épais et noirs qui couronnaient un visage étroit. Igor portait le complet sombre des diplomates et un manteau bleu marine ouvert, par cette journée clémente. Per, comme d'ordinaire, portait son jean propre et bien repassé, une chemise classique et une cravate ainsi qu'un blouson de couleur claire.

Per fit signe à Kammarasov qui leva la main pour le saluer. Per alla à lui et ils se serrèrent la main en échangeant quelques remarques sur le vent et le temps et Per demanda des nouvelles de la femme d'Igor et de ses deux enfants adolescents. Il fut content d'apprendre qu'ils se portaient bien. La femme d'Igor était à Moscou pour le moment, mais les enfants fréquentaient un gymnase danois.

« Ils seront bientôt plus Danois que Russes, Per », dit-il dans son danois courant, mais avec le léger accent qui rappelait à Per la bande des écoutes du passé récent. A beaucoup d'égards, cela avait été une bonne époque. Les fronts étaient plus nets, les règles du jeu plus faciles, et Per avait toujours adoré le jeu du chat et de la souris, bien que quelquefois, la souris ait également joué avec le chat. A présent, ils n'étaient ni amis ni ennemis, mais partenaires, en quelque sorte, dans la réalité confuse et divisée de l'après-guerre froide, si bien qu'ils se parlaient presque comme de bons amis. Néanmoins, ils avaient la prudence et les détours dans le sang. Le seul fait qu'Igor l'ait appelé sur son téléphone portable, difficile à écouter, plutôt que chez lui ou au bureau, indiquait à Per qu'il voulait s'acquitter d'un ancien service ou émettre une nouvelle lettre de crédit dont il tirerait profit plus tard. C'était parfait puisque cela continuait à être la règle du jeu.

« Je suis content que ça se passe bien pour tes garçons, Igor. On fait quelques pas ? »

Ils avancèrent sur la jetée. C'était un journée délicieuse. On voyait nettement la Suède, sur l'autre rive du détroit. On eût dit une carte postale avec le caboteur qui entrait dans l'Øresund et les voiles blanches et bigarrées captant le frais. Il vit aussi l'un de ces chalands russes à fond plat qui hantaient à présent les eaux intérieures danoises. Ils cassaient les prix des transports et Per aurait juré qu'un de ces jours, l'un d'eux sombrerait, ce n'était qu'une question de temps. Etant construits pour les larges cours d'eau tranquilles de la Russie, ils ne tiendraient pas la mer. Autrefois, il aurait soupçonné le KGB de s'en servir comme prétexte pour espionner, mais il savait que l'on n'avait affaire qu'à de misérables marins qui tentaient de se procurer un peu de devises fortes, ainsi qu'à un bon nombre de fraudeurs. Il y en avait de deux sortes : ceux de la Volga-Balt, qui transportaient des marchandises, des aliments pour le bétail ou des engrais et ceux de la Volga-Nefti, qui transportaient du pétrole. La mer changeante passait du bleu au vert et dégageait une bonne odeur propre. C'était un de ces jours qui incitaient à sortir en mer sur un vieux cotre, pour pêcher la morue à la dandinette avec les copains, pensa Per. Et à finir la journée en se payant un ragoût ou une poêlée d'anguilles aux pommes de terre arrosés de bière et de schnaps.

Igor prit une cigarette et en offrit une à Per par politesse, bien qu'il sache pertinemment que celui-ci ne fumait pas.

« Qu'est-ce que tu me veux, Igor ?

– Te prévenir en ami. »

Per réfléchit rapidement. Pour autant qu'il le sache, le Danemark ne menait aucune action secrète en Russie. Les services secrets de l'armée avaient peut-être une affaire en train dans les pays baltes, mais rien d'aussi actif que les Suédois. De quoi les Russes avaient-ils donc eu vent et que voulaient-ils arrêter, par le canal d'Igor, avant que ce ne soit rendu public ?

Per vit qu'Igor suivait le fil de ses pensées. Il y avait sans doute trop longtemps qu'ils se connaissaient.

« Ce n'est pas ce que tu penses. Il s'agit de Sara Santanda. »

Per s'arrêta et se tourna vers Igor :

« Quel rapport avec la Russie ?

– La mafia russe va honorer le contrat pour le compte du gouvernement iranien. Nous en sommes certains. Ils ont repassé le contrat à un professionnel.

– Qui, Igor ? » demanda Per, qui n'avait pas besoin de demander comment Igor savait qu'il travaillait sur cette affaire. Ils étaient deux à se surveiller et à être bien informés.

« Nous n'en savons rien. Mais nous croyons que ce n'est pas quelqu'un du milieu. Ce n'est pas un Russe. Il vient de l'ex-Yougoslavie. Sûrement un Serbe, mais c'est un fanatique musulman qui sera accusé. *They found a fallguy.**

– C'est un peu mince, mentit Per.

– Faisons encore quelques pas », répondit Igor, et ils continuèrent leur promenade jusqu'au bout de la jetée.

« C'est un avertissement amical, répéta le Russe.

– Je crois que tu en sais davantage, Igor.

– Je n'ai pas de preuves, Per. »

Per s'esclaffa :

« Nous ne sommes pas au tribunal. Depuis quand avons-nous besoin de preuves dans notre branche, bon Dieu ? »

* Ils ont trouvé un bouc-émissaire.

Kammarasov rit aussi et jeta sa cigarette dans l'eau. Le bout filtre ondula sur les lames courtes.

« Tu me rends un service », déclara Per. « Je te le devrai. A charge de revanche la prochaine fois. »

Kammarasov sortit une photo en noir et blanc de sa poche intérieure. C'était une photo 15x20 de Kravtchov à Berlin. Toftlund étudia le visage de Kravtchov, que l'on voyait clair et net. On ne distinguait que la nuque de son interlocuteur, à droite, au premier plan de la photo. Une nuque jeune, aux cheveux blonds coupés ras. Per regarda Kammarasov qui lui dit :

« Celui que tu vois est Kravtchov. Du KGB. Un ancien. Une pomme pourrie.

– Ah, vous êtes tombés sur cette histoire par une voie détournée. »

Igor acquiesça du chef. Per savait qu'il devait en savoir davantage mais que l'équilibre voulait qu'il ne donne que les renseignements nécessaires, sans dévoiler les méthodes opérationnelles. Ils devaient avoir surveillé Kravtchov pendant longtemps, avec des caméras et des micros. Peut-être à distance, puisque la photo avait été prise en plein air.

« Où a-t-elle été prise ? »

Igor hésita, mais il finit par répondre :

« A Berlin.

– Qu'est-ce que vous voulez ?

– Nous le soupçonnons d'appartenir à la mafia. Pour de l'argent. Nous le filons depuis un certain temps. Votre problème est un bénéfice secondaire de notre enquête. Viens. Il faut que je retourne au bureau. »

Ils revinrent sur leurs pas. Deux amis qui conversaient.

« A qui est cette nuque ? demanda Per.

– Kravtchov l'a rencontré une ou deux fois. Nous pensons que c'est votre homme. Ils ont eu un rendez-vous avec un collaborateur iranien. Que nous connaissons. Rezi. Un de leurs meilleurs.

– Alors, à qui est cette nuque, Igor ?

– Nous l'ignorons.

– Faites venir Kravtchov à Moscou. Pour une petite conversation.

– Ça ne marche plus Per. Nous CROYONS qu'il a des rapports avec la mafia, mais il brouille efficacement ses pistes. Il réside légalement en Allemagne. Il est allé à bonne école. Nous n'avons pas de preuves. Pas encore. De nos jours, on ne peut pas le coffrer sans autre forme de procès. Nous sommes en démocratie. »

Per eut un rire méprisant :

« Et tu me fais prendre des vessies pour des lanternes. »

Igor s'arrêta et le prit doucement par le bras.

« Qui est-ce, maintenant, qui n'arrive pas à oublier les vieux clichés de l'ennemi ? »

Per se dégagea :

« Arrête de parler comme un lycéen. Pas de risque qu'on soit jamais chômeurs, toi et moi. »

Kammarasov recula d'un pas. Per le regarda dans les yeux. Igor ne cilla pas et il soutint son regard. Un petit froid se glissa entre eux, mais ce fut Igor qui baissa les yeux le premier en disant :

« Nous sommes presque sûrs qu'il est déjà au Danemark. Le tueur.

– Le contrat sera donc rempli.

– Comme convenu. Nous en sommes presque sûrs.

– C'est un peu mince », répondit Per en continuant à mentir. C'était un avertissement sérieux, et il ne doutait pas qu'Igor en savait beaucoup plus long qu'il n'en disait, mais il en disait assez pour que le Danemark puisse prendre ses précautions.

« C'est ce que nous savons, répéta Igor.

– O.K. »

Ils repartirent. Kammarasov était venu dans une Ford Escort bleue portant les plaques minéralogiques bleues des diplomates, il n'avait donc rien contre le fait que sa voiture soit repérée dans le port. La rencontre n'était pas secrète ; de toute évidence, elle serait rapportée à l'ambassadeur. En cas de problèmes ultérieurs, la Russie aurait prévenu le Danemark à une date raisonnable. On ne savait jamais, avec la nouvelle presse russe avide de sensations.

Per raccompagna Igor jusqu'à sa voiture et lui tendit la main.

« Merci, Igor.

– De rien. Sur certains points, nous sommes peut-être encore chacun de notre côté de la barrière, mais nous sommes aussi des partenaires à présent. Et nous avons le devoir de prévenir un partenaire contre le terrorisme.

– Ne te laisse pas trop aller, Igor. Bonjour à ta femme et à tes fils.

– A bientôt, Per », répondit le Russe avec un sourire en fermant la portière et en partant.

A bientôt, c'est plus que sûr. Tu ne t'en sortiras pas si facilement, crois-moi, se dit Per tout en sortant son portable pour appeler sa patronne et prendre une place d'assaut dans son agenda de dame surchargée.

Il pouvait venir immédiatement, lui dit-elle après avoir compris ses allusions sur le sujet de sa visite.

Per rentra au quartier général et entra directement dans le bureau de Jytte Vuldom qui était au téléphone. Elle lui fit un signe de tête amical et il s'assit pour attendre. Elle reposa le combiné et il lui rapporta sa conversation avec Kammarasov. Vuldom l'écouta calmement sans l'interrompre.

« Il en sait plus long, bien entendu, acheva Toftlund.

– Il est tout à fait certain que ce bon Igor en sait plus long, enchaîna Vuldom en allumant une autre cigarette.

– Il me faut davantage de personnel. Il faut que les agitateurs fassent leur enquête dans le milieu. Le tireur embusqué est sûrement descendu dans un quelconque hôtel du centre-ville. »

Vuldom détourna la tête pour souffler sa fumée. Elle était prévenante, aujourd'hui.

« Sans un signalement, impossible de le trouver.

– J'ai besoin de plus de ressources. »

Vuldom se pencha en avant. Son maquillage était discret et précis et elle parlait tranquillement sans élever la voix :

« Per. Je te le répète. On m'a fait comprendre très nettement qu'aucun représentant officiel du gouvernement ne rencontrera cet écrivain. Ce n'est pas une affaire d'Etat.

– C'est notre devoir de la protéger.

– Certainement, mais le ministre de la Justice et le Premier ministre sont venus l'autre jour pour discuter des mesures de sécurité de la prochaine rencontre au sommet de l'Union Européenne. C'est une affaire d'Etat de première grandeur, Per. Alors, ces nouvelles informations pourraient peut-être donner lieu à des reconsidérations. Une pause de réflexion ?

– Jamais ils ne l'accepteront », déclara Per en pensant à la fois à Lise et à Tagesen, bien décidés, comme Sara Santanda, à ce qu'ait lieu la visite.

– O.K. », soupira Vuldom. « Alors, nous allons voir de qui nous pouvons nous passer. Parce que bien entendu, nous ferons ce que nous pourrons pour que tout ait lieu sans accroc.

– O.K. Je vais voir ce que je peux faire. »

Vuldom sourit.

« C'est-à-dire, Per ?

– Me faire aider par les Russes, si tu me le permets. Igor peut se renseigner beaucoup mieux. S'il le veut... ? »

Per la regarda attentivement. Il vit dans ses yeux intelligents qu'elle comprenait à quoi il faisait allusion, mais il voulait que ce soit elle qui fasse la proposition, pour le cas où cela entraînerait des complications. Il lui importait de dégager ses arrières.

« Igor. Notre vieil ami, dit-elle.

– Il résiste. Alors, j'ai pensé...

– Je sais à quoi tu as pensé, Per. C'est d'accord. Tu n'as qu'à te servir de ce vilain dossier. Mais cela restera entre toi et moi.

– O.K. », dit Toftlund, soulagé.

Elle écrasa son mégot et se recala dans son fauteuil.

« Il n'y aura donc pas de raison de mettre cela noir sur blanc, n'est-ce pas ?

– Non, on gardera ça contre la peau », conclut Per.

Il se rendit à la rédaction de *Politiken*. Cela s'était bien passé, pensait-il. Il recontacterait Kammarasov avec la bénédiction de Madame, mais sans qu'ils rédigent de rapport. Ce n'était donc pas l'une des affaires que Vuldom se sentait forcée de rapporter au Comité de contrôle parlementaire. Si cela se passait bien, il n'y aurait aucun problème, et si cela se passait mal, l'affaire n'aurait aucune existence officielle. C'était ainsi que Toftlund et Vuldom préféraient opérer, quand ils travaillaient dans des eaux sales.

Il aperçut Lise. Elle attendait devant le tourniquet de *Politiken*. Elle était très jolie, pensa-t-il, avec ses cheveux blonds, son jean bleu et un chemisier de couleur claire sous sa veste courte. Soudain, il se réjouit immensément à l'idée être avec elle. Prenant une décision rapide, il marqua, dans son livre de comptes intérieur, qu'il allait franchir un seuil et faire encore un pas en avant dans une liaison. Il tendit le bras vers la droite et ouvrit la portière avant et Lise s'assit et lui donna un long baiser sans se soucier de la voiture qui klaxonnait derrière eux.

« *Hola, mi amor*, dit-elle.

– De même, dit-il en passant la première. Je t'invite à dîner, alors on va juste faire les courses.

– Mais où va-t-on manger ?

– Chez moi.

– Il y a quelque chose d'extraordinaire ?

– Tu n'imagines pas à quel point c'est extraordinaire », répondit-il en accélérant pour dépasser un bus qui traînait, si vite qu'elle fut repoussée au fond du siège.

« Attention, même si tu es flic ! » s'écria-t-elle.

Elle pensait à lui en arpentant son petit appartement. A la façon dont elle le voyait vraiment, si elle voulait être objective. Elle était attirée par lui, pour ne pas dire amoureuse, mais par quoi ? Par lui, ou par le fait qu'il était diamétralement opposé à Ole ? Ole avait la parole. Per avait le physique. Mais toute la réponse ne pouvait pas être là. Peut-être n'y avait-il pas de réponse. Peut-être valait-il mieux éviter de chercher quoi que ce soit et laisser les choses arriver. L'appartement reflétait nettement Per. Jamais elle n'aurait choisi ce quartier, qui était assez bien, en réalité, compte tenu des préjugés qu'elle nourrissait sur Albertslund. Une série d'immeubles d'habitation de quatre étages en briques jaunes entouraient une cour bien soignée peuplée de mères de famille, de poussettes et d'enfants. La vue était bonne : des prairies verdoyantes et dans le lointain, la forêt de l'Ouest. Per était locataire. Il n'aimait pas se sentir lié par des objets, disait-il. Et il ne l'était vraiment pas. Les murs étaient blancs et nus, mises à part deux belles épées de samouraïs croisées sur un mur et l'affiche d'un combat de taureaux à Las Ventas sur celui d'à côté. Elle avait d'abord cru à l'une de ces horribles affiches sur lesquelles les touristes faisaient inscrire leur nom, mais c'était une affiche originale sur laquelle Paco Camino avait le rôle principal. Les épées semblaient également authentiques et il les avait sûrement achetées au Japon. Elle s'était rendu compte que Per dépensait le plus clair de son argent en voyages. Ou qu'il l'avait fait. Peu de livres sur ses étagères : quelques romans policiers et une série d'ouvrages professionnels en anglais sur le travail des policiers et des affaires de services secrets. Elle allait et venait et observait, un verre de vin rouge à la main. Elle entendait Per à la cuisine. Il sifflait. Il y avait un lecteur de CD et de cassettes. A sa grande surprise, la plupart de ses cassettes étaient de la musique classique, Mozart, Beethoven, Bartok et Vivaldi, ainsi que des opéras et un peu de guitare espagnole. Les meubles avaient l'air de venir d'un bon magasin, sans avoir coûté un prix exagéré. Il avait une télé de 51 cm et un magnétoscope. Une table de salle à manger ovale et six chaises. Un canapé en cuir, une table basse de bois clair et deux fauteuils en cuir meublaient le salon. A part un seul tapis persan aux couleurs vives, le sol était nu. Elle trouvait la pièce assez froide, mais elle avait remarqué en entrant que l'appartement était d'une propreté et d'un ordre parfaits. Il lui avait fait faire rapidement le tour du propriétaire. Dans la chambre à coucher, elle avait vu un lit à deux places de modèle courant et devant la fenêtre, un bureau avec un ordinateur portable et une petite imprimante. Le lit était fait et tout était en ordre, bien et très masculin. « Tu veux me donner le nom de ta femme de ménage ? » lui avait-elle demandé ironiquement, mais il avait pris la chose au sérieux et répondu qu'il n'en avait pas. « Bien, alors, tu repasses peut-être aussi tes chemises ? – Ça va de soi. J'ai fait quatre ans dans l'armée professionnelle », avait-il répliqué comme si cela expliquait tout.

La cuisine aussi était d'une propreté méticuleuse et là au moins, il paraissait avoir voulu faire des dépenses pour quelques aménagements, car elle savait que les casseroles et les poêles de cuivre qui brillaient au-dessus de la table de travail coûtaient les yeux de la tête chez Illum. Elle voyait qu'il utilisait de l'ail de la tresse accrochée près des casseroles, et des bouteilles de vin blanc et rouge étaient couchées sur un rayonnage, au-dessus des placards. Une cuisine simple et fonctionnelle, comme tout le reste dans son appartement. Ce n'était pas ainsi qu'elle et Ole auraient aménagé un foyer. Avaient aménagé leur foyer, se corrigea-t-elle. Ils n'achetaient que des choses de la meilleure qualité et étaient très sensibles aux apparences et à l'importance du quartier où ils vivaient. Il leur aurait été absolument impossible de vivre ailleurs que dans un quartier proche du centre-ville ou peut-être au nord de la ville, dans une maison intéressante dessinée par un architecte. Jamais l'idée ne leur serait venue de s'installer à Albertslund ni à un endroit quelconque situé à l'ouest de la ville. Cela ne se faisait pas, tout simplement. Ils avaient rompu avec l'embourgeoisement de leurs parents, mais d'une manière ou d'une autre, la génération d'Ole et la sienne avaient créé un nouveau système de valeurs, aussi bourgeoises que celles de leur parents. Certaines choses NE SE FAISAIENT PAS, tout simplement. Elle sentit qu'elle enviait Per, d'une certaine manière. Celui qui vivait ici avait exactement le nécessaire et ne possédait pas plus de choses qu'il ne puisse faire ses valises et partir du jour au lendemain. Alors qu'elle et Ole avaient accumulé les biens matériels, de sorte qu'une rupture paraissait insurmontable. Ou un divorce, pensa-t-elle, avant de se hâter de rejeter cette idée. Elle alla à la fenêtre et contempla le bois verdoyant. Mais que faire, bon Dieu ? Elle se sentait un peu étrangère, pas du tout comme les fois où ils avaient été ensemble dans l'appartement de couverture. Cela avait été différent et un peu osé, convenable pour une liaison secrète, comme le fait de prendre une chambre d'hôtel. Ici, dans son appartement, elle éprouvait des sentiments différents. Il était chez lui, mais pas elle. Que ferait-elle après la visite de Sara Santanda ? Elle ne pouvait pas continuer ainsi. Ou quoi ? N'était-ce pas là le sens même du mot « liaison » ? Que cela marchait pendant un certain temps, et qu'ensuite, c'était fini. Mais que se passerait-il si c'était davantage qu'une liaison, à la fois pour elle et pour lui ? Alors, que devrait-elle faire ? Ses pensées continuaient à tourner en rond.

Lise alla à la cuisine. Cela sentait le basilic, l'ail et la tomate. Per avait passé un tablier bleu sur sa chemise. Il avait mélangé la salade et les tomates dans un saladier, coupé en tranches un pain italien, et une grande casserole d'eau pour les pâtes était sur le point de bouillir. Il travaillait vite et efficacement. Il lui adressa un grand sourire et lui montra la bouteille de Rioja.

« Le dîner est bientôt prêt », annonça-t-il.

Elle alla à lui, lui prit la cuiller de la main et lui donna un baiser dur et prolongé.

« Le dîner peut attendre.

– Ça sera tout de suite prêt.

– Les pâtes fraîches cuisent en deux minutes. Eteins les plaques et viens », insista-t-elle.

Il la regarda, éteignit les deux plaques de cuisson en céramique et se mit à déboutonner son chemisier.

Plus tard, ils se mirent à table pour déguster son bon repas. Il avait passé un short et un tee-shirt et elle avait emprunté l'une de ses chemises. Lise avait chaud et se sentait comblée et elle voyait sur lui qu'il se sentait vraiment bien. D'ailleurs, cela avait été meilleur que jamais. Ils commençaient à connaître leurs corps et leurs réactions respectives. Il la fixait avec des yeux énamourés.

« Arrête de me regarder comme ça, rit-elle.

– Je ne peux pas. »

Elle rompit un morceau de pain pour saucer son assiette.

« Tu restes cette nuit, Lise ? »

Elle ne savait pas. La nuit était tombée. Ils étaient assis à la table éclairée par deux lampes et elle n'avait pas la moindre envie de s'en aller.

« Il vaut mieux que je rentre à la maison.

– Pourquoi ?

– Je ne crois pas que je suis prête à quitter Ole... pas encore. »

Il la regarda de nouveau et il la surprit en lui disant :

« Je n'ai encore jamais dit ça à personne, mais si tu veux, tu peux venir ici en apportant ta brosse à dents. »

Il avait l'air surpris lui-même d'avoir dit ça. Une vague de chaleur envahit sa poitrine, mais en même temps, son trouble grandit et elle eut l'impression qu'elle allait se mettre à pleurer.

« Nom de Dieu, Per, il ne faut pas dire des choses pareilles.

– C'est dit.

– Ramène-moi au lit », répondit-elle. Car elle n'avait pas le courage de penser au retour, de regarder Ole dans les yeux et de rester avec lui dans la salle de séjour, tandis que le mutisme et le froid grandiraient entre eux comme s'ils étaient en train d'élever leur propre réplique du Mur de Berlin.

14

Vuk changea d'hôtel pour pouvoir payer comptant sans que ce soit trop voyant. Il téléphona de son hôtel de Vesterbro pour réserver une chambre dans un petit hôtel familial du même genre situé à deux rues de là. Le quartier fourmillait de petits hôtels. De nouveau, il s'installa sans avoir à montrer de pièce d'identité. Après le petit déjeuner, il alla comme d'habitude au bureau de poste de Købmagergade. Il portait des lunettes noires et marchait vite, par ce temps frais de fin d'été qui s'engageait lentement vers l'automne. Il se demandait ce qu'il ferait s'il rencontrait des gens qu'il avait connus autrefois. Serait-il obligé de les tuer ? Ou s'en sortirait-il par de belles paroles ? Il devait prendre les choses comme elles viendraient. La probabilité d'une rencontre avec d'anciennes connaissances n'était pas énorme. Ses sorties se limitaient au strict nécessaire, mais il devait admettre que son ancien amour pour Copenhague le regagnait. Il avait envie de se promener, de reprendre possession de la ville. La capitale avait un rythme tranquille bien à elle, lent et agréable comme la circulation. Cela l'amusait d'entendre les Danois qualifier la circulation d'intense et de chaotique alors qu'elle était calme et fluide, comparée à celle de toutes les autres métropoles. Les voitures se garaient aux endroits qui leur étaient réservés au lieu d'être abandonnées, comme ailleurs, n'importe comment sur les trottoirs et dans tous les coins. Peut-être que plus de papiers traînaient dans les rues qu'il n'en traînait dans ses souvenirs. Des nids de poules se creusaient et l'atmosphère était étrangement immuable, dans cette ville qui ne semblait jamais grandir en hauteur mais qui restait, malgré tout, propre et bien tenue ; l'ancien quartier de Nørrebro regorgeait de cafés et de restaurants nouveaux. D'autres grandes villes s'étaient transformées à la hâte, mais Copenhague conservait un air provincial de petite ville, comme si elle n'était pas une véritable métropole. Les journaux faisaient état de crimes et d'assassinats, mais il lisait aussi les statistiques. On comptait, à Copenhague, quatorze à quinze assassinats par an : c'était le nombre des victimes qui tombaient dans un village en une heure. S'il avait eu une autre vie, il aurait pu sans problèmes vivre et demeurer à Copenhague. Le ciel reflété par la mer avait une luminosité cristalline et la nuit, quand il pleuvait, les gouttes d'eau brillaient comme des perles sur les pavés et sur l'asphalte. C'était une ville curieusement silencieuse, tous les bruits s'y fondaient comme si les gens et les maisons se blotissaient dans de la ouate dès la nuit tombée. Les voix semblaient venir de très loin et les rares voitures circulaient dans un ronronnement doux de moteur bien entretenu.

Vuk prit un numéro d'attente au bureau de poste de Købmagergade, attendit son tour et demanda s'il avait du courrier poste restante. Il posa la question en anglais en montrant son passeport britannique. Il jeta un coup d'œil autour de lui, mais nul ne faisait attention à ce jeune homme bien élevé qui patientait au guichet. Kravtchov avait enfin livré la marchandise ; la femme lui tendit une enveloppe blanche portant des timbres danois mais sans nom d'expéditeur. L'adresse était correcte : John Thatcher, poste restante, Bureau de poste de Købmagergade, Købmagergade 33, 1000, Copenhague K. Elle était dactylographiée.

Vuk sortit dans la rue. Le soleil perçait derrière de hauts

nuages gris-blanc et un vent frisquet soufflait de l'ouest. Il ouvrit l'enveloppe qui contenait deux morceaux de bristol entre lesquels quelque diplomate iranien avait collé une clé de valise avec du scotch transparent. Il y trouva également un petit bout de carton laminé rigide portant le numéro d'une consigne de la Gare centrale de Copenhague. Au cachet apposé sous une publicité de Gourmet Food, Vuk constata que la valise avait été déposée la veille et que la consigne était payée pour 72 heures. Vuk pensait que les Iraniens avaient fait entrer ses armes à l'ambassade par le courrier diplomatique, de manière à échapper à tout contrôle frontalier. Il espérait qu'ils avaient trouvé un homme ou une femme ordinaires pour déposer la valise dans le casier de la consigne. Il craignait beaucoup le PET, le Service des renseignements de la police, tout comme d'autres services secrets, du reste. Il savait qu'ils surveillaient les Iraniens, les Irakiens, les Syriens, les Soudanais, les Libyens et tous ceux qui, comme eux, sont soupçonnés de soutenir soit le terrorisme, soit les fondamentalismes musulmans. Si le PET surveillait la consigne ou si des agents de la brigade des stupéfiants soupçonnaient que les casiers de la consigne servaient de boîte postale, le moment où il irait prendre livraison de ses marchandises serait le plus dangereux qu'il ait encore connu au cours de cette mission. S'il avait la malchance de tomber sur une opération en cours qu'il ne pouvait pas prévoir. La Gare centrale avait l'avantage d'être très animée. On y circulait constamment. Mais elle avait l'inconvénient d'être souvent surveillée par l'un ou l'autre des services de la police. Vuk avait étudié la Gare centrale de façon à se remémorer sa nouvelle configuration. Elle avait beaucoup changé. Les casiers de la consigne se trouvaient maintenant au sous-sol. La consigne était placée sous contrôle télévisé, mais elle offrait aussi une sortie sur les quais, Vuk ne risquerait donc pas de se trouver dans une réelle impasse. Le problème était la facilité avec laquelle on pouvait surveiller la consigne et en bloquer l'entrée.

Vuk se rendit à pied à la Gare centrale en longeant des canaux au lieu de prendre la rue piétonne. Il pensait à Ole. Il était enfin entré en contact avec lui deux jours plus tôt.

C'était dans le bistro situé en face de l'appartement du couple. Vuk occupait une table toute proche de la porte quand Ole était entré et avait crié :

« Salut Erna. Une bière et un bitter ! »

Erna, une forte femme en robe bleue, avait jeté les verres devant Ole comme si elle lui en voulait :

« Tu ferais mieux d'aller retrouver ta gentille femme.

– Elle n'est jamais là, nom de Dieu. »

Vuk avait souri en disant qu'il commandait la même chose. Ole l'avait d'abord regardé de travers avec humeur, mais ils s'étaient quand même mis à bavarder. Un peu plus tard, Vuk avait payé une tournée en se présentant comme un représentant de commerce du Jutland. Il était toujours facile de se mettre à bavarder dans un bistro où l'ambiance est à la fois anonyme et familière ; les paroles n'y engagent pas comme ailleurs.

Vuk longeait les canaux en pensant à Ole et à sa propre faculté d'entrer en contact avec les gens. Sa mère disait que, déjà tout petit, il lui suffisait de sourire pour que les gens lui offrent toutes les glaces et tous les sodas qu'il voulait, et qu'il avait l'air si gentil que tout le monde voulait lui caresser la tête et tirer sur ses boucles blondes. Elle les avait eus sur le tard, lui et sa petite sœur, et comme elle les avait gâtés, tous les deux, ils lui vouaient un amour illimité. Il revit sa mère en pensée et lutta pour chasser son image en se concentrant sur Ole.

Ole lui avait fait pas mal de confidences. Bien que psychologue, il manquait plutôt d'aptitude à se juger lui-même, apparemment. A moins que ce ne soit dans sa nature de se confier, d'être ouvert. Vuk savait, à présent, qu'Ole avait des problèmes avec sa femme, qu'il était las de son travail, qu'il sentait que la vie passait beaucoup trop vite sans qu'il en profite. Qu'il n'avait pas d'amis, en réalité, ceux qu'il connaissait ayant été ceux de Lise. Sans qu'il lui en ait fait part explicitement, Vuk avait nettement senti qu'il avait une peur panique de perdre Lise, que c'était pour cette raison qu'il traînait dans les bistros et qu'en conséquence, sa femme s'éloignait de plus en plus de lui. Il ne supportait pas la solitude dans leur appartement vide : constamment il imaginait Lise au lit avec un autre homme. Cette confidence était venue dans la soirée, pendant leur beuverie. Peut-être avait-il seulement besoin de parler de lui, après avoir passé toute la journée à écouter les autres ressasser leurs problèmes insolubles. Ole avait été un agent facile à courtiser et à pousser vers un enrôlement, pensait Vuk. Boire lui avait fait du bien. Son abstinence avait duré assez longtemps, et la bière et le bitter étaient descendus facilement, mais il avait la tête et le corps solides et il ne s'était senti ivre à aucun moment, alors que la voix d'Ole devenait de plus en plus nasillarde.

L'enrôlement d'un agent était l'un des cours de l'école spéciale où Vuk avait réellement brillé. Les gens s'ouvraient facilement à lui. Il savait les écouter sans donner grand-chose de lui-même tout en leur faisant croire qu'il s'était confié. Il savait jouer de son charme comme le soleil joue à cache-cache avec les nuages. Autrefois, cela faisait naturellement partie de son caractère d'être ouvert et aimable, charmant et amusant. C'était sa nature, tout simplement. Enfant raisonnablement simple et heureux, il s'était mué en un jeune homme déluré, content et charmant dont les filles raffolaient et que les garçons prenaient volontiers pour camarade. Jusqu'à dix-sept ans, il avait vécu sans grandes complications. En traversant Copenhague, cette belle ville usée, il pensait à la façon dont sa vie aurait tourné si toute sa famille n'était pas retournée en Bosnie parce que sa mère voulait rentrer au pays. Son père ne pouvait plus supporter de travailler au chantier naval à cause de son dos, et sa pension d'invalidité aurait beaucoup plus de valeur dans leur pays d'origine. Sa mère avait voulu être enterrée dans sa terre natale, passer ses dernières années avec ses vieux amis dans son vieux village. Vuk croyait qu'en fait, son père aurait préféré rester au Danemark, mais il avait suivi Léa, comme elle l'avait suivi dans leur jeunesse, quand il l'avait amenée dans le Nord, dans ce lointain pays capitaliste, si riche qu'il devait importer des travailleurs étrangers pour exécuter les gros travaux. Avec leurs économies, ils avaient les moyens de construire une petite maison en Bosnie. Vuk aurait pu rester au Danemark sans problèmes, mais il en avait assez de l'école et aller au lycée ne lui faisait plus envie. L'idée de fuir en Yougoslavie lui souriait, bien qu'il sût qu'il serait obligé de faire son service militaire. Mais le service ne lui déplaisait pas et son père le soutenait. Les fils de la Yougoslavie devaient servir la patrie, sinon les Russes ou les Allemands reviendraient. Le camarade Tito l'avait prêché et pour son père, la parole de Tito faisait loi.

Et puis la guerre civile avait éclaté. Et avec elle la douleur, les atrocités et la colère.

Vuk s'arrêta sur la place de l'Hôtel de ville pour regarder la chose que les édiles y avaient élevée, on eût dit une barricade de chars d'assaut, noire et disproportionnée. Tout à coup, il sentit qu'il gelait, comme si la température avait baissé de plusieurs degrés ; la place, ses passants et ses pigeons se brouillèrent devant ses yeux, les voitures des marchands de saucisses se mirent à chalouper, son cœur battit irrégulièrement et il prit peur.

« Ça ne va pas ? » dit une voix dans le lointain. « Venez-donc vous asseoir un peu. Il y a un banc là-bas. »

Il sentit une main sur son épaule. La place de l'Hôtel de ville cessa de tanguer comme le pont d'un bateau. Une jeune femme le tenait par le bras ; elle donnait la main à un petit garçon qui observait avec perplexité le visage livide de Vuk qui s'était couvert de sueur.

« Ça va. Ça va maintenant, assura Vuk.

– J'ai cru que vous alliez vous trouver mal.

– J'ai eu un malaise, mais ça va maintenant. Je vous remercie. »

Elle lui lâcha le bras et le regarda avec embarras.

« C'était seulement...

– C'est passé maintenant. C'est peut-être quelque chose que j'ai mangé. Merci de m'avoir aidé. »

Il sourit.

« O.K. Alors, on va se sauver », dit-elle en s'apprêtant à entraîner l'enfant qui observait Vuk avec le sans-gêne particulier des enfants. La mère regarda Vuk une fois de plus.

« Est-ce qu'on ne s'est pas déjà vus ? »

Vuk avait la même impression. Il l'avait déjà vue. C'était la grande sœur d'un de ses camarades de classe, de quelques années son aînée. Elle s'appelait Jytte.

« Je ne crois pas. A moins que vous ne soyez d'Århus », répliqua Vuk.

La femme rit :

« Sûrement pas.

– Moi si.

– Alors, profitez bien de Copenhague... Il m'a seulement semblé...

– Je ne crois pas », répondit Vuk, plus rudement qu'il ne l'avait voulu, et à sa figure, il vit qu'elle le remarqua.

– Bon, alors, je me sauve », dit-elle en entraînant l'enfant. Vuk les suivit des yeux. Elle se retourna une fois et le chercha des yeux. Il lui fit signe de la main. Il voulait qu'elle oublie cette rencontre. Qu'elle n'y pense pas trop et qu'elle la traite comme un épisode banal de la vie quotidienne. Il ne voulait ni ne pouvait l'éliminer. Il fallait qu'il coure ce risque-là. Peut-être fut-ce l'enfant qui l'empêcha de la suivre. Peut-être que Copenhague était en train de le transformer, tout simplement.

Vuk resta pensif un moment et se ressaisit. La normalité reprit le dessus. Les publicités restaient placardées sur la maison de l'Industrie, le siège de *Politiken* n'avait pas changé de place, les marchands servaient leurs saucisses et Hans Andersen, sur son socle, regardait tristement droit devant lui. Vuk se hâta de descendre vers la Gare centrale et s'efforça de chasser ses visions funestes en pensant à Emma et à l'avenir qu'il espérait avoir avec elle.

A la Gare centrale, il acheta une carte de réduction des transports urbains et le quotidien *Extra Bladet* et s'assit sur un banc d'où il pouvait surveiller les passants. Le hall de la gare fourmillait de gens et tout semblait normal. Il ne réussit pas à détecter la moindre surveillance d'aucune sorte. De son banc, il gardait l'œil sur l'escalier qui menait aux casiers de la consigne située au sous-sol, tout au bout du hall de la gare, à la sortie de la rue Reventlow. La gare n'était pas loin de son hôtel. Jeunes et vieux apportaient ou venaient reprendre qui son sac, qui son sac à dos, son cabas, sa valise, et Vuk ne repéra personne qui fût susceptible, comme lui, de surveiller ce qui se passait dans le secteur.

Il se leva et circula un peu sans sentir rien d'anormal non plus au cours de cette patrouille. De nombreux clients se pressaient dans les boutiques et cafés ouverts de fraîche date. Il but un Coca-cola, prit un hamburger dans un MacDo, puis se remit à circuler un peu. Un homme bien vêtu sortit de chez le fleuriste avec un bouquet de quatre roses à longues tiges. Rassemblés dans un coin propice, les bambins d'un jardin d'enfants attendaient sagement. Plus loin, une classe se pressait autour d'un professeur. Vuk se fiait entièrement à son intuition ; l'impression de quelque chose d'anormal, un détail qui lui aurait paru sonner faux l'auraient immédiatement fait quitter la Gare centrale pour n'y plus revenir. Ils auraient été obligés, en l'occurrence, d'essayer de lui livrer la marchandise par d'autres filières.

Vuk fit une dernière ronde dans le hall de la gare. Deux agents de police en uniforme le dépassèrent lentement, mais ils ne gratifièrent pas d'un regard ce jeune homme bien habillé. Par contre, ils suivirent des yeux une jeune fille vêtue d'un jean usé et troué et d'une veste de cowboy crasseuse. Un bijou en forme d'épée lui traversait une oreille, elle portait des anneaux dans le nez et les lèvres, et sa chevelure était teinte en rouge et en vert. En dépit de ces mutilations, elle était belle, et Vuk se demanda pourquoi certains êtres recherchent volontairement la souffrance physique. Assis sur un banc, un très gros homme à barbe blanche de Père Noël contemplait les passants en écartant les jambes, comme le font les gens très corpulents, sa panse reposant sur ses cuisses. Le hall de la gare empestait la cuisine et la poussière, mais Vuk ne sentit aucun danger.

Il descendit calmement l'escalier sous une pancarte indiquant : *Reventlowsgade, Consigne, Casiers*, et arrivé en bas, il bifurqua sur la gauche. Les murs gris paraissaient être en ciment. Vuk descendit un escalier neuf. Il regarda le couloir des casiers, où nombre de gens circulaient, notamment des jeunes, chargés à la fois de sacs à dos et de petits sacs. Les casiers de la consigne se trouvaient de part et d'autre d'une double porte, leur plaque numérotée accrochée au-dessus de chacun d'eux. Vuk s'arrêta devant le n° 22 02. Il n'y avait personne à l'enregistrement des bagages, mais Vuk put constater que tout le secteur était placé sous un contrôle vidéo interne. Les voyants rouges lui montrèrent que la plupart des casiers étaient occupés, puisqu'ils passaient au vert quand on les libérait. Il glissa son ticket dans la fente du plus proche appareil de télécommande de ces nouveaux casiers modernes. Son pouls battit la chamade et il se sentit vulnérable quand il se trouva le dos tourné, mais il ne perçut pas la vibration nerveuse qui l'avait souvent prévenu du danger. Les bruits lui parvenaient, clairs et nets, comme si le temps s'était arrêté à l'instant où l'appareil avait avalé le ticket. Il l'entendit cliqueter très brièvement et le casier s'ouvrit avec un petit claquement. Il saisit la dure valise de Samsonite fermée à clé, fit demi-tour dans le couloir sans regarder derrière lui, repassa d'abord devant une barrière, puis devant un magasin de bicyclettes, et remonta l'escalier qui menait à la rue Reventlow ou aux quais 1 à 12.

Il descendit sans se presser, la valise à la main, sur le quai du train de banlieue, composta un trajet et monta dans le premier train qui se présenta. Il ressortit à la station suivante, attendit un instant en inspectant le train sur toute sa longueur et y remonta à l'instant où les portes se refermaient. Tout paraissait normal. Aucune panique sur le quai. Il n'avait vu personne essayer fébrilement de contacter quelqu'un sur son walkie-talkie ou son portable. Il descendit à la troisième station et prit un taxi pour retourner à l'hôtel. D'ordinaire, il évitait les taxis et préférait l'autobus ou le train. Les chauffeurs de taxi ont une bonne mémoire et sont généralement attentifs et observateurs. Ils ont meilleure mémoire que la plupart des gens.

A l'hôtel, il ferma soigneusement sa porte avant d'ouvrir la valise. Elle contenait ce qu'il avait demandé : un Dragounov à viseur télescopique pour tireur embusqué et un pistolet Beretta 92F avec les munitions correspondant aux deux armes, qui paraissaient neuves et graissées. Le fusil était en trois morceaux. Il entreprit de les assembler, accompagné par le faible bourdonnement de CNN. L'assemblage de cette arme si familière le calma. Il savait qu'avec ce fusil à canon long, inventé par les techniciens soviétiques sous le nom de SVD, il pourrait tirer avec une précision extrême à une distance pouvant aller jusqu'à 800 m. Relativement court de crosse, il avait un barillet de 10 coups. Vuk s'était exercé à tirer avec quantité d'armes, en son temps. Le SVD n'était sans doute pas le fusil le plus sophistiqué, mais Vuk le trouvait fiable, agréable à manier et précis.

Seules la date et le lieu lui manquaient à présent, et il était sûr qu'Ole, son nouvel agent, allait les lui fournir, qu'il le veuille ou non. Tout en travaillant, il pensait à Emma. Il lui écrirait de l'endroit où il séjournerait, une fois sa mission bien remplie, et elle commencerait une nouvelle vie avec lui. Il songeait de plus en plus à l'Australie. D'une part, c'était un pays neuf, de l'autre un nouveau continent qui offrait toutes les possibilités de recommencer à zéro. Il en avait fini avec l'Europe. L'Europe se préparait à se scinder en une zone riche et une zone pauvre, mais riche ou pauvre, les deux zones du vieux continent étaient condamnées. La Yougoslavie n'avait été que le commencement, pensait-il en essuyant soigneusement chaque petite pièce de ses armes avec un des torchons qu'il avait achetés plusieurs jours auparavant. Avec Emma, il pourrait recommencer à zéro. Ils avaient tous les deux leurs blessures à l'âme, mais l'Australie et Emma feraient cesser son cauchemar et le rouleau compresseur s'arrêterait. En Australie, il oublierait toutes les atrocités en les enfermant sous un couvercle hermétique. En Australie, il recommencerait à sentir, au lieu de n'éprouver que la vacuité totale qui dominait son for intérieur.

Tandis que Vuk nettoyait ses armes, Per Toftlund garait sa voiture à l'entrée du parc de Fælledparken, face au pavillon situé derrière l'hôpital universitaire. Il avait téléphoné à Igor pour lui donner rendez-vous. Le pavillon circulaire était vide et fermé et il faisait sombre derrière ses fines colonnes blanches. De grands garçons jouaient au football sur la pelouse, devant le pavillon où l'on faisait de la musique en été et où l'on servait à manger et à boire. Quelques tables et quelques chaises avaient été laissées dehors. Per s'assit pour regarder les garçons. Il vit une femme en short arriver au pas de course, accompagnée de son chien en laisse, un cycliste rouler lentement et un couple se promener bras dessus bras dessous. Une mère était assise sur un banc, avec un enfant en bas âge. Rien que de normal. Le Danemark tout entier semblait normal, pourtant, Per avait l'impression très nette qu'il y avait un tueur embusqué dans la ville. Les agents de la sûreté urbaine avaient commencé à questionner le milieu et Per avait eu des réunions avec la police de la sûreté et la police judiciaire. Il les avait informés de ce qu'il savait et du fait que Sara Santanda était attendue. Le jour critique allait être celui de la conférence de presse dans l'île de Flakfortet. Cependant, bien que les politiciens eussent préféré voir cet écrivain aux antipodes, le professionnalisme de la direction de la police ne se démentait pas. Per était certain qu'au jour J, il aurait les agents nécessaires. L'appartement de couverture serait surveillé, on lui fournirait une escorte et on l'assisterait dans l'île qu'il allait passer au peigne fin avec Lise. Tout le monde prenait les choses au sérieux, et les Russes avaient fait savoir qu'ils considéraient comme acquis qu'un contrat avait été passé au sujet de Sara Santanda et que ce contrat serait rempli. Mais la piste était si ténue. Une tête blonde vue de dos, un Serbe... peut-être. Ni nom ni nationalité ni signalement. Les Russes pourraient peut-être l'aider. Il les y contraindrait en tout cas.

Il aperçut Igor arrivant à pied dans l'allée. Igor tâta précautionneusement la pelouse de sa chaussure pour voir si l'herbe était humide, constata qu'elle ne l'était pas et traversa la pelouse en biais pour venir retrouver Per. Il portait le même costume que l'autre jour : complet foncé et manteau bleu, mais il avait l'air légèrement irrité. Considérant l'affaire comme terminée, il avait rechigné à répondre à cette invitation, mais Per avait insisté.

Per se leva et ils se serrèrent brièvement la main. Per alla droit au but. Cette rencontre ne serait pas aussi agréable que la dernière et il ne voyait aucune raison de feindre en parlant de sa femme et de ses enfants ou du temps qu'il faisait. Il allait jouer son atout et voulait qu'Igor sache qu'il l'avait en main dès le début de la conversation. Il lui devait au moins cela, malgré tout.

Per lui dit rudement :

« Je veux que tu fasses venir l'homme de la photo, Kravtchov, que ce soit son nom ou pas, pour une petite conversation. Et le plus tôt sera le mieux ! »

Kammarasov était un bon joueur de poker, pensa Per en notant que ses yeux se rétrécissaient mais que ses traits restaient calmes.

« Ce n'est pas possible, répondit-il simplement.

– A Berlin. Pour qu'il puisse nous dire avec qui il parle sur la photo. Et sans délai.

– Ce n'est pas possible, Toftlund. »

Per regarda Kammarasov un instant. Sans le quitter des yeux, il sortit de la poche intérieure de son blouson une photo en noir et blanc qu'il montra au Russe qui baissa les yeux pour la regarder. Per le fixait intensément. Quel professionnel, bon Dieu ! Le Russe cilla seulement une ou deux fois, mais ce fut sa seule réaction. Per retourna la photo pour la regarder lui-même. La photo, très nette, représentait Igor en compagnie d'un jeune garçon qui ne paraissait pas avoir beaucoup plus de 14 à 15 ans. Per savait qu'elle avait été prise dans le parc d'Ørsted, un soir de printemps. Igor avait la figure légèrement contractée par le plaisir que lui donnait le garçon en suçant son membre dressé, mais il n'y avait aucun doute sur l'identité de l'homme sur la photo.

Per la retourna de nouveau pour qu'Igor puisse la regarder. Il vit qu'Igor eût préféré s'en abstenir, mais qu'il ne pouvait pas s'en empêcher. Le garçon, qui s'appelait Lars, avait maintenant 17 ans mais il n'en avait que 14 lorsque la photo avait été prise. Il n'y avait que quatre mois qu'ils avaient cessé de se voir. Per avait lui-même interrogé Lars pour lui faire décrire leur liaison. Per comprit, à la figure d'Igor, que ce dernier le savait, mais il le laissa mijoter encore un peu avant d'insinuer :

« Malgré la démocratie, ce n'est toujours pas très bien vu chez vous, n'est-ce pas, Igor ? »

Kammarasov ne répondit pas. A part les garçons qui jouaient au football et qu'ils entendaient crier, ils étaient seuls au monde, debout l'un en face de l'autre, comme de vieux amis qui se rencontrent pour bavarder. On eût dit que Kammarasov ne pouvait détacher son regard de cette photo, que Per trouvait repoussante et ordurière, et il méprisait le Russe, surtout depuis que Lars lui avait dit qu'Igor avait été réellement amoureux de cette maudite petite tapette.

« Tu sais que même au Danemark, c'est illégal, Igor. Pas d'être une pédale, mais d'avoir des relations avec des mineurs. »

Une crispation traversa le visage du Russe, une douleur fugitive, puis il se contrôla et répliqua, d'une voix à peine altérée :

« Le temps des sales combines n'est donc pas révolu ?

– Je te l'ai dit, Igor. Nous ne serons jamais au chômage. Tu la veux ? C'est un gentil petit souvenir. »

Kammarasov prit la photo et signa sa défaite et sa fureur en la déchirant avec acharnement, jusqu'à en faire des confettis. Puis il les jeta en l'air et le vent les emporta de l'autre côté du chemin, autour du Pavillon et dans les buissons. Alors, il retrouva son sang-froid.

« Je vais voir ce que je peux faire », dit-il d'une voix rauque.

Per Toftlund jouissait de la situation. Cela lui faisait plutôt plaisir de voir ce grand homme venu d'un grand pays frétiller comme une morue à l'hameçon. « Quand la bite se montre, le cerveau s'en va », selon les termes qu'avait employés Vuldom quand il lui avait rapporté ce qu'ils avaient découvert sur Igor.

« Ce n'est pas de cinq ans de taule qu'on écopait dans l'ancienne Union Soviétique ? Sans parler de ta carrière, de ta femme, de ton honneur et de toutes ces conneries-là. On n'a pas encore changé d'avis sur les pédales, dans la nouvelle Russie, ou quoi ? »

Kammarasov avait tout à fait retrouvé son aplomb ; il

regarda Toftlund avec une sorte de mépris :

« Ça suffit. Un peu de professionnalisme. J'ai dit que j'allais voir ce que je pouvais faire.

– C'est bon, Igor. Et de préférence un peu vite, n'est-ce pas ? C'est incroyable ce que c'est facile de faire des copies, quand on a des négatifs. *Pravda Tavarijs* ?*

– Je téléphonerai, répondit Igor en partant.

– Bonne continuation », lança Per en le suivant des yeux, tandis que le Russe franchissait d'un pas rapide la pelouse qui faisait office de terrain de foot. Il marchait la tête haute, sans jeter un seul coup d'œil en arrière et sans entendre les cris de colère des joueurs. Per ne se sentit pas très fier de son arrogance. Il avait joui de sa supériorité mais il ne s'était pas conduit en professionnel. Le Russe avait vraiment du cran. On pouvait être sûr qu'il livrerait la marchandise. Per préférait ne pas penser à ce qui allait arriver à Kravtchov. L'école d'où sortait Igor était dure et brutale et Igor, pour sauver sa peau, n'aurait pas plus de scrupules que tous ceux qui avaient peuplé, à toutes les époques, les services de renseignements russes. Qu'ils travaillent pour un Tsar, un secrétaire général ou un président démocratiquement élu, cela ne faisait aucune différence pour ceux qui officiaient dans les services secrets de l'Etat. Ils éprouveraient toujours le sentiment de faire partie des élus et d'être au-dessus des lois.

Igor avait compris que s'il n'apportait pas quelque chose dans les 48 heures au plus tard, il pourrait tout aussi bien aller se noyer pour en avoir fini tout de suite. Mais il était dans la branche depuis si longtemps qu'il avait les contacts nécessaires pour inviter Kravtchov à un petit entretien sur la vie et la mort en général et sur un terroriste qui se

* Pas vrai, monsieur ?

cachait quelque part dans la bonne ville de Copenhague en particulier.

Igor Kammarasov agit vite et les trois gorilles auxquels le quartier général du KGB de Berlin avait déjà fait appel par le passé s'emparèrent de Kravtchov le soir même, alors qu'il se promenait comme d'habitude à Unter den Linden, pour voir les restaurants et magasins qui poussaient comme des champignons pratiquement d'un jour à l'autre. Il était perdu dans ses pensées lorsqu'une Mercedes grise fit halte le long du trottoir et qu'un homme musclé arriva à sa hauteur et lui appuya un pistolet au côté en sifflant :

« Suis-moi, camarade ! Ou je te fais péter les couilles. »

Ainsi commencèrent ses heures en enfer.

Ils l'emmenèrent dans un sous-sol du quartier turc de Kreutzberg, lui ôtèrent sa veste et sa chemise, l'assirent sur une chaise à haut dossier, lui lièrent les chevilles aux pieds de la chaise avec du fil de fer très serré et lui attachèrent les poignets dans le dos, en les serrant tout autant dans d'étroites menottes.

Puis ils le tabassèrent avec des chaussettes pleines de sable, jusqu'à ce qu'il ait la figure enflée et que ses bras, son dos et ses reins soient des charbons ardents irradiant de telles douleurs qu'il n'ait plus d'autre envie que celle de perdre connaissance et de rendre l'âme. Mais les gorilles étaient des pros qui s'arrêtaient quand ils le voyaient prêt à s'évanouir. Ils frappaient systématiquement et avec précision et ce ne fut qu'après l'avoir travaillé une première fois qu'ils commencèrent à l'interroger. Ces trois hommes, qui avaient la trentaine, étaient musclés et brutaux. Si l'Etat ne les avait pas embauchés, ils auraient fait le même travail musclé pour le compte de la mafia ou d'autres criminels. Du moment qu'on les payait, ils se moquaient du reste. Ils faisaient ce qu'on leur commandait sans jamais se demander si c'était bien ou mal. Nul doute que cela les satisfaisait de faire souffrir autrui mais ils n'auraient pas vraiment soutenu qu'ils adoraient leur boulot. Ce n'était pas dans leur caractère de réfléchir sur l'existence ni de chercher des motifs à ce qu'on leur demandait de faire. Ils ne savaient faire qu'une chose : mettre leurs muscles au service de cerveaux plus froids et plus réfléchis que les leurs, qui ne se souciaient pas toujours de connaître la provenance de leurs renseignements. La violence faisait partie de leur vie et l'on s'adressait à eux quand il fallait punir des gens ou trouver des informations sans délai. Deux d'entre eux, mariés, adoraient leurs enfants et respectaient leur femme, le troisième avait été un membre respecté du club des lutteurs de Vladimir. Quand ce vieil homme replet assis dans son sang, son vomi, son urine et sa merde leur aurait dit ce qu'ils voulaient savoir, ils le jetteraient de la voiture sur l'un des nombreux chantiers de Berlin où il pourrait espérer que quelqu'un le trouverait et le ferait transporter à l'hôpital. On leur avait dit de ne pas le supprimer. Il faisait partie de la famille, apparemment, d'une certaine manière, et il n'y avait pas de danger qu'il rapporte, sachant bien que cela reviendrait à signer sa propre condamnation à mort.

Quand ce serait fait, ils prendraient un bain, appelleraient un numéro de portable au Danemark pour fournir les renseignements et iraient boire quelques bières ensemble avant de rentrer chez eux.

L'un des truands prit Kravtchov par les cheveux, lui tira la tête en arrière et maintint sa figure en sang, ses lèvres et ses sourcils fendus et son nez cassé tournés vers le plafond. Il lui dit sans élever la voix :

« Qu'est-ce que c'est que ce petit salaud ? Votre petit

franc-tireur. Celui que tu as rencontré dans le parc. Comment s'appelle-t-il ? »

C'était un dur, malgré son âge, mais le truand voyait qu'il allait bientôt craquer. Ils craquent tous, à un moment donné. C'était absolument certain. Tous les gens ont une limite et il arrivait à la sienne. Il lui tira la tête en arrière, toujours par les cheveux, le lâcha et le gifla par deux fois. Les deux autres truands continuaient, comme au commandement, à écraser leurs chaussettes pleines de sable sur le dos et les bras de Kravtchov qui râlait en roulant la tête d'avant en arrière.

« On a tout notre temps, lui dit le truand, mais ce n'est pas ton cas. Tu vas en finir ? Allez ! Salaud ! Qui est-ce ? »

Kravtchov entendit dans le lointain cette voix qui lui parlait en russe. Il avait l'impression de ne pas comprendre cette langue familière. Il avait mal partout. Surtout à la poitrine. Son bras gauche le faisait tant souffrir qu'il était presque paralysé. Ils se remirent à le frapper et il entendit ses os craquer quand le gorille le frappa en pleine figure de son poing fermé. Il n'en pouvait plus.

« Vuk. Vuk. »

Il ne reconnut pas sa propre voix, une voix sifflante qui sonnait faux.

Son bras et sa poitrine lui faisaient si mal. Il fallait qu'ils cessent de le frapper. Il allait mourir.

« Stop. Stop. Stop ! » supplia Kravtchov. « Arrêtez de frapper. Vuk. Vuk. Le Danois serbe. »

Le truand fit un pas en arrière.

« Allez chercher de l'eau. Cet enfoiré est prêt à parler. »

15

Per Toftlund reçut le coup de fil de Kammarasov à son bureau, de bonne heure, et ils se donnèrent rendez-vous à Faelledparken dans la demi-heure suivante. Per dit à son équipe de se tenir prête pour une réunion à 11 heures. Il annonça à John, son assistant, qu'il aurait sûrement des renseignements qui les avanceraient un peu dans leur enquête en leur fournissant quelques précisions. Il espérait que ce serait le cas. Bien qu'il n'eût rien de concret pour étayer ses impressions, toute cette machination ne lui disait rien qui vaille. La situation lui déplaisait et même s'il ne parvenait pas à définir pourquoi, il avait suffisamment confiance en son intuition pour que l'idée ne lui vienne pas de prendre ses inquiétudes pour des bagatelles.

Le temps était couvert et l'on entendait le vent souffler dans les arbres du parc quand il sortit de sa voiture pour continuer à pied jusqu'au Pavillon. Igor Kammarasov l'attendait déjà. Adossé à une colonne du pavillon, il fumait une cigarette. Avec son costume élégant, son manteau bleu et son foulard discret, il aurait pu jouer le rôle des amoureux transis dans des films des années 1940, il ne lui manquait que le chapeau mou, mais il n'avait pas l'air malheureux, ses traits exprimaient le mépris et le dégoût. Ayant aperçu Toftlund, Kammarasov se redressa mais lorsque Per le rejoignit, il ne le salua pas et évita de lui tendre la main. Ils étaient seuls.

Kammarasov alla droit au but :

« Il s'appelle Vuk. Ou il se donne ce nom-là. C'est sûrement un faux nom. Nom de famille inconnu. Blond, aux yeux bleus, env. 1,85 m, 75 kg, musclé, sportif entraîné. Parle le danois comme un autochtone. Formé par les militaires à l'école spéciale de l'armée de la Fédération yougoslave. De parents serbes bosniaques, tués pendant la guerre civile. Votre homme est un tireur d'élite, un franc-tireur qui a commis plusieurs crimes là-bas, pendant la guerre. »

Igor Kammarasov s'exprimait comme s'il faisait un rapport. Son visage était inexpressif et il évitait de regarder Per dans les yeux. Ce n'était pas uniquement de la gêne, Per sentait que quelque chose avait mal tourné.

« Avec quels papiers voyage-t-il ? Kravtchov doit s'en être occupé ?

– Un passeport danois, et un britannique. Tous les deux propres.

– Des noms, Igor ?

– Un nom quelconque en “sen”. Ordinaire. La source ne se souvenait pas du nom britannique. Sa tête s'est un peu brouillée. Le cœur s'est révélé faible. »

Kammarasov regarda Per avec insistance comme pour l'inciter à s'inquiéter de l'interrogatoire, mais Per resta insensible à son appel :

« Pourquoi parle-t-il le danois ?

– Veux-tu savoir comment j'ai eu ces renseignements ? »

Per secoua la tête. Il n'avait aucune peine à déduire la façon dont Igor se les était procurés aussi rapidement et efficacement.

Igor le regarda dans les yeux :

« Votre homme est né d'immigrés yougoslaves quelque part à Copenhague, vraisemblablement en 1969.

– Comment s'appelaient-ils ?

– Cela n'a pas été précisé.

– C'est beaucoup mieux, Igor. Mais il y a encore des trous.

– Il n'y a rien de plus à en tirer. Ma source a tari tout d'un coup. Mais Vuk sera difficile à trouver. C'est comme s'il était l'un des vôtres.

– Et les contacts de votre source ?

– Je ne crois pas que cela ait fait partie du contrat. »

Toftlund soupesa la situation. Il pouvait peut-être demander à Kammarasov de faire appel aux relations militaires russes avec les Serbes pour obtenir les papiers militaires de Vuk, mais au mieux, ce serait long, et le temps était compté, et en réalité, Igor avait payé sa dette. Per s'efforça de ne pas imaginer comment Kravtchov était mort et dans quelles circonstances, mais ce ne serait pas facile à digérer. Et ce détail-là, il ne pourrait le confier à personne, il devrait à jamais le garder pour lui tout seul.

« O.K., Igor. Avez-vous une photo de cet homme ?

– Malheureusement pas. »

Per resta un instant muet. Ils se regardèrent et la constatation implicite qu'un homme était mort à cause d'eux et qu'ils s'en partageaient la faute les liait l'un à l'autre comme une chaîne invisible. Per extirpa le négatif de son petit étui de papier fin et le tendit à Igor qui le fourra sans le regarder dans la poche de son manteau.

« Il n'y a pas de copies, Igor. »

Igor considéra Per. Puis il lui dit :

« Au revoir, monsieur Toftlund. Nous ne nous reverrons sans doute pas. »

Il partit. Per suivit des yeux le Russe svelte qui traversait la pelouse luisante d'humidité. Ils ne se reverraient sans doute pas. Igor se sentait chez lui au Danemark, mais il serait obligé de demander un autre poste ou de rentrer à

Moscou. Maintenant qu'il savait ce qu'ils savaient, il ne pourrait plus opérer, ni ouvertement, ni sous le manteau. Naguère, Per aurait tenté d'exploiter la situation en le recrutant comme agent au compte du Danemark, mais il était heureux que ce ne soit pas approprié en ce moment précis. En fait, il avait toujours bien aimé Igor. Dans d'autres circonstances, ils auraient pu être amis.

Toftlund réunit son équipe et l'informa des nouveaux développements de l'enquête. Malgré les renseignements dont ils disposaient, trouver Vuk dans le million des habitants de Copenhague restait extrêmement difficile, mais Toftlund exigea malgré tout qu'ils soumettent les petits hôtels à un interrogatoire systématique et dressent un signalement officiel à l'usage des patrouilles motorisées, pour le cas où elles réussiraient à établir un contact avec le Serbe qui parlait le danois. Mais ils savaient que la tâche était pratiquement impossible et qu'ils ne le trouveraient qu'avec de la chance. La capitale fourmillait de jeunes sportifs blonds aux yeux bleus, bien entraînés et qui parlaient le danois. Mais s'il faisait un faux-pas, ils savaient maintenant à qui ils avaient à faire. Toftlund les prévint que Vuk représentait un danger mortel. C'était un tueur, et si l'invraisemblable se produisait et qu'ils le rencontrent par hasard, il ne fallait pas qu'ils essayent de jouer personnellement les héros. Les choses ne s'annonçaient pas bien mais malgré tout l'ambiance était meilleure. Désormais, l'affaire était beaucoup plus concrète. Un tueur se cachait dans la ville et bien que son signalement reste totalement insuffisant, ils pourraient s'y référer le jour où ils devraient protéger Simba et ils détenaient une menace concrète qui, au mieux, inciterait *Politiken* et Simba à annuler la visite, ou en tout cas faciliterait le travail quand ils devraient rassembler les hommes nécessaires pour effectuer leur mission.

Quand la séance fut levée, l'ambiance était bonne.

« Tu as le pied marin, John ? demanda Per.

– Tu sais bien que oui. Pourquoi ?

– Nous partons en excursion dans une île, à Flakfortet, mais on va d'abord aller chercher une fille formidable.

– Je me disais aussi qu'il y avait quelque chose de changé chez toi, bon Dieu. Tu es amoureux.

– Ce n'est pas impossible.

– Mais elle est mariée.

– Ce n'est pas mon problème, répliqua Per.

– Quelle immoralité ! » commenta John en saisissant son blouson sur le dossier d'une chaise, le même blouson que celui de Per en gris-bleu. Dix années plus tôt, John avait épousé une fille qu'il connaissait depuis sa scolarité et Per avait le sentiment qu'ils étaient toujours aussi amoureux l'un de l'autre que le jour où il avait assisté à leur mariage religieux. Il se félicitait, en un sens, de n'avoir pas vécu avec la même femme pendant dix ans tout en enviant un peu la stabilité du couple de John, la sécurité de son foyer et ses deux beaux enfants. Peut-être que lui-même serait bientôt prêt en tout cas à tenter de l'imiter, bien qu'il soit en même temps effrayé par l'idée de devoir du jour au lendemain tout partager avec un autre être. Mais ce qu'il avait dit, il le pensait : Lise était une fille formidable.

Dans son bureau de *Politiken,* Lise Carlsen rédigeait le communiqué qu'elle se préparait à expédier à la presse : le PEN-Club danois invitait les journalistes à une conférence de presse avec l'écrivain allemand Herbert Scheer. Les journalistes se réuniraient sur le quai du Vieux Port, devant l'Entrepôt et on les conduirait à l'endroit où Scheer les attendrait, à Copenhague, mais on ne fournissait pas d'autres informations en raison des menaces proférées contre l'écrivain par les néo-nazis allemands et danois.

Seuls les journalistes qui s'étaient inscrits d'avance seraient admis à bord. On leur servirait une collation. Elle se réjouissait à l'idée que la visite de Sara Santanda serait bientôt liquidée et qu'elle pourrait se remettre à faire du vrai journalisme. Et à se concentrer sur tout le reste du travail qui s'accumulait sur son bureau. Elle était désespérément en retard dans la correspondance engendrée par sa présidence du PEN-Club danois. Cette nomination lui donnait beaucoup plus de travail qu'elle ne l'avait imaginé en acceptant ce job, flattée d'avoir été choisie pour le respect qui l'entourait et pour ses qualités d'organisatrice. Mais elle avait aussi voulu ce job. Il était grand temps de rajeunir les cadres et de faire siéger une femme au bout de la table. Tagesen l'ayant ménagée pendant les préparatifs de la visite de Santanda, elle n'avait pas de scrupules à avoir vis-à-vis de son journal, mais le train-train quotidien lui manquait. Elle retrouverait aussi le surplus d'énergie nécessaire pour mettre de l'ordre dans le chaos de sa vie privée. Pour parler franchement avec Ole, mettre au clair ce qu'elle voulait avec Per. Car elle voyait à peine Ole. Elle était rentrée tôt, hier au soir, mais il n'était pas chez eux. Ils avaient à peine parlé pendant le petit déjeuner. Elle avait eu pitié de lui, de son air un peu misérable, un peu fatigué et un petit peu vieux, il manquait de la vitalité et de la présence corporelle qui caractérisaient Per. Assis devant elle, les épaules tombantes, il semblait fragile, comme s'il était en porcelaine grise. Elle avait honte de les comparer, mais elle le faisait sans arrêt. Elle se sentait plus jeune et plus forte. Elle riait beaucoup avec Per. Depuis quand avait-elle ri avec Ole ? Il lui faisait pitié, mais elle savait que s'il le devinait, cela suffirait à le mettre en rage.

« Je fais quelque chose pour dîner ce soir ? » avait-elle demandé, prise de compassion justement, tout en sachant qu'elle allait sûrement se dédire et aller au journal ou rentrer chez Per.

« Ce soir, je dîne en ville », avait-il répliqué.

Elle avait été stupéfaite de découvrir qu'il menait une vie sans elle, lui aussi.

« Avec qui donc ? »

Ole l'avait regardée de ses yeux fatigués, légèrement injectés de sang, mais elle avait retrouvé dans sa voix un peu de l'ironie de l'Ole d'autrefois :

« Avec un homme, Lise. Un jeune homme que j'ai rencontré et avec qui j'ai bavardé une ou deux fois. Un Jutlandais qui est seul comme moi. »

Alors, elle était partie en disant qu'elle était en retard, en laissant passer encore une possibilité de réconciliation, ou au moins de conversation et d'intimité. Le pire était que son humeur s'était mise au beau fixe à l'instant même où elle avait quitté l'appartement, parce qu'elle se rendait au journal, où elle aimait travailler et que plus tard, elle allait rencontrer un homme dont elle était éprise et avec qui elle comptait bien faire l'amour, encore plus tard, s'il l'invitait à rentrer chez lui. Elle n'aimait dépendre de personne, mais d'un autre côté, elle ne pouvait pas se passer de lui. Il lui semblait retrouver son adolescence. C'était réellement affreux et merveilleux à la fois. Elle se sentait vivre.

Elle alluma une cigarette et revint à son écran et à son communiqué. Tout se passerait sûrement très bien, il faisait gris mais il ne pleuvait pas, et elle se réjouissait à l'idée de leur excursion à Flakfortet.

La *White Whale* était un beau bateau bas, en bois, ancré le long du quai de Nyhavn, parmi les autres bateaux en bois. Il y avait foule sur les terrasses des restaurants, devant les vieilles maisons peintes en ocre, en rouge et en brun. Les voiliers se berçaient mollement et les fanions claquaient au vent. Le bateau qui faisait le tour des canaux traversait le port et un hydroglisseur venant de Suède y entrait. La scène rappelait une affiche touristique, pensa Lise avec plaisir. La *White Whale* avait un petit pont arrière, un bateau de sauvetage dans son container et un grand gouvernail ancien ainsi qu'une barre de réglage du régime du moteur. Une belle cloche ancienne était accrochée devant le gouvernail, mais ce fin bateau à moteur possédait aussi bien un émetteur-récepteur radio qu'un sonar.

Le capitaine, qui avait la trentaine et répondait au nom de Jon présenta son équipier en disant qu'il s'appelait Lars. Ils connaissaient apparemment Per et John qui sautèrent à bord. Per aida Lise à les suivre et lui montra d'abord le poste de pilotage d'où Jon dirigeait le bateau par mauvais temps et la cabine, suffisamment spacieuse pour permettre à six à huit personnes de s'asseoir autour de la table. La cabine était intime et confortable, avec des rideaux aux fenêtres ; il y avait aussi une petite cuisine où Lise se sentit un peu à l'étroit. Voiliers ou bateaux à moteur, la vie confinée que l'on menait dans les petits bateaux ne la tentait pas. Lorsque Jon prit la direction de l'Øresund, élégamment et sans problèmes, elle préféra admirer le port en restant sur le pont arrière, où l'on pouvait d'ailleurs s'asseoir aussi. Lise sentait le vent dans ses cheveux et contemplait l'eau dont la couleur variait du gris au bleu-vert quand le soleil traversait les nuages hauts dans le ciel. Tout en dirigeant la *White Whale* avec le grand gouvernail du pont arrière, Jon lui mit dans la main un verre de bitter maison. Le goût âpre et fort de l'amer convenait à la fraîcheur de la journée. Ils passèrent à vive allure au large du fort de Tre Kroner, puis du second fort militaire de Middelgrunden, et elle distinguait déjà, au loin dans le détroit, la petite tache de Flakfortet, le fort militaire le plus distant de la ville. Jon ne mit pas le cap directement sur le fort ; elle eut l'impression qu'il décrivait un arc de cercle pour arriver à destination. Devant sa mine interrogatrice, comme s'il lisait ses pensées, Jon se mit à lui parler des eaux qui se trouvaient à tribord et qu'il appelait les Parages malsains. Une expression à la consonance en même temps effrayante et poétique. On qualifiait de Parages malsains un vaste secteur voisin de Flakfortet et de l'île de Saltholm où l'eau n'avait qu'un demi-mètre de profondeur et qui avait servi pendant des siècles de dépotoir à la ville de Copenhague. On y avait déversé des poutrelles et des caissons en béton, les déchets des chantiers de construction et de vieilles carcasses de bateaux. Seules les yoles et autres embarcations à fond très plat pouvaient naviguer par-dessus, c'est pourquoi ils devaient faire un détour.

« Il y a des anguilles énormes, là-dedans, intervint Per, n'est-ce pas Jon ?

– Evidemment. Les truands y ont lâché une ou deux victimes après les avoir coulées dans du ciment », répliqua Jon en riant.

Lise lui donna une petite tape. Les trois hommes flirtaient avec elle, mais gentiment, parce que Jon et John montraient qu'ils savaient qu'elle et Per étaient ensemble. Lars, l'équipier, s'occupait de ses affaires ; c'était un jeune un peu terne préposé au café et à l'intendance. Per la prit ouvertement par la taille et lui donna un baiser rapide. Il ne l'avait encore jamais fait aussi publiquement. Elle s'en réjouit et en conclut pour sa part qu'il voulait montrer au reste du monde qu'ils formaient un couple.

« Où as-tu rencontré ce pirate ? » lui demanda-t-elle.

Jon se mit à rire. Il n'était pas grand mais mince et ramassé comme un bon centre de football. Son visage tanné était tout strié de petites rides fines et seyantes et il avait une barbe noire bien soignée.

« On a souvent servi discrètement Sa Majesté, la *White Whale* et moi, expliqua-t-il.

– Qu'est-ce que ça veut dire ?

– Pas sûr que notre James Bond me permette de le dévoiler, répondit Jon en désignant Per.

– Tu sais bien que tu n'as jamais rien fichu. Tu as gagné des mille et des cents aux frais de la princesse rien qu'en te tournant les pouces.

– De l'argent facilement gagné, mais si je...

– C'est justement pour ça. »

Lise ne comprenait pas de quoi ils parlaient, mais Per lui expliqua tranquillement que la *White Whale* était souvent mise à contribution lors de la visite d'un chef d'Etat ou de personnes menacées de mort par des fanatiques ou des fous. La *White Whale* était alors amarrée au quai de la Place Asiatique, devant le ministère des Affaires étrangères, de façon à fournir au service de sécurité une voie d'évacuation alternative si le ballon était lâché, selon l'expression qu'employa Per.

« Alors, c'est la *White Whale* qui va transporter Sara à Flakfortet ? C'est cela ? C'est ton plan, n'est-ce pas ?

– Oui. Elle a peut-être l'air légèrement périmée mais en cas de besoin, elle peut faire ses dix-sept nœuds.

– Alors, tout ce que je souhaite, c'est que Sara ait le pied marin.

– Ce ne serait pas drôle si elle vomissait sur les journalistes du monde entier la première fois qu'ils auront l'occasion de lui poser quelques questions », admit Per.

La *White Whale* dépassa un lent bateau à fond plat dont la cabine de commandement se trouvait tout à l'arrière. Des caractères cyrilliques incompréhensibles s'inscrivaient sur l'étrave et Lise reconnut le drapeau russe flottant à l'arrière, mais le bateau lui rappelait surtout les péniches qu'elle avait vues sur les fleuves français. Ecaillée par la rouille, la péniche avait l'air aussi négligée et misérable que les vieilles femmes russes qu'elle voyait à la télévision.

« Ça ressemble à une vieille péniche, remarqua-t-elle.

– C'est une vieille saloperie de péniche russe de merde, approuva Jon. Un de ces jours, il y en a une qui aura un accident. Elles sont bâties pour des fleuves tranquilles, pas pour la pleine mer. Avec leur fond plat, elles ne sont pas stables et leur moteur n'est pas assez puissant. Elles puent, elles polluent et elles bousillent les derniers vestiges du commerce des petits navires côtiers danois. Si seulement on pouvait leur défendre de naviguer chez nous.

– Il faut bien qu'ils vivent, eux aussi, intervint Lise.

– Les marins danois aussi », répliqua Jon avec une telle amertume que Lise laissa tomber la discussion. La journée était trop belle pour une dispute, surtout à propos de politique. Elle se retourna pour regarder la péniche qui fendait pesamment les vagues, bien que celles-ci soient courtes et faibles. Elle frissonna. Ce ne serait pas drôle de voir un de ces bateaux sombrer dans les eaux territoriales danoises avec son chargement de pétrole ou de charbon. Mais cela ferait un bon article, en fait, elle s'en souviendrait pour passer le sujet à un collègue.

Au moment où la *White Whale* franchit la passe pour pénétrer dans le port, le vieux fort se présentait sous son meilleur jour. Les môles de l'entrée du port formaient, tout autour de l'île, une digue qui, à vol d'oiseau, rappelait un mur de fortifications médiéval entourant une forteresse. Le goulet du port faisait office d'entrée principale et les deux mètres qui séparaient la digue du fort constituaient une sorte de fossé qui protégeait le fort contre la mer. Une éclaircie permit au soleil de colorer l'eau en bleu en faisant étinceler les plaques luisantes de deux voiliers amarrés à l'intérieur du port. Le fort se dressait sur une petite hauteur verdoyante plantée de buissons et Lise vit apparaître un restaurant, un pavillon rond au toit pointu comme un ancien chapeau chinois et un petit magasin de souvenirs. Deux hommes s'agitaient un peu sur un banc, comme s'ils voulaient retenir la fin de l'été. Un grand bateau qui se trouvait à quai semblait être un vieux cotre de pêche aménagé dont on avait protégé le pont arrière ouvert avec une toile verte. Un petit groupe composé surtout de pères de famille accompagnant leurs enfants était en train de monter à bord. Jon fit glisser lentement la *White Whale* le long du quai. Lise n'était jamais venue à Flakfortet mais comme tout habitant de Copenhague, elle n'ignorait pas que c'était l'un des trois forts prévus pour défendre la capitale danoise contre les attaques étrangères. Il n'avait jamais connu de batailles, pas même le 9 avril 1940 : les bombardiers allemands et les navires transportant des troupes étaient passés à sa portée sans être inquiétés. Les canons étaient restés muets. Désaffecté après la guerre, le fort avait périclité et été pillé par les plaisanciers qui y mouillaient illégalement, ou par des chasseurs de pierres et de cuivre, dont il recelait de grandes quantités. A présent, c'était un site classé et un but d'excursion recherché durant l'été. On allait le rénover, mais il contenait toujours, dans ses entrailles, de nombreuses casemates et d'anciens dépôts de munitions interdits au public.

Per montra le cotre de pêche qui portait le nom de *M/S Langø* :

« Le fort sera fermé le jour où Simba viendra ici. Il n'y a pas énormément de plaisanciers à cette époque de l'année, et s'il y en a un ou deux, on les contrôlera. Le fort sera passé au peigne fin la veille au soir et on recommencera le lendemain matin. »

Les derniers passagers étaient montés à bord du *M/S Langø* et l'hélice commençait à tourner en faisant tourbillonner l'eau.

Per poursuivait :

« Nous amènerons d'abord la presse dans ce cotre-là. Nous allons tout simplement le louer et fermer le fort au public. Nous arriverons ensuite avec Simba à bord de la *White Whale* et la conférence de presse aura lieu au restaurant...

– La télé va adorer ça, remarqua Lise.

– Comment ça ?

– Il y a une quantité de photos à faire là-dedans.

– Oui, une quantité, répliqua sèchement Per. Parce que je vais poster trois ou quatre hommes armés de fusils et de mitraillettes au sommet du fort. La vue porte loin. Même une yole ne peut s'approcher sans être repérée. Et deux hommes en bas, devant le restaurant. Armés aussi, bien entendu. Il y aura des kilomètres de photos à faire. Mais on y sera aussi à l'abri qu'on peut l'être en ce monde.

– Ça alors. Tu as pensé à tout.

– On ne pense jamais à tout », soupira Per.

Ils descendirent à terre et Per se mit d'accord avec le restaurateur qui accepta volontiers l'idée d'interdire son restaurant au public l'espace d'une journée quand il apprit qu'une troupe de journalistes allait devoir attendre pendant une heure dans son restaurant. Il renseigna Per sans se faire prier sur son personnel : le cuisinier, un garçon, un préposé au kiosque, un guide et un employé à la plonge. Comme on était hors saison, son personnel serait réduit, à moins qu'un groupe important ne veuille manger au restaurant, ce qui ne serait pas le cas. Le personnel travaillait par roulement. Le premier groupe, amené le mardi, restait jusqu'au samedi, le deuxième, un peu plus nombreux, attaquait le samedi et restait jusqu'au mardi. Il y avait toujours plus à faire pendant le week-end. Ses gens étaient logés dans de petites chambres bien aménagées, dans la partie rénovée des casemates. Ils vivaient un peu comme à bord d'un navire, ils voyaient les lumières de Copenhague mais ne pouvaient pas s'y rendre à volonté. C'était un peu spécial comme routine, comme celle des plates-formes de forage en mer du Nord, mais cela passait dans le sang et la plupart de ses employés travaillaient au fort depuis plusieurs années, aussi parce que la paie était bonne. Il pouvait donner leurs noms à la police, ils n'auraient sûrement rien contre. Il les connaissait tous. Il n'y avait aucun étranger parlant un danois bizarre. Il était ravitaillé tous les jours par un bateau qui lui apportait des victuailles fraîches, mais c'était toujours le même et il connaissait tout le monde à bord.

Per et Lise arpentèrent le fort, la main dans la main. Les côtes danoise et suédoise se dessinaient nettement dans une exquise lumière. De l'herbe poussait sur le sommet du fort, Lise put constater que Per avait raison. On distinguait parfaitement les grands navires marchands qui empruntaient les voies de navigation et les petits yachts de plaisance naviguant dans les eaux bleues du détroit. Impossible d'approcher du fort sans être repéré. Ils passèrent devant les vieux affûts de canons et pénétrèrent à l'intérieur du fort. Certaines galeries des bunkers étaient propres et bien éclairées, d'autres restaient humides et sombres. Certaines casemates étaient ouvertes, d'autres fermées par des portes d'acier ou des chaînes cadenassées. Il faisait froid et sûrement humide dans ces pièces fermées, Lise le sentait, elle imaginait des rats et autre vermine dans les anciens dépôts de munitions, mais Per l'assura qu'elle n'avait pas besoin d'avoir peur des araignées, en tout cas. Ni mouches ni autres insectes servant de pâture aux araignées ne résistaient dans ces caveaux obscurs où la température était constante et ne dépassait pas 10 degrés.

En chemin, Per lui rapporta dans les grandes lignes ce que sa source lui avait appris. Il enfreignit aussi ses habitudes en lui disant que c'était grâce à l'esprit des temps nouveaux que des amis des services de renseignements russes avaient aidé le Danemark. Mais il ne précisa pas la manière dont ces renseignements avaient été obtenus. Ils possédaient à présent une sorte de signalement et ils étaient sûrs qu'un contrat avait été passé et que lui-même ne rencontrerait plus la même résistance, de la part du gouvernement, quand il réclamerait les moyens nécessaires. Les hommes politiques refusaient toujours de rencontrer Simba et ils n'y pourraient probablement rien changer. Même dans un régime comme la démocratie danoise, l'argent avait plus d'importance que les personnes...

« Quelle bande d'hypocrites ! » éclata Lise.

Per ne répondit pas.

« Tu ne trouves pas ?

– Mon opinion n'a strictement aucune importance », dit-il en l'entraînant dans un corridor bien éclairé, loin de cette obscurité humide.

Sa réponse la vexa un peu mais il ne le remarqua peut-être pas, car il changea de sujet :

« En fait, cela me rassure un peu que le contrat ait été souscrit par un professionnel.

– Tu n'es pas sérieux !

– Si. Parce qu'il serait bien possible qu'il entre dans le fort s'il réussissait à trouver le lieu de la conférence de presse. Et comment le pourrait-il ? Jusqu'à maintenant, on dirait que tout le monde la boucle en ce qui concerne le programme proprement dit. Mais il ne pourra pas ressortir du fort. Et c'est un pro. Pas un quelconque fou de Dieu qui se pointera ici avec quatre kilos de dynamite sous sa chemise, histoire de mourir en martyr.

– Pourquoi le fera-t-il, alors ?

– *Quien sabe?* Qui sait ? Sûrement pour la récompense. C'est l'argent qui fait courir les gens, d'habitude. Avec le sexe.

– Tu es plutôt cynique.

– Tu trouves ?

– Oui. Il n'y a pas que ceux que tu fréquentes ou que tu connais dans le monde.

– Les autres ont un peu plus de vernis, mais tout le monde est à vendre. Cela ne dépend que du prix, ma chérie.

– Ne m'appelle pas ma chérie », dit-elle en lâchant sa main pour arriver avant lui à la lumière, au bout du corridor en béton. Elle lui en voulait, elle s'en voulait à elle-même et se sentait mal à l'aise dans ces corridors obscurs, mais il n'aurait pas dû lui parler de haut, comme à une enfant. Elle ne supportait pas ce cynisme superficiel qui caractérisait cette époque, selon elle. Grâce à son travail pour le PEN-Club danois, elle connaissait par le menu toutes les atrocités que les régimes et que les hommes, par conséquent, pouvaient inventer pour torturer et faire souffrir d'autres êtres. Elle avait parlé avec quantité d'écrivains et de journalistes torturés, emprisonnés et maltraités. Elle en savait bien trop long sur l'oppression et sur la méchanceté. Mais elle n'acceptait pas de devenir blasée et cynique. Ce serait la première victoire des bourreaux. Elle voulait croire au bien, elle voulait croire que le bien avait une chance.

Cela la ragaillardit de ressortir à l'air libre. Le temps s'était de nouveau couvert et une averse obscurcit soudain la côte suédoise ; l'horizon se raya de gris mais l'averse n'atteignit pas le détroit et quelques minutes plus tard, un arc-en-ciel parfait apparut au-dessus de la Suède. Elle l'interpréta comme un heureux présage ; confiante pour la première fois, elle se dit que tout finirait sûrement par s'arranger. Ses problèmes avec Ole comme les problèmes de Per et de Sara.

Comme dans un film qui finirait bien.

16

Ole Carlsen et Vuk dînaient ensemble dans un petit restaurant français du centre-ville où Ole était venu plusieurs fois avec Lise, au moment où ils s'étaient rencontrés. Il l'avait choisi dans un accès de nostalgie, car en réalité, il trouvait les prix excessifs par rapport à la qualité de la cuisine, mais ce restaurant renommé était redevenu à la mode et il avait envie d'impressionner son jeune et nouvel ami. En entrant, il avait également noté la présence, à une bonne table d'encoignure, de l'un des nouveaux animateurs d'une émission de variétés télévisée. « Ah ah, Carl Ohmann dîne aussi ici », avait-il remarqué, mais Vuk lui avait jeté un coup d'œil indifférent, comme s'il avait ignoré de qui parlait Ole. Ce qui était plutôt impossible quand on pensait à tous les commentaires suscités par cet animateur. Tout le monde avait discuté le nouveau genre de son programme du samedi, diffusé presque tout au long de l'hiver et du printemps. Ole trouvait d'ailleurs, chez Vuk, plusieurs choses un peu étranges et incompatibles avec son job prosaïque de vendeur de sacs en plastique. Les choses auxquelles il s'intéressait ne collaient pas avec son métier.

Vuk s'était vêtu élégamment mais relax : chemise claire, pantalon bleu bien repassé et veste de tweed grise, mais pas de cravate. Plusieurs fois, pendant la journée, Ole Carlsen avait voulu annuler ce dîner pour se ressaisir et avoir une conversation avec Lise. Il avait appelé le journal, mais on lui avait répondu qu'elle était en mission. Non, ils ne pouvaient pas dire où elle était. Il s'était ressaisi, s'était occupé de ses clients, les avait écouté parler de leurs problèmes et avait tenté de les résoudre malgré son impression grandissante de n'avoir rien à leur dire ou d'être impuissant à les délivrer des névroses dont souffraient de plus en plus de Danois. S'il avait fallu qu'il qualifie son état, il aurait dit qu'il était déboussolé. Comme la plupart de ses compatriotes, apparemment.

Mais il était content d'avoir maintenu son invitation, car il jouissait de son repas avec ce jeune et charmant Jutlandais qui paraissait satisfait de sa vie et de son travail de vendeur de sacs en plastique qui permettaient aux clients des supermarchés de choisir leurs pommes de terre et de les peser eux-mêmes. On prétendait que les Danois vivaient désormais dans une société de services alors qu'à la vérité, les services se faisaient de plus en plus rares. Du temps où les stations-service s'appelaient stations d'essence, elles fournissaient des services. Les employés remplissaient les réservoirs, vérifiaient le niveau d'huile, gonflaient les pneus et lavaient le pare-brise de leurs clients. Du jour où l'on avait commencé à les appeler stations-service, les clients avaient dû tout faire eux-mêmes. Ce paradoxe sauta aux yeux d'Ole et il trouva amusant que Carsten, puisque Vuk, pour lui, s'appelait ainsi, le souligne pendant ce dîner au cours duquel ils avaient parlé à bâtons rompus de tout et de rien. Ole se trouvait bien, tout simplement, en compagnie de ce jeune homme. On leur avait servi un bon vin, ils en étaient à la deuxième bouteille, et Ole en avait certainement bu la plus grande partie, mais il devait aussi reconnaître qu'il avait commencé avant le dîner. Une mauvaise habitude, il le savait, mais il avait besoin de boire un coup de temps en temps dans la journée ; il avait donc en permanence une bouteille de vodka à son cabinet. C'était quand même mieux que les cachets, et cette bouteille allait disparaître sous peu, quand il aurait plus de contrôle sur sa vie privée. Mais l'année passée avait été atroce. Suivre sa déroute de cette façon, presque en s'observant de l'extérieur. Voir son couple se dissoudre et deux êtres devenir indifférents l'un envers l'autre. Comment était-ce arrivé ? Il était psychologue et ne trouvait pas la réponse. Il pouvait analyser le problème : ils ne parlaient pas ensemble, ils n'étaient rien l'un pour l'autre, ils passaient toujours à côté l'un de l'autre, mais il ne pouvait pas préciser comment et quand ils avaient commencé à glisser sur la mauvaise pente. A quel moment l'amour avait disparu de leurs relations. Ces dernières semaines, tout était vraiment allé de travers. Et s'il ne se reprenait pas, il craignait de perdre Lise. C'était la toute dernière minute. Il reconnaissait volontiers qu'il l'aimait toujours et que si elle le quittait, elle lui manquerait horriblement. Mais il était incapable de sortir de sa coquille pour discuter de tout ça avec elle. Il faisait pourtant partie d'une génération qui avait cru dur comme fer que l'on pouvait parler de tout et que l'on pouvait tout résoudre par une bonne conversation, et voilà que tout à coup, les mots ne suffisaient plus. Persuadé que Lise s'était trouvé un amant, il était furieusement jaloux, bien qu'au fond, il considère la jalousie comme un sentiment destructif et périmé, presque une faille de caractère qui contribuait à démolir la plupart des couples. Il le disait fréquemment, en tout cas, aux couples qui faisaient une thérapie chez lui. Etait-ce pour cela qu'il n'arrivait pas à se ressaisir et à se mettre à genoux devant Lise, tout simplement, en lui demandant de le reprendre, de lui parler et d'essayer de recommencer à zéro, pour qu'ils tâchent de retrouver ensemble la flamme qui avait brûlé entre eux et qui était en train de s'éteindre ? Peut-être en restait-il une petite braise qu'ils pourraient faire revivre ensemble ? Pourquoi ne pouvait-il pas la supplier de l'aider, tout simplement ? La faculté de prier lui manquait peut-être ? Le vin le rendait sentimental, à l'idée d'un rapprochement.

Vuk remplit le verre d'Ole et leva le sien.

« A ta santé. Tu me permettras de payer cette bouteille-là. Ce dîner a vraiment été sympa. On se lasse un peu de manger seul. »

Ole leva aussi son verre plein.

« C'est à moi de te remercier. Moi aussi, j'avais besoin de compagnie. »

Ils burent. Vuk ne prit qu'une goutte de son vin alors qu'Ole vidait son verre à moitié. Il ne goûtait plus vraiment le vin. Vuk ne manqua pas d'observer que l'ivresse le gagnait. Légèrement. Ole supportait bien le vin, mais il zozotait un peu.

« Dis-moi. Que dit ta femme de tous tes voyages avec tes sacs en plastique ?

– Tu sais bien que je ne suis pas marié, Ole.

– Ah, c'est vrai. Tu n'es pas marié. Alors, tu as de la chance.

– Je ne suis pas encore si vieux que ça. J'espère bien qu'un jour, je trouverai une copine attitrée. Pour avoir des enfants. Me fixer. En ce moment, ça me va très bien d'être libre. Juste en ce moment, mon genre de vie me convient.

– Tu supportes de gagner ta vie en vendant des sacs en plastique ?

– Tu supportes de gagner ta vie en résolvant les problèmes des autres jour après jour ?

– C'est plus facile que de résoudre les siens. »

Vuk lui sourit gentiment. Il savait qu'il avait un beau sourire compréhensif, qu'il inspirait confiance et qu'il était un bon auditeur. Il jouait ce rôle à la perfection. Alors, il attendait. Ole vida son verre et laissa Vuk le resservir, puis il dit :

« En fait, on mise tout sur un mariage. En chemin, d'une manière ou d'une autre, on perd tous ses amis masculins. Les amis importants de la jeunesse. Alors, la peur vous prend. On craint de devenir seul au monde.

– On peut se faire de nouveaux amis.

– C'est difficile. L'âge crée une distance envers les autres. Cela arrive en rampant, comme l'obscurité de l'hiver. »

Ole Carlsen leva de nouveau son verre et sourit ironiquement de sa propre métaphore. Vuk sourit aussi et répliqua :

« Je suis encore jeune.

– Ma parole, j'ai eu de la chance, c'est sympa d'avoir fait ta connaissance. »

Vuk leva son verre et regarda Ole vider le sien.

« Moi de même », répliqua Vuk. Un instant, il se demanda si le moment était venu de lui faire sa proposition. Les yeux d'Ole étaient humides et troubles, comme sa voix, et il devenait sentimental, Vuk poursuivit donc :

« En fait, j'aimerais bien nous payer un verre, mais à mon avis, ma chambre d'hôtel n'est pas très hospitalière...

– Viens chez moi.

– Que dira ta femme ?

– Lise ? Elle n'est jamais à la maison, bon Dieu.

– Tu décideras toi-même si tu veux lui en parler. »

Ole vida le reste de la bouteille dans son verre.

« Ma foi, j'offre un pousse-café avec le café. Tu ne vas pas m'en empêcher. »

Il fit signe à la serveuse. Comme la plupart des serveuses à Copenhague, elle était jeune et ne gagnait pas grand-chose. Ole commanda le café et deux cognacs.

Je ne crois pas qu'il y ait beaucoup de chances de sauver

notre couple », confia-t-il à Vuk quand la serveuse fut repartie avec la commande. Elle n'avait pas demandé quelle marque de cognac ils voulaient, c'était typique. Elle ne buvait sans doute que du Coca-cola et en fait, Ole se moquait bien de la marque qu'on leur apporterait ; il poursuivit : « Mais nous aimerions bien essayer. Nous sommes des adultes en quelque sorte, n'est-ce pas ? »

Vuk fit un signe de tête approbateur. Ole avait déjà dit plus ou moins la même chose plus tôt dans la soirée, mais il avait commencé à se répéter. C'était bien. Vuk le laissa continuer :

« Dans une bonne semaine, on aura plus de temps l'un pour l'autre. Alors, il faudra qu'on discute sérieusement. Peut-être que ce sera plus facile, maintenant que j'ai discuté de cette situation avec toi, Carsten. Tu es un bon auditeur. J'ai formulé le problème.

– Merci. Mais pourquoi ce serait-il plus facile dans une semaine ? »

Ole Carlsen le regarda. Un instant, Vuk s'inquiéta en se demandant s'il avait été trop direct. La serveuse arriva et déposa sur leur table deux verres de cognac, des tasses et du café. Vuk servit lui-même le café dans les deux tasses et évita de regarder Ole quand ce dernier reprit la parole.

« Pourquoi ce devrait être plus facile ? Je crois bien que je ne devrais pas te le dire, mais ils exagèrent un peu, bon Dieu, avec tous ces secrets. Est-ce que le nom de Sara Santanda te dit quelque chose ? »

Vuk fit signe que non.

« Bien sûr. Tu es dans les sacs en plastique. C'est une femme écrivain que les Iraniens veulent exécuter, et elle vient au Danemark dans une semaine, et Lise est responsable de cette visite. Elle s'occupe de la sécurité avec le Service des renseignements de la police et en ce moment, elle est sûrement en train de baiser avec un imbécile de flic. »

Ole prit le verre de cognac et le vida. A la fin de la phrase, sa voix s'était presque brisée.

« Ce n'est pas sûr que tu aies raison », dit Vuk.

Ole se calma :

« J'ai bien peur que si.

– Ça me fait de la peine pour toi.

– Merci, Carsten. Tu es un chic type, mais si ça n'avait pas été lui, ç'aurait sûrement été quelqu'un d'autre. Par conséquent, elle n'est pas à la maison et je n'ai pas envie de rester tout seul chez moi ou de retourner au café, alors si tu voulais...

– Ça me fera un grand plaisir », dit Vuk en souriant, mais Ole ne remarqua pas que son sourire était triomphant.

Ils prirent un taxi pour se rendre chez Ole et Lise Carlsen. Ole eut quelques problèmes d'équilibre en faisant tourner la clé dans la serrure. Vuk fit le tour de l'appartement tandis qu'Ole disparaissait au W.-C. La cuisine-salle de séjour était jolie et ordonnée. Les meubles du salon neufs et clairs, l'un des murs entièrement recouvert de livres et dans un coin, une table basse était entourée d'un canapé et de deux fauteuils de cuir de couleur claire joliment patinés. On pouvait s'y asseoir pour boire le café ou les tourner un peu pour regarder la télé. Sur un buffet qui paraissait ancien, il y avait des photos d'Ole et de Lise. Des photos de bonheur, sur lesquelles ils se tenaient par la taille. Et des photos d'eux séparément, pendant des voyages. Un couloir menait à la salle de bains et au W.-C. où Vuk entendait l'eau couler, puis à trois pièces : la chambre à coucher avec un lit à deux places, une pièce avec un ordinateur et des livres de psychologie et une seconde pièce avec un second ordinateur, où Vuk jeta un coup d'œil en éclairant un instant tout en écoutant l'eau qui coulait. La plus grande de ces deux pièces, celle de Lise visiblement, était pleine de journaux, de périodiques, de livres et de disquettes. Sur un bureau moderne, à côté d'un téléphone et d'un répondeur, il y avait une pile de papiers, sinon, le bureau était net et ordonné. On voyait, au mur, une affiche de l'Exposition Universelle de Séville et une belle photo d'une danseuse de flamenco. Vuk fit demi-tour et regarda dans la rue. Pas de circulation, seul un vieil homme promenait son chien en laisse. La lumière du café d'en face se reflétait faiblement dans une flaque d'eau.

Ole entra et le pria de s'asseoir. Il alla chercher une bouteille de whisky, deux verres, un bol avec de la glace et remplit généreusement les verres. Il semblait avoir décidé de boire pour sortir de l'oubli ou y rentrer, car il vida son verre sans attendre et s'en reversa un autre. Vuk fit les éloges de l'appartement, des meubles et du nombre des livres. A présent, Ole était très ivre et quand il se mit à l'observer d'un œil scrutateur et qu'il le prit à partie, ce brusque changement d'humeur ne surprit pas Vuk.

« Tu n'es vraiment pas ordinaire, Carsten. Comme ça, sur certains points. Tu vas bientôt tout savoir sur moi et moi, je ne sais absolument rien sur toi. Qui es-tu ?

– Un idiot de Jutlandais », répondit Vuk. Il se tenait sur ses gardes, à présent. Il valait mieux que ça se passe sans violences. Il alluma une cigarette et tendit son paquet de Prince à Ole qui préféra prendre une de ses Kings dans un emballage jaune que Vuk n'avait encore jamais vu.

« Allons donc. Tu caches plus de choses que tu ne le montres.

– Pas plus que n'importe qui d'autre.

– Tu es Danois et pourtant, tu es différent.

– Comment ça ? demanda Vuk en demeurant sur ses gardes.

– Je ne sais pas. Je n'arrive pas à mettre le doigt dessus. Mais si tu prends Carl Ohmann, par exemple. La plupart des gens auraient fait un commentaire parce qu'il dînait dans un coin de ce restaurant. On aurait dit que tu ne savais pas qui c'était.

– Et alors ?

– Alors, c'est curieux, puisque tu vis dans ce pays. Et tu y vis bien, n'est-ce pas ?

– Oui.

– Tu ne regardes peut-être pas beaucoup la télé ?

– Non, pas beaucoup. »

Vuk se leva, il alla jusqu'au buffet pour prendre une photo. Celle qu'il prit représentait Lise quelque part dans un pays du midi. Vêtue d'un petit haut et d'un short, elle plissait les yeux en souriant au photographe. Elle était bronzée et à l'arrière-plan, on apercevait des montagnes et un bout de mer bleue.

« Ta femme est drôlement belle, à part ça », commenta Vuk, mais Ole ne se laissa pas distraire :

« Où es-tu allé à l'école ? Tu as ton bac ? Tu as une copine ? »

Vuk se tourna vers Ole. Ses yeux devenaient dangereux et il sentit que son sourire était artificiel. Ils commençaient à avancer sur un terrain risqué.

« Des fixations paternelles, une enfance malheureuse, une vie sexuelle misérable, dit-il en riant.

– Exactement. »

Vuk voyait qu'à présent, Ole était réellement ivre. Le whisky était passé directement dans son sang et il buvait sans faire semblant de rien goûter. Il buvait, tout simplement, pour être dans le noir, tout simplement.

Ole continua à zézayer :

« Exactement. Tout le monde traîne quelque chose après

soi. Chez toi, il y a quelque chose qui veut sortir. Quelque chose de mystérieux. Et quelque chose d'effrayant. Tu marches sur un chemin où les panneaux de signalisation ne manquent pas, mais tu as perdu tes repères, tu n'arrives pas à savoir lequel il faut suivre. Ou peut-être qu'en réalité, c'est moi qui en suis là. »

Vuk remit la photo à sa place.

« Une très jolie femme. Tu ne devrais pas lui permettre de traîner comme ça. »

Ole Carlsen se remit à rire, d'un faux rire d'ivrogne. Il prit la bouteille et remplit généreusement son verre vide et celui de Vuk, bien qu'il fût encore à moitié plein. Sans mettre de glace, il rebut et comme les gens très ivres, il eut une nouvelle saute d'humeur. Il devint triste et sentimental :

« Eh oui, nom de Dieu. Pour être belle, elle l'est, bon Dieu. Viens donc là, Carsten. Assieds-toi bon sang, et bois encore un petit coup. Viens ici, mystérieux inconnu. Une belle femme ! Grand Dieu du ciel. Pour être belle, elle l'est, c'est certain ! Mais qu'est-ce que j'en ai à faire ? »

Vuk s'assit. Il but et vingt minutes plus tard, Ole se mit à piquer du nez et son discours se fit de plus en plus incohérent. Il avait parlé de Lise et de leur vie commune, de leur bonheur conjugal et de leurs voyages ensemble. Il avait dit combien il l'aimait et le charme qu'elle avait et quelle malédiction c'était, qu'ils ne puissent pas avoir d'enfants, parlé de cette salope de Santanda qui n'avait qu'à rester où elle était, et d'un con de flic qui avait peut-être quelque chose entre les jambes mais rien entre les oreilles, et de la saloperie de vie de con qu'il menait sans plus pouvoir la supporter. Enfin, Vuk put lui enlever des doigts sa cigarette allumée et l'allonger sur le canapé.

Vuk resta cinq minutes à contempler Ole endormi en

fumant une cigarette. Ole respirait lourdement et profondément. Quand Vuk eut fini sa cigarette, il se leva et poussa doucement Ole qui ne réagit pas. Il était très loin.

Vuk alla dans le couloir pour gagner le bureau de Lise. L'ordinateur était un IBM d'un modèle qu'il connaissait. Il l'alluma et tandis que l'appareil commençait à charger, il ouvrit les tiroirs du bureau de l'ordinateur. La boîte à disquettes posée à côté du clavier était fermée à clé. Vuk ouvrit les tiroirs, au nombre de trois de chaque côté du bureau. Celui du haut était fermé à clé. Vuk sortit son couteau de poche, passa la lame dans la fente, trouva la clavette et ouvrit le tiroir qui contenait des papiers bancaires et une petite clé. L'ordinateur avait fini de charger et Vuk vit apparaître l'image familière de Windows 3.1.

Vuk cliqua avec la souris pour entrer dans WordPerfect et le programme apparut, en bleu et en rouge. Cela l'étonna un peu de voir qu'un grand journal comme *Politiken* utilisait toujours la version 5.1, mais cela ne l'inquiéta pas. Il s'assit sur le siège de Lise et se mit à travailler systématiquement.

Il visionna plusieurs index en tapant F5. Il trouva diverses rubriques : Articles, Rapport, Pen, Pol. Privé, Notes. La main de Vuk ne tremblait pas quand il se mit à passer la revue des différents index, bibliothèques et dossiers. Il n'y trouva rien. Il était invraisemblable, à son avis, que Lise ait laissé traîner une copie papier du programme de Sara Santanda, mais d'autre part, elle ne devait pas avoir assez d'expérience pour renoncer totalement à l'écrire. Il essaya de se mettre à sa place. Elle travaillait visiblement à la fois chez elle et dans son bureau, au journal.

Il prit la petite clé trouvée dans le tiroir fermé à clé. C'était celle de la boîte à disquettes, bien entendu. Il savait par expérience que les gens ne se préoccupent guère de la sécurité de leurs données ni de leur protection en général. Ils croient toujours qu'ils échapperont aux cambriolages.

La boîte contenait une série de disquettes séparées par des languettes. Lise avait de l'ordre et la languette intitulée PEN était suivie de quatre disquettes portant chacune un étiquette : Actualité, Réunions, Compte rendus, Simba. Simba ressemblait à un nom codé qu'un profane pouvait écrire sur une disquette. Vuk ne croyait pas que Lise soit du genre à dissimuler ses traces autrement qu'en faisant le strict nécessaire. Il fallait de l'entraînement pour effacer ses traces en permanence. Avec ce nom codé incompréhensible, elle lui avait réellement facilité le travail.

Il introduisit la disquette dans son lecteur et vit que le document Simba était le seul de la disquette. Il appuya sur Entrée pour visionner le texte, mais au lieu du texte, il vit apparaître, au bas de l'écran : Erreur... document codé. Elle l'avait donc protégé en lui donnant un numéro de code en partant du principe qu'on ne pouvait ni le visionner sur l'écran ni le copier. C'était parfaitement exact, mais rien n'empêchait de copier toute la disquette qui contenait un document codé.

Vuk prit une disquette formatée.

« O.K., Lise. *Diskcopy time* », dit-il à voix basse entre ses dents.

Il ne lui fallut qu'un instant pour copier la disquette, mettre la copie dans sa poche en remettant soigneusement l'original à sa place dans la boîte à disquettes qu'il referma à clé. Puis il quitta correctement Windows et éteignit l'ordinateur. Il n'y aurait pas un seul indice de son piratage à l'exception de la disquette inutilisée manquante, et personne ne savait jamais au juste combien de disquettes vierges il lui restait.

Vuk éteignit la lumière et retourna au salon.

Ole était toujours couché sur le canapé. Il gémissait un peu, il se plaignait en dormant, mais il paraissait très lointain. Le cendrier était plein et la pièce empestait la fumée et le whisky. Il regarda autour de lui. Il savait qu'il n'avait rien laissé. Il était plus d'une heure du matin, et tout étant silencieux dans l'appartement et dans la rue, il entendit distinctement la clé qui tournait dans la serrure de la porte d'entrée, qui claqua une seconde plus tard.

Un instant, il resta figé.

« Hello. C'est moi. Hello. Je suis rentrée. Tu es là, Ole ? »

Vuk reconnut la voix de Lise et cette voix le fit réagir. Il poussa les jambes d'Ole pour les remettre par terre en lui donnant une gifle sur l'oreille, pas assez forte pour que cela s'entende, mais assez précise pour qu'il soit sûr qu'elle résonnerait dans sa tête et qu'elle le réveillerait. En même temps, il s'ébouriffa les cheveux en se faisant tomber une mèche sur son front, attrapa son verre, répandit un peu de whisky sur sa chemise, et s'assit sur l'un des fauteuils, les jambes écartées. Ole secoua la tête, se rejeta en arrière et se prit la tête dans les mains en haletant.

Vuk était maintenant un homme ivre qui regardait avec stupéfaction la femme entrant dans la pièce.

Lise les regarda. Avec colère et dégoût, elle regarda Ole, la bouteille presque vide, le cendrier plein et l'étranger qui la regardait avec des yeux ivres et brouillés. Sa colère se dissipa pour faire place à la tristesse. Avait-elle réellement le droit d'être en colère ? Elle sortait tout droit du lit de son amant, comment aurait-elle pu jeter la première pierre ? Si elle avait trouvé Ole au lit avec une autre, la partie aurait au moins été égale. Avec l'homme qu'elle avait devant elle, ce n'était pas le cas. Elle voyait son ventre à travers sa chemise à moitié déboutonnée, ses yeux rougis et ses cheveux gras et en broussaille. Elle ne voyait pas un homme mais un raté et elle avait pitié de lui en même temps qu'il la dégoûtait. Elle ne l'aimait plus.

« Ole, qu'est-ce que c'est que ça, bon Dieu ?

– Nom de Dieu, Ole. Voilà ta femme. Y vaut mieux que je mette les bouts », dit Vuk en finissant péniblement sa phrase. Ole haletait, la tête entre les mains.

Vuk se leva, il vacilla un instant mais il se reprit et retrouva péniblement son équilibre. Il fit quelques pas en direction de Lise, fut près de tomber et posa son verre sur la table de salon en exagérant ses gestes, mais assez fort pour que le verre se renverse et que le liquide jaune se répande sur la table.

« Cette dame. ON s'en va », dit-il en faisant un grand geste.

Vuk marcha sur elle. Il vit Lise lever le bras comme si elle voulait l'arrêter pour demander une explication et peut-être le frapper, et il réagit instinctivement ; il saisit son bras en l'air et le retint comme dans un étau en la regardant avec des yeux sobres, glacés et menaçants.

« Qui êtes-vous ? Que faites-vous avec mon mari ? » murmura-t-elle sourdement.

Vuk sentit sa peur, lâcha son bras et retomba dans son rôle d'ivrogne.

« On buvait une goutte de whisky, c'est tout, bon Dieu. »

Lise fit un pas sur le côté pour le laisser passer.

« Foutez-moi le camp. Foutez le camp, nom de Dieu ! »

« ON s'en va », dit Vuk en écartant exagérément les bras, et en manquant de perdre l'équilibre.

Lise attendit que la porte d'entrée ait claqué, puis elle s'assit en face d'Ole. Il se redressa et se cala sur le dossier du canapé.

« Ça ne va plus, Ole, dit-elle tranquillement. J'en ai assez.

– Lise. Laisse-moi reprendre ma respiration pour qu'on puisse en parler. »

Elle voyait qu'il était extrêmement ivre, et pourtant, il parlait d'une voix claire et nette comme s'il se ressaisissait ou comme s'il avait enfin compris que cette fois, c'était fini.

« Qui était-ce ?

– Quelqu'un que j'ai rencontré en ville. Carsten quelque chose. Il vend des sacs en plastique. »

C'était amusant, apparemment, car Ole commença à ricaner. Il tendit la main pour prendre à la fois ses cigarettes et son verre, mais il y renonça et se recala dans le canapé.

« Est-il entré dans mon bureau ?

– Non. On est juste restés à boire ici. Il est resté tout le temps avec moi. Aïe, ma tête !

– Il m'a fait peur.

– Carsten ne ferait pas de mal à une mouche. Il vend des sacs en plastique, c'est tout. »

Ole se pencha de nouveau en avant et cette fois, il attrapa le verre de whisky. Il but une gorgée et commença à râler.

Lise se leva.

« Ole, nom de Dieu. Il ne manquait plus que ça. »

Elle le laissa vomir. C'était une façon adéquate de mettre un point final à leurs rapports. Il ferait le ménage tout seul ou se réveillerait demain matin dans son vomi. Ce spectacle ne lui manquerait pas.

Elle entra dans son bureau. Tout semblait intact et normal. Elle prit le tiroir de droite qui s'ouvrit. Elle croyait l'avoir fermé à clé, mais elle ne le faisait pas toujours. Prenant la petite clé, elle ouvrit la boîte à disquettes. Son cœur battit un peu plus vite, mais la disquette était à sa place.

Elle la prit et la mit dans son sac, puis elle forma le numéro de Per. Il répondit tout de suite et elle se l'imagina, dans le grand lit dont elle était sortie moins d'une heure plus tôt.

« C'est moi. Tu me permets de revenir chez toi ? » demanda-t-elle.

17

Vuk avait assez bu pour que ses démons reparaissent comme des monstres dans son cauchemar, mais pas assez pour que l'alcool puisse les repousser dans l'oubli. Il rêva comme de coutume des montagnes serbo-bosniaques voisines de Pale, entourée comme un repaire de loups d'ennemis assoiffés de sang. Ils déferlaient sur la ville, coiffés de turbans et en culottes bouffantes, armés de cimeterres. Hommes et femmes hurlaient en massacrant tout le monde et l'horizon était un brasier. Il vit d'abord sa mère, puis son père et sa sœur dépecés devant lui. Il tendait les bras vers eux sans pouvoir bouger. Pétrifié comme la femme de Loth, il voulait bouger, secourir, réagir, tuer, mais bien qu'il soit vivant, son corps refusait de lui obéir. Prisonnier de ce corps, il distinguait tout nettement. Le vert-jaune se mêlait de rouge sang ; il entendait le pesant bulldozer arriver au loin et attendait le cri. Il savait qu'il allait crier, dans son cauchemar, quand le gigantesque rouleau compresseur paraîtrait en écrasant tout sur son passage, quand il verrait son énorme cylindre rougi du sang des hommes, du sang de ses ennemis et du sang de sa famille soudain redevenue vivante et terrorisée devant la lente progression de ce broyeur et que le conducteur du rouleau compresseur du sang ce serait lui.

Ce ne fut pas son propre cri qui réveilla Vuk mais les coups retentissants donnés par son voisin sur le mur de la chambre d'à côté. Il fit de la lumière et resta là, tremblant et suant, à fixer le plafond, diffus et agité comme un plan d'eau après un jet de pierre. Son cœur battait à tout rompre. Il y avait longtemps que cela avait été aussi terrible. Il craignait de savoir pourquoi. Sa vie ne se focalisait plus. Il lui manquait un objectif. Le nationalisme serbe qui avait nourri sa haine personnelle s'était consumé, faisant place au vide. Il se força à penser à Emma, à son visage, à ses jolies petites mains, à ses pieds sveltes, à ses chevilles, à ses cuisses fines, à son nombril, à ses seins, pour revenir à son visage. Comme un sculpteur, il la modelait en esprit et quand il la vit enfin devant lui, bien faite et tout entière, le rythme de son pouls se mit à ralentir. Il rouvrit les yeux et put concentrer son regard sur le plafond et le vilain plafonnier.

Vuk se leva pour aller chercher ses cigarettes. Il prit une vodka dans le minibar, la vida et fuma une cigarette. Prenant la disquette qu'il avait posée sur la table de nuit, il la garda dans la paume de sa main. Il voulait se forcer à se concentrer sur sa mission, s'obliger à l'exécuter, à faire abstraction de tout le reste pour redevenir l'automate fiable qu'il avait été quand il se battait pour la cause.

Vuk fit les cent pas dans la pièce. Sa montre-bracelet indiquait quatre heures. Il avait crié. Demain, il allait devoir rechanger d'hôtel. Il alluma la télé, reprit une petite bouteille de vodka et s'assit pour regarder CNN afin de ne pas penser en attendant le point du jour. Il avait beaucoup trop peur pour dormir.

Vuk prit son petit déjeuner et lut les journaux danois du matin. Puis il retourna dans sa chambre et démonta et remonta le pistolet qu'il gardait dans sa valise fermée à clé. Chaque fois qu'il quittait une chambre d'hôtel, il frottait un peu de talc dans les trous de la serrure de sa valise, mais personne n'avait cherché à savoir ce qu'elle contenait.

A 10 heures, il jugea que Mikael serait réveillé. Il avait trouvé le numéro de téléphone de ses parents en s'adressant aux renseignements. Il apparut qu'ils vivaient toujours dans leur grande maison du temps où Mikael et Vuk étaient petits. A l'époque où Vuk portait un autre nom et où Mikael, Vuk et Peter – que Vuk avait vu dans l'un des journaux télévisés de la télé danoise – étaient les trois Mousquetaires. Ils avaient été inséparables. Mikael avait passé son enfance en partie à Norrebro, dans le quartier des deux autres, parce que ses parents, riches comme Crésus, passaient le plus clair de leur temps en Espagne. Mikael était le petit dernier des enfants et quand son père avait vendu sa société, comme ses parents ne voulaient plus passer que le minimum de temps nécessaire au Danemark, ils l'avaient confié à une tante qui l'avait gardé avec plaisir dans son grand appartement en copropriété, jusqu'au moment où il s'était transformé en un adolescent pâle et bizarre, ce qui importait peu, car il pouvait alors vivre seul dans la grande maison d'Hellerup.

Voilà à quoi pensait Vuk en roulant vers Hellerup dans le train de banlieue qu'il avait pris à la Gare centrale. Il avait fait ce trajet tant de fois. Il revoyait la maison. Une maison de trois étages datant des années vingt, avec un sous-sol et une quantité de pièces, grandes et petites. Située tout au bord du détroit de l'Øresund, si bien que pour se baigner, on passait directement de la pelouse dans la mer. Quand il avait appelé Mikael, celui-ci n'avait pas paru surpris. Plus somnolent que vraiment surpris, et il lui avait dit de venir quand il voudrait. Il vivait seul dans la maison. Il semblait vivre dans un univers totalement personnel sans avoir le sentiment habituel de temps qui passe et ne s'était donc pas étonné que Vuk l'appelle soudain, après tant d'années.

Vuk portait sa veste de cuir avec, dans la poche, le garrot

qu'il avait confectionné. Il fut le seul passager à descendre à la station d'Hellerup. Le soleil brillait dans un ciel sans nuages quand il se rendit à pied chez Mikael. Le cauchemar de la nuit se réduisait à un faible bourdonnement dans sa tête. Il pensait à Mikael et à Peter, qui autrefois déjà voulait devenir journaliste et était maintenant reporter pour l'émission d'informations de la télé. Mais qu'était devenu Mikael ? Il ne s'intéressait qu'à une seule chose, aux ordinateurs. Dans sa poche intérieure, Vuk avait la disquette provenant de l'appartement des Carlsen et il comptait sur Mikael pour décoder le document.

Vuk ouvrit le portail du jardin. La haie, épaisse et mal entretenue, empêchait de voir une pelouse aux herbes hautes constellée de feuilles mortes, de plaques de mousse et de pissenlits défleuris. Les mauvaises herbes émergeaient dans les quatre ou cinq plates-bandes à l'abandon. La maison, en retrait, s'élevait sur le terrain qui descendait vers l'Øresund, blanche et belle, malgré la décrépitude de la peinture des fenêtres. En dépit de son manque d'entretien, elle devait valoir une fortune avec cet emplacement.

Vuk sonna et entendit la sonnette tinter dans la maison avec le même son vieillot qu'autrefois, qui lui rappela des souvenirs de jeux d'enfants dans le grand jardin et de sorties en mer en yole et en canot gonflable. Et plus tard, de fêtes de lycéens, chez ces gens ouverts et hospitaliers qui n'avaient qu'une seule règle : que tout soit remis en ordre avant le retour des parents. Qui en revanche n'arrivaient jamais sans s'annoncer. Ce qui permettait aux jeunes de remettre suffisamment les choses à la normale pour que la femme de ménage n'ait pas trop à se plaindre.

Vuk entendit des pas et la porte s'ouvrit.

Ils se regardèrent. Mikael découvrait un grand homme musclé aux yeux bleus et au regard éteint, qui ne s'était apparemment pas rasé depuis quarante-huit heures puisque des poils courts et blonds lui recouvraient le menton. Un camarade d'enfance et de jeunesse qui n'avait pas changé, tout en étant devenu totalement autre. Ses yeux, en particulier, n'étaient plus les mêmes. Ils ne semblaient plus avoir le rire facile.

De son côté, Vuk découvrait un petit type fluet dont les cheveux se raréfiaient déjà, aux yeux intelligents derrière ses lunettes épaisses, qui avait conservé sa vieille habitude de se tirer l'oreille quand il était excité ou inquiet. Il portait un jean usé et une chemise verte sur un tee-shirt blanc. Il avait le physique de l'accro qu'il était, le clown de leur trio, le petit garçon à la grande maison.

« Salut Mikael », dit Vuk.

Mikael se tira l'oreille. Il avait l'air à la fois heureux et intimidé.

« Janos, vieux travailleur immigré. Ça fait un bail, dis-donc ! Entre. Je suis tout seul.

– C'est ce que tu m'as dit au téléphone », répondit Vuk. C'était la deuxième fois en deux heures qu'il s'entendait appeler Janos, son vrai nom d'autrefois. Il l'avait employé lui-même en appelant Mikael. « Mikael, c'est Janos », lui avait-il dit. Mais pour lui, Janos était un nom étranger qui n'appartenait plus à l'homme d'aujourd'hui. Sa famille et ses amis danois l'appelaient Janos, mais Janos avait péri dans l'enfer bosniaque et le Vuk né de ses cendres lui ressemblait physiquement, certes, mais pas moralement. Janos était mort. Vuk habitait son corps. Le nom de Janos lui était aussi étranger que celui de Carsten sous lequel Ole Carlsen le connaissait.

Mikael parlait sans arrêt comme d'habitude. La maison n'avait pas changé avec son grand hall et son escalier qui menait au premier étage. Des journaux et des magazines d'informatique traînaient dans la grande cuisine-salle à manger et MTV était branché dans un coin, sans le son. Des couverts sales traînaient dans l'évier bien qu'un lave-vaisselle soit encastré sous le plan de travail de la cuisine. Vuk vit par la fenêtre la seconde pelouse qui descendait jusqu'au rivage de l'Øresund. Mikael lui disait tout le plaisir qu'il avait à le revoir. Ils avaient été heureux et s'étaient bien amusés ensemble. Est-ce que Janos avait vu que Peter était devenu une grande vedette du journal télévisé ? Peter avait fait une carrière éclair. Il était entré aux informations frais émoulu de la haute école du journalisme. Lui-même avait fait deux années d'études à DTU, l'Université technique du Danemark, mais en fin de compte, il n'avait pas eu le courage de continuer. Puisque de toute façon il allait hériter de toute cette cochonnerie et qu'il avait cette fortune bloquée en Suisse, il n'avait pas besoin de travailler. Ses parents jouaient au golf en Espagne ou dans une île des Caraïbes. Ils venaient rarement au Danemark. L'un de ses frères vivait à Los Angeles, l'autre en Suisse. Mikael vivait seul dans la maison. Il ne sortait que pour acheter des produits congelés et des plats cuisinés pour son four à micro-ondes. Il ne voyait personne et cela lui convenait parfaitement. Il avait ses ordinateurs, sa musique et ses livres. Que demander de plus ?

Tout en bavardant, Mikael alla chercher un litre de Coca-cola dans le frigo. Il remplit deux verres. Ils étaient assis à la table de la cuisine. Il y eut un petit silence et Mikael se tira l'oreille.

« Ça fait vraiment du bien de te voir, Janos. Vieux travailleur immigré. Vous étiez les seuls que j'aimais, toi et Peter. Les autres étaient tellement cons. Quand es-tu arrivé au Danemark ?

– Il y a deux jours.

– Tu viens de là-bas ?
– De là-bas, oui.
– O.K., dit Mikael en buvant une gorgée de Coca-cola.
– Moi aussi, ça me fait plaisir de te voir, Mikael, assura Vuk. Cette maison me rappelle mon enfance et mon adolescence. C'était le bon temps. J'y repense toujours comme à la seule période normale de ma vie. »

Vuk n'avait pas vraiment eu l'intention de le dire, mais c'était venu tout seul, et c'était vrai.

« Pourquoi es-tu parti ?
– Mon père voulait rentrer.
– Et tu l'as suivi, tout bonnement ?
– On m'a élevé comme ça. »

Mikael se pencha vers Janos et devint tout à fait sérieux. Vuk se rappelait aussi ce trait de caractère. Il disait des bêtises mais il pouvait aussi être très sérieux et avoir des crises de dépression en voyant la guerre et des souffrances à la télévision. Il était trop sensible pour notre monde, lui disaient-ils en se moquant de lui. Il était celui des trois qui s'intéressait le plus aux grandes questions de la vie et qui réfléchissait. Il cherchait toujours des réponses aux questions les plus impossibles et avait laissé une prof stupéfaite, un beau jour : elle lui avait demandé à quoi il pensait de si important au lieu de suivre son cours. Au mystère de la vie, avait-il répondu. Mikael avait onze ans et la classe s'était écroulée de rire. Mikael, d'abord blessé et surpris, s'était mis à rire aussi. On ne savait jamais s'il était ironique ou sérieux quand il laissait échapper ses réflexions aux endroits les plus bizarres. S'il se moquait de lui ou des autres.

« Janos. Ça me fait plaisir de te voir. Ne te méprends pas. Tu es le bienvenu. Ce n'est pas ça. Mais je ne vois jamais personne. A part Peter de temps en temps. Je n'aime pas les hommes, Janos. Je n'arrive pas à comprendre comment ils fonctionnent. Comment leur programme est composé. Quand je suis avec des gens, je plante. Alors, je reste dans mon trou, bon sang. Je reste ici. Devant mon ordinateur pendant la nuit pour surfer sur Internet. Et de temps en temps, je vais faire un tour sur l'Øresund dans mon bateau pneumatique. Tu ne sais pas ? »

Vuk secoua la tête et laissa Mikael continuer :

« Je ne vois personne. Et pourtant j'ai des contacts avec un tas de gens. Je leur parle sur mon modem. Je connais des milliers de gens dans le monde entier. De l'Australie à Moscou. Alors, il n'y a pas de problèmes. C'est trop fatigant de les avoir en face de soi. C'est bien plus facile à travers un modem. Dans l'espace cybernétique. »

Il se mit à rire, un peu gêné, se tira l'oreille et poursuivit :

« La seule chose qui me manque, c'est de pouvoir me taper quelqu'un par le modem. Si c'était possible, je n'aurais jamais besoin de voir personne jusqu'à la fin de mes jours. Je vivrais heureux dans l'espace cybernétique. »

Vuk ne put s'empêcher de rire. Mikael avait le don particulier de faire rire les gens. Vuk en arrivait presque à recommencer à l'aimer, comme Janos autrefois.

« Tu as toujours été sonné, Mikael », lui dit-il comme l'aurait fait Janos.

Mikael lui retourna son rire. L'atmosphère un peu gauche qui les avait séparés s'était dissipée et ils se retrouvaient presque comme autrefois.

« C'est bien possible, mais peu importe quand on a des parents pleins aux as. »

Mikael lui resservit du Coca-cola.

« Comment vont tes parents ? C'est une terrible saloperie, là-bas, hein ?

– Ils sont morts. Ils ont été assassinés avec Katarina, répondit Vuk d'une voix neutre.

– Quelle horreur. Vuk et Léa sont morts ? Et Katarina ! C'est affreux. Ça me fait de la peine pour toi, Janos. Ce n'est pas vrai, ce que je dis ? Les hommes ne sont pas fréquentables.

– Oui, Mikael, c'est vrai ce que tu dis. »

La gêne avait reparu entre eux. Mikael se tira l'oreille et tritura l'étiquette de la bouteille de Coca-cola. On entendait le bruissement de la mer par la fenêtre entrouverte de la cuisine et le moteur d'une machine quelconque, mis en marche par un voisin.

« Es-tu toujours capable de décoder un programme, comme autrefois ? » s'enquit Vuk.

Mikael se ranima. Il n'aurait pas besoin d'entendre parler de ces atrocités.

« Mieux que jamais. »

Vuk sortit la disquette de la poche intérieure de sa veste.

« Qu'est-ce qu'il y a dessus ?

– La clé du succès », répliqua Vuk en souriant ; Mikael lui rendit son sourire et les horreurs qui empoisonnaient l'atmosphère disparurent.

« Montons dans mon antre », proposa Mikael.

Même s'il pouvait maintenant disposer de toute la maison, Mikael avait conservé sa grande chambre d'autrefois. La même vieille tapisserie et le même vieux lit toujours défait. Des photos de dinosaures ornaient toujours le mur, une nouvelle photo représentait Bill Gates, le patron de Microsoft, la seule idole de Mikael, apparemment. Le vieux fauteuil de cuir offert à Mikael pour sa confirmation était toujours là, avec son vieux bureau dans le coin. Des magazines d'informatique, des CD-rom, des fils électriques et des disquettes traînaient partout, mais Vuk détectait un ordre dans ce désordre. Il y avait deux ordinateurs, une table neuve pour chacun d'eux et un ordinateur portable sur une troisième petite table, plusieurs imprimantes et une quantité de câbles et de manuels d'utilisation. Deux téléphones, un scanner, et sur le vieux bureau, une télévision couleur branchée sans le son sur le programme de CNN. Le siège de bureau, qui paraissait neuf et confortable, était à roulettes. Le vent apportait l'odeur de la mer et du varech par la fenêtre entrouverte.

CNN diffusait des images de Bosnie. Ils virent un homme qui creusait la terre avec une longue tige de fer, le bas du visage recouvert par un foulard. Sur l'image suivante, il tenait un crâne dans sa main. Mikael détourna la tête de l'écran de la télé et montra le fauteuil de cuir à Vuk qui enleva deux magazines d'informatique et s'assit. Mikael s'installa sur le siège, devant le bureau. Il le fit pivoter pour se placer devant l'écran de l'ordinateur et tourner le dos à Vuk. Il effleura la souris et un bourdonnement annonça que l'ordinateur sortait de son état de veille pour revenir à la vie.

« Je me tiens un peu au courant, tu sais, dit Mikael. Comment est-ce que ça s'est passé ? Qu'est-ce que je peux faire pour toi ?

– A quelle question faut-il que je réponde d'abord ? » répondit Vuk.

Mikael fit glisser la souris d'avant en arrière sur son tapis. Vuk le vit de nouveau inquiet et gauche. Cela le gênait de parler du sort des parents de Vuk et de la petite Katarina âgée de six ans de moins que les garçons, mais il se sentait obligé de prendre de leurs nouvelles. Comme beaucoup de gens qui n'avaient pas vraiment envie de savoir et étaient las d'entendre parler d'une guerre incompréhensible.

« Je ne sais pas, bon Dieu. A la première, pour me permettre de travailler pendant ce temps. »

Vuk se leva et lui tendit la disquette. Mikael la prit et regarda Vuk d'un air interrogateur.

« Il y a un document dessus. Fermé par un mot codé. Tu peux y entrer ?

– Tu connais le programme ?

– WordPerfect 5.1. »

Mikael fit pivoter son siège, tournant de nouveau le dos à Vuk, et il introduisit la disquette dans le lecteur.

« *Piece of cake* »*, annonça-t-il en commençant à tapoter sur le clavier. Debout derrière lui, Vuk suivait des yeux les lettres et les chiffres qui commençaient à danser sur l'écran.

« En fait, qu'est-ce que tu es, Janos, Serbe ou Croate ? » continua Mikael en travaillant. « Autrefois, vous n'étiez que Yougoslaves, tout simplement.

– Autrefois non plus, ce n'était pas comme ça. Mais vous n'en saviez pas plus long. »

Mikael chantonnait en tapant prestement sur les touches pour briser le code et ouvrir le document.

« Ça ne va pas tarder. Mon bébé flaire la piste.

– Il faisait beau quand les musulmans sont arrivés », dit Vuk à voix basse. Debout derrière Mikael, il parlait en l'air. Mikael ne se retourna pas, se concentrant sur son clavier et son écran.

« C'est moi qui ai conçu ce programme », précisa-t-il pour que Vuk change de sujet. Ayant posé la question par politesse, il ne tenait pas à savoir ce qui s'était passé. « Il brise les codes de tous les systèmes de traitement de textes connus. Je pourrais gagner une fortune avec ça. Si je voulais », dit-il à son écran.

* C'est du gâteau.

« Le printemps venait d'arriver, Mikael. Il arrive tôt dans les vallées bosniaques de Banja Luka. Avant les nettoyages ethniques, nous habitions dans une région à population mixte et tout le monde a commencé à s'organiser, mais mon père n'a pas voulu s'enrôler dans la milice serbe. Papa croyait en Tito et en la Yougoslavie. En un Etat uni. Ils sont venus à quatre, par une belle journée de printemps. Quatre pas beaucoup plus vieux que toi et moi. Ils ont attaché mon père sur une chaise. Ils l'ont un peu tabassé, mais pas assez pour qu'il perde connaissance...

– Là, on y est presque », dit Mikael qui refusait toujours de se retourner. Il s'efforçait de ne pas entendre ce que disait Vuk, mais ses paroles le transperçaient et le faisaient tant souffrir qu'il aurait voulu se boucher les oreilles.

« Parce qu'ils voulaient qu'il voie ce qu'ils faisaient à ma mère et à ma sœur. Ils les violaient à tour de rôle. Devant mon père. Il beuglait comme un bœuf, alors, ils lui ont coupé la langue.

– Janos, nom de Dieu. Je ne veux pas... »

Mikael gardait les yeux rivés sur la danse des chiffres et des lettres, comme si elle pouvait le protéger de la voix monocorde qui poursuivait :

« Avant qu'il ne s'étrangle dans son sang, ils lui ont coupé la bite, Mikael. Et ils l'ont enfoncée dans la bouche de ma mère avant de la tuer. Après, ils ont étranglé ma sœur. Et ces salauds de musulmans ont mis le feu à la maison. Tu entends, Mikael. C'est ainsi que sont morts Vuk, Léa et Katarina. »

Mikael se retourna et le fixa, horrifié. Il était blanc comme un linge et murmura :

« Et les gens trouvent que c'est moi qui suis fou. Rien que parce que je vis retiré. Rien que parce que je ne supporte pas les gens. Parce que je veux qu'il y ait un modem et un écran entre eux et moi.

– Tu ne peux pas t'échapper, Mikael. Le monde te rattrapera. »

Mikael se tourna de nouveau vers son écran.

« Ça y est. Mon bébé l'a attrapé. Viens, mon bébé ! »

Il se retourna de nouveau, comme s'il voulait regarder Vuk dans les yeux, mais il fixa son regard ailleurs sur sa figure en lui demandant :

« Où étais-tu ? Comment sais-tu ce qui s'est passé ?

– J'étais à Belgrade.

– Alors, comment le sais-tu ?

– Je les ai retrouvés. Ce n'était pas difficile. Ils habitaient à deux maisons de chez nous. J'avais joué au football avec eux pendant les grandes vacances. C'étaient mes amis. Ils s'en étaient vantés auprès de leurs copains. Ils ont été faciles à trouver. Et ils me l'ont raconté.

– Comme ça, carrément ?

– Je les y ai amenés. L'un après l'autre. Cela m'a pris un peu de temps, mais ils m'ont tout raconté. Dans les détails. Avant. »

A la figure de Mikael, Vuk voyait qu'il savait la réponse, mais Mikael ne put s'empêcher de demander :

« Avant quoi, Janos ?

– Avant que je les tue, naturellement. »

Mikael le regarda un instant dans les yeux et se retourna vers l'écran qui fit entendre un bref bip. Cela le soulagea d'être obligé de se concentrer sur l'écran.

« Voilà, mon bébé, dit-il. Ça y est ! Ça alors. C'est juste le programme d'une visite quelconque. On se demande bien pourquoi quelqu'un a voulu le cacher en lui donnant un code secret ?

– Tu peux l'imprimer ?

– No problem », répondit Mikael en appuyant sur deux

touches, et dans un coin de la pièce, une imprimante à laser se mit à ronronner. Mikael se cala sur son siège en gardant la figure tournée vers l'écran.

« Je me demande bien ce que c'est ? Simba. Flakfortet. Conférence de presse. Aéroport, appartement de couverture, des dates et des heures. Bizarre. Enfin. Ce n'est pas mon problème. Qu'est-ce que je peux faire d'autre pour toi, Janos ? »

Vuk tira le garrot de la poche de sa veste et saisit les deux poignées en bois. D'un geste rapide et souple, il balança le fil d'acier solide et fin autour du cou de Mikael et le tira en faisant un pas en arrière, de façon que le poids du corps de Mikael tire dans l'autre sens quand le siège basculerait et qu'il se trouve pendu au garrot.

« Rien. Tu as rempli ta mission, Mikael », dit Vuk en tirant pour que le fil tranche le larynx et étrangle un début de cri gargouillant, au moment même où l'imprimante crachait une feuille de papier blanc de format A4 où s'inscrivait le programme définitif de la visite à Copenhague de l'écrivain Sara Santanda.

18

Vuk étudiait la feuille que l'imprimante avait élégamment déposée sur son plateau pendant qu'il étranglait Mikael. Le corps gisait sur le plancher, les yeux éteints exorbités et la gorge traversée par une longue blessure sanglante. Vuk l'ignorait ; il se concentrait sur cet emploi du temps. C'était Flakfortet qui le fascinait. Même au Danemark où l'on n'a pas un sens trop développé de la sécurité, l'aéroport était trop bien gardé et trop dangereux, bien qu'il eût été possible d'honorer le contrat dans le hall d'arrivée, au moment où Santanda aurait passé la douane. Ou quand elle sortirait du hall d'arrivée pour entrer dans la voiture qui l'attendrait. Il prendrait alors la fuite en profitant de la confusion générale, mais ce serait très risqué. Et rien ne disait qu'ils ne feraient pas passer le Sujet par un autre chemin, éventualité dont il devait tenir compte. Ils la traiteraient en VIP et il n'avait ni le temps ni les contacts requis pour se procurer les renseignements nécessaires. S'il réussissait à élaborer un plan qui dissimulerait l'implication des Iraniens, ils pourraient peut-être faire appel à leurs services de renseignements, mais il préférait ne rien demander aux Iraniens, même s'ils pouvaient lui fournir des informations. L'appartement de couverture serait sous haute surveillance. Là, il devrait agir quand le Sujet y arriverait ou le quitterait, à l'instant où il serait vulnérable, entre la maison et la portière de la voiture. La balle devrait être tirée d'un point situé au-dessus du trottoir et de la voiture, mais comment avoir accès à un appartement convenablement situé ? La conférence de presse devait être le meilleur endroit, mais il ne savait pas précisément ce que représentait Flakfortet. Il y aurait foule à la conférence de presse, une foule à laquelle il pourrait se mêler. Le Sujet serait vulnérable, derrière son microphone, ou encore à l'arrivée et au départ. Le problème serait de pénétrer armé dans la salle, mais il pourrait le résoudre. Le nom de Flakfortet l'inquiétait. Il se souvenait vaguement d'une série de forts côtiers désaffectés situés en face du port de Copenhague, mais il ne les « voyait » pas. La police savait que ce serait pendant la conférence de presse que le Sujet serait vulnérable. Peut-être était-ce pour cette raison que l'on avait décidé de la tenir en mer, de façon à pouvoir contrôler facilement les journalistes et les photographes qui y participeraient. Ils ne pourraient s'y rendre que par bateau. Du même coup, cela réduisait le nombre des personnes nécessaires pour assurer la sécurité. Il devait aller le plus vite possible pour voir et reconnaître le terrain. Avant tout, vérifier si le public avait accès à Flakfortet ou s'il s'agissait d'un site militaire interdit au public, ce qui rendrait les choses plus difficiles, mais pas impossibles. Il n'était jamais impossible de tuer quelqu'un. Il n'y avait que des degrés de difficulté variables. Mais tous les contrats impliquaient le même processus : arriver à proximité du Sujet, l'abattre et réussir à prendre la fuite. Voilà pour le contrat. Tout le reste était de la logistique.

Vuk se sentait bien dans sa peau. Il avait un programme, un emploi du temps, un délai d'exécution. Le reste relevait de la planification et de l'action, ainsi que de la chance, facteur toujours nécessaire et il sentait qu'il lui en restait encore un peu, bien que ses cauchemars lui aient laissé l'impression que son crédit serait bientôt épuisé. Mais, désormais, il avait un grand avantage : il avait l'emploi du temps, et ils ignoraient qu'il l'avait. Dans cinq jours, il saurait s'il allait lui être possible de commencer ou non une nouvelle vie avec Emma. S'il échouait cette fois-ci, il n'y aurait pas d'autres contrats, pensa-t-il un instant, mais il refoula cette idée. Il n'avait pas d'alternative. Les Iraniens n'accepteraient guère qu'il ne remplisse pas le contrat. Il en savait trop, ils formuleraient un nouveau contrat dont lui-même serait l'objet. C'était maintenant ou jamais.

Vuk plia soigneusement la feuille de papier et éteignit brutalement l'ordinateur en le débranchant avant de sortir la disquette qu'il posa à côté de l'ordinateur. Il la reformaterait plus tard pour faire disparaître le document et le programme. Il souleva sans peine le cadavre de Mikael et le descendit dans le hall où il se souvenait qu'un second escalier menait à la cave. La porte de l'escalier de la cave se trouvait derrière la cuisine. Il posa Mikael par terre, ouvrit la porte et trouva l'interrupteur derrière la porte. L'odeur sèche et poussiéreuse de la cave le frappa au visage. Il prit Mikael sous les bras et le tira derrière lui dans l'escalier. La cave se composait d'un long couloir central et de pièces latérales qui avaient servi autrefois de cave à charbon, de cellier, de buanderie et de pièce à sécher le linge. Dans l'ancienne buanderie, contre le mur, se trouvaient encore deux grands bacs à lessive, mais la vieille lessiveuse avait été remplacée par un lave-linge moderne et par un séchoir électrique. Dans un autre coin, il vit sur une planche posée sur deux tréteaux un moteur auxiliaire bien huilé ; un canot pneumatique était accroché au plafond. Vuk souleva Mikael pour le mettre dans l'un des bacs et le plia pour qu'il puisse y tenir. Regardant autour de lui, il trouva dans un coin une bâche soigneusement pliée qu'il posa sur le bassin. Mikael avait été désordonné dans la maison, mais ordonné au sous-sol. Peut-être y venait-il rarement. La maison, en tout cas, ne donnait pas à penser qu'une femme de ménage y venait régulièrement. Mikael avait été un solitaire, un original.

Vuk examina le canot pneumatique suspendu au plafond par quatre crochets. C'était un modèle militaire standard noir. Il était un peu dégonflé, mais il y avait une pompe à côté du moteur auxiliaire. Vuk examina les autres pièces de la cave. L'une était remplie de vieilles valises, de meubles et de livres. On avait rangé dans une autre des bicyclettes, un vieux vélomoteur, des luges et des skis. Dans une troisième, des outils de jardins, debout comme des soldats à la parade et dans la dernière des scies, des marteaux, des perceuses, alignés contre le mur au-dessus d'un tour de menuisier. Cette cave renfermait tout ce dont il pouvait avoir besoin. Cette maison d'Hellerup serait la dernière base décisive d'où il allait lancer son attaque.

Il monta à la cuisine. Il allait faire le ménage, car il ne supportait pas ce désordre, mais il fila d'abord au salon, où les meubles vieillots étaient recouverts d'une fine couche de poussière. Ce n'était pas là que Mikael avait passé le plus de temps. Trois salles en enfilade donnant sur le jardin de derrière offraient une belle vue sur le détroit. Il vit sur une desserte, dans l'une des pièces, plusieurs bouteilles de spiritueux. La fine poussière qui les recouvrait prouvait que l'alcoolisme n'avait pas figuré parmi les vices de Mikael. Il s'en était tenu au Coca-cola et au café. Une porte du hall d'entrée menait à la réserve, d'où l'on passait à un garage fermé sans voiture, ce qui correspondait à ses prévisions. Il s'y trouvait une tondeuse à moteur, une brouette et une petite voiture à roues caoutchoutées dont Mikael devait se servir pour tirer son canot pneumatique jusqu'au rivage. Le garage sentait le renfermé, comme si un restant d'été avait survécu dans cette pièce fermée.

Retournant à la cuisine, Vuk trouva les annuaires du téléphone sous une pile de périodiques gratuits qui encombraient un tabouret placé sous le téléphone mural. Il chercha Flakfortet dans l'annuaire des noms propres mais ne trouva qu'un restaurant portant ce nom-là. Après un moment de réflexion, il chercha, dans les pages jaunes, la rubrique des lignes maritimes. Il y trouva l'annonce d'une compagnie du nom de Star Shipping. Il appela et se présenta sous le nom de Kaj Petersen, de Viborg, à qui l'on avait dit qu'il était possible d'aller à Flakfortet par bateau. Une aimable voix féminine le lui confirma. On pouvait non seulement commander une excursion pour un groupe, mais aussi profiter des départs quotidiens à midi, 14 h et 16 h du 1er mai au 1er octobre. Le départ avait lieu à Nyhavn, au centre de Copenhague. Il suffisait qu'on se présente. « Serait-il possible, le cas échéant, de louer un bateau pour un groupe de mes relations d'affaires ? demanda Vuk.

– Tout à fait. Nous faisons fréquemment la traversée sur commande. Dans ce cas-là, le bateau vous est réservé, répliqua la voix.

– Nous avons projeté une petite excursion d'entreprise. Nous serons sans doute une vingtaine de personnes.

– Rien de plus facile. Nous pouvons aussi vous réserver des places au restaurant. Comme le font beaucoup d'entreprises. Surtout en été, naturellement. Mais aussi en septembre, comme maintenant. Nous pouvons vous garantir une belle excursion, s'il fait beau, naturellement. »

Elle rit, et Vuk rit aussi.

« Je sais bien que nous nous y prenons un peu tard, mais nous avions pensé le faire le mercredi 20 septembre.

– Un instant. »

Vuk attendit et la voix féminine reprit :

« C'est impossible le 20, malheureusement. Nous avons quelque chose d'autre et ils ont réservé le fort toute la journée, alors, nous pourrions essayer de trouver une autre date ?

– Il faut que je consulte mes arrières, je vous rappellerai, répliqua Vuk.

– Je vous en prie. »

Vuk la remercia. Il réfléchit un moment. La cuisine attendrait. Le ménage serait repoussé à ce soir. Il était midi et demi. Il arriverait à temps pour le départ de 14 h, puis il devrait quitter son hôtel. Il regarda autour de lui. La clé de la maison était à côté du téléphone, accrochée sur une planchette. Il regarda dans le frigo. Il n'y avait pas grand-chose d'autre que du Coca-cola et une vieille plaquette de beurre, mais au-dessous du frigo, dans le congélateur, il trouva une pile de plats congelés prêts à consommer. Il lui suffirait d'acheter un peu de pain, de fromage, de salami et de beurre frais. Il prit la clé et quitta son nouveau domicile.

Deux heures plus tard, il se trouva à l'avant du grand cotre *M/S Langø* qui, après des années de cabotage le long des côtes de la Norvège et des îles Féroé, desservait la ligne qui reliait Nyhavn et Flakfortet. Vuk, en compagnie de deux pères de famille et de leurs grands enfants, de trois vieilles dames et d'un jeune couple, vit apparaître Flakfortet comme une bosse sur l'Øresund. La forteresse s'étendait sur toute la longueur de l'île. De l'herbe et des buissons croissaient au-dessus des pierres de taille grises et des vestiges de pièces d'artillerie se dressaient au sommet du fort. Un pavillon au toit blanc et pointu avait été construit pour faire office de restaurant. Quand ils entrèrent dans le port, Vuk découvrit deux portails ouvrant sur l'intérieur du fort. Trois yachts se balançaient mollement sur l'eau et un petit groupe de touristes attendait de monter à bord du *M/S Langø* pour retourner à Copenhague. Le cotre contenait une salle de séjour où l'on pouvait acheter, à un petit guichet, de la bière, de l'eau et du café, ainsi qu'un pont supérieur doté de bancs abrités par une toile verte. C'était une journée grise et douce, avec un léger vent d'ouest porteur de pluie. Vuk avait passé un pull sous son blouson de cuir et l'on voyait nettement ses poils de barbe blonds. Malgré le temps gris, il portait des lunettes de soleil et il avait un sac de toile sur l'épaule.

Dans une petite boutique sise à côté du restaurant qui faisait de la réclame pour du ragoût et une poêlée d'anguilles, Vuk prit une brochure dont la première page était illustrée d'une photo de Flakfortet et la dernière d'une carte précisant sa position géographique. Vuk lut l'histoire du fort. Bâti de 1910 à 1916 comme forteresse côtière destinée à protéger la capitale danoise contre les bombardements. L'une des plus grandes en son genre ; ses effectifs, au complet, atteignaient 550 hommes. Elle repose sur un banc de sable et sa superficie est de 30 000 m^2. Vuk apprit également que cette île artificielle mesurait 23 m de haut, que le complexe avait deux étages et que les dépôts de munitions, les chambrées des soldats, les salles des machines et des casernes étaient reliés par des galeries. Le fort avait été occupé et opérationnel sous l'occupation allemande, de 1940 à 1945. La Défense danoise avait abandonné Flakfortet en 1968, et le fort était resté pendant sept ans sans surveillance. Il appartenait toujours au ministère de la Défense, mais c'était une société privée qui en assurait la gestion. De nombreux visiteurs et plaisanciers venaient le visiter pendant la saison d'été et le fort était loué à des sociétés et à des entreprises.

Vuk lisait la brochure en parcourant une grande galerie souterraine bien tenue et bien éclairée baptisée par la brochure « rue du Fort ». Des portes neuves de couleur brune, dotées de panneaux indiquant des toilettes publiques s'ouvraient dans les murs en béton. Des escaliers en béton menaient aux anciennes fortifications du fort supérieur où les canons et les défenses anti-aériennes défendaient autrefois l'étroit passage séparant le Danemark de la Suède. D'autres escaliers menaient à l'intérieur du fort. Certains couloirs étaient propres et bien éclairés, d'autres, attendant leur rénovation, demeuraient dans l'obscurité. Il faisait froid dans les galeries inférieures où la température ne dépassait certainement pas 10 degrés. Vuk arpenta la forteresse tout entière en mémorisant les couloirs et le plan. Il descendit dans l'un des couloirs obscurs, malgré le panneau mural qui en interdisait l'accès. Tirant de son sac une torche puissante, il éclaira des murs gris et humides et des portes d'acier rouillées dont les vieilles pancartes indiquaient qu'il se trouvait dans les anciens dépôts de poudre et de munitions. Il entendit un petit cri et vit un rat courir le long du mur et disparaître dans un trou, entre l'acier de la porte et le béton rongé par le temps. Les portes étaient efficacement fermées par de lourds cadenas. Vuk en examina un à la lumière de sa torche. Il serait facile à forcer. Cela faisait partie des nombreux cours pratiques de l'école spéciale. Il ferait un crochet de serrurier sur le tour de la maison d'Hellerup. Vuk commença à mettre sur pied l'esquisse d'un plan qui comportait de très gros risques, mais il fallait qu'il tienne compte de ce que le Danemark n'avait pas l'habitude des prises d'otages. Il devait miser sur le fait qu'il disposerait de cinq minutes où la confusion serait totale et où son manque de scrupules lui fournirait l'avance nécessaire. Santanda arriverait par bateau, il en était convaincu, bien qu'ils puissent aussi choisir l'hélicoptère, mais il comptait sur un bateau. S'ils surveillaient le terrain avec un hélicoptère, il était perdu. Mais il n'y croyait pas. Peut-être que l'appareil se tiendrait prêt à intervenir, dans ce cas, tout irait bien. Ils ignoraient qu'il connaissait les détails de leur emploi du temps. C'était son principal atout.

Vuk revint sur ses pas. Il entendit des voix et éteignit sa torche, restant parfaitement immobile, aveuglé par l'obscurité. Il voyait uniquement la lumière de l'entrée de la galerie et entendait la voix du guide, qui lui parvenait comme à travers un cornet acoustique :

« Cette partie du fort est fermée. Nous manquons toujours de moyens pour faire rénover toutes les salles des casemates. Au cours des années où il n'a pas servi, le fort a souffert de beaucoup de vandalisme. Nous continuons la visite par ce chemin-là. »

Vuk entendit décroître le bruit des pas et il remit la torche dans son sac. Il revint à l'entrée principale et aux portes neuves. L'une d'elles s'ouvrit et un homme encore jeune, vêtu en cuisinier, en sortit. Etonné de voir Vuk dans le secteur réservé au personnel, il resta immobile en le regardant d'un air interrogateur.

« Je cherche les toilettes », lui dit Vuk.

Le cuisinier lui montra la galerie.

« C'est juste là-bas », indiqua-t-il.

Vuk lui fit un large sourire.

« Je te remercie.

– Il n'y a pas de quoi. » Le cuisinier ne put s'empêcher de lui rendre son sourire. C'était comme ça, Vuk avait un sourire communicatif.

« C'est peut-être toi qui vas nous faire la cuisine ?

– Yes. Que dirais-tu d'une poêlée d'anguilles ?

– Hmm. Pas mal du tout.

– On a juste le temps. A tout à l'heure.

– D'accord. »

Le cuisinier passa son chemin et Vuk le suivit en se dirigeant vers les panneaux indiquant les toilettes. Il mémorisa le numéro de la chambre du cuisinier, qui pourrait lui être utile ultérieurement.

Vuk monta au sommet du fort. Il regarda du côté de la Suède, puis de la côte danoise. La côte suédoise paraissait proche et hospitalière. Il vit l'île de Saltholm et observa le trafic maritime en fumant une cigarette et en réfléchissant à son plan. Il entendit un navire côtier russe qui remontait le détroit émettre un bref sifflement en croisant une péniche à fond plat qui le descendait. La péniche arborait sur son étambot le pavillon tricolore russe et une idée prit forme dans l'esprit de Vuk. De nouveau, le risque serait grand, mais cela représentait une possibilité ; avec de la chance, il pourrait certainement y avoir recours.

Vuk mangea une poêlée d'anguilles au restaurant et but un demi et un café tout en réfléchissant. Il était le seul client, excepté les trois vieilles dames qui prenaient des gâteaux, du café et fumaient des cigarillos. Il avait trouvé les anguilles plus étranges que bonnes et les pommes de terre à l'étuvée lui avaient paru bizarres et farineuses. Elles lui avaient rappelé certains repas de son enfance, chez la tante de Mikael, qui se targuait de faire de la cuisine danoise convenable. Il retrouvait le goût des biftecks hachés et des oignons, des saucisses et du chou rouge, des croquettes de viande, du lard frit et de la persillade, ainsi que l'odeur de sa petite cuisine. Elle n'était certainement plus en vie, puisque Mikael n'avait pas parlé d'elle. Il eut un petit accès de sentimentalisme et se permit d'être nostalgique. Beaucoup de choses auraient pu être différentes dans sa vie, s'il avait fait d'autres choix. Mais le problème était peut-être que les choix avaient été faits d'avance.

Le cuisinier sortant de sa cuisine l'arracha à ses souvenirs. Il fumait une cigarette et en apercevant Vuk, il vint à sa table.

« Alors, c'était bon ?

– Comme tu me l'avais dit. C'était bon. »

Le cuisinier l'approuva de la tête.

« Alors tu vas peut-être aussi prendre le bateau pour rentrer chez toi ?

– Eh non, bon Dieu. Je ne rentrerai pas avant samedi. Nous sommes ici du mardi au samedi.

– Ce n'est pas dur ?

– On s'habitue à presque tout, répliqua le cuisinier.

– Probablement », répondit Vuk en s'apprêtant à payer la note.

Il rentra à l'hôtel, passa son pantalon habillé, sa veste et une cravate et fit sa valise en y ajoutant ses armes. Ses sacs n'avaient toujours pas été touchés. Personne ne les avait manipulés. Il attacha le fourreau contenant le couteau à double tranchant autour de sa cheville et fit soigneusement le tour de la chambre avant de téléphoner à la réception pour dire qu'il était obligé de partir, mais qu'il était normal qu'il paie pour la nuit prochaine, puisqu'il quittait l'hôtel aussi brusquement. Il serait à la réception dans dix minutes et paierait sa note comptant.

Puis il appela Ole Carlsen qui répondit à la première sonnerie, comme s'il avait attendu à côté du téléphone.

« Ici Carsten, dit Vuk.

– Ah, c'est toi ? » répondit Ole. Il paraissait déçu, comme s'il avait espéré que l'appel viendrait de Lise.

« Merci pour la soirée, ajouta Vuk.

– Ça ne s'est pas trop bien passé.

– Ma foi non.

– Je ne sais pas où elle est, bon Dieu.

– J'ai l'impression que c'est de ma faute, dit Vuk.

– Ne crois pas ça. Tu te tromperais.

– Je voulais te demander si tu pouvais me rendre un service ?

– Sûrement. Je n'ai rien d'autre à faire, tu le sais.

– On m'a loué le premier étage d'une villa à Hellerup...

– Mais c'est très bien. Tu t'installes à Copenhague ?

– Non, mais comme je suis de plus en plus ici, j'ai pensé que ce serait mieux d'être chez moi. J'en ai assez des hôtels.

– Tu as bien raison.

– J'ai pensé... tu as une voiture, n'est-ce pas, et avec mes valises et le reste, peut-être que tu pourrais...

– Bien entendu. Où es-tu ?

– Pourrais-tu être dans une demi-heure à l'angle d'Istedgade et de Reventlowsgade ?

– Facilement. Il ne manquerait plus que ça. Je laisse un mot à Lise pour la prévenir.

– Elle l'a mérité ? »

Ole rit sans joie.

« Non, pas réellement. »

Ils roulèrent en silence. Ole sentait légèrement l'alcool mais il conduisait d'une main assez sûre et il parlait d'une voix claire et nette. Il paraissait triste, mais serein. Comme s'il savait que c'était fini. Ce serait le bouquet qu'ils mettent la main sur lui en arrêtant Ole en état d'ébriété. La soirée était sombre et froide et l'asphalte luisait d'humidité. Les arbres pliaient sous le vent qui soufflait de plus en plus fort.

Vuk lui montra le chemin et Ole gara sa voiture devant le le portillon du jardin. Vuk avait mis sa valise dans le coffre à bagages. Il laissa Ole prendre l'une des valises et prit lui-même la Samsonite qui fermait à clé et son sac de sport. Une vieille dame passa sur le trottoir opposé, avec son petit chien en laisse. Elle ouvrit le portillon du jardin de la maison d'en face et observa les deux hommes.

« C'est une belle maison, dit Ole. Tu as vraiment eu de la chance de la trouver. »

Vuk ne répondit pas, gravissant le premier les quelques marches qui menaient à la porte d'entrée. Il posa sa valise et son sac, sortit la clé et ouvrit la porte. Il s'écarta d'un pas, alluma la lumière et laissa Ole entrer le premier.

« On t'a donné tout le premier étage ?

– Oui, on m'a tout donné », répondit Vuk. Quelque chose, dans sa voix, alerta Ole car il se retourna et regarda Vuk d'un air interrogateur, mais c'était beaucoup trop tard. De son point fermé, Vuk lui donna un coup violent sur le larynx et Ole tomba en arrière en râlant contre le chambranle de la porte où il commença à s'effondrer. Ses yeux posaient la question muette : pourquoi ?

« *You know me, idiot !* »* lui dit Vuk en lui donnant un deuxième coup bref et précis, et toute vie disparut des yeux d'Ole Carlsen.

Vuk tira le cadavre d'Ole à travers la cuisine en désordre jusqu'à l'escalier de la cave. Il le laissa rouler dans l'escalier et descendit derrière lui. Il prit les clés de la voiture dans la poche de sa veste avant de le tirer jusqu'aux bacs à lessive, le plia pour le faire entrer dans le deuxième bac, à côté du cadavre de Mikael et recouvrit les deux bacs avec la bâche.

Vuk passa l'heure suivante à ranger la cuisine. Il vida la poubelle, entassa les journaux dans un coin et fit marcher le lave-vaisselle avant de mettre au four une pizza congelée.

* Tu me connais maintenant, idiot !

Il alla chercher un whisky au salon et s'assit à la table de la cuisine pour étudier le plan du port de Copenhague où figuraient Flakfortet, Saltholm, les deux côtes du détroit et les voies maritimes qui les longeaient. Le bras de mer délimité entre la première voie, appelée Hollænderdybet et la seconde, appelée Kongedybet, avait presque la forme du Groenland. On le nommait Middelgrunden. Des parages malsains. Vuk constatait que l'eau y était très peu profonde.

Il prit le téléphone de la cuisine et appela le numéro de portable que Kravtchov lui avait donné à Berlin. Il aurait préféré appeler depuis un téléphone public, mais il était si peu probable que le téléphone de Mikael soit sur écoute policière qu'il n'hésita pas à prendre ce risque.

On lui répondit tout de suite. Une voix d'homme répondit simplement : « Oui. »

« C'est Vuk, répondit Vuk dans son russe posé.

– *Ich Verstehe nicht* », dit la voix d'homme en allemand, un allemand mâtiné d'accent slave.

« Kravtchov », dit Vuk.

Dans le silence qui suivit, il entendit bourdonner dans l'écouteur, mais la communication était claire et nette.

« *Haben Sie ein Nummer ?*

– *Moment* »*, répondit Vuk. Prenant l'annuaire, il y trouva effectivement le nom du père de Mikael et lut le numéro à haute voix, d'abord en russe, puis en allemand. L'autre coupa la communication.

Vuk avait presque fini sa pizza quand le téléphone sonna. Selon Vuk, Kravtchov n'emportait certainement pas son portable partout avec lui. L'appareil se trouvait dans un appartement sûr et divers comparses devaient le surveiller.

* – Je ne comprends pas. »
« Vous avez un numéro ?
– Un moment. »

Vuk était le seul à qui il avait donné ce numéro. Quand l'action serait terminée, il résilierait l'abonnement. Les téléphones portables étaient une invention fantastique : des lignes faciles à établir, des appareils faciles à cacher, à emporter, des numéros faciles à résilier et difficiles à écouter. Ils leur avaient énormément facilité la vie.

« *Yes*, dit une voix nouvelle.

– Où est Kravtchov ? demanda Vuk, également en anglais.

– Je sais qui tu es, annonça la voix.

– Où est Kravtchov ?

– Ils l'ont attrapé. Il est mort. »

Vuk resta un instant comme paralysé. Les pensées tourbillonnaient dans sa tête. Sa première idée fut de jeter immédiatement le combiné et de disparaître du Danemark. Peut-être que l'homme de Berlin avait fait des opérations, lui aussi. En tout cas, ce fut comme s'il lisait ses pensées.

« C'étaient ses anciens collègues. Ils n'avaient apparemment rien à voir avec l'autre histoire, reprit la voix tranquille.

– Qu'est-ce qu'il leur a dit ? demanda Vuk.

– Nous avons des sources. Pas grand-chose. Rien d'important. Il avait le cœur faible. Le cœur a lâché.

– Le contrat ?

– Rien de changé, affirma la voix. Toujours les mêmes conditions. De notre côté, nous avons réorganisé. Le client a toujours l'intention d'honorer le contrat.

– J'ai besoin d'un transport pour rentrer.

– Alors, le contrat sera honoré ?

– Oui.

– Parle, ordonna la voix.

– Un navire côtier russe ou l'une des péniches que j'ai vues, *Volga-Nefti* ou *Volga-Balt*.

– Je les connais. Nous avons de bonnes relations avec plusieurs d'entre eux.
– Il faudrait qu'il soit à un endroit précis dès le 20.
– C'est bientôt.
– Est-ce possible ?
– Si tu veux payer le prix.
– Le prix n'est pas décisif.
– Nous ferons en sorte qu'il y en ait un dans les parages dès maintenant.
– Les coordonnées précises seront données juste avant.
– D'accord », dit la voix.
Vuk hésita un instant, mais il demanda :
« Nos concurrents ont entendu parler du contrat ?
– Oui. »
De nouveau, Vuk eut l'impression qu'il devait disparaître le plus tôt possible. Un chatouillement prémonitoire lui descendait jusqu'au bas du dos, son cœur battait un peu plus vite et ses paumes s'humectaient un peu. Une montée d'adrénaline, pensa-t-il, mais c'était aussi un signe de danger.
« Ils ont de l'avance sur nous ?
– Non, ils tâtonnent. Nous les devançons.
– O.K., dit Vuk. On continue.
– O.K. », répondit la voix à Berlin.
Vuk alla chercher un autre petit whisky et le but à la cuisine. Il avait branché la télé du coin sur le programme de CNN. Les nouvelles de Bosnie restaient mauvaises. Puis, CNN changea de sujet. Le Dalaï Lama, chef des Tibétains, apparut dans l'embrasure d'une porte et s'approcha des journalistes qui l'attendaient. Le Dalaï Lama était entouré de gens qui se pressaient autour de lui tandis que ses assistants tâchaient de le protéger. Vuk voyait la manière dont deux agents en uniforme esssayaient de tenir à distance

journalistes, photographes de presse et cadreurs de la télévision, mais ceux-ci se bousculaient pour s'approcher du moine qui paraissait petit et sans défense, dans son costume orangé. Ils poussaient comme de longues lances leurs micros en avant et Vuk observa avec intérêt le déroulement de cette scène. Il ne comprenait pas les journalistes, leurs bousculades et leurs cris. Leur impatience et leur manque d'égards lui donnèrent une idée qu'il soupesa cette même nuit, en ramenant la voiture d'Ole pour la garer, fermée à clé, devant l'appartement d'Østerbro. Il jeta les clés de la voiture dans une bouche d'égout et prit le train de banlieue pour retourner à la maison d'Hellerup.

Il monta à l'étage et alluma l'ordinateur. L'enveloppe qui apparut dans l'icone e-mail annonçait que Mikael avait reçu des e-mail. Ouvrant le programme, Vuk constata qu'il y avait huit nouvelles lettres. Il regarda l'une d'elles, en provenance d'Australie : il s'agissait d'un logiciel de programmation que Vuk ne connaissait pas. Les autres lettres électroniques traitaient aussi d'ordinateurs et de programmes. Aucune ne requérait de réponse immédiate, mais d'après la liste des lettres, Vuk vit que Mikael avait entretenu une correspondance importante. Il quitta le programme e-mail, reformata la disquette provenant de l'appartement de Lise et la glissa parmi les disquettes neuves entassées sur le bureau.

Allant chercher la bouteille de whisky et un verre au salon, il remonta à l'étage qui comportait plusieurs chambres : la grande chambre à coucher des parents, qui donnait sur l'Øresund, une chambre qui paraissait servir de débarras, une grande salle de bains et une chambre d'amis dont le lit était fait et que l'on avait recouvert d'un couvre-pied fantaisie. Vuk tira les rideaux et s'allongea sur le lit, la bouteille à la main. Il dut boire deux grands verres avant de sentir le sommeil le gagner. Il avait craint le sommeil de peur de perdre le contrôle de son subconscient, mais il dormit calmement, sans faire de cauchemars. Il avait deux jours entiers pour ses derniers préparatifs et comme son plan s'était mis en place, il savait exactement ce qui lui restait à faire.

19

Lise Carlsen fumait une cigarette sur le balcon de Per Toftlund. Incapable de dormir, elle était sortie pour fumer. Per lui avait bien dit qu'elle pouvait fumer dans son appartement, mais cela lui déplaisait de le faire. Il était terriblement ordonné. Elle se sentait en porte-à-faux dans cet appartement d'homme, presque sévère. Elle pensait à Ole. Partie en colère la nuit passée, elle avait presque pris la décision de ne pas retourner dans l'appartement avant qu'il ne l'ait quitté, mais c'était sans doute trop peu pratique. Ils possédaient cet appartement en communauté et c'était à la communauté de le vendre. Après la visite de Sara, il faudrait qu'elle commence à chercher autre chose. Elle ne pouvait pas rester dans l'appartement de Per, trop petit et qui lui ressemblait trop. Ils se porteraient vite sur les nerfs quand ils ne passeraient plus la majeure partie de leur temps au lit. Avec un seul salaire, elle n'aurait guère les moyens de rester dans le grand appartement, mais elle devait faire ses comptes. Elle n'avait jamais une minute à elle. Il fallait qu'elle passe chez elle demain, en tout cas, pour renouveler sa garde-robe. Ou plutôt aujourd'hui ? Elle était nue sous le peignoir épais de Per et la nuit, il faisait froid. Elle se secoua, scruta l'obscurité de la Forêt voisine et les lumières clignotantes, dans le lointain, en pensant qu'un tueur embusqué attendait quelque part. Si c'était vrai ? La police avait interrogé des gens du milieu, comme disait Per. Ils avaient contrôlé une quantité d'hôtels, utilisé leurs informateurs et fait poser des questions par les patrouilles quand celles-ci faisaient des descentes dans la pègre de Copenhague, le tout sans résultat. Elle pensa à ce franc-tireur, à ce tueur embusqué, à cet agresseur. Comment qualifier cet étranger anonyme qui parlait le danois et qui attendait peut-être, quelque part dans la ville ? Elle jeta sa cigarette avec une pointe de mauvaise conscience, mais cet appartement était trop propre et trop bien, tout simplement. Elle essaya de se concentrer sur une idée qui avait presque germé dans sa tête. L'impression de quelque chose d'important qui lui était venu pendant la transition entre l'état de veille et le début du sommeil, quand ils reposaient comme des couverts dans un écrin, serrés l'un contre l'autre après avoir fait l'amour. Mais l'idée lui avait échappé et maintenant, elle pensait à Per et à son corps puissant et expert.

Elle entendit la porte du balcon s'ouvrir toute grande et Per la prit dans ses bras. Il était nu et il glissa ses mains chaudes sous le peignoir pour les poser doucement sur ses seins. Il l'embrassa dans le cou.

« Viens au lit.

– Je ne peux pas dormir », répondit-elle en s'adossant à lui. Il la caressa et elle se sentit bien.

– Mais ce n'est pas pour dormir.

– Encore !

– Hmm. » Elle sentit ses lèvres sur sa nuque. Les poils de son menton la grattaient un peu.

« Je pense à une chose.

– Moi aussi », répondit-il en faisant glisser ses mains sur son ventre et descendre vers son sexe.

« C'est divin, lui dit-elle.

– Toi aussi, tu es divine. »

Il la fit pivoter et l'embrassa, en glissant ses mains

jusqu'au bas de son dos pour tenir ses fesses, sous le peignoir. Elle prit délicatement dans sa main le pénis qu'il pressait contre elle et sentit qu'il se gonflait. C'était divin d'être désirée. Tout le secret de l'amour résidait peut-être là, dans le fait d'être l'objet d'un désir aussi vif. Il cessa de l'embrasser pour la soulever dans ses bras et la porter dans la chambre à coucher, et plus tard elle s'endormit sans que son idée lui soit revenue.

Mais elle lui revint le matin, à l'heure du petit déjeuner dans la petite cuisine de Per. Après une course de sept kilomètres dans la Forêt de l'Ouest, Per avait fait le café, était allé chercher des petits pains chez le boulanger et il lisait *Politiken,* vêtu de ce qu'il appelait son uniforme : son jean, sa chemise boutonnée et sa cravate, et plus tard, le pistolet qu'il portait à la ceinture. Auquel elle ne s'était pas encore habituée. Elle avait dormi une heure de plus que lui et se sentait fraîche et dispose.

« Per, commença-t-elle. Pourquoi est-il si difficile à trouver, ce franc-tireur ?

– Parce qu'il travaille seul. »

Il posa son journal et reprit de son café noir et fort :

« Nous surveillons les autonomes, les extrémistes de gauche, les nazis, les fous, les diplomates de certains pays. Ces gens-là parlent trop, on peut les convaincre de devenir des informateurs, ils opèrent en groupes, dans des communautés. Ils ont du mal à garder des secrets. La plupart d'entre eux. S'il était l'un des leurs, nous le tiendrions. Mais il parle le danois comme un autochtone et il travaille seul. Ces gens-là, on ne les trouve qu'avec de la chance.

– J'ai pensé à une chose », continua-t-elle.

Il s'apprêtait à sortir une de ses insolences, mais quand il vit son sérieux, il se tut et la laissa continuer.

« Si l'agresseur parle bien le danois, assez bien pour pouvoir passer pour un Danois, il doit avoir vécu ici pendant de nombreuses années, n'est-ce pas ? »

Per acquiesça du chef et elle poursuivit :

« On n'apprend pas la langue parfaitement. On ne l'apprend pas tout à fait bien sans être né et avoir grandi ici. C'est toujours la langue qui révèle si on est Danois ou non. C'est une question de nuances, tu sais.

– Continue, dit Per.

– Les Danois sont une tribu. Pour que quelqu'un soit considéré comme Danois, il faut qu'il ou elle parle la langue sans accent. Quand on ne sait pas la langue, on s'exclut de cette petite tribu. Le prince Henri ne parle pas le danois, nous ne le considérerons donc jamais comme un vrai Danois. La princesse Alexandra est devenue le chouchou de tout le monde parce qu'un court séjour au Danemark lui a suffi pour parler la langue. Nous sommes si peu nombreux ! Nous avons peur de disparaître dans un monde immense. Notre langue est notre bouclier. C'est pour ça qu'elle a cette importance.

– Oui, mademoiselle l'institutrice », fit-il en riant.

Elle s'irrita :

« Ecoute-moi donc. Je veux qu'on me permette de développer mon idée.

– Continue.

– Notre assassin, n'est-ce pas. A mon avis, nous devrions tenter notre chance. Il doit être né à Copenhague vers 1969. C'est cette année-là que les Russes ont mentionnée, n'est-ce pas ? Et il doit être allé à l'école en tout cas pendant neuf ou dix ans. Peut-être même au lycée. Il n'y a pas tellement de garçons yougoslaves qui sont arrivés à ce niveau-là. Et toutes les écoles conservent leurs photos de classes de toutes les années passées. Quelque part, dans une école de Copenhague, il y a une photo de celui que tu cherches. De ton assassin. »

Per la regarda d'un œil admiratif.

« *Muy bien, guapa* », dit-il en tendant la main pour prendre son portable. Il forma un numéro en lui faisant un grand sourire et elle se sentit aussi fière qu'une écolière complimentée par son maître.

« John, ici Per. Fais-toi donner deux agents pour appeler le bureau d'enregistrement des naissances de toutes les églises. Il me faut les noms de tous les émigrés yougoslaves qui ont eu des garçons en 1968, 1969 et 1970. Quand on les aura, on s'adressera au registre de l'état civil pour savoir s'ils habitent toujours ici et dans quel secteur scolaire ils ont grandi. C'est compris ? »

Per écouta John et l'interrompit :

« Je sais parfaitement que dans les années soixante et soixante-dix, 25 000 immigrés yougoslaves sont arrivés au Danemark, mais je te parle de trois années. Ce n'est donc pas insurmontable et plus tu discutes avec moi, plus tu nous retardes. J'arrive dans une demi-heure. »

Per emmena Lise à son appartement. La voiture d'Ole était garée dans la rue, il était donc à la maison, apparemment, à moins qu'il n'ait pris un taxi pour aller à son travail parce qu'il craignait de conduire s'il avait bu la nuit précédente. Per lui donna un baiser rapide.

« Je t'appellerai, lui dit-il.

– Je serai au journal dans la journée. »

Elle le regarda partir et tout de suite, il lui manqua. Elle ouvrit la porte avec sa clé et gravit lentement l'escalier. Comme elle n'avait pas le courage de se disputer, elle décida qu'elle serait de mauvaise humeur et se bornerait à changer de vêtements avant d'aller au journal à bicyclette. Lise faisait partie des rares personnes qui n'avaient jamais eu de permis de conduire. Elle n'en avait jamais eu envie.

Elle ouvrit avec sa clé. L'appartement semblait renfermé et inhabité. Elle appela prudemment, mais personne ne répondit. Ole avait fait le ménage dans le séjour et mis le lave-vaisselle en marche, mais il n'avait pas fait les courses. Voyant clignoter le répondeur téléphonique, elle écouta le message : la secrétaire d'Ole demandait à son patron de bien vouloir l'appeler pour lui dire s'il était malade et s'il fallait qu'elle annule les rendez-vous des jours suivants.

Lise appela la secrétaire qui ne comprenait pas où était passé Ole. Il n'était pas venu travailler et n'avait pas téléphoné pour lui donner des instructions. Lise lui signifia que le mieux à faire était sans doute d'annuler les rendez-vous de la journée et elle lui promit de la rappeler. La secrétaire paraissait inquiète, mais cela la soulagea qu'une décision soit prise par quelqu'un d'autre. Lise appela le journal et demanda si Ole l'avait appelée, mais ce n'était pas le cas.

Elle s'assit dans la cuisine et but un verre de jus de fruit :

« Où peux-tu bien être, mon salaud ? » demanda-t-elle avec inquiétude. Cela ne ressemblait pas à Ole de disparaître sans laisser de message. Et quels que soient ses problèmes personnels, cela ne lui ressemblait pas du tout d'abandonner ses clients.

Elle se changea et se rendit au journal où elle mit la dernière main à ses articles sur la visite de Sara Santanda. Elle avait fait un portrait et décrit la fatwa lancée par l'Iran contre la femme écrivain, mais en accord avec Toftlund, elle n'avait pas publié ses articles sur le réseau électronique du journal où tout le monde aurait pu les lire. Elle le ferait avant l'arrivée de Sara par l'avion du matin en provenance de Londres pour qu'ils paraissent dans le quotidien le jour même de la conférence de presse. Malgré l'insistance de Per, ils n'avaient pas renoncé à publier cette belle histoire en solo. Per eût préféré éviter tout commentaire, mais dans ce contexte-là, il n'avait pas voix au chapitre. *Politiken* publierait ses articles à la une. Le journal prendrait de vitesse les médias électroniques, pour une fois. Et après la conférence de presse, Lise ferait une interview exclusive de Sara dans l'appartement de couverture. Ils devanceraient tous leurs concurrents.

Lise appela plusieurs fois chez elle et deux fois la secrétaire d'Ole qui était toujours sans nouvelles de lui.

Per l'appela et elle lui fit part de son inquiétude, mais il éluda. Comme s'il trouvait parfaitement naturel que son mari ait tout simplement disparu. Ou qu'il ne donne pas de ses nouvelles en tout cas. Il ne pouvait naturellement pas savoir que jusqu'à présent, Ole et elle s'étaient toujours dit où ils étaient. Ils avaient toujours pensé qu'ils devaient s'appeler au moins une fois par jour. Même en voyage – et c'était surtout elle qui voyageait –, ils avaient toujours fait en sorte de s'appeler tous les jours, dans la mesure où c'était humainement possible. Les derniers temps, bien entendu, les appels avaient été à sens unique, mais elle savait quand même où était Ole. Oui ou non ? Per, de son côté, était du genre qui ne communiquait que le strict nécessaire sur ses faits et gestes. Il était inhabituel qu'Ole ne donne pas de ses nouvelles. Une fois de plus, elle regretta sa vie quotidienne. Rien que le fait d'avoir le temps de lire un bon livre.

« N'est-ce pas toi qui l'as quitté, Lise ? » lui dit Per presque froidement, et elle se fâcha et répondit qu'elle avait à faire, mais elle fut heureuse quand même quand il la rappela deux heures plus tard pour lui demander s'il devait passer la prendre à 20 heures. Elle ne tenait pas en place. Il n'y avait pas grand-chose d'autre à faire que d'attendre en espérant que l'enquête de Per et de John donne des résultats, mais ce n'était pas son affaire.

Per vint la chercher et ils rentrèrent chez lui. Elle avait besoin de lui ; ils prirent un bain ensemble, puis finirent au lit, et elle oublia tout sur Ole, sur Sara, sur les tireurs embusqués en se perdant dans une passion dont elle se croyait incapable. Elle resta au lit et l'adora quand il lui apporta un verre de vin rouge, ses cigarettes et un cendrier.

« Ça doit être ça, l'amour, le taquina-t-elle.

– Donne-moi seulement du temps. Je me charge de te désintoxiquer. Des pâtes et de la salade ?

– Ce serait merveilleux », répondit-elle en s'étirant, comblée et heureuse de vivre à cet instant précis.

Il avait mis la table dans le séjour et enveloppée dans son grand peignoir de bain, elle se restaurait en l'écoutant parler de l'enquête. Pour limiter le champ des recherches, ils avaient décidé de se concentrer sur les fils d'émigrés yougoslaves qui avaient fait la 9e et 10e année de scolarité et réussi à l'examen de fin d'études. Cinq personnes avaient fait ces recherches toute la journée. C'était un processus lent et compliqué. Rien n'étant encore informatisé, à l'époque, ceux qu'ils appelaient devaient consulter des registres ou des listes, mais le champ des recherches avait été restreint à 109 garçons yougoslaves qui avaient passé l'examen de fin d'études. Ils avaient commencé leur double contrôle en consultant le registre de l'état civil, le registre pénal et celui des permis de conduire, de façon à éliminer ceux qui étaient restés au Danemark ou décédés. C'était un travail de policier simple, ennuyeux, mais nécessaire. Demain, il pourrait faire le tour des écoles avec une liste de vingt noms peut-être, et tâcher de faire correspondre ces noms avec les photos de classes conservées par les établissements. Avec de la chance, ils auraient un nom et un visage d'après lesquels la police et ses ordinateurs pourraient travailler. Le portrait-robot serait remis au personnel de la sécurité réquisitionné pour la visite. Et les agents d'Interpol chercheraient s'ils avaient cet homme dans leurs archives, ses empreintes digitales, son casier judiciaire, s'il était recherché.

« On procède tout bonnement par élimination.

– Et si ça ne donne pas non plus de résultat ?

– Alors, il faudra recommencer à zéro. Notre meilleure assurance reste d'avoir réussi à garder tout le programme secret. Mise à part la fuite concernant l'arrivée de Simba, les détails n'ont pas transpiré.

– Je me régale, tu sais », remarqua-t-elle.

Il but une gorgée de vin :

« Quel est ton programme de demain ?

– Rien de spécial. Attendre. Me réjouir à l'idée de l'admiration de mes collègues quand ils liront mes articles », répondit-elle ironiquement, tout en le pensant sérieusement.

« Accompagne-moi.

– Avec plaisir.

– John fera le tri. On téléphonera dans la matinée et on fera le tour des écoles l'après-midi.

– O.K. », répliqua-t-elle, et il sentit que son humeur changeait.

« Tu penses à Ole, n'est-ce pas ? »

Elle acquiesça de la tête.

« Je ne comprends pas où il peut être.

– Tu verras, il reviendra bien demain.

– Sûrement », répondit-elle, sans y croire réellement. Sans savoir pourquoi, elle sentait que quelque chose avait très mal tourné.

Le lendemain, à l'heure du déjeuner, ils avaient réduit la liste à 21 noms de fils d'immigrés yougoslaves qui remplissaient ces deux conditions : avoir passé l'examen de fin d'études au milieu des années 1980 et ne plus résider au Danemark. Huit personnes avaient travaillé toute la nuit et Per osait à peine penser aux décomptes des heures supplémentaires qu'on allait lui faire signer un peu plus tard. Si sa mise donnait des résultats, sa patronne opinerait du chef mais si jamais il s'était fourvoyé, elle le tancerait pour son manque de jugement. Per avait un peu mauvaise conscience de ne pas avoir participé à la corvée, mais c'était de la routine et il devait être au mieux de sa forme pendant les deux journées à venir. De plus, il était bien obligé de reconnaître qu'il ne tenait guère à se priver d'une nuit d'amour avec Lise. Même s'il se sentait sûr de lui, il craignait qu'elle n'ait l'idée de disparaître de sa vie aussi soudainement qu'elle y était entrée. Elle se faisait du souci pour son mari. C'était peut-être un trait de caractère admirable, mais il en déduisait qu'elle lui était toujours attachée, et il avait déjà vu une femme infidèle retourner à la sécurité de son nid. Autrefois, la chose lui avait fort bien convenu, mais il n'était pas certain qu'elle lui convienne cette fois-ci. Cette histoire prenait une ampleur qui dépassait largement celle d'une liaison.

Quand ils se mirent à faire le tour des trois écoles qu'ils avaient choisies, elle paraissait agitée. Il savait qu'elle avait passé la matinée à téléphoner à ses amis et à sa famille, mais personne n'avait vu Ole. Elle voulait attendre un jour de plus avant de le faire rechercher par la police. Il n'avait rien enlevé dans l'appartement. La voiture était garée en bas, mais elle ne trouvait pas les clés. Il n'y avait que les doubles, accrochés à un clou à la cuisine. Cela faisait penser à l'anecdote de l'homme descendu acheter des cigarettes et qui n'était jamais revenu. Elle emprunta le portable de Per pour téléphoner chez elle, mais chaque fois qu'elle appelait, elle ne tombait que sur son répondeur.

La première école ne donna aucun résultat. Ils regardèrent des photos de classes et l'école avait préparé une liste des noms des élèves, mais il n'y avait eu que deux garçons yougoslaves dans ces classes et ils n'avaient pas le profil adéquat. L'un vivait toujours dans le quartier et avait épousé une Danoise, et juste un mois plus tôt le second était mort dans un accident de la route. Aucun autre élève de cette école ne correspondait à l'un des 21 noms de la liste que l'équipe de l'enquête avait remise à Per. L'école suivante se trouvait à Nørrebro, dans un bâtiment scolaire ancien en briques rouges, vide et silencieux l'après-midi, après la sortie des enfants et des enseignants. Un homme d'un certain âge les attendait derrière la porte, depuis un bon moment, apparemment. Il était d'un chic extraordinaire avec sa veste de tweed d'autrefois, son gilet et sa cravate, et son pantalon gris au pli bien repassé. Ses cheveux tout à fait blancs étaient restés épais et abondants. Sa peau légèrement rosée laissait penser qu'il s'était rasé plus soigneusement que d'habitude. Lise lui donna au moins 70 ans. Il avait le physique d'un vrai instituteur émérite d'autrefois, du dernier représentant d'une espèce en voie de disparition. Il dégageait un parfum d'école d'autrefois mais selon Lise, c'était le mot « distingué » qui lui convenait le mieux. Il fit un pas en avant et leur serra la main :

« Gustav Hansen, instituteur honoraire.

– Lise Carlsen, du PEN-Club danois et du quotidien *Politiken*.

– Toftlund, inspecteur de police.

– C'est parfait », dit Gustav Hansen. Il avait une poignée de mains sèche et froide, une voix de baryton et il parlait lentement et très distinctement. Montrant du doigt le couloir et un escalier, il les devança en marchant d'un pas lent mais assuré tout en expliquant : « Je sais que vous êtes pressés et on m'a mis très scrupuleusement au courant de l'objet de vos recherches, je pense donc avoir fait des préparatifs adéquats en attendant votre arrivée. La directrice de l'établissement m'est venue en aide pour tout, elle m'a même prêté son bureau. »

Il ouvrit la porte du bureau de la directrice, une petite femme maigrichonne de plus de quarante ans qui partit en leur disant qu'avec Gustav Hansen, elle les laissait certainement entre les meilleures mains possibles.

Gustav Hansen étala neuf photos de classe sur le bureau, comme des cartes à jouer, en disant de sa voix nette de pédagogue :

« Les voici donc. Ce sont les photos des classes de fin d'études des années 1984 à 1987. C'étaient des classes difficiles, mais bonnes. Peut-être encore trop marquées par une éducation trop libérale, des victimes, pour ainsi dire, de la grande confusion qui régnait pendant les années 1970, mais ils avaient une bonne tête, ces enfants. Il faut le dire. Il faut le dire. »

Les photos, en couleurs, se ressemblaient à s'y méprendre. Les jeunes gens, en rangs d'oignons, regardaient l'objectif en face. Seule la longueur des cheveux des garçons révélait le passage des années. Chaque année, les cheveux raccourcissaient.

« Avez-vous aussi les listes des élèves ? » s'enquit Per en regardant les photos.

« Pourquoi, M. l'inspecteur Toftlund ?

– Nous aimerions bien pouvoir mettre des noms sur quelques-uns de ces visages. »

Gustav Hansen se redressa et regarda Per droit dans les yeux :

« J'ai été instituteur pendant cinquante ans. Je me souviens de tous ceux qui ont été mes élèves. Je n'ai pas besoin de listes. J'ai même participé une fois à ce qu'on appelle un jeu-concours télévisé dont les animateurs voulaient voir si je pouvais me tromper. Au risque de manquer de modestie, je puis vous dire que la télévision n'y a pas réussi. Je vous ferai remarquer...

– Ce n'est pas la peine », dit Per. Lise sentait son impatience à sa voix, mais elle trouvait cet instituteur fascinant et plein de charme. Elle lui consacrerait un article, à l'occasion. C'était un vestige du Danemark de jadis qu'ils rencontraient là. Elle en ferait un joli petit article plein d'humanité.

« Combien y a-t-il de Yougoslaves parmi tous ces gosses-là ? » demanda Per.

Gustav Hansen regarda les photos avec une sorte de nostalgie ou d'amour, pensa Lise, et il répondit :

« Nous en avions pas mal, dans ces années-là. Treize enfants venaient de foyers yougoslaves. Six étaient des filles. Silencieuses, mais bonnes élèves. Certainement. Oui, certainement. C'est affreux ce qui se passe là-bas. De mon temps, à l'école, ils se tenaient tranquilles. Sept garçons... on ne se demandait pas non plus s'ils étaient Croates ou... »

Ce fut au tour de Lise de l'interrompre :

« Vous souvenez-vous de ceux qui sont entrés au gymnase ?

– De ces années-là ? Voyons. Pas beaucoup. Il y a eu Janos et Jaumin. Autrement... si. Non, c'était une fille. Un peu faible en physique, mais sinon... Voyons... Cela commençait à aller mieux pour eux. Leur danois. Pour ceux qui étaient nés ici. La langue maternelle est importante. »

Gustav Hansen se perdait dans ses pensées. On eût dit qu'il les oubliait en replongeant dans ses souvenirs.

« Est-ce que certains de ces garçons étaient blonds avec des yeux bleus ? » s'enquit Lise.

De nouveau, la figure de Gustav Hansen s'éclaira et il revint à la réalité.

« Quelle question extraordinaire, remarqua-t-il. Je pensais justement à lui. En fait, je l'ai déjà mentionné. Janos, je vous l'ai bien dit. »

Gustav Hansen prit l'une des photos et montra du doigt Vuk en plus jeune. Entouré de ses camarades du même âge, il faisait un large sourire au photographe. A côté de lui se trouvait Mikael, et Lise eut l'impression de connaître le garçon debout à sa droite. Elle prit la photo. Quelque chose, chez le jeune Yougoslave blond indiqué par Gustav Hansen, réveillait un souvenir, mais c'était le garçon de droite qu'elle reconnaissait.

« Qu'est-ce qu'il y a ? demanda Per.

– Ce n'est pas Peter Sørensen, du journal télévisé ? s'enquit-elle en regardant Gustav Hansen.

– C'est exact.

– Janos ? reprit Per.

– Janos Milosovic. Un garçon extraordinairement doué. Je me demande bien ce qu'il est devenu.

– Nous aimerions bien le savoir aussi », répliqua Per en contrôlant sa liste. Le nom y figurait.

Les considérant sans doute comme des enfants manquant un peu de concentration, Gustav Hansen leur dit avec impatience : « Adressez-vous donc à lui, son grand ami. Il se peut qu'il le sache. Je suis assez fier de l'avoir eu pour élève. C'est comme si j'avais un peu réussi personnellement. L'âge de la croissance est important. L'influence que l'on exerce sur les jeunes.

– De quoi parlez-vous ? » demanda Per sans pouvoir dissimuler son irritation.

« De Peter Sørensen, le correspondant pour l'étranger, naturellement. Du journal télévisé. Mademoiselle Carlsen vient de le nommer. Il habitait à côté de chez Janos. Ils étaient très bons amis. »

Per réfléchit un instant.

« As-tu le numéro du journal en tête, Lise ? » lui demanda-t-il en sortant son téléphone portable.

Peter Sørensen était sur le plateau, mais on leur donna le numéro de son portable. Il leur dit qu'il serait de retour à 19 h, mais qu'à ce moment-là, il aurait le journal à rédiger et qu'il serait débordé, mais que s'ils voulaient venir à 20 h 30, ce serait O.K. Per lui expliqua de quoi ils voulaient lui parler et il eut l'air très intéressé, sans que cela ne change rien au fait qu'il avait d'abord le journal à rédiger.

Ils passèrent dans la dernière école qui ne leur fournit aucun candidat possible, puis ils allèrent dîner ensemble dans un restaurant de Nørrebro où ils n'échangèrent que quelques mots. Sara Santanda arrivait le lendemain et dans trois jours, elle repartirait pour la Suède. Lise se demandait si leurs relations seraient modifiées par le fait qu'ils n'auraient plus de travail à faire ensemble. Elle n'en savait rien. Elle avait perdu son appétit coutumier et picorait dans son assiette. Pour que Per ne s'aperçoive pas qu'elle retéléphonait chez elle, elle utilisa le téléphone payant, près des toilettes, mais une fois de plus, elle n'eut que son répondeur. Elle appela aussi le journal et parla avec la secrétaire de rédaction qui lui dit que ses articles étaient fabuleux et qu'on leur donnerait toute la place qui leur revenait. En temps normal, cela lui aurait donné un tonus fantastique, mais elle se sentait incapable de se réjouir. Elle avait peur, sans savoir précisément pourquoi, tout en se rendant parfaitement compte qu'elle se faisait un souci monstre pour Ole et qu'elle n'arrivait pas à comprendre où il était passé.

Ils partirent à 20 h pour la maison de la télévision. Le vent s'était un peu levé et il pleuvait, mais Lise savait que la météo avait promis une éclaircie pour le lendemain matin, avec des risques d'averses dans l'après-midi. En ce moment, de nuit et sous la pluie, l'idée de tenir une conférence de presse à Flakfortet ne paraissait pas incontestablement bonne.

Peter Sørensen vint les chercher au poste du gardien et les fit monter dans son bureau. Il salua cérémonieusement Per et se présenta, il serra aussi la main de Lise en lui disant « Salut et comment va ? » Il avait un petit bureau en désordre, mais il libéra un siège en enlevant une pile de journaux, alla en chercher un autre dans le couloir et les fit asseoir en prenant place sur sa chaise, devant sa table de travail qui croulait sous les papiers. Un télégramme de l'agence Reuter à propos de la Bosnie s'inscrivait en lettres blanches sur l'écran bleu de son ordinateur. Il leur servit du café dans des tasses en plastique et Per lui montra la photo de la classe.

« Oui, oui. C'est Janos. Et c'est moi. Où avez-vous déniché cette vieille photo ?

– Alors, vous le connaissez, demanda Per.

– Si je le connais ! Janos est retourné en Yougoslavie à la fin de la 2e année de gymnase. Quel dommage. C'était un excellent élève. En fait, quand je suis descendu là-bas pour le journal, j'ai essayé de le retrouver. Aux dires de mes sources, il serait un des meilleurs francs-tireurs des Serbes. Il paraît qu'il tue des gens avec autant de froideur que tu écrases une mouche. »

Per le regarda. Il rappelait à Lise un chasseur ou un puma qui a flairé sa proie.

« Tu l'as trouvé ? s'enquit Lise.

– Non. J'ai entendu dire que les musulmans avaient massacré toute sa famille. J'ai essayé de les trouver aussi. J'aimais énormément ses parents et il avait une petite sœur extrêmement mignonne, mais avec la guerre et tout le reste, c'était impossible. » Il regarda Per et poursuivit : « Pourquoi la police pose-t-elle ces questions ? C'est à propos de la Bosnie ? Ou... de Scheer ?

– Pourquoi crois-tu ça ? intervint Toftlund.

– Lise, ici présente, a lancé une invitation à une conférence de presse demain après-midi. Vous savez qu'ils le menacent, en Allemagne. C'est moi qui vais couvrir ça pour le journal.

– Je ne peux rien dire à ce sujet, répondit Per formellement.

– Je te comprends. Mais que voulez-vous à Janos ?

– Parler avec lui. »

Peter Sørensen but un peu de café. Lise vit que sa curiosité était éveillée. Sa finesse de journaliste lui faisait flairer un bon sujet. Il sentait qu'il y avait anguille sous roche, sans savoir laquelle, naturellement. Il allait sûrement l'appeler plus tard, quand elle ne serait plus en compagnie d'un policier, pour tâcher de lui tirer les vers du nez.

« J'ai perdu le contact avec lui. Mais avez-vous parlé avec Mikael ? »

Il vit à leurs figures qu'ils ignoraient de quoi il parlait et poursuivit donc :

« C'était le deuxième ami de Janos. On passait pas mal de temps ensemble, tous les trois. » Il prit la photo de classe et leur désigna Mikael tout en bavardant : « Mikael est un cinglé, un accro de l'informatique qui vit quasiment en ermite, maintenant. Il habite tout seul à Hellerup, dans la vieille maison de ses parents. Des gens bourrés de fric qui vivent en Espagne pendant la plus grande partie de l'année. Déjà à cette époque-là. C'est pour ça que Mikael a passé son enfance chez une tante, dans notre quartier de Nørrebro. Ses parents auraient préféré un internat, mais Mikael faisait le mur sans arrêt, alors, il a atterri chez sa tante. Vous n'avez pas parlé avec Mikael ?

– Tu as son numéro ? » demanda Per.

Peter Sørensen prit un petit calepin qui traînait sur son bureau, le consulta, écrivit un numéro de téléphone et l'adresse d'Hellerup sur un bloc, arracha la page et la donna à Toftlund.

« Ce n'est pas sûr qu'il réponde au téléphone. Il est un peu spécial. Mais dis-moi, qu'est-ce que vous me cachez ? Est-ce que Janos est au Danemark ? Tu ne ferais pas partie des Renseignements, par hasard ?

– Merci pour ton aide, lui dit Per.

– Est-ce que Janos est au Danemark ?

– C'est ce qu'on essaie de savoir », répondit Lise, malgré le regard que lui lança Per.

Per appela la police avec son portable depuis le parking de la maison de la télévision. Il annonça qu'il apportait une vieille photo, qu'il avait besoin d'un technicien, d'un dessinateur et d'un graveur. Il avait un visage et un nom. Il faudrait qu'ils lui livrent quelque chose demain matin. Puis il appela le numéro de Mikael. Il laissa sonner un bon moment avant de hocher la tête et d'éteindre le portable.

« Qu'est-ce que tu vas faire ?

– Je vais juste te déposer chez toi.

– Et après ?

– Je rendrai visite à Mikael. Peut-être qu'il est chez lui.

– Tu ne devrais pas te faire aider pour ça ?

– Peut-être.

– Et si ce Janos était dans les parages ?

– Peut-être.

– Mais tu ne veux pas ?

– Non, pas encore. »

Il passa les vitesses et la voiture partit.

« Je t'accompagne, dit Lise.

– Pourquoi ?

– Pour qu'on puisse se tenir par la main et s'embrasser comme deux ados américains. »

Il éclata de rire.

« O.K. »

La maison d'Hellerup était silencieuse, derrière sa haie, mais il y avait de la lumière dans la cuisine et dans une pièce du dessus. Lise attendit dans la voiture pendant que Per sonnait à la porte, puis faisait le tour de la maison. Il était bientôt 11 heures du soir et tout était tranquille dans le quartier. Il sentait que l'herbe mouillée était haute sous ses pieds. Il semblait que quelque chose avait été traîné dans l'herbe jusqu'à la côte. L'Øresund s'élargissait devant lui, noir et gorgé de pluie. Il apercevait sur l'eau deux lumières clignotantes, mais la visibilité était très mauvaise, avec cette grosse pluie. Il regarda par la porte de la terrasse à l'intérieur de la maison, mais les grandes pièces étaient plongées dans l'obscurité. Il essaya d'ouvrir la porte. Elle était fermée à clé. Il revint à la voiture. Il y avait de la lumière à l'étage supérieur de la maison d'en face et il ne manqua pas d'observer que quelqu'un soulevait le rideau pour le regarder. Ils se surveillent mutuellement, ici, pensa-t-il.

Il s'assit dans la voiture à côté de Lise. Il sentait bon la pluie et les vitres s'embuèrent.

« Allons, nous rentrons. J'ignore s'il est là ou s'il va venir, mais il faudra que j'obtienne un mandat de perquisition demain matin. Je pense que je l'obtiendrai s'il ne répond pas et s'il ne décroche pas le téléphone.

– Il y a quelque chose qui cloche, à ton avis ?

– Ce n'est qu'une impression mais oui, je crois qu'il y a quelque chose qui cloche. » Il se mit la main sur le ventre. « *Gut-feeling.** C'est tout.

– C'est ton intuition.

– Appelle ça comme tu veux. »

Elle lui prit la main et la garda dans la sienne :

« Qu'est-ce qui va se passer après la journée de demain ?

– Eh bien, nous aurons encore deux jours devant nous et après ça, Simba ne sera plus notre problème, mais celui des collègues suédois. Et à ce moment-là, tout le monde saura qu'elle est en voyage. Alors, ils auront assez à faire, mais sûrement aussi plus de personnel.

– Et après ?

– J'ai un tas de jours de congés à prendre, répondit-il.

– Moi aussi », dit-elle en regardant droit devant elle. La pluie ruisselait sur le pare-brise.

« Peut-être qu'on pourrait aller faire un tour en Espagne ? » proposa-t-il à voix basse. Lise pensa pourtant y déceler une prière, un manque d'assurance tout nouveau qui signifiait qu'il ne la tenait pas pour acquise.

« Ce serait merveilleux, Per. Seulement...

– Il y a ton mari.

– Il y a Ole, oui. Tant qu'il aura disparu, je ne pourrai pas me décider à...

– C'est O.K. On va le retrouver. Cette fois, on s'en va. »

Elle tourna la tête vers lui et ils s'embrassaient lorsque la voiture fut éclairée à l'arrière par une lumière qui para de reflets cristallins les gouttes d'eau qui constellaient les vitres de la voiture. La voiture blanche d'une patrouille de police s'était arrêtée derrière eux et l'un des agents en sortit tandis que son coéquipier, resté au volant, tapait déjà le

* C'est viscéral.

numéro minéralogique de la voiture de Per sur l'ordinateur de la voiture.

Toftlund sortit :

« Bonsoir, dit-il.

– Bonsoir », répondit l'agent.

Toftlund mit lentement la main dans la poche de sa veste et en tira sa carte d'état civil.

« Toftlund, Section G. »

Le second agent resté au volant entrouvrit la portière et annonça à voix haute :

« Tout va bien, Niels. Il est de la maison.

– Christensen », dit l'agent en uniforme en lui tendant la main. La pluie avait faibli, c'était plutôt de la bruine, maintenant, qui estompait les maisons et les haies en enveloppant les réverbères d'une belle lumière douce.

« La voisine d'en face a appelé », continua l'agent. Il était tout jeune et parlait, comme tant d'autres jeunes agents, avec un net accent jutlandais. Avec sa moustache coupée court, il avait sûrement rêvé de passer deux ans à police-secours avant de trouver la bonne planque, quelque part dans le Jutland. « Elle vous a trouvés un peu suspects. Comme il y a des ambassades dans ce quartier, on le surveille un peu.

– Aucune importance, répondit Toftlund.

– Elle avait déjà appelé. C'est une vieille dame, alors on la connaît. Cela fait quelques jours qu'elle n'a pas vu le propriétaire. Mais elle a vu un autre jeune homme entrer et sortir. Et elle a trouvé ça bizarre, alors tout d'un coup, en voyant une voiture garée là, voilà, elle a appelé. »

Toftlund réfléchit quelques instants puis il déclara :

« Dis à ton copain qu'on va entrer, toi et moi.

– On peut quand même pas entrer comme ça chez les gens, dit l'agent.

– J'en prends la responsabilité. Et tu sors ton pistolet.

– Qu'est-ce que ça veut dire ?

– Peut-être rien. Peut-être un homme que nous recherchons », répliqua Toftlund en se dirigeant déjà vers la maison. Comme Toftlund était leur supérieur, d'une manière ou d'une autre, l'agent en uniforme tourna la tête vers son copain en montrant Toftlund du doigt et il le suivit.

« Et ta copine ? s'enquit-il.

– Elle est dans le civil. Elle reste où elle est. »

Toftlund sonna de nouveau, toujours sans obtenir de réponse. Il tira son pistolet et vit le jeune agent faire de même. Malgré le froid de la soirée, des gouttes de sueur perlaient sur son front et Toftlund put constater sa nervosité. Peut-être n'était-il encore qu'auxiliaire. Ils passèrent par le jardin. L'eau noire de l'Øresund clapotait doucement et l'herbe mouillée collait à leurs chaussures. Per monta jusqu'à la porte vitrée de la terrasse. Les nombreux petits carreaux étaient enchâssés dans du bois dont la peinture blanche s'écaillait un peu le long du mastic. Il se tourna vers l'agent Christensen.

« Christensen. Tu es le témoin de ce que je vais faire, de ce que je vais entendre et de ce que je vais dire, et tu vas consigner tout ça dans ton rapport. Je force maintenant l'entrée de cette habitation parce que j'ai le soupçon bien fondé qu'une personne que je présume recherchée se trouve dans ce secteur. Est-ce compris ?

– Compris », dit Christensen.

Per Toftlund retourna son pistolet et il se servit de la crosse pour briser la vitre voisine de la serrure. Le verre cassé tinta en tombant. Per passa la main à l'intérieur et il trouva la clé dans la serrure. Les gens n'apprendraient jamais à l'enlever. Ils facilitaient l'entrée des voleurs et leur facilitaient la sortie avec leur butin. Il ouvrit la porte, ôta la sécurité de son pistolet et entra, suivi du jeune agent qui, sous l'effet de la tension physique de Per, ôta aussi la sécurité de son pistolet avant de pénétrer dans la maison obscure et sinistre.

20

Mais celui qui se faisait appeler Vuk était loin, il arrivait à Flakfortet noyé dans la bruine. A l'aide d'une courte pagaie, il manœuvra le canot pneumatique noir autour du môle, du côté nord de l'île artificielle, puis longea silencieusement la digue en pagayant lentement mais efficacement. Vêtu de noir de la tête aux pieds, il était presque indiscernable sur cette mer noircie par la pluie. Un sac noir imperméable, de la taille d'un sac de marin, était arrimé au fond du canot. Quelques lumières brillaient dans le fort, mais les derniers visiteurs étaient repartis pour Copenhague depuis longtemps, les équipages des deux yachts dormaient et les employés du restaurant regardaient une émission à la télé ou étaient allés se coucher. Ils avaient eu la visite de la police qui avait contrôlé leur identité, passé le fort au peigne fin avec des chiens et annoncé aux plaisanciers, dont l'identité avait également été confirmée, qu'ils devraient quitter le fort le lendemain entre 10 heures et 17 heures, l'île étant fermée en raison d'un exercice d'incendie.

Vuk avait été très occupé.

De bonne heure, deux jours plus tôt, il avait loué une voiture de classe moyenne à Copenhague, au bureau central de l'agence Avis en utilisant son passeport et son permis de conduire britanniques ainsi que son Eurocard/Mastercard britannique. Il avait donné une adresse au sud de Londres en disant qu'il utiliserait la voiture pendant sept jours pleins. Il la rendrait à Stockholm, où il descendrait à l'hôtel de la SAS. Ayant réservé la voiture par téléphone, il l'avait réceptionnée au bout de dix minutes. Le numéro de l'Eurocard avait été contrôlé et reconnu valide.

Vuk s'était d'abord rendu à Østerbro où il se rappelait être passé devant un magasin de sport spécialisé dans les équipements de plongée. Il avait été servi par un jeune homme bien bâti, doté d'un sourire qui aurait pu servir à une publicité, mais qui semblait compétent et au courant en matière de plongée sous-marine. Vuk avait passé une heure à choisir son équipement après avoir expliqué brièvement qu'il venait de Tchéquie et que pour lui, c'était beaucoup mieux et meilleur marché d'acheter son équipement au Danemark, du moment qu'on lui remboursait la TVA à la frontière. Le vendeur s'en moquait. On lui versait un pourcentage sur ses ventes et il se rendit vite compte que Vuk savait de quoi il parlait. Ensemble, ils avaient choisi et essayé un vêtement de plongée isothermique, dans lequel l'eau forme une couche d'un millimètre d'épaisseur entre la peau et la combinaison, isolant ainsi le corps de l'eau froide environnante. Il avait aussi acheté un masque et un tuba, des palmes, une ceinture lestée et un ballon d'oxygène prêt à l'emploi muni des sangles nécessaires ainsi qu'un petit cintre attaché à la ceinture du plongeur ou fixé à une ancre afin de prévenir les bateaux de passage de la présence d'un plongeur ou de tubas. Pour finir, il s'était acheté une torche spéciale de forte puissance, utilisable à la fois sous l'eau et hors de l'eau et un petit sac étanche à porter autour du cou. Il avait payé comptant.

Dans un autre magasin de sports nautiques, Vuk avait acheté une carte marine détaillée du détroit qui sépare Copenhague de la Suède, du fort et de l'île de Saltholm, de même qu'une ancre et qu'une chaîne. Après avoir déposé ses achats dans le coffre de la voiture de location, il était descendu dans la boutique de sport des scouts pour acheter un sac de couchage poids plume, un matelas de camping et un sac à dos étanche, une lampe de camping sur pile et une boussole lumineuse à fixer au poignet, très utilisée par les plongeurs. Il avait payé comptant. A Hunters House, magasin spécialisé dans les articles de chasse, il avait fait l'emplette d'un grand sac étanche à toute épreuve, à fermeture zippée et lacée. Il avait fait ses derniers achats : un jean noir, un pull noir à col roulé, un bonnet en tricot noir et une paire de chaussures de navigation noires, dans le grand magasin qui lui était familier depuis l'enfance et l'adolescence. Au rayon alimentation, il s'était acheté du pain pour sandwiches, du salami et du fromage. Il avait trouvé de la teinture noire pour les cheveux au rayon parfumerie.

Il s'était débarrassé de tout cela dans la cuisine d'Hellerup et avait fait une ronde pour voir si tout était normal. Rien n'indiquait que quelqu'un soit entré ; la boîte aux lettres ordinaire ne contenait que des publicités alors que plusieurs lettres du monde entier étaient arrivées dans celle de l'ordinateur. Il les parcourut rapidement. Adressées à Mikael, elles ne présentaient aucun danger.

Vuk était allé en voiture à Elseneur et avait pris le ferry pour Helsingborg. Il n'y avait pas de file d'attente, il avait donc pu passer directement à bord. Il se préparait à présenter son passeport danois, mais à son arrivée sur le sol suédois, il n'y avait pas de contrôle. Mettant le cap vers le sud, il était passé par Malmø et avait garé la voiture au port de Limhamn, dans un quartier de villas sans restrictions de parking. Puis il avait repris le ferry de Limhamn à Dragør, dans l'île d'Amager. A bord du ferry qui ne comptait que quelques passagers, surtout des retraités partis faire des courses en Suède, il avait mangé un bifteck aux oignons et lu les journaux danois.

Vuk avait pris l'autobus pour revenir au centre-ville et le train de banlieue pour retourner à Hellerup. La pénombre descendait sur la villa, mais une nouvelle ronde lui prouva que tout était normal. Après s'être servi une vodka au bar du salon, il avait emporté le verre à la cuisine et allumé la télé pour voir le premier journal télévisé de 18h30. C'étaient surtout des nouvelles danoises qu'il ne comprenait guère. Ce pays étant paisible dans l'ensemble, on y dramatisait de petits conflits, pensa-t-il. Pas de nouvelles de la Bosnie et rien sur Sara Santanda. Le monde était normal. Il mit une pizza congelée au four, prit la carte marine et commença à l'étudier. 8 kilomètres environ séparaient Copenhague de Flakfortet mais la distance entre Flakfortet et Saltholm était moitié moindre. Ce qui l'intéressait, c'étaient les voies maritimes internationales de part et d'autre des Parages malsains. Le long du site en question, le retour à Copenhague serait balisé. Il se rappelait le détour qu'avait fait le *M/S Langø* en quittant le port de Copenhague au lieu de mettre le cap directement sur l'île artificielle. Cela se voyait déjà sur la carte géographique générale de Copenhague. La carte marine montrait à l'évidence que la voie de Middelgrunden était bloquée par les Parages malsains, sorte de barrage, de champ de mines sous-marin situé entre les deux voies de navigation empruntées par les lignes maritimes. Il pensa que les Parages malsains, avec leurs faibles profondeurs, devaient être un ancien dépotoir ou un cimetière de bateaux.

En regardant le journal télévisé, il se concentra sur les prévisions du temps. Le présentateur promettait de la pluie pour le soir même, mais le temps allait s'éclaircir pendant la nuit. Le lendemain serait nuageux, mais sec dans l'ensemble pendant la journée, avec des risques d'averses pendant la nuit, puis cela s'éclaircirait et pour la journée décisive, l'aimable présentateur de la télé promettait du soleil, un temps légèrement nuageux avec un vent d'est régulier et pendant la journée, des températures au-dessus de la normale saisonnière. Dans l'après-midi, la pluie et un vent violent allaient souffler de l'est sur le Danemark. Vuk se réjouit de ces prévisions. Il ne souhaitait que la pluie et une mauvaise visibilité pendant la nuit.

Prenant la télécommande, il passa sur CNN en baissant le son. Tout en mangeant sa pizza, il continua à étudier la carte marine jusqu'à ce qu'il soit absolument sûr des coordonnées géographiques qu'il allait donner à Berlin, où l'on se chargerait de les faire suivre au capitaine de la péniche russe qui, espérait-il, l'attendait déjà quelque part dans le voisinage, vraisemblablement dans un petit port voisin de Copenhague, retardé par de prétendus problèmes de machines. Il appela Berlin et dut attendre un quart d'heure avant qu'on le rappelle. Il lut les coordonnées de la carte marine, d'abord en anglais, puis en allemand pour plus de sécurité. Entre 14 et 16 heures jeudi. Il demanda qu'on les lui relise – la communication passait bien – puis il demanda :

« D'autres problèmes avec les concurrents ?

– Non.

– O.K.

– Nous fermerons le bureau quand l'affaire sera terminée, précisa la voix à Berlin.

– C'est compris. Il me faut la nouvelle adresse.

– Nous préférons l'e-mail.

– D'accord. »

Vuk nota l'adresse e-mail. Désormais, il pourrait

contacter ses patrons avec n'importe quel ordinateur abonné à Internet sans que personne puisse savoir à quel sujet il les contactait. Il pouvait le faire dans un cyber-café ou dans une bibliothèque, à Vienne et à Belgrade par exemple, sans qu'ils sachent où il se trouvait réellement. Il avait décidé de retourner en Serbie après avoir observé dans les médias que les forces de l'OTAN s'abstenaient de rechercher activement ou d'arrêter ceux que les ennemis des Serbes appelaient des criminels de guerre. Il contacterait Emma et ils attendraient ensemble que s'apaise tout ce remue-ménage. Jamais ils n'arriveraient à le trouver quand il serait chez lui. Pour quelqu'un comme lui, c'était l'endroit le plus sûr, en ce moment précis, pendant le démarrage du plan qui mettrait en cause un fanatique musulman.

Il prit la carte marine et y traça son cap en indiquant les points décisifs. Il se dirigerait d'après le phare de Nordre Røse, Saltholm, Flakfortet, les flèches de Copenhague, et en plein jour, il verrait l'innocente bouée qu'il allait placer en bordure des Parages malsains et de la voie de Hollænderdybet.

Il emballa l'équipement de plongée dans le sac à dos qu'il laça. Il rangea le sac de couchage, le matelas de camping et la torche dans le sac étanche. Comme il restait encore beaucoup de place, il posa ses chaussures à semelles caoutchoutées sur le matelas de camping. Il plia soigneusement sa belle veste de tweed, son pantalon gris et une chemise bleu clair et les glissa dans le sac. Enfin, y il ajouta une cravate à motifs discrets, une paire de chaussettes foncées et un petit miroir trouvé dans la salle de bains. Par-dessus le jean noir, il plaça le pull à col roulé et un épais maillot de corps en coton. Il serra tout cela sous une grande serviette de bain qu'il mit tout en haut du sac.

Au sous-sol, il décrocha le canot pneumatique noir et le descendit. Il n'honora pas d'un regard les cadavres de Mikael et d'Ole. Il se concentra sur le canot pneumatique. Il était intact, bien qu'un peu mou, comme s'il n'avait pas servi depuis quelque temps. Deux petits avirons et une courte pagaie se trouvaient au fond du canot. Il fit le tour du sous-sol. La pompe à pied attendait dans un coin et il pompa sans difficulté le canot qui pouvait contenir quatre hommes. C'était un modèle militaire, il n'existait rien de mieux. Il examina le moteur hors-bord, qui paraissait bien entretenu et relativement neuf. Il avait la chance que l'un des rares dadas de Mikael, à part les ordinateurs, ait été de se balader dans l'Øresund pour regarder des bateaux. Vuk trouva un bidon d'essence plein dans l'atelier de bricolage et il remplit le réservoir du moteur. Comme il s'était concentré pendant toute une journée, il commençait à sentir la fatigue, car il avait fait le guet constamment, pendant qu'il faisait ses achats, pour être certain qu'il n'était pas filé ou qu'il ne risquait pas, tout simplement, de rencontrer des gens qu'il connaissait ou qui auraient pu le reconnaître.

Vuk passa le reste de la soirée et le début de la nuit dans l'atelier de bricolage où il fabriqua deux crochets de serrurier en utilisant le tour bien équipé, puis il reprit une vodka et se coucha pour dormir. Il dormit paisiblement, sans craindre de cauchemar. Il se connaissait assez bien pour savoir qu'à partir de ce moment-là, son esprit et son subconscient se concentreraient sur sa mission sans laisser de place à rien d'autre. Une fois qu'elle serait exécutée, ses démons reparaîtraient, mais en ce moment précis, ils le laissaient en paix. Il se sentait totalement en sécurité dans cette maison. Nul ne savait qu'il se trouvait au Danemark et nul ne savait qu'il connaissait l'emploi du temps et les déplacements de l'écrivain condamnée à mort pendant les 24 heures qu'elle passerait au Danemark.

Le lendemain matin, Vuk se réveilla tôt, bien reposé malgré tout. En regardant par la fenêtre, il vit que le météorologiste avait eu raison. Les nuages étaient bas et on les sentait lourds de pluie, mais le temps restait sec. Il fit du café et regarda CNN en prenant son petit déjeuner. Puis il nettoya la table de la cuisine et sortit ses armes. Il démonta son fusil et le remit dans la valise. Il ne se servirait pas d'un fusil. Ils allaient sans aucun doute poster des agents armés sur les anciennes batteries de canons. S'il voulait aussi assurer sa fuite, il dépendrait de la confusion qu'il allait créer pendant les quelques minutes décisives.

Il sortit son pistolet. Il l'avait vérifié et trouvé en bon ordre de marche, mais mieux valaient deux fois qu'une. Il pouvait avoir été acheté ou volé. Cette arme très ordinaire avait sûrement été achetée légalement. C'était une marque italienne, un Beretta noir, modèle 92F, qui avait remporté le concours lancé par les forces américaines pour la création d'un nouveau pistolet. Il remplaçait l'ancien Colt 45 auquel il ressemblait beaucoup. Mais il était plus stable et plus sûr à l'usage. En réalité, Vuk préférait aux pistolets les revolvers plus robustes et infiniments plus résistants que les pistolets compliqués, qui avaient la fâcheuse habitude de s'enrayer aux plus mauvais moments, mais son revolver préféré, le Smith & Wesson, ne contenait que cinq coups, c'est-à-dire trop peu, car cela n'assurait pas sa fuite. Et le Beretta était une bonne arme, qu'il connaissait bien. Il aurait quinze cartouches dans le chargeur et une dans la culasse, ce qui était décisif. Il mit quinze cartouches de 9 mm dans le chargeur qu'il remonta dans la crosse. S'assurant qu'il avait mis la sécurité, il tint le pistolet des deux mains dans la position de tir et sentit que son poids, qui dépassait un peu le kilo, était bien équilibré. Vuk savait que le coup partirait à 390 km/sec. et à la distance où il pensait tirer, le projectile traverserait directement le corps du Sujet en lui causant des lésions terribles. Il logerait trois projectiles dans le Sujet en une seconde ou deux. Vuk croyait aussi que l'arme avait été essayée, mais il était obligatoire qu'il l'essaie lui-même pour savoir comment elle réagirait et de quel côté elle tirait. Il rechignait à le faire. Le Danemark est un petit pays où il est difficile de s'isoler ; comment trouver un endroit où faire un essai de tir ? Mais il le fallait. La chose aurait été plus facile en Suède, mais il n'était pas assez bête pour traverser une frontière internationale armé d'un pistolet. C'était trop risqué, ce serait mettre les chances contre lui.

Vuk prit le train de banlieue pour se rendre à Hillerød où il changea de train pour prendre Grisen, la ligne secondaire qui traversait la forêt de Grib Skov, la plus vaste de l'île de Seeland. Il était le seul voyageur dans le train, mis à part deux lycéens qui discutaient de leurs camarades et de leurs professeurs. Vuk descendit du train à Gribsø et entra dans la forêt. Il marcha pendant vingt minutes, jusqu'à ce qu'il se sente assez loin des chemins fréquentés. Un épais fourré de cônifères s'élevait sur sa gauche et un vieux bois de hêtres sur sa droite. Les arbres étoufferaient le bruit. La clairière faisait environ une vingtaine de mètres carrés. Ramassant trois grosses pommes de pin, il les posa côte à côte, à dix centimètres de distance, à hauteur d'homme, dans le trou d'un vieux tronc fendu par la foudre. Il recula de dix pas, ôta la sécurité du pistolet et tira. L'arme tirait légèrement sur la droite. Le coup n'avait pas fait beaucoup de bruit, pourtant un oiseau s'envola en criant. La balle avait touché juste au-dessus de la pomme de pin de droite. Tenant le Beretta des deux mains, il visa en prenant ses bras tendus pour ligne de mire et tira de nouveau. La pomme de pin disparut dans un nuage de poussière. Il avança de deux pas et appuya coup sur coup quatre fois sur la détente. Les deux autres pommes de pin volèrent en éclats. Il alla à l'arbre. Les trous faits par les projectiles s'alignaient côte à côte.

Il remit le pistolet dans la sacoche où il l'avait transporté, une sacoche de toile de modèle tout à fait courant. Il sortit rapidement de la forêt par le côté opposé à celui par où il y était entré, trouva la gare et dut attendre le train pendant une demi-heure. Il ne rencontra pas une âme et resta seul dans le train qui le menait à Hillerød pendant la plus grande partie du trajet.

De retour à la villa, il nettoya le pistolet et remit des cartouches dans le chargeur. Il en mit aussi dans le chargeur de réserve, puis il fit du thé très sucré en y ajoutant une lampée de rhum, se fit des sandwiches beurrés de fromage et de salami, les empaqueta dans du papier alu et mit le paquet, avec le thermos de thé et une bouteille d'eau, dans le sac étanche qu'il ferma soigneusement. Il plaça le pistolet et le chargeur de réserve dans un sac en plastique qu'il fourra dans la sacoche avec le bloc-notes et un stylo à bille. Il y aurait assez de place pour sa brosse à dents, du dentifrice et un peigne supplémentaire, ainsi que du papier hygiénique. Il mit le reste des billets de banque, le passeport et la carte de crédit dans le petit sac étanche qu'il porterait autour du cou.

Dans la salle de bains, il se teignit les cheveux et la barbe, qui était courte, mais qui lui cachait le bas du visage. Il nettoya soigneusement le lavabo et jeta le tube de teinture dans la poubelle, devant la maison, avant de revêtir la combinaison de plongée qui comportait une capuche, mais il mit le bonnet malgré tout.

Vuk dut mettre le canot pneumatique à la verticale pour le sortir par la porte du sous-sol et le monter dans le jardin de derrière. Quand il sortit sur l'herbe glissante et qu'il traîna le canot pneumatique vers l'eau noire du détroit qui clapotait à l'extrémité du jardin, la pluie cingla son visage. Pieds nus dans ses chaussures de navigation, il retourna au sous-sol pour aller chercher le moteur hors-bord et le monta sur le canot avant d'arrimer soigneusement le sac à dos et le sac étanche au fond de l'embarcation. Il attacha la bouée à son sac à dos à l'aide du filin d'ancrage, de façon que l'ancre soit fixée directement sur le sac à dos.

Il était prêt.

Vuk retourna dans la maison. La pluie redoublait et il avait un peu froid aux pieds et aux mains, mais cela passerait. Tout à coup, il sursauta. Le téléphone sonnait. Il resta pensif un instant, mais il le laissa sonner, puis ferma à clé la porte du sous-sol et sortit par la porte d'entrée, qu'il pouvait claquer, et tourna autour de la maison pour retrouver le canot. Il poussa l'embarcation dans l'eau et prit le large en utilisant la courte pagaie avant d'essayer de mettre le moteur en marche. Le moteur partit au quatrième essai et son ronronnement se perdit rapidement dans l'obscurité du détroit. Vuk regarda sa boussole lumineuse et la carte marine qu'il avait enveloppée dans un sac de plastique fin. Le canot avançait régulièrement et tranquillement sur les courtes lames, et il commença à longer la côte pour rejoindre les Parages malsains, qu'il pourrait franchir sans problèmes, avec son canot à fond plat. Malgré l'obscurité du détroit, il apercevait les lanternes de plusieurs bateaux qui naviguaient dans les voies maritimes et les ferries éclairés, à bord desquels les passagers buvaient confortablement un café ou la dernière bière de la nuit. Quand il arriva en bordure des Parages malsains, il fit tourner le moteur le plus lentement possible et franchit les dangereux récifs avant d'arriver à sa position. Il la vérifia sur sa boussole et se leva presque pour trouver les repères convenables et descendre le sac à dos attaché à l'ancre. L'ancre et la ceinture de plomb tirèrent rapidement le sac par le fond. Il calcula que la profondeur devait être d'environ 2,5 mètres, à cet endroit-là, il était donc du bon côté des traverses, du béton et de la ferraille qui encombraient le fond. Quand il sentit le sac reposer au fond de l'eau, il laissa filer encore deux mètres de corde, prit le couteau qu'il avait fixé sur son mollet, coupa la corde et la noua à la bouée. Il regarda sa boussole, le rivage et se tourna vers la droite, du côté du phare de Nordre Røse. Il vit la station d'épuration de Lynetten et les lumières qui éclairaient les flèches de Copenhague. Il enregistra ces repères et se sentit assez sûr de pouvoir retrouver cet endroit. C'était un exercice qu'ils avaient fait des centaines de fois dans son école spéciale, au cours de l'entraînement des hommes-grenouilles à l'infiltration et au sabotage. Entrer quelque part sans être vu et en repartir sans être vu. Un exercice familier à toutes les forces spéciales du monde entier.

Vuk regarda encore une fois sa boussole. Ses doigts et ses orteils gelaient un peu, mais ce n'était pas grave, cela ne l'empêcherait pas d'opérer. La combinaison de plongée le protégeait de l'eau qu'il embarquait de temps à autre, quand le canot prenait une vague de travers. Il mit le cap sur Flakfortet tout en surveillant le trafic maritime. Il se savait invisible. Juste avant d'arriver au fort, il arrêta le moteur hors-bord pour avancer à la rame en évitant le goulet du port et il fit le tour de l'île en longeant l'extérieur du brise-lames qui l'entoure de toutes parts. Vuk arrêta le canot à l'extérieur du brise-lames.

Il escalada les blocs de pierre et tira à lui le sac imperméable. Par cette pluie et dans ce noir, même si quelqu'un du fort s'était tenu au bord de l'eau, à deux mètres de lui, il n'aurait pu le voir. Néanmoins, il se mit à croupetons et écouta intensément. Il n'entendit que le bruit de la pluie sur les pierres et sur la mer. Les côtes danoise et suédoise disparaissaient dans la bruine. Le fort était désert. Vuk retourna au canot, souleva le moteur hors-bord et fit avec son couteau un trou minuscule dans le canot, sous la ligne de flottaison, avant de le repousser dans le courant. Dans moins d'une demi-heure, il aurait sombré.

Il enroula la bandoulière de son sac étanche autour de sa taille et en levant sa sacoche avec son bras droit, il se laissa glisser dans l'eau qui séparait le brise-lames du fort en le protégeant contre les assauts constants de la mer. En trois brasses, il parvint de l'autre côté et grimpa sur la terre ferme.

Vuk ôta la combinaison de plongée et se sentit vulnérable, nu et blanc dans la nuit, mais il ne voulait pas laisser des empreintes mouillées en parcourant les galeries. Il ouvrit le sac, prit la serviette éponge et se frotta énergiquement avant de passer le jean noir, le maillot de corps et le pull noir à col roulé, les chaussettes et les chaussures. Il jeta les palmes à la mer et vit le courant les emporter. Roulant la combinaison dans la grande serviette éponge, il l'ajouta au contenu du sac qu'il relaça avant de saisir ses bagages et de pénétrer dans les sombres galeries du fort. Sa vision nocturne était optimale, mais dans les galeries, il faisait noir comme dans un four et quand il eut scrupuleusement écouté, dans cette nuit, il alluma sa torche. Il trouva l'escalier de béton et s'enfonça profondément dans les entrailles du fort. La température des casemates ne dépassait pas 10 degrés et il commença à frissonner un peu.

Il trouva la porte cadenassée de l'ancien dépôt de munitions, sortit son crochet et entreprit de forcer le cadenas. Très simple de mécanisme, celui-ci s'ouvrit sans difficultés. Le second crochet était plus sophistiqué, il en aurait besoin le lendemain matin. Il ôta la chaîne et ouvrit la porte de la pièce noire et froide. Un air renfermé et aigre lui sauta au visage. Il resta parfaitement immobile et écouta. Il n'entendit que sa propre respiration. Il posa son sac, sa sacoche et la torche dans la pièce et il referma la porte. Du dehors, on ne distinguait aucune lumière.

Reprenant sa torche, il retourna jusqu'à la galerie principale, se mit à genoux et de la paume de sa main, il effaça soigneusement ses empreintes en égalisant la poussière qui recouvrait le sol cimenté. De retour à la porte du dépôt de munitions, il effaça toutes les empreintes qui se trouvaient devant la porte avant de tirer sur lui la lourde porte de fer et de la refermer de l'intérieur avec la chaîne.

Il alluma la lampe de camping qui lui permit de voir les parois cimentées sèches et livides de cette pièce basse de plafond. Il y eut un mouvement vif dans le coin où le ciment s'était effrité, autour d'un trou d'air ou d'une sortie d'égout. Le rat l'observa comme s'il se demandait quel intrus le dérangeait, après tant d'années. Glissant sa main contre son mollet, Vuk saisit son couteau, le lança, et le couteau se ficha dans le flanc de l'animal au moment où le rat tentait de fuir le long de la paroi. Il poussa un petit cri quand le couteau le transperça. Vuk piqua le rat au cou et au ventre, rouvrit la porte de fer et le jeta dans la galerie. Perdant lentement son sang, l'animal semblait avoir été victime des terribles batailles que se livrent les rats pour défendre leur territoire.

Il déroula son matelas de camping et étendit le sac de couchage dessus. Il mit sa combinaison de plongée à sécher, s'assit sur le sac de couchage et massa ses pieds glacés. Fatigué par ses efforts et sa concentration, il avait besoin d'une cigarette, mais comme la fumée se sent de loin et qu'il craignait que des courants d'air ne traversent les casemates, il se versa du thé dans le gobelet du thermos et mangea ses sandwiches dans l'attente du lendemain matin.

21

Quand il entendit le cri de Lise, Per Toftlund se retourna. Il avait enlevé la bâche des bacs de la buanderie et contemplait les cadavres d'Ole et de Mikael. Après avoir poussé un cri aigu, elle sanglotait en haletant et en hurlant. Les corps, livides et tachés par les ecchymoses, avaient dépassé le stade de la rigidité cadavérique, leurs yeux enfoncés étaient vitreux.

Per prit Lise dans ses bras et la laissa sangloter sur son épaule en caressant ses cheveux et sa joue froide et moite. L'agent en uniforme, cloué au sol, regardait alternativement le couple et les cadavres. Il avait déjà vu des morts. Il ne fallait pas être très chevronné pour avoir trouvé des morts, à Copenhague. Mais pour la plupart, il s'agissait de suicides ou de vieillards solitaires morts chez eux. Il n'avait encore jamais vu de cadavre au cou profondément tranché par un fil de fer, plié en deux dans un vieux bac de buanderie.

« Appelle donc la police criminelle ! » commanda Per d'une voix dure, tandis qu'il retenait Lise qui vacillait, au bord de la crise de nerfs. « Sers-toi de ton téléphone, pas de ta radio », ajouta-t-il. Il savait que les rédactions des faits divers des quotidiens avaient des écoutes sur les fréquences de la police. C'était tout juste si leurs scanners ne surpassaient pas ceux de la police. Il entendait étouffer l'affaire, en tout cas pendant 24 heures.

« C'est Ole. C'est mon mari », répéta Lise pour la troisième fois. « Qu'est-ce qu'il fait là ? Pourquoi est-ce que je ne me suis pas occupée de lui ?

– Lise, Lise, Lise. Ce n'est pas de ta faute », lui dit Per, et ses sanglots redoublèrent.

Il la fit monter au rez-de-chaussée, l'assit dans la cuisine et lui versa un verre d'eau qu'elle but avidement. Elle avait les yeux rouges et gonflés, mais ses larmes s'étaient taries. L'eau lui donna le hoquet mais elle vida le verre et reprit de l'eau au robinet.

Elle regarda Per :

« Je me souviens de lui.

– De qui ?

– Du garçon de la photo de classe. Celui qu'ils appellent Janos.

– Qu'est-ce que tu veux dire ?

– Il était chez nous. Il se faisait appeler Carsten.

– Quand ?

– L'autre jour. C'était le nouvel ami d'Ole. »

Elle se remit à renifler en prononçant le nom d'Ole, mais Per pensait qu'elle se ressaisissait. Etait-elle plus forte qu'il ne le croyait ?

« Tout d'un coup, quand j'ai vu Ole, j'ai fait le rapprochement avec l'homme que j'ai vu chez nous. Pourquoi ne l'ai-je pas fait plus tôt ? Pourquoi, Per ? Ça ne serait pas arrivé.

– La mémoire nous joue parfois des tours. Il faut que quelque chose se passe pour qu'on se souvienne, essaya-t-il de lui expliquer.

– Ça ne serait pas arrivé », répéta-t-elle, étouffée par les sanglots.

Per la laissa tranquille un moment. Les voitures de patrouille, puis les gens de la brigade criminelle avec leurs techniciens et tout leur matériel n'allaient pas tarder à arriver. L'affaire ne serait plus de son ressort. En matière d'assassinats, l'expertise de ses collègues dépassait largement la sienne. Ils allaient reprendre l'affaire, commencer l'enquête, publier l'avis de recherche, la routine. Il avisa le fusil, par terre, dans la valise ouverte. Janos avait donc disparu sans emporter son arme. L'oiseau s'était envolé. Il avait eu peur, pour une raison quelconque. Maintenant, en réalité, Sara Santanda était moins menacée. Comme si cela pouvait consoler Lise, mais il se sentait moins stressé. Il l'interrogea quand même :

« Que savait ton mari ? »

Elle le regarda, les yeux pleins de larmes, et il éprouva une grande tendresse pour elle. Pourquoi n'était-elle pas restée dans la voiture ? Pourquoi les journalistes étaient-ils toujours incapables de réfréner leur maudite curiosité ?

« C'était mon mari. Je lui disais certaines choses, bien sûr. »

Il la regarda.

« Bon. Mais quoi, maintenant, Janos est loin. Quelque chose a mal tourné pour lui.

– Je voudrais rentrer chez moi, dit-elle à voix basse.

– As-tu quelqu'un qui pourra rester avec toi ? Je vais être obligé de...

– J'ai une amie qui va certainement venir.

– O.K. »

Il voyait que d'une certaine manière, elle n'avait pas encore encaissé le choc. Elle était encore au bord de l'effondrement.

« Je voudrais rentrer chez moi, répéta-t-elle.

– Qu'est-ce qu'Ole peut lui avoir dit ? » demanda Per. Il ne put s'en empêcher, bien qu'il vît ses traits recommencer à se crisper de douleur.

« Rien. Ole ne savait rien sur les détails. Je veux rentrer

chez moi, Per. »

Per réfléchissait tout haut :

« Ce n'est pas un kamikaze. C'est un pro. Simba est plus en sécurité, maintenant. Il a laissé son fusil. Ole savait-il quelque chose sur Flakfortet ?

– Tu as entendu ce que je t'ai dit, Per ! Je voudrais rentrer chez moi.

– Est-ce qu'il savait ?

– Non, il ne savait rien.

– Je vais dire à une patrouille de te raccompagner chez toi. » Il lui tendit son portable. « Tiens, appelle ton amie et prends un somnifère quand tu rentreras chez toi.

– Non. Je vais avoir une dure journée demain, ou plutôt aujourd'hui.

– Voyons Lise, tu n'as pas besoin d'exécuter ton programme demain. Après ce qui s'est passé, personne ne va ni te le demander ni s'attendre à ce que tu l'exécutes.

– Si je ne travaille pas, je tomberai en morceaux », répliqua-t-elle en formant le numéro.

Cela la fatiguait d'entendre dire qu'il fallait qu'elle aille se coucher. Son amie le lui avait dit aussi, en fumant une cigarette et en buvant un verre de vin, quand elles s'étaient retrouvées dans la cuisine de Lise. Tagesen l'avait répété en l'appelant le matin et le lui redisait pendant leur attente, sur la passerelle la plus éloignée de l'aéroport de Copenhague. Ils ne comprenaient donc pas qu'en se concentrant, elle évitait de craquer ! Que cela lui permettait de prendre ses distances vis-à-vis de son chagrin et de sa culpabilité. Elle savait qu'après la visite, ce serait épouvantable, et que les examens et l'autopsie achevés, la police lui rendrait le cadavre d'Ole et qu'elle devrait penser à ses obsèques, aux notaires et à l'avenir. A ce moment-là, elle serait seule avec son chagrin et sa culpabilité, mais elle voulait décider seule du moment où elle fuirait le monde, pendant quelque temps.

En compagnie de Per, de John et de Tagesen, Lise attendait l'avion de Londres. Elle avait mis une jupe, un beau chemisier et une veste et s'était fait un soigneux maquillage, plus soutenu qu'à l'ordinaire, mais qui ne réussissait pas à dissimuler sa pâleur et son affliction. Elle avait dormi deux heures à côté de son amie qui lui tenait la main. Faisant une entorse à sa pratique habituelle, la police avait provisoirement étouffé toute l'affaire, pas dans le but de la protéger contre ses collègues et la presse, mais exclusivement pour que Janos – s'il n'était pas déjà loin, comme ils le croyaient – ignore qu'ils avaient découvert sa base. Per portait sa tenue habituelle, mais Tagesen s'était mis en complet-veston. Per avait été prévenu de l'atterrissage de l'avion de la British Airways à bord duquel se trouvait Sara. On l'autoriserait à sortir de l'appareil la première.

Tagesen prit Lise paternellement par les épaules un instant :

« Tu n'as pas besoin de rester ici, Lise. Rentre tranquillement chez toi », répéta-t-il.

Elle se libéra vivement.

« J'aime mieux travailler. Je ne pourrais pas supporter de tourner en rond sans rien faire.

– Mais ce n'est pas de ta faute. »

Elle fit un pas pour s'écarter de lui.

« Je préfère faire quelque chose, tout simplement.

– Voilà Simba », annonça Per, et sur son walkie-talkie, il lança un court message aux deux voitures qui attendaient à l'intérieur de l'aéroport, au pied de la passerelle d'arrivée.

Sara Santanda ressemblait aux photos que l'on connaissait d'elle, mais elle ne portait pas le costume traditionnel des Iraniennes, comme sur une des plus célèbres de ces photos. Elle portait une jupe longue, un chemisier et une veste ainsi que ses désormais célèbres boucles d'oreilles en or. Le petit sac à main qu'elle avait au bras la faisait absurdement ressembler à Margaret Thatcher en plus jeune. Mais Lise reconnut son doux sourire quand elle s'avança vers Tagesen qui lui souhaita la bienvenue avec effusion, en même temps qu'elle entendait la voix de Per qui parlait dans son walkie-talkie. Lise percevait toute la scène comme à travers un brouillard, mais elle se reprit pour tendre la main à Sara et lui souhaiter la bienvenue en la complimentant pour son courage. Et Sara lui dit gentiment qu'elle était très heureuse de la revoir.

Per leur fit quitter la passerelle par la sortie de secours pour les faire entrer dans une berline Volvo aux vitres fumées. Tagesen prit place sur le siège arrière avec Sara Santanda et Lise, et Per s'assit à côté du chauffeur. John les suivait dans une Ford Escort, accompagné de Bente, la femme agent, et quelques secondes plus tard, les deux voitures avaient pris la route. Si Lise n'avait pas vu la scène comme à travers une fine couche d'ouate, elle aurait admiré l'efficacité de cette opération.

Tagesen conversait avec Sara en employant l'anglais distingué qu'il avait appris à Cambridge tandis que Lise contemplait, par la portière, les destructions qui devaient se transformer, un beau jour, en un début de pont vers la Suède. Pour le moment, cela ressemblait à un petit tremblement de terre.

« *You had a war here ?* »* s'enquit Sara Santanda dans son anglo-iranien clair et ironique.

« *They are building a bridge to Sweden. Just like you are*

* « Il y a eu une guerre, ici ?
– Ils construisent un pont vers la Suède. Comme vous construisez un pont entre les cultures, par votre courage. »

building a bridge between cultures with your courage», lui expliqua Tagesen avec cette intensité particulière qui faisait que d'ordinaire, Lise s'enorgueillissait de travailler pour lui, mais qui aujourd'hui la mettait dans ses petits souliers. Pour la première fois, le programme la réjouit. Tagesen allait emmener Sara Santanda dans son appartement de Copenhague où ils prendraient un brunch avec un groupe d'écrivains et d'intellectuels triés sur le volet auquel s'ajouterait son éditeur, pendant que Lise mettrait la dernière main à la conférence de presse à Flakfortet. Puis elle se rendrait dans l'île en compagnie des journalistes. John irait directement à Flakfortet avec les six agents mis à la disposition de Per. Il en avait requis le double, mais Vuldom lui avait supprimé bon nombre d'agents après qu'on lui ait rapporté que le terrorriste s'était probablement envolé. Il avait malgré tout conservé la patrouille canine à laquelle il allait faire inspecter le fort une fois de plus. Per arriverait alors avec Sara et Tagesen à bord de la *White Whale*. Per avait un hélicoptère en état d'alerte à l'aéroport militaire de Værløse situé à seulement 10 minutes de vol de Flakfortet. Lise voyait que Per n'avait pas dormi. Sa pâleur et son regard intense montraient qu'il devait mobiliser ses toutes dernières ressources.

Lise entendit Tagesen regretter qu'aucun ministre ni éminent politicien danois de l'opposition ne lui ait encore confirmé qu'il voudrait bien rencontrer Mme Santanda. Les politiciens refusaient de venir pour éviter de nuire aux relations entre le Danemark et l'Iran. C'était la « realpolitik » dans ce qu'elle avait de pire.

Sara regarda par la vitre :

« *It does not surprise me. Follow the money, then you are never surprised, when it comes to human behaviour, especially with people in power. The Danes are no different, I am sure.*

– *Right, but still*, soupira Tagesen en tripotant sa cravate.

– *Anyway... it is nice to be out*»*, répliqua Sara Santanda en souriant tandis que les voitures entraient dans Copenhague et que Lise sentait poindre une petite joie, à l'idée que plus tard, elle allait l'interviewer, même si elle sentait sans cesse qu'elle risquait de disparaître dans un brouillard où une seule chose émergeait : les yeux d'Ole, éteints et vides. En temps ordinaire, elle aurait nagé dans l'euphorie à cause de cette journée-là et parce que ses articles faisaient la une du journal, mais elle ne ressentait qu'un immense vide intérieur, comme si la nuit l'emplissait toute.

Cette nuit l'emplissait toujours quand elle se trouva devant l'Entrepôt deux heures plus tard, sur le quai du vieux port. Il faisait beau et quelques clients prenaient une bière à la terrasse des restaurants. Tout paraissait si normal qu'elle avait envie de crier. Comment pouvaient-ils être aussi ordinaires et aussi normaux ? Ignoraient-ils donc que le monde était plein à craquer d'horreurs et de culpabilité ? Les voiliers restaient immobiles le long du quai. Cela sentait le goudron, l'eau salée et le graillon, à cause des restaurants. Un jeune couple ayant chacun une canette de bière à la main s'était assis au bord du quai et balançait paresseusement les jambes au-dessus de l'eau. La rumeur de la circulation arrivait de la place Royale et les passants regardaient avec curiosité la trentaine de journalistes assemblés devant la passerelle. Elle se maîtrisa. Elle s'était remaquillée pour dissimuler les méfaits de la nuit, mais en voyant arriver les derniers de ses collègues à pied ou en taxi, elle se sentit nue et transparente et perdit confiance

* «Cela ne surprend pas. Suivez l'argent, et vous ne serez jamais surpris, en matière de comportements humains, surtout quand il s'agit des gens au pouvoir, . Les Danois sont comme les autres, j'en suis sûre.
– C'est vrai, mais tout de même...
– Enfin bon,... c'est agréable de faire une sortie.»

en son sourire. Le *M/S Langø* était à quai et le marinier embrassa du regard le corps des journalistes qui comprenait les reporters de cinq stations de télé, dont une station allemande et l'une des équipes de l'agence Reuter qui, comme plusieurs autres, avait deviné qu'il s'agissait de Sara Santanda, puisqu'ils s'étaient déplacés. Elle connaissait les cadreurs des chaînes de TV2 et de Danmarks Radio et le nouveau cadreur de TV3, comme la plupart des journalistes de la presse écrite, mais elle remarquait aussi des visages totalement nouveaux pour elle. D'après la liste des inscriptions, elle savait qu'il y aurait plusieurs journalistes étrangers. Scheer les avait attirés, comme ils l'avaient escompté et quand certains avaient téléphoné après avoir compris de quoi il retournait, elle les avait autorisés à s'inscrire sur la liste sans les connaître personnellement. Elle salua comme une automate ceux qu'elle connaissait. Debout devant la passerelle, deux agents en civil vérifiaient les cartes de presse des journalistes de sa liste avant de les laisser monter à bord. Ces derniers, qui en avaient l'habitude, prenaient les choses avec bonne humeur.

Lise aperçut Peter Sørensen avec son cadreur dans la file d'attente, au pied de la passerelle.

« Salut Lise. Où allons-nous ? A Flakfortet ?

– Il y aura un briefing à bord, Peter », lui répondit-elle en se forçant à sourire.

Les derniers journalistes montèrent à bord. Une brise régulière soufflait, mais le temps n'étant que légèrement brumeux et relativement doux, elle les rassembla sous la toile tendue à l'arrière du vieux cotre où les attendaient des pots de café et de thé, des bouteilles de bitter, de bière et de soda. Lise grimpa sur un banc et jeta un coup d'œil à la ronde.

« *OK, please, be quiet* », dit-elle en constatant avec étonnement le calme et l'assurance de sa voix. « *My name is Lise Carlsen from Danish PEN. I will speak in English because of our foreign colleagues.* »

Elle fit une pause. Ils se turent et la regardèrent.

« *Thank you* », dit-elle en remarquant la tranquillité que lui donnait la nécessité de se maîtriser. « *We are going to Flakfortet in the middle of the sound where we will meet the writer Sara Santanda. She arrived in Copenhagen this morning.* »*

Elle entendit leurs voix monter vers elle et se mit à répondre à leurs questions.

Vuk s'endormit malgré tout, mais il se réveilla avant six heures du matin. La lampe de camping éclairait toujours. Il prit son dernier sandwich et but le reste de son thé et son eau. Il prit le petit miroir pour étudier son visage. La teinture de ses cheveux tenait bon. Il s'essuya la figure avec la serviette et se coiffa soigneusement avant de se déshabiller et de passer la combinaison de plongée, toujours un peu humide et moite. Il accrocha à son cou le sac étanche contenant son argent et ses papiers et passa sa chemise et son pantalon par-dessus la combinaison. Il noua sa cravate et enfila sa veste. Il étudia sa figure et la partie de son corps visible dans le miroir. Ses vêtements étaient peut-être un peu gonflés, mais sans rien d'exagéré. On pouvait le prendre pour un homme qui prenait du poids et commençait à trop remplir ses vêtements parce qu'il n'acceptait pas encore de demander la taille supérieure. Il attacha la gaîne et le couteau à son mollet, sous son pantalon, vérifia son

* « O.K., silence s'il vous plaît. Je m'appelle Lise Carlsen, du PEN-Club danois. Je vais parler en anglais pour nos collègues étrangers...
Merci... Nous allons à Flakfortet, un fort situé au milieu du détroit, où nous allons rencontrer l'écrivain Sara Santanda. Elle est arrivée à Copenhague ce matin. »

pistolet et le barillet et le garda dans la main, assis sur son sac de couchage. Puis il éteignit la lampe et resta assis dans le noir, en se concentrant pour se tenir éveillé et écouter tous les bruits.

Ce ne fut que vers 10 heures qu'il entendit des pas et des voix dans les galeries. Ils faisaient leur dernière ronde. Il entendit qu'ils avaient un chien avec eux, un chien bien dressé qui n'aboya pas, mais qui l'avait flairé. Il l'entendit gémir devant la porte. Il y avait un bon moment que l'envie de pisser le tenaillait, mais il s'était retenu pour éviter de se faire flairer par un chien.

« Ici, il n'y a rien, dit une voix. King ! Ici ! Ce n'est qu'un rat mort.

– Et la porte ? interrogea une autre voix.

– Un instant. »

Vuk déverrouilla son pistolet. Ils secouèrent la porte.

« Il n'y a rien, ici. Que des rats qui se sont battus. King est un maudit chasseur de rats. Ils le rendent fou. Les renards et les rats, ça rend les chiens fous. »

Il les entendit partir et leur laissa une demi-heure d'avance. Il se figurait qu'après avoir fouillé les casemates, ils iraient se poster au sommet du fort d'où ils pouvaient repérer tous les bateaux qui s'approchaient. Le personnel serait au restaurant, occupé à préparer le déjeuner. Les autres agents au port, sur le gazon, devant le restaurant pour recevoir la presse et plus tard le Sujet. C'était ce qu'il avait lu dans le programme. Il espérait qu'ils le respecteraient et qu'il devinait correctement leurs objectifs.

Vuk ouvrit la porte dans cette obscurité totale. Il ne distinguait qu'un faible trait de lumière, au loin, près de l'escalier. Il ferma lentement et silencieusement la lourde porte de fer et remit la chaîne et le cadenas.

Il avança lentement et prudemment, le pistolet dans une

main et la torche éteinte dans l'autre. Connaissant la topographie des lieux, il n'avait pas besoin de lumière, mais il voulait être prêt à éblouir un éventuel adversaire. Arrivé à l'étage au-dessus, il commença à distinguer ce qui l'entourait. La lumière venant du haut filtrait dans les casemates. Vuk s'adossa au mur et attendit. Rien ne bougeait et l'on n'entendait qu'un bourdonnement constant provenant sans doute du générateur qui fournissait du courant à la forteresse.

Continuant de progresser, il arriva dans la galerie principale, où la lumière pénétrait par les deux entrées ouvertes à chacune de ses extrémités. Il attendit de nouveau, le dos au mur, sans voir aucun mouvement ni entendre aucun bruit. Silencieusement, sur ses semelles de caoutchouc, il se dépêcha de descendre jusqu'aux chambres du personnel. Il sortit son crochet de sa poche et il ne lui fallut qu'une minute pour forcer la serrure de la chambre du cuisinier.

Conformément à ses prévisions, elle était vide. Le cuisinier préparait le déjeuner. La chambrette contenait un lit, un lavabo, une télévision, un grand appareil radio avec des CD et un enregistreur de cassettes ainsi qu'une petite table avec une chaise à haut dossier. Sur le mur, une photo des champions d'Europe danois de football et deux femmes nues de *Playboy*. Sur la table, la photo d'une jeune femme corpulente que Vuk pensa être la copine du cuisinier. Vuk descendit son pantalon avec difficulté, écarta la combinaison et se soulagea avec reconnaissance dans le lavabo, qu'il rinça ensuite scrupuleusement. L'opération ne fut pas facile et il se sentit incroyablement vulnérable à ce moment-là, dans cette chambre, le dos tourné à la porte, avec son pantalon sur ses talons.

Il se rhabilla et s'assit sur la chaise, face à la porte, prit une cigarette dans son sac étanche et inhala profondément la fumée en attendant l'arrivée du corps des journalistes. Son projet était de se joindre à eux quand ils flâneraient dans le fort, en attendant la venue de Sara Santanda. D'après leur emploi du temps, ils devaient se trouver au fort une demi-heure avant le Sujet. La police ne remarquerait pas la présence d'un journaliste de plus ou de moins. Ils avaient contrôlé tout le monde et fouillé le fort. S'attendant à ce que la menace vienne du dehors, ils ne surveilleraient pas les journalistes de très près. Ils observeraient l'extérieur et non l'intérieur. Ce serait leur grande erreur.

John reçut le rapport de la patrouille canine. Tout avait été fouillé et on n'avait rien trouvé de spécial. Il leva les yeux sur les fortifications et sur les quatre agents armés de fusils qu'il y avait postés. Les plaisanciers avaient quitté le port. Il ne restait que le bateau rapide de la police du port, qui les avait amenés. Deux agents armés se tenaient en outre sur le quai. Ainsi que Bente, qui maintenait le contact avec le central d'urgence. Il n'y avait plus rien à faire. Il forma le numéro de Per sur son portable. Per ne se fiait pas aux liaisons radio, il préférait les portables que les journalistes, en tout cas, ne pouvaient pas encore écouter.

« Per ? Ici John. Tout a été vérifié. Le Sujet peut arriver.

– Très bien, John. La presse est en route. L'horaire sera respecté. »

Le restaurateur sortit devant le pavillon :

« Alors, où en sommes-nous ?

– Vos clients seront là dans une demi-heure. La conférence de presse aura lieu dans une heure.

– Nous sommes prêts. Voulez-vous une tasse de café en attendant ?

– Très volontiers, merci », répondit John.

Per amènerait le Sujet dans une voiture aux vitres

fumées de la réunion du centre-ville jusqu'au quai de l'Entrepôt d'Eigtved, à deux pas du ministère des Affaires étrangères, où Jon et son homme d'équipage les attendraient à bord de la *White Whale*. John consulta sa montre. Per aiderait alors le Sujet à descendre dans le bateau et à s'installer dans la cabine fermée, aux rideaux tirés. Tagesen la suivrait et ils mettraient le cap sur Flakfortet. Il serait prévenu quand ils mettraient en route. Il avait le temps de prendre une tasse de café. Tout se déroulait selon les prévisions. Même le temps était en leur faveur. Un peu nuageux, avec un soleil pâle, mais il voyait bien les nuages noirs qui grossissaient à l'horizon, au-dessus de la Suède.

La pluie arriverait dans l'après-midi, comme la météo l'avait annoncé, et le vent se lèverait, mais à ce moment-là en tout cas, ils auraient franchi ce pas difficile.

Le *M/S Langø* entra dans le port de Flakfortet. Depuis un moment, les photographes de la télé s'activaient. Grandissant lentement dans le détroit à mesure qu'ils avançaient, la forteresse leur offrait un cadre merveilleux. Sans parler des bonnes photos des agents armés postés au sommet du fort, sur un fond de ciel dramatique. Les nuages noirs à l'horison, les pentes verdoyantes du fort et les blocs de granit grossiers de ses solides murailles. On ne pouvait rêver meilleures images.

Peter Sørensen lança un coup d'œil à Lise :

« Bravo pour la télé, Lise. C'est à notre intention ?

– C'est aussi un endroit sûr », rétorqua-t-elle. Elle avait dû répondre à une foule de questions, y compris sur l'historique du fort. Les journalistes étrangers s'y intéressaient ; ou bien elle avait manqué de temps pour penser à son chagrin, ou bien elle l'avait refoulé au plus profond d'elle-même, mais il l'attendait. Elle le savait, il ressurgirait à la surface, mais elle ne craquerait pas.

« Est-ce que Janos a quelque chose à voir avec ça ? demanda Peter.

– Pourquoi me poses-tu cette question ?

– Tu pourrais bien ouvrir un peu ton sac, Lise.

– Je ne comprends pas que tu me la poses », rétorqua-t-elle en sentant sa voix se mettre très légèrement à trembler, parce que l'idée de Janos faisait revivre en elle les terribles images de cette nuit.

Elle fut sauvée par le reporter de l'agence Reuter qui voulait savoir à qui appartenait ce vieux fort militaire et s'il avait jamais vu une guerre. Elle entreprit de lui donner des explications tout en sentant le regard sceptique que Peter posait sur elle. Ils accostèrent et mirent pied à terre. Quand les journalistes et les photographes se dispersèrent un peu, elle s'arrangea pour s'éloigner de lui. Les uns allèrent chercher une bière au restaurant, d'autres, en attendant, se mirent à faire des photos pour leur reportage. John les regarda. Il n'y avait rien à faire. Ils avaient été contrôlés et il savait qu'il serait vain de leur ordonner de rester sur place. Mais Flakfortet avait un autre avantage. Ils savaient qui se trouvait dans l'île et personne ne pouvait y venir sans être découvert.

Vuk les entendit passer dans la galerie, devant la chambre du cuisinier et il se leva. Sortant son bloc-notes de son sac, il quitta la chambre pour aller dans les toilettes. Il s'y enferma et attendit qu'une voix ait crié :

« Elle arrive. Son bateau entre dans le port. »

Ayant entendu des pas rapides dans la galerie, il quitta les toilettes et suivit trois hommes et une femme qui marchaient rapidement. Il sortit par l'une des portes principales et vit les journalistes et les photographes se presser sur le quai en se poussant et en se bousculant pour avoir la meilleure place. Ils arrivaient du restaurant, des fortifications ou du kiosque où ils avaient fait passer le temps en regardant des brochures. Le bateau qui pénétrait lentement dans le port était un bateau bas, à moteur, en bois d'un beau brun. Le capitaine, debout à l'arrière, contemplait la scène qui se déroulait sur le quai herbeux. Vuk vit le Sujet sortir entre deux hommes de la cabine. Le premier, en blouson, avait l'air d'un garde du corps. Le second, en complet veston, devait être une sorte d'hôte. Vuk se sentit la bouche un peu sèche et son cœur battit un peu plus vite. C'était ce qu'il fallait. Il avait besoin d'adrénaline. Il était prêt.

22

Debout à l'arrière de la *White Whale*, Tagesen était fier que tant de gens de la presse se soient déplacés, mais cela le gênait tout de même un peu que cet événement doive avoir lieu sous la protection de la police armée. Mais il tirait sa plus grande fierté de la réalisation de cette réunion en pleine mer – comme il se proposait de l'appeler dans un prochain éditorial – dont ils avaient assumé la charge, lui et son journal. Peut-être était-ce Lise qui aurait dû être aux côtés de Sara Santanda ? Peut-être reprenait-il à son compte une trop grande partie de la réception ? Mais fallait bien qu'il pense à son journal et à lui-même. Au rédacteur en chef activiste d'un quotidien activiste. Le PEN-Club danois comptait beaucoup, mais l'organisation devait reculer d'un pas en ce jour où son journal écrivait l'Histoire. D'ailleurs, en un sens, Lise le comprenait, il en était sûr. Mais sans ce tragique événement, elle n'aurait certainement pas manqué de protester. Une femme tenace, qui n'abandonnait pas la partie ; cependant, tout bien considéré, cette division du travail entre eux était sûrement la meilleure. De surcroît, elle travaillait au journal. Sara Santanda venait en premier lieu à cause de *Politiken.* Et une partie de l'honneur de cette visite retombait sur le PEN-Club danois parce que Lise était employée à *Politiken,* pensa Tagesen avec satisfaction.

Il regarda Sara Santanda et les caméras pointées sur elle, les flashes, les visages excités et la bousculade. De temps à autre, la profession qu'il avait choisie et qu'il représentait l'étonnait. On eût dit une meute de loups flairant une proie. Même des journalistes réfléchis oubliaient la politesse et les bonnes manières quand ils voulaient arriver les premiers pour faire un scoop.

« Je regrette que ce soit un peu loin de tout », glissa-t-il en anglais.

Elle lui adressa ce sourire doux et aimable que quelques heures en sa compagnie lui avaient appris à apprécier. Il ne comprenait pas que cette douce et aimable femme d'âge moyen ait pu susciter une telle colère aveugle chez les religieux de Téhéran. Pour lui, cela restait incompréhensible ; pourtant, contre toute raison, il s'en réjouissait au nom de la cause de la chose écrite. Parce que cela soulignait l'importance de la chose écrite, le fait même qu'elle ait tant d'importance. C'était le sujet de son éditorial d'aujourd'hui. Il se réjouissait de fustiger, demain, ces poltrons de politiciens danois qui n'avaient pas osé venir à cause des exportations. *Follow the money.* Suivez l'argent. Cela pourrait lui servir de titre.

« C'est très bien », dit Sara en faisant signe de la main aux reporters. « C'est tout à fait bien. Et j'adore la mer. Rien que cette odeur. Je trouve que c'est bien. Ce n'est que le début. Le premier pas. Je fais mes premiers pas dans le monde, comme un tout petit qui apprend à marcher. »

Les journalistes se coupaient la parole. Comment allait-elle ? Avait-elle peur ? Quand était-elle arrivée ? Les photographes se querellaient parce qu'ils se bouchaient mutuellement la vue.

« Du calme, intervint Tagesen. Calmez-vous. Laissez Sara Santanda mettre pied à terre et entrer au restaurant, vous aurez toutes les occasions possibles de poser des questions et Sara a accepté de donner des interviews personnelles aux télévisions après la conférence de presse. Mesdames et messieurs, calmez-vous donc un peu. »

Per Toftlund regardait cette ménagerie. Il ne comprenait pas les gens de la presse ; il les trouvait emmerdants et égocentriques, et leur comportement confirmait tous ses préjugés à leur sujet. Prenant la tête du cortège, il fit les quatre pas qui le séparaient du quai et attendit Sara Santanda, son large dos bouchant la vue à la presse. Il lui prit la main pour l'aider à monter sur le quai. Journalistes et photographes continuaient à pousser et à se bousculer. Per fit un signe à John qui se fraya un passage jusqu'à lui afin de pouvoir ménager, à eux deux, un peu d'air autour de la frêle femme qui souriait en faisant des signes et qui faisait mine de jouir de cette attention alors qu'on voyait grandir, dans ses yeux, un peu de frayeur devant la brutalité de la presse.

« *Please ladies and gentlemen. Please. Let's be civilized* »*, dit-elle, et ce fut comme si sa voix calme apaisait les esprits. En tout cas, tout le monde recula de deux pas de façon à former un cercle autour d'elle et cela fit un peu d'air. Peter Sørensen était au tout premier rang, son microphone à la main et son photographe juste derrière lui. Le cadreur poussa Per en lui bouchant la vue. Ce dernier jura, mais sans se décider, malgré tout, à repousser la caméra, les relations de la police avec la presse n'étant déjà pas des meilleures.

« *How are you, Mrs Santanda ?* questionna Peter Sørensen.

– *I am fine, young man, and very happy to be here* »,** répliqua-t-elle.

* « S'il vous plaît, Mesdames et Messieurs. S'il vous plaît. Soyons civilisés. »
** « Comment allez-vous, Mme Santanda ? ...
– Très bien, jeune homme, et je suis très heureuse d'être ici. »

Toute l'attention se concentrait sur Sara Santanda. Personne n'avait remarqué Vuk, arrivé par l'entrée principale et qui se trouvait maintenant à la périphérie du troupeau des journalistes qui encerclait la petite femme écrivain. Il tenait un bloc et un stylo à bille dans sa main droite. Il les laissa tomber par terre, croisa la main sur son ventre, la plongea dans la sacoche et tira son pistolet, le déverrouilla et le tint au bout de son bras tendu, le long de sa jambe. Il poussa rudement l'homme qui se trouvait devant lui, lequel tomba en avant en entraînant quelqu'un d'autre dans sa chute, comme des quilles qui vacillent sans vouloir tomber. On entendit des protestations, mais cela lui ouvrit le champ. Vuk n'était qu'à un mètre du Sujet qui lui tournait le dos et parlait devant un microphone. Sentant la vive inquiétude de la troupe, le journaliste leva les yeux et tomba sur ceux de Vuk qu'il reconnut, malgré sa barbe et ses cheveux noirs.

« Janos ! » s'écria Peter Sørensen.

Vuk levait le bras, mais il resta un instant paralysé en reconnaissant Peter, son ami d'enfance qui le regardait dans les yeux.

Lise était en bordure du groupe, mais la trouée pratiquée par Vuk dans le troupeau lui ouvrit le champ et soudain, elle le vit surgir devant elle comme s'il sortait de terre.

« Carsten ! » cria-t-elle.

Le bras de Vuk se leva de nouveau, mais Toftlund avait vu son mouvement et comme un joueur de football, il se jeta en avant et réussit à faire faire un tour complet au cadreur de la télé avant que ses 86 kilos ne tombent sur Sara Santanda en les précipitant à terre, elle et lui. En tombant, le corps de l'écrivain émit un bruit sourd et Per comprit que ses poumons se vidaient et qu'elle s'était cassé un bras ou démis une épaule. Elle gémit, mais il pesa sur elle de son grand corps en se tordant le cou pour ne pas perdre Vuk de vue.

Per avait entendu un coup de feu et senti le déplacement d'air du projectile au-dessus de la nuque. Il entendit tirer un second coup. Le premier avait traversé le photographe du journal télévisé au milieu du cou et avait touché l'épaule de son voisin. Le coup suivant transperça le bras d'une femme reporter pour aller se loger dans le mollet d'un photographe de presse. Tous deux se mirent à hurler et la panique se propagea. Les uns se jetèrent à terre, les autres tentèrent de s'enfuir alors que d'autres restaient cloués sur place.

Vuk vit du coin de l'œil un homme en civil qui tirait son pistolet de la gaîne de sa ceinture. Tournant sur lui-même, il prit son Beretta des deux mains et tira deux fois sur John au milieu de la poitrine, puis il prit par la gorge la femme la plus proche, c'est-à-dire Lise, et la maintint devant lui en lui appuyant son pistolet sur le cou.

Lise haletait, mais elle ne pleura pas. Elle était à la fois angoissée, furieuse et désespérée.

Les deux blessés gémissaient. John gisait, mort, le sang coulant de sa poitrine et de son dos, par où le projectile était ressorti. Bente restait les bras ballants, la bouche ouverte en un cri muet. Le sang jaillissait de la gorge du cadreur, tombé sur le ventre. Les journalistes avaient un peu reculé et fixaient la scène en silence, ceux qui s'étaient jetés dans l'herbe lançaient des regards angoissés. Plusieurs sanglotaient. D'autres, pâles, restaient sous le choc. Peter Sørensen se mit à genoux à côté de son cadreur. Sara Santanda gémissait de douleur sous le poids de Per. Il la recouvrait totalement de son corps et avait sorti son pistolet.

« *Stay down*, dit-il à Sara.

– *You broke my shoulder and several ribs* », répondit-elle, et il lui sembla qu'elle riait malgré la douleur. « *Is that saving me ?* » poursuivit-elle, alors qu'il entendait à sa voix qu'elle souffrait atrocement.

« *Stay down* »*, répéta-t-il. C'était une femme surprenante.

Vuk leva son pistolet et visa Per.

« Dégage. Je n'ai rien contre toi », intima-t-il.

Per hurla :

« S'il descend une seule personne de plus, descendez-le. Otage ou non. C'est un ordre. »

Les deux agents en uniforme avaient gardé leur calme. Ils avaient déverrouillé leur mitraillette et fait un pas sur le côté pour avoir Vuk et Lise dans leur ligne de mire. Per les connaissait grâce à des missions de surveillance précédentes.

C'étaient de bons agents pondérés qui ne paniquaient pas facilement.

Lise sentit à sa gorge que Vuk resserrait son étau. Soudain, elle comprit le sens de la phrase de Per.

« Per », essaya-t-elle de dire, mais l'étau lui serrait tant la gorge que le mot ne sortit pas. Elle voyait aux yeux de Per qu'il avait pris sa décision. Elle le supplia du regard mais il la quitta des yeux pour se concentrer sur l'homme au pistolet.

Per prévint Vuk en braquant son pistolet sur lui :

« Janos. Tu ne l'auras pas. Si tu tires encore, tu es mort. Tu ne l'auras pas. Tu le sais. On n'abandonnera pas le Sujet. »

* « Restez à terre.
– Vous m'avez cassé l'épaule et plusieurs côtes... C'est comme ça que vous me sauvez la vie ? »...
– Restez à terre. »

Vuk jeta un regard rapide à droite et à gauche. Les deux agents en uniforme s'étaient mis tous deux en position de tir et braquaient leurs armes sur lui. Il savait que les tireurs armés de fusils veillaient au sommet du fort. Il était temps qu'il reconnaisse sa défaite et mette en œuvre son plan de fuite. Gardant son pistolet braqué sur Per qui recouvrait Sara Santanda de son corps, Vuk maintenait Lise devant lui comme un bouclier vivant.

« O.K. », dit-il tranquillement en commençant à reculer lentement vers le quai. Un mouvement se fit dans la foule et les agents firent un pas en avant.

« Stop ! rugit Vuk. Que personne ne bouge. Je n'ai rien à perdre. Sinon, je descends celle-ci d'abord, Sara, et ensuite, un ou deux autres. Je ne veux pas être pris. C'est compris ?

– C'est compris », dit Per. Il entendait la respiration pénible et sifflante de Santanda qui s'était mise à geindre. Pourvu qu'elle n'ait pas eu un poumon perforé. « *Stay down* », lui chuchota-t-il avant de dire d'une voix forte :

« Donne-moi tes conditions. »

Vuk jeta un bref coup d'œil derrière lui. Debout sur le pont, le capitaine Jon et son homme d'équipage regardaient la scène, médusés. Tout s'était passé en moins d'une minute.

« Il va m'emmener dans son bateau. L'homme d'équipage reste à terre. Elle m'accompagne. Si un bateau quitte le fort ou lance un bateau contre moi de Copenhague, je les descends tous les deux.

« Et les blessés qui ont besoin d'aide ? » questionna Per. Il était pâle, mais la main qui tenait le pistolet ne tremblait pas et ses yeux restaient fixés sur ceux de Vuk.

« Si un bateau sort d'ici dans la demi-heure qui vient, ils sont morts, rétorqua Vuk de sa voix nette et neutre.

– Tu n'as pas une chance. Renonce ! » dit Per. Il jeta un

coup d'œil sur le corps sans vie de John, conscient du fait qu'il y avait aussi d'autres blessés. Il fallait avant toute chose secourir les blessés et éloigner Janos. Ils le retrouveraient bien plus tard.

« *Fuck you* », pesta Vuk.

Per serra son pistolet plus fort dans sa main, comme s'il évaluait cette possibilité. Lise était folle de terreur, à présent. Pas seulement à cause de l'homme qui lui serrait si fort le cou, mais aussi parce que celui avec qui elle avait fait l'amour paraissait prêt à la sacrifier.

« Ne le faites pas », insista Vuk, et elle le remercia intérieurement.

« On est d'accord, fit Per.

– Per », tenta de dire Lise, mais l'étau se resserra autour de son cou, tandis que Vuk la tirait en arrière pour qu'elle continue de faire office de bouclier.

« Monte ! » intima Vuk à l'homme d'équipage qui monta les quatre marches menant au quai et s'écarta comme un crabe.

Vuk descendit dans le bateau sur le côté, tout en maintenant solidement sa prise autour du cou de Lise. Elle sentait sa force physique, mais son bras lui faisait un drôle d'effet, comme s'il avait eu quelque chose de caoutchouté sous sa veste. Un instant, il faillit trébucher et desserra sa prise autour de son cou, mais il reprit souplement son équilibre et l'étau recommença à la faire souffrir.

« En route ! » commanda Vuk à Jon, pâle comme un linge à son poste.

Vuk s'était placé en retrait derrière lui, où il se trouvait protégé à la fois par Lise et par Jon. Il ne se fiait pas aux agents postés en haut de la forteresse. L'un d'eux pourrait facilement avoir envie de jouer les héros.

Jon regarda dans la direction de Toftlund, la main sur la

clé du starter.

« En route ! » reprit Vuk.

Toftlund protégeait toujours Sara de son corps.

« En route ! » répéta Vuk en continuant : « Ça m'est égal de mourir. Je viens d'un pays où la mort est quotidienne. Mais avant, tu y passeras. Après, ça sera elle, et un ou deux autres y passeront aussi. Alors, en route ! »

Toftlund acquiesça de la tête et sur le quai, l'homme d'équipage ôta les amarres. Le moteur bien huilé de la *White Whale* partit facilement et Jon manœuvra le bateau pour l'éloigner du quai. Quand Per le vit atteindre l'entrée du port et que l'écume de l'hélice lui prouva que John avait mis les gaz, il se releva.

« Værløse, hélicoptère, tout de suite ! » rugit-il à Bente qui tritura sa radio mais conserva son sang-froid en commençant par faire un rapport succinct. La plupart des gens de la presse restaient couchés par terre, comme s'ils ne savaient toujours pas ce qui s'était passé réellement, tandis que d'autres se relevaient lentement.

Toftlund regarda la *White Whale* qui s'éloignait du port à toute allure.

Il se tourna vers Bente :

« Va chercher la trousse de première urgence du restaurant et organise tout ça ! »

Il appuya sur le bouton émetteur de sa radio et commença son rapport en soulignant que le preneur d'otages en fuite était particulièrement dangereux et qu'il fallait éviter de s'approcher du bateau nommé *White Whale*. Il demandait qu'on envoie l'hélicoptère à Flakfortet, ainsi qu'une assistance médicale. Puis il se dirigea vers John et s'agenouilla à côté de lui. Aucun médecin ne pourrait le sauver. Per fut pris de fureur et de désespoir quand il comprit enfin que Lise était à bord du bateau. De simple otage qu'il avait le devoir de sacrifier pour protéger le Sujet, elle redevint Lise, qui n'avait rien à voir avec un otage. Il regarda dans la direction de Sara Santanda qui s'était assise, avec l'aide de Tagesen. Elle pleurait en se tenant les côtes de son bras droit, tandis que son bras gauche ballottait, étrangement inerte. La seule consolation était qu'elle soit en vie, dans cette situation qui n'aurait pas pu être pire. Il regarda dans le lointain l'élégant bateau de bois qui disparaissait avec Lise à bord.

La *White Whale* pouvait atteindre 17 nœuds et Vuk ordonna à Jon de pousser le moteur au maximum. Le fort disparut à l'arrière et quand Vuk fut sûr qu'ils étaient hors de la portée des fusils des tireurs, il repoussa Lise vers Jon, et alla se poster lui-même tout au bout de la poupe afin de les avoir tous deux dans son champ de tir. Il se tenait debout contre le cylindre blanc qui contenait le canot de sauvetage gonflable. Jon était devant la roue de l'ancien gouvernail de bois. Lise avait une peur panique, maintenant. Vuk, Carsten ou Janos, quel que soit son nom, était d'un calme sinistre. Seules quelques gouttes de sueur au-dessus de l'arête de son nez révélaient peut-être sa tension. John, les mains tremblantes, devait s'accrocher au gouvernail. La *White Whale* fendait les courtes vagues créées par le vent qui paraissait porteur de pluie. Le soleil avait disparu et les nuages noirs qui plombaient la Suède approchaient de l'Øresund. Lise regarda le trafic du détroit : le ferry-boat de Limnhamn, des voiliers près de la côte, un pétrolier glissant majestueusement vers la Baltique et un avion qui descendait lentement en survolant Saltholm. Un navire côtier battant pavillon russe qui sortait du port de Copenhague et à quelque distance devant eux, l'une de ces vilaines péniches qui lui rappelaient des vacances en France et qui semblait avoir des problèmes avec le courant, tant elle avançait lentement.

« Tu fumes ? » demanda Vuk.

Elle fit signe que oui.

« Allume-moi une cigarette ! »

Ayant perdu son sac à main, elle le regarda, confuse et apeurée.

« Capitaine ? »

Jon plongea la main dans sa veste, en tira un paquet de Prince et le tendit à Lise avec un briquet. Elle l'alluma, les mains tremblantes, et lui passa la cigarette avec son bras tendu. Il la prit de sa main gauche assurée en continuant, de la main droite, à tenir le pistolet braqué sur eux.

« Ne vous gênez pas pour en faire autant », dit-il comme s'ils conversaient poliment entre eux au cours d'une réception.

Ils allumèrent leur cigarette, bien que ce soit difficile dans le vent.

« Où allons-nous ? » demanda Jon après avoir aspiré profondément la fumée.

« Mets le cap droit sur l'est, direction le port.

– Je ne peux pas. Je file tout droit sur les Parages malsains. La *White Whale* est tout ce que je possède.

– *Don't fuck with me, mister*, rétorqua Vuk.

– On va lui déchirer la coque. »

Vuk leva son pistolet et Lise se recroquevilla à côté de Jon.

« Fais ce que je te dis. Juste avant les Parages malsains, je te donnerai un autre ordre : à Hollænderdybet, tu descendras plein sud, intima Vuk.

– Ils t'attraperont quand tu descendras à terre », dit Jon.

Vuk ne répondit pas, il fumait.

« Comment as-tu pu faire ça ? Qui es-tu ? » demanda Lise, étranglée par les larmes. Elle tremblait de tout son corps et gelait, dans ses légers vêtements. « Pourquoi Ole ? Pourquoi ? Qu'est-ce qu'il t'avait fait !

– Ta gueule ! » répondit-il brutalement.

Le téléphone radio retentit. Vuk leva son pistolet pour leur faire signe de ne pas le toucher.

Il regarda le ciel. L'hélicoptère n'allait pas tarder à apparaître.

« Hey, toi ! Où as-tu mis les gilets de sauvetage ? » s'enquit-il.

Jon lui montra du doigt l'un des caissons latéraux qui servaient de banquettes sur le petit pont arrière. La *White Whale*, qui avait acquis une bonne vitesse, fendait les flots et la première goutte de pluie toucha le bois bien poli.

« Sors-en deux ! » commanda Vuk à Lise.

Jon le regarda. Une partie de son angoisse semblait avoir disparu, peut-être parce qu'il était dans son élément derrière le gouvernail de la *White Whale*.

« Tu attends un bateau. C'est ça. Il y a un bateau qui t'attend.

– Ferme-la ! » fit Vuk.

Jon tourna légèrement le gouvernail et la *White Whale* changea lentement de cap.

« Où vas-tu ? demanda Vuk.

– Il n'y a qu'un mètre quatre-vingts de fond. Faut que je reste dans la passe. Regarde la bouée là, droit, devant nous ! »

Mais Vuk ne les quittait pas des yeux, ni lui ni Lise qui avait ouvert le caisson et regardait les gilets de sauvetage orange.

« Garde le cap, et mettez les gilets. Tous les deux », commanda Vuk en jetant le reste de sa cigarette par-dessus bord.

« Mais qu'est-ce que tu veux, bon Dieu ?

– C'est à vous de choisir, répondit Vuk. C'est avec ou sans. Mais le voyage s'arrête ici, alors vous feriez mieux de vous dépêcher. »

Vuk enleva une clavette, tira sur l'éjecteur automatique et le container blanc tomba à l'arrière du bateau, dans l'eau grise qui bouillonnait. Il tira sur la corde et le canot de sauvetage rond commença à se gonfler à l'arrière.

« Qu'est-ce que tu fais ? cria Jon.

– Dépêchez-vous ! » intima Vuk.

Lise passa le gilet de sauvetage et essaya de l'attacher, mais elle n'arrivait pas à démêler les ficelles. Jon, une main sur le gouvernail, l'aida de l'autre main. Lise lui passa un gilet de sauvetage par la tête et il l'attacha en habitué. Vuk entendit l'hélicoptère avant de le voir. Il y en avait deux. Le premier devait servir à des missions de sauvetage, le deuxième, plus petit, pouvait surveiller la circulation routière. Ils franchissaient la côte à bonne hauteur. Le grand Sikorsky continua son vol en direction de Flakfortet tandis que le second vint survoler le canot de sauvetage, tourna et survola la *White Whale*.

« C'est maintenant ! » cria Vuk en levant son pistolet, mais ils étaient comme paralysés. La mer était grise, striée par la pluie qui tombait de plus en plus drue, et Lise trouvait que le bateau allait terriblement vite. L'hélicoptère approcha et plongea sur la *White Whale*. Vuk appuya deux fois, coup sur coup, sur la détente et brisa la vitre qui se trouvait devant Jon, faisant jaillir les éclats de verre à l'intérieur du poste de commande. Ils devaient le surveiller avec leurs jumelles car l'hélicoptère vira sur la droite et remonta rapidement, comme s'ils voulaient lui signifier qu'ils resteraient à distance.

« J'ai dit maintenant ! »

Vuil leva le pistolet et visa Jon entre les deux yeux. Jon

lâcha le gouvernail, monta sur le plat-bord et se jeta à l'eau, aussi loin de la coque qu'il le pouvait. De son pistolet, Vuk lui montrait le chemin. Lise, tremblant comme une feuille, monta sans savoir comment sur le plat-bord et se força à sauter. Tout ce qu'elle savait, c'est qu'elle avait plus peur de rester à bord que de plonger dans la mer grise et froide. Elle aperçut Jon roulé par les vagues derrière la *White Whale,* sauta et en plongeant, elle eut le souffle coupé par l'eau froide. Prise de panique, elle avala de l'eau, mais le gilet de sauvetage la retourna et la ramena à la surface, couchée sur le dos, les yeux tournés vers les nuages noirs. Elle vit la *White Whale* disparaître et battit l'eau de ses pieds. En fait, elle nageait très bien et même si l'eau était froide, elle faisait encore de 12 à 14 degrés, après cet été chaud prolongé. Et elle se sentait soulagée d'être loin de cet homme froid et calme qui ne souriait jamais. Elle fit un signe à Jon et ils nagèrent sur le dos l'un vers l'autre. L'hélicoptère descendit sur eux et décrivit un cercle. Ils lui firent signe, l'hélicoptère s'éleva, tourna et revint. Un objet jaune rectangulaire se détacha de son flanc, tomba entre elle et Jon et commença à se gonfler automatiquement pour former un canot de sauvetage. Nageant dans cette direction, Lise l'atteignit en même temps que Jon et elle s'y agrippa, pleurant et riant à la fois. Jon se hissa dans le canot et la tira dedans et quand elle y fut, elle se mit à vomir et à pleurer, si bien qu'elle crut qu'elle ne pourrait jamais s'arrêter.

Jon se mit à genoux à côté d'elle. Il suivait des yeux la *White Whale* et faisait le point avec la côte. La *White Whale* traversa Hollænderdybet mais ne bifurqua pas pour aller au sud ou au nord, elle continua tout droit.

« Salopard ! » cria-t-il en tendant son poing fermé en direction de la *White Whale.* « Espèce de salaud d'assassin de destructeur de merde ! »

Au moment où Vuk entrait à toute vitesse dans les Parages malsains, une vieille traverse de chemin de fer éventra le fond de la *White Whale* et la freina avec une telle force que son réservoir éclata. Le diesel se mélangea au gaz comprimé de la bouteille de la cabine, prit feu au contact du métal brûlant du moteur et le bateau explosa dans une lueur rouge-jaunâtre.

L'observateur de l'hélicoptère, qui avait gardé les yeux fixés sur les deux naufragés pour être sûr qu'ils montaient dans le canot de sauvetage, ne put donc pas confirmer les dires de Jon, qui pensait avoir vu une silhouette noire quitter la *White Whale* quelques secondes avant qu'elle ne fonce à toute vitesse dans les Parages malsains. L'observateur ne put pas affirmer non plus s'il y avait eu quelqu'un ou non à bord de la *White Whale*, car il n'avait réglé ses jumelles pour la regarder qu'à l'instant où elle avait explosé.

L'hélicoptère vola à basse altitude pour scruter les parages. L'équipage vit une bouée que le courant entraînait vers l'extérieur, mais aucun autre signe de vie dans l'eau. Deux voiliers changèrent de cap pour inspecter le lieu de l'explosion, mais les plaisanciers n'ignoraient rien sur les Parages malsains et ils restèrent à distance respectueuse. Une péniche russe et d'autres grands navires naviguant à proximité du lieu de l'accident ralentirent également, comme l'exigent les règlements maritimes en cas de naufrage. Des demandes d'explications dans plusieurs langues crépitèrent sur les fréquences des radios maritimes. Les lignes régulières reçurent l'ordre de garder le cap. Les conditions de navigation étaient difficiles et les secours étaient en route.

Mais quand les premiers plaisanciers atteignirent le lieu

du naufrage, celui qui avait dirigé la *White Whale* dans les Parages malsains avait disparu dans la nature. La seule trace laissée par lui fut sa veste de tweed qui dérivait, non loin de sa chaussure droite, à trois cents mètres du naufrage. Ces objets vestimentaires lui avaient sans doute été arrachés au moment de l'explosion, laquelle l'avait vraisemblablement précipité à l'eau.

La visibilité ne tarda pas à empirer, car la tempête venant de la Suède déferla sur la Seeland, accompagnée de vents violents et d'une pluie battante, et lorsque la nuit tomba, les recherches furent abandonnées.

La péniche russe qui avait eu des problèmes de machines à un endroit déplorable, dans la voie maritime voisine des Parages malsains, poussa son moteur usé et reprit lentement son itinéraire initial pour aller jeter l'ancre à Limhamn, en Suède, où elle débarqua un chargement de farine de soja et où le capitaine eut droit à une sérieuse engueulade, parce qu'il naviguait dans le détroit par mauvais temps avec un si mauvais moteur, bien qu'il soit resté deux jours entiers à quai en raison des problèmes posés par ce même moteur, dont la puissance aurait à peine suffi à faire rouler une Skoda. Le capitaine expliqua dans un mauvais anglais qu'avec l'effondrement de son pays, il était obligé de gagner de l'argent là où il y en avait à gagner et que si ses tarifs de transport étaient inférieurs à ceux des autres, il avait cru que cela faisait partie de l'économie de marché, mais que n'est-ce pas, il avait encore tout à apprendre. Le commissaire du port de Limhamn le prévint qu'on ne l'autoriserait pas à mouiller une fois de plus dans un port suédois et que cela vaudrait aussi pour ses collègues et leurs rafiots au bord du naufrage. La Suède avait déjà interdit l'entrée des ports suédois à ses bateaux jumeaux de la Volga-Nefti, qui transportaient du pétrole.

Le capitaine russe s'en moquait. De toute façon, il allait bientôt prendre sa retraite. Le jeune homme n'avait rien demandé d'autre que des vêtements propres, de la vodka, du café et des cigarettes. Malgré sa combinaison de plongée, il était gelé quand il avait escaladé le bastingage, une heure après qu'un quelconque plaisancier ait lancé son voilier à moteur en bois, pourtant si beau, au milieu d'un des plus grands dépotoirs sous-marins existants au large d'un port commercial en activité. Ce jeune homme silencieux avait escaladé le bastingage au sud de Saltholm, lorsque son bateau se préparait à mouiller dans le port de Limhamn, il faisait nuit et il tombait des cordes. Il avait signifié aux quatre ivrognes qui lui servaient d'équipage qu'ils avaient été tout à coup frappés de cécité et de surdité, ce qui peut arriver à tous ceux à qui l'on donne un pourboire, ou trop à boire, ou les deux à la fois.

Le capitaine était donc le seul à avoir vu le jeune homme.

Et le capitaine ne posait pas de questions. Certaines choses ne le concernaient pas. Les types qui l'avaient contacté et payé, il les connaissait, et avec eux, on ne plaisantait pas. D'ailleurs, il avait connu d'autres garçons du genre de ce jeune homme silencieux, qui avaient escaladé son bastingage à l'époque où il servait dans un sous-marin de la marine soviétique. Des jeunes comme ça, il en avait débarqué à différents endroits, sur ces côtes où la mer est peu profonde. Il les avait débarqués et il était revenu les chercher sans que les impérialistes n'y voient goutte. Ces gars-là, au bon vieux temps, on les appelait des *spetznats* ; ils grimpaient comme des chèvres et nageaient comme des poissons. Autrefois, c'était le patriotisme qui le poussait. Cette fois-ci, on lui avait versé 25 000 dollars pour être à un endroit donné à un moment donné. Il avait bien vu la bouée et la silhouette noire qui avait sauté pendant les périlleuses secondes qui précédaient l'explosion et qui n'avait reparu qu'une seule fois, les narines juste au-dessus de l'eau, du côté abrité de l'épave en feu, avant de disparaître et que la bouée ne commence à dériver. Le gars avait nagé au beau milieu de cette jungle souterraine de métaux tordus couverts d'algues, de béton et de briques effritées qui ressemblaient à des récifs diaboliques. Le capitaine connaissait la musique. Ça ne lui avait pris que quelques secondes d'adapter d'abord l'embout puis le reste de l'équipement et de se diriger vers sa vieille péniche, et pour une somme pareille, c'était bien volontiers qu'il l'avait laissé s'accrocher sous sa coque pendant quelques heures, à l'étrier prévu à cet effet. Le capitaine reprit un verre de vodka en pensant juste un instant qu'il l'aurait presque fait gratuitement. Rien que pour le plaisir de revivre ces bonnes vieilles sensations de sa jeunesse.

Mais pas tout à fait gratuitement quand même, pensa-t-il en voyant le jeune homme disparaître sur le quai désert tandis qu'il hurlait à ses matelots ivrognes et paresseux de se manier un peu pour qu'ils puissent mettre le cap sur Kaliningrad avant l'arrivée de la police qui lui poserait les questions stupides que seuls les policiers de tous les pays et de tous les régimes sont capables de poser.

23

Assis côte à côte sans se toucher, Lise et Per regardaient le journal télévisé de 21 heures dans l'appartement de Lise, devant un verre de vin rouge et les restes d'un repas que Per était allé chercher dans un grill chinois et auquel ils n'avaient presque pas touché. Ils en étaient à leur deuxième bouteille, mais le vin ne faisait que les rendre encore un peu plus abattus et somnolents. Lise avait maigri depuis l'événement, comme elle avait décidé de l'appeler, et cela ne lui allait pas, mais il trouvait malgré tout qu'elle reprenait un peu de couleurs. Peut-être tout simplement à cause du vin. Elle gardait vis-à-vis de lui une distance qu'il ne voulait pas forcer, on eût dit qu'une barrière s'était abaissée au milieu de leur liaison. Il en savait la raison, mais ni l'un ni l'autre n'avaient eu le cœur ou le courage de l'exprimer verbalement. Il valait peut-être mieux, d'ailleurs, éviter de parler de certaines choses. Lui-même était las. Las des réunions, las des explications, las des patrons, las des suppositions de la presse, las à l'idée qu'il devrait endosser la responsabilité de l'affaire. Plein du regret et du chagrin causé par la mort de John et de son impuissance envers sa veuve et ses enfants orphelins. Las de toute cette maudite affaire qui n'avait traîné que des victimes dans son sillage.

Au lieu d'écouter les nouvelles, il recommença à observer Lise. Il ressentait envers elle une grande tendresse, mais la fougue de leur passion semblait s'être consumée avant de s'épanouir complètement. L'étincelle s'était éteinte. Peut-être à cause de leur énervement. Peut-être se ranimerait-elle quand ils recommenceraient à faire vraiment l'amour. Ils ne l'avaient fait qu'une seule fois, mais elle s'était mise à pleurer à fendre l'âme, pour lui dire ensuite qu'elle l'aimait parce qu'il restait, tout en lui disant de passer la nuit sur le canapé, ou peut-être que le mieux serait qu'il rentre quand même chez lui. Ou qu'il reste. A condition qu'on la laisse en paix, mais pas seule.

Ce soir, il se préparait plus ou moins à rentrer chez lui. Cela s'était terminé ainsi, ces jours derniers. Le soir, ils se rencontraient, tâtonnaient pour se trouver sans y réussir, sans parler ensemble, et il repartait sans s'être mis en colère, sans avoir rien dit d'autre, par le fait, qu'un banal au revoir et à demain. Elle ne voulait pas rester seule, et elle ne voulait plus coucher avec lui. Il fallait qu'il reste et qu'il s'en aille en même temps. Désespéré, las et désorienté, il ne savait que faire mais il traînait, car il devrait bientôt lui dire adieu pour rentrer chez lui où il se faisait agresser par les démons de ses réflexions et du sentiment de sa culpabilité.

Lise, qui regardait les yeux mi-clos le journal télévisé, se redressa en voyant apparaître Peter Sørensen devant la porte du cabinet du Premier ministre et la mention « en direct » se mettre à clignoter en haut et à gauche de l'écran.

Peter Sørensen disait devant l'objectif que Carl Bang, le Premier ministre, rentrait aujourd'hui à Copenhague après sa tournée des groupes d'électeurs jutlandais, tournée qui avait empêché le Premier ministre de trouver le temps de rencontrer Sara Santanda, la femme écrivain iranienne que l'on avait tenté d'assassiner à Flakfortet, au large de Copenhague.

Vinrent alors les images qu'ils avaient vues tant de fois, de Flakfortet, du visage froid de Vuk, difficile à distinguer à cause de la lumière et de sa barbe et de ses cheveux noirs.

On voyait son pistolet, et sur le bord de l'image, le mouvement de Per qui se jetait sur Sara avant que l'image ne bascule, quand le photographe avait été touché. Le cadavre de John, le cadavre du photographe de la télé, le sang et les visages pâles et terrifiés. Per regarda Lise, mais elle se contentait de suivre les images. Peut-être qu'à force de les voir, ces séquences ne la faisaient plus souffrir autant qu'avant. Le drame avait été ressassé dans tous les journaux qui l'avaient déjà baptisé de massacre de Flakfortet. Ces mêmes séquences étaient passées et repassées sur toutes les chaînes, dans les programmes d'informations ordinaires et dans toute une série d'émissions spéciales.

Peter Sørensen déclara que Sara Santanda avait regagné la clandestinité et qu'elle suivait un traitement en Grande-Bretagne, dans un lieu tenu secret, à la fois contre le choc qu'elle avait subi et les blessures que lui avait infligées l'inspecteur Per Toftlund, qui l'avait presque tuée au lieu de la protéger. Toftlund, le responsable de la sécurité pendant la visite de Santanda, n'avait pas souhaité s'exprimer, ajouta le reporter.

« Salaud, jura Per.

– Chuut... » lui dit Lise, car la caméra faisait un zoom pour montrer Carl Bang, le Pemier ministre, sortant par la porte vitrée de son cabinet et s'apprêtant à être interviewé. Carl Bang choisissait soigneusement ses interviews et préférait toujours se montrer en direct dans les journaux télévisés, pour éviter que l'on ne rédige ses déclarations. Il s'était borné, dans cette affaire, à publier une courte déclaration à la presse et à laisser, pour le reste, son ministre de la Justice payer les pots cassés. Il opérait souvent ainsi en politique. Il laissait ses lieutenants reconnaître le terrain, mener les débats, se quereller et se faire lapider par les médias, et quand une ligne se dessinait, il intervenait pour prononcer une ou deux phrases paternelles. Il n'apparaissait pas à la télé sans avoir choisi lui-même l'heure et l'endroit de son intervention. On venait de décider de nommer une commission d'enquête qui allait examiner l'affaire sous tous ses aspects et trouver les responsables.

« Vous n'aviez pas encore voulu faire de déclarations, M. le Premier ministre, interrompit Peter Sørensen. « Mais le ministre de la Justice a déclaré que l'on allait désigner des responsables, puisque cela s'est si mal passé à Flakfortet. Avez-vous la même attitude ? »

Carl Bang allait fixer l'objectif, mais il se rappela que son cours de communication avec les médias lui avait appris que cela faisait mauvaise impression sur les téléspectateurs. Il regarda donc sérieusement Peter Sørensen et répondit d'une voix qu'il croyait lui-même patriarcale, autoritaire et responsable, mais qui irritait certaines personnes par son ton clérical et doctoral :

« D'abord, je voudrais dire que ce qui s'est passé est extrêmement regrettable et tragique. Et sur le territoire danois, qui plus est ! C'est absolument sans précédent et absolument inacceptable. On ne le soulignera jamais assez. Et en même temps, nous devons nous féliciter que Mme Santanda ait survécu. Nous enquêtons en ce moment pour savoir si les autorités compétentes avaient pris des mesures de sécurité suffisantes pour protéger ce grand écrivain en visite dans notre pays. Et nous voulons également désigner les responsables de la fuite de ce terroriste. Si c'est bien ce qui s'est passé. Car à ce sujet, les renseignements sont contradictoires. S'il y a eu manquement, les responsables auront... comment dire... à répondre de leur responsabilité. C'est évident. Rien ne sera dissimulé. Le terrorisme insensé a maintenant touché le Danemark. Désormais, nous devons en tenir compte.

– Et l'Iran ? Cette affaire aura-t-elle des conséquences pour les relations du Danemark avec l'Etat iranien ? » demanda Peter Sørensen.

Carl Bang jeta à nouveau un coup d'œil du côté des téléspectateurs, puis il se tourna vers Peter Sørensen et dit en penchant un peu la tête :

« Vous savez que les enquêtes provisoires semblent indiquer que le terroriste a agi seul. Qu'il s'agissait d'un fou fanatique, nous ne devons donc pas tirer de conclusions prématurées à propos d'autres nations souveraines, mais laisser l'enquête préciser comment s'est déroulée cette affaire. Tout semble indiquer également que le terroriste s'est noyé pendant sa fuite. Tout sera examiné, et ce n'est que lorsque nous disposerons de toutes les données adéquates que nous prendrons position et jugerons précisément si elles donnent lieu à d'autres considérations. »

Peter Sørensen essaya d'interrompre le Premier ministre, mais ce dernier poursuivit sans s'arrêter :

« Je tiens aussi à saisir cette occasion pour présenter mes condoléances aux familles des membres de la presse qui ont péri en accomplissant leur travail et de l'agent de police abattu pendant son service. Que leur mémoire soit honorée ! » Il fit une courte pause, regarda l'objectif puis tourna de nouveau la tête : « C'est un tragique événement, fort heureusement plus que rarissime dans notre pays par ailleurs si sûr. Je compatis avec les familles des victimes, à la fois avec celles des victimes tuées à Flakfortet et avec celles qui ont perdu ailleurs des êtres chers de la main de ce terroriste barbare. Merci. »

Carl Bang allait partir, mais Peter Sørensen se hâta de lui demander :

« Avez-vous regretté de ne pas avoir eu le temps de rencontrer Sara Santanda ? »

Carl Bang s'autorisa un petit sourire las.

« Cela va de soi. Je regrette que mon agenda ne me l'ait pas permis. Ç'aurait été très intéressant de rencontrer un aussi grand écrivain. J'aurais voulu le faire. J'espère que l'occasion s'en représentera.

– Croyez-vous vraiment qu'elle ait envie de revenir au Danemark ? » demanda Peter Sørensen, mais Carl Bang avait tourné les talons et s'était déjà réfugié derrière la porte vitrée du cabinet du Premier ministre.

« Hypocrite. Je ne peux pas les supporter, commenta Lise.

– Ils vont se blanchir à nos dépens, comme d'habitude, soupira Per.

– Tu en souffriras personnellement ?

– Oui, c'est certainement sur moi que tout retombera, dit-il sobrement.

– C'est injuste.

– La justice n'a rien à voir là-dedans. »

Ils restèrent un moment à regarder la télé sans suivre vraiment le programme.

« Mais qu'est-ce qu'il est devenu ? » questionna-t-elle.

Per haussa les épaules.

«*Quien sabe ?* répondit-il. Qui sait ?

– J'ai comme l'impression qu'il s'est échappé.

– Je ne crois pas.

– Alors, pourquoi n'avez-vous pas retrouvé son cadavre ? Pourquoi y avait-il deux bateaux russes dans les parages ? Ils pouvaient aussi bien appartenir à la mafia ! Pourquoi a-t-on retrouvé la voiture qu'il avait louée devant le ferry Silja pour la Finlande ? Elle y est allée toute seule ? Il a peut-être traversé l'Øresund à la nage ? Dis-le-moi ! »

Il avait déjà entendu la plupart de ces arguments. Echafauder des scénarios, se livrer à des spéculations et à des conjectures, c'était le sport favori de la presse. Per n'avait plus le courage d'y penser, surtout parce qu'il ne comprenait pas comment Vuk s'était échappé – s'il l'avait fait –, mais il en aurait sûrement le cœur net. Si on l'y autorisait. Il réfléchit à la dernière phrase de Lise. Il a peut-être traversé l'Øresund à la nage ? Etait-ce une possibilité ? Vuk aurait-il suivi un entraînement militaire d'homme-grenouille ? Dans ce cas, cela ouvrirait de nouveaux horizons. Il serait capable de choses impossibles pour le commun des mortels, des choses que l'on n'apprenait que dans les écoles spéciales du monde entier, et que Per avait apprises lui-même. Mais il faudrait que les Serbes de Belgrade ouvrent leur sac, et l'on n'y parviendrait qu'en faisant pression sur eux par la voie diplomatique. Il faudrait que le ministère des Affaires étrangères cuisine les Allemands, les Russes ou les Américains. Si on pouvait mettre la main sur ses papiers militaires ? En tout cas, commencer à appeler les magasins d'articles de plongée de Copenhague. Cette idée le requinqua un peu. Il y avait des possibilités, enfin, si on l'y autorisait. C'était peu probable. Dix secondes plus tôt, il n'avait plus de courage pour rien, et voilà que les idées se remettaient à foisonner dans sa tête. C'était sûrement assez vain. Il supposait qu'on le suspendrait pendant le déroulement de l'enquête.

Mais il se contenta de dire :

« Il est resté coincé sous l'eau par une traverse. Il est en train d'être bouffé par les grosses anguilles de ces eaux-là. Elles seront bonnes cette année. »

Elle lui fit un plaisir immense en lui donnant un coup de coude dans les côtes et en soufflant de dégoût. C'était la première fois qu'elle était en mesure de le prendre avec un soupçon d'humour.

« Tu es dégoûtant », dit-elle, mais il entendit à sa voix qu'elle ne le pensait pas.

« S'il s'est échappé, et je dis si, nous l'aurons à un moment ou un autre. Nous avons son nom, des photos de lui et un tas d'empreintes digitales. Il est recherché dans le monde entier et un jour, il se fera attraper, c'est sûr et certain. A moins que ces salauds d'Iraniens ne le descendent parce qu'il n'a pas rempli le contrat. Il va être en fuite pendant le restant de ses jours. Il ne pourra jamais s'endormir sans regarder derrière lui. Jamais faire un pas sans être sur le qui-vive. Il devra dépenser tout son argent pour se protéger. Jamais il ne pourra compter sur personne. Il sera toujours contraint de voyager. Il finira par devenir fou. Il fera des erreurs. Et il mourra, ou alors c'est nous qui l'aurons. S'il est en vie.

– Je me demande qui il était. Ou qui il est, qu'il s'appelle Vuk, Janos ou Carsten.

– Un produit du nouvel ordre mondial », répondit Per dont la voix trahissait l'épuisement. Ils étaient très déprimés, tous les deux, mais peut-être pourraient-ils s'épauler pour remonter à la surface ? Restait-il tant de choses à perdre pour Lise ? Pouvait-elle compter rencontrer de nouveau l'amour ? N'était-elle pas entourée tous les jours de gens solitaires qui épluchaient en cachette les annonces matrimoniales ? Qu'avait-elle à perdre ?

Per se renfonça dans le canapé. Lise saisit la télécommande pour baisser le son, elle lui prit la main et quand elle se blottit contre lui, elle sentit la surprise et le plaisir physique qu'elle lui faisait.

« Tu m'as fait affreusement peur, Per, souffla-t-elle.

– Je sais.

– Je me suis sentie trahie et abandonnée.

– Je sais.

– J'avais tellement peur.

– Je sais.

– Je ne crois pas que je l'oublierai jamais.

– Je sais.

– Quoi qu'il arrive.

– Je m'en rends compte.

– Mais je veux bien essayer », ajouta-t-elle en tournant la tête pour le regarder. Il lui caressa la joue comme si elle était un enfant.

« Je vais sûrement être suspendu », déclara-t-il en mettant un doigt sur ses lèvres, et il poursuivit : « J'irai sûrement faire un tour en Espagne...

– Je veux bien t'accompagner, si tu le veux. Alors, on verra ce qui se passera.

– Je ne peux pas en demander plus. Pourvu que je ne te perde pas.

– Je ne crois pas que ça soit pour tout de suite », soupira-t-elle en fermant les yeux.

Composition Gaïa Editions
Achevé d'imprimer en mars 2001
sur les presses de France Quercy à Cahors
sur vergé 100 g saumon spécialement fabriqué
par les Papeteries Jeand'heurs pour

Gaïa Editions
Chiroulet
40250 Larbey

téléphone : 05 58 97 73 26
télécopie : 05 58 97 73 39

La teinte du papier sur lequel cet ouvrage a été imprimé est le résultat d'une recherche soucieuse d'un plus grand confort de lecture : le coefficient de lisibilité est en effet jugé optimal, sous condition d'un bon éclairage ambiant.

Dépôt légal : première édition, mars 2001
N° d'impression : 10299